JN282196

二見文庫

夜の扉を

シャノン・マッケナ／松井里弥＝訳

Hot Night
by
Shannon McKenna

夜の扉を

登場人物紹介

アビー・メイトランド	シルバーフォーク美術館に勤める女性
ザン・ダンカン	開錠業者。 セキュリティ・コンサルティング業
エレイン・クレイボーン	美術館のキュレーター。アビーの親友
マーク	エレインの恋人
ドヴィ・ハウアー	アビーの同僚男性
ブリジット	美術館の開発ディレクター。 アビーの上司
ピーター	シルバーフォーク美術館の館長
マティ・ボイル	ザンの幼なじみ。父親と警備会社を経営
ルシアン・ハーバートン	ハーバートン・ホワイト財団のオーナー
ナネット	コーヒーワゴンの女の子
グロリア・クレイボーン	エレインの母親
ケン・クレランド	殺人課の刑事
ニール	ルシアンの部下。コンピュータの専門家
ヘンリー	ルシアンの部下。ブロンドの大男
ルイス	ルシアンの部下。黒髪で筋肉質の男

プロローグ

　海賊の財宝。硬貨、金の首飾り、騎士の勲章、きらめくダイヤモンド、燃えるような色のルビー、ネックレスに指輪、聖骨箱。

　美術館の機関紙を繰るルシアンの指先がうずいた。今号の特集に取りあげられているのは、何百年ものあいだカリブ海の底に眠っていた幻の宝だ。しかし、ぼんやりと光るその写真は、ベッドに山と積まれた宝石の前では、安っぽいまがいもののように見えた。

「次の計画を思いついた」ルシアンは、窓際に立つ裸の女に呼びかけた。「こちらへ来て写真を見てごらん」

　女はぴくりとも動かず、声も耳に入っていない様子だ。

　ルシアンは立ちあがってシャンパンのコルクを抜いた。細長いグラスに中身をつぐ。この日のためにわざわざ、人里離れたロッジに持ってきたものだ。窓辺に運んで、ひとつを女に渡した。

「カーミラ」ルシアンは小声で言った。「成功に乾杯」

　宝石の山から三連の真珠のネックレスを選び、女の首に巻きつけた。女は真珠の感触に身震いする。

ルシアンは女の背のあざに口をつけた。先ほど抱いたとき、宝石の山に押し倒したせいでできたあざだ。「ずいぶんおとなしいな。どうかしたのか?」

女は震えながら胸元で腕を交差させて自分の体を抱いた。「殺すつもりだなんて言わなかったじゃない」

肩甲骨《けんこうこつ》のあたりでまだ血をにじませる傷に、ルシアンは口をつけた。「それだけ?」猫なで声を出した。「ガートルード・ビンガムは強欲な鬼婆だった。おまえを安い金でこき使っていただろう。その報いだよ」

「でも、頭を撃ち抜かなくたって」カーミラの目に苦悩がにじんでいる。

「歯向かってこなければ、撃つこともなかった」ルシアンの口調は冷静だ。「おまえが何億ドルもの宝石を盗んだときに負ったリスクだよ」

カーミラはあごをわななかせた。嗚咽《おえつ》をこらえるように手で口を覆《おお》う。

ルシアンは苛《いら》だちを隠した。「なあ」言いくるめようとする。「あの婆さんは八十過ぎだった。もうろくする運命から救ってあげたと思えばいい」

カーミラは首のネックレスがくいこんで苦しいとでもいうように、両手で喉を押さえた。

「あんなに血が出て」かすれた声で言う。

「もう忘れるんだ」ルシアンはなだめにかかった。「ふたりのことを考えよう。ふたりのクルーザーで愛しあうことを」

カーミラはルシアンの首にしがみついた。「あ、あ、愛してるわ」

それが合図だった。ナイフがポケットから手のなかに滑りこみ、そして、女の胸郭《きょうかく》の下に深々と突き刺さった。ほんの一瞬の間《ま》に、認識と裏切りと死がうつろう。ルシアンは女の体から命が消えていくのを感じ、耳鳴りがするほどの興奮を覚えた。

ずるずると落ちていく死体をそのまま絨毯《じゅうたん》に転がす。手についた血は女のブラウスでぬぐった。ネックレスを回収する。死体を絨毯で葉巻のように巻いた。掃除人の手間をはぶいてやるために、絨毯の下には防水シートが敷いてあった。

いざこざも諍《いさか》いもなし。

ルシアンは服を着て、カーミラの残骸《ざんがい》をながめながら宝石をスーツケースに放りこんでいった。欲求不満はまだくすぶっている。すっきりとした気持ちはもうなかった。早くも焦燥感と不快感に襲われていた。

唯一の解決策は、次の計画を立てること。すぐに。

ルシアンは機関紙をつかんで、きらめく宝石がごちゃごちゃにつまったスーツケースのなかに押しこんだ。

1

九カ月後
オレゴン州、シルバーフォーク

アビー・メイトランドはもう一度バッグのなかをかきまわした。それからもう一度。家の鍵がない。まさか。やめて。今夜だけはやめて。お願いだから。

アビーは熱いひたいをアパートメントのドアにつけて、涙をこらえた。何度探しても、小さなバッグのなかには財布と携帯電話と口紅しか入っていない。ドアの向こうでは飼い猫のシバが、まるで何週間も餌《えさ》をもらっていないような哀れな声で鳴いている。

ブラインド・デートの相手、地獄の中心部から来たエドガーが、車の鍵を鳴らした。「おれを寝酒に誘うのがむずかしくなっちゃったな？」声には脂ぎったほのめかしがにじんでいる。

最低。煮えた鉛に浸かったほうがまだまし。この言葉をぐっと呑みこんだのは、ドヴィのことを考えたからだ。同僚のドヴィはよかれと思ってデートをセッティングしてくれた。そしてこのろくでもない男と会うことを気軽に承諾したのは自分なのだから、口を閉じているほうが上品だろう。

それに、正確にはブラインド・デートではない。ポートランドの科学博物館で展覧会が新しく開かれた時、そのレセプションで一度会っている。あのときは有望そうな相手に思えた。つまり、見た目がよくて、頭もあるように。浮ついたEメールを交わすのも楽しかった。今日のデートも最初の一時間は悪くなかった。

けれど、ワインを何杯か飲んだ時点で、おもしろくて好ましい人物だなどという思いこみは消えていた。この男はお酒で顔を真っ赤にして、人の言うことに一切耳を傾けず、視線をアビーの胸に落としたまま離そうとしなくなった。食事が運ばれてくる頃には、アビーは礼儀を損なわずに逃げだす方法を探っていた。あのときに車を呼べばよかったのだ。家に送ってもらう段になるまで、この男がどれほど酔っているか気づかなかった。運転を変わろうかと申してたものの、鼻先で笑われただけだ。こいつのような男尊女卑《だんそんじょひ》のげす野郎なら、当然の反応。「飲み相手はいりません」アビーがこう返事をするのはもう八回めだ。「それにもうかなり飲んだでしょ」

「たしかにちょいと飲みすぎた。これじゃあポートランドまでは運転できない。すこし休ませてくれるよな、かわい子ちゃん？」

かわい子ちゃん？「冗談じゃないわ、エドガー」アビーははねのけた。「ホテルをとりなさいよ」

「いい考えだ。高速をすこし行ったところのノー・テル・モテルで泊まろう」エドガーは身を乗りだして言う。「安っぽくていかがわしいモテルは燃えるんだ」

「いやよ」アビーはにんにくとワインでぎょっとするほどくさい息をなるべくかわそうとして、体を引いた。大家さんは一階に住んでいるけれど、アビーがハンドバッグを管理できないからといって、八十過ぎの女性をベッドから引きずりだすのは気が進まない。

「キッチンの窓を壊しゃいいだろ」エドガーは言った。珪化木《けいかぼく》に流木を接着したドアストッパーを取りあげる。

「だめ！」アビーは、エドガーが勢いよく振りおろそうとしたドアストッパーを奪い返し、そのはずみでよろめいた。「ほっといて。自分でどうにかする。いいから帰ってよ。今すぐ。どうぞお気づかいなく」

アビーはバッグから携帯電話を取りだして、友だちのエレインの番号を打ちこんだ。大家のエイスリーさんのほかに合鍵を預けているのはエレインだけだ。

エレインは四度めの呼出音で電話に出た。「アビー？　どうしたの？　何かあった？」

「何かってほどじゃないんだけど」アビーは言った。「ただ、ばかなことに鍵を失くして家に入れないの。こんな遅くに悪いけど、もう寝てるなら携帯の電源は切ってあるだろうと思って」

「あの、それが……外出中なの」

「なんですって？」思いがけない返事だった。引っこみ思案で家にこもりがちなエレインは、水曜の夜に出かけたりしない。それどころか、何曜日の夜でもめったに出かけない。

「外出中なの。じつは今、なんていうか……男の人といっしょ」

つかの間《ま》アビーは言葉を失ったものの、すぐに気を取り直した。「本当？　すごい！　よかったじゃない！　びっくりしたけど」

エレインは引きつった笑い声をあげた。「秘密にしているから。まだ出会ったばかりの人だし。それで、わたしのうちの鍵も家のなかなのよね？」

「そう」アビーはエドガーが首にキスしようとするのをよけてあとずさりした。酸っぱい臭いの息に吐き気がこみあげる。エドガーを小突くように押しのけた。「やめてよ」

「アビー、だいじょうぶ？　助けを呼んだほうがいい？　警察とか」

「なんとかするから平気よ」安心させるように言った。「それより電話帳で鍵屋さんを探してもらえる？」

「ちょっと待って」

エドガーはアビーに手を払われて愉快そうに笑っている。たわむれだと思っているようだ。しつけのなっていない犬が、棒をくわえて放そうとしないようなものだと。

「アビー？　まだいる？」エレインは心配そうだ。

「まだがんばってる」アビーはバッグのなかをかきまわしながら、暗い声で答えた。「エドガー、ペン持ってる？」エドガーはポケットから金色のペンを出した。アビーはそれを手からもぎとった。「お待たせ、エレイン」

「ええと、ええと……あ、これがぴったり。ナイト・オウル・ロック・アンド・セイフ。『夜間の鍵の開錠ならおまかせください』ですって」

「よかった」アビーはエレインの読みあげた番号を親指に書き留めた。

「家に入ったら電話してね」エレインが言った。「二十分以内に電話がなければ、警察を呼ぶわ」

「電話する」アビーはなだめるように言った。「明日はおいしい話をたっぷり聞かせてもらうから覚悟しておいて」

電話を切って、おそるおそるエドガーに目を向けた。この男の分厚い自己陶酔の殻を突き刺すには、断固としてぶしつけな態度を取らなければならないようだ。

アビーはそっとため息をついた。どうしてこんなつまらないことになっちゃったのかな。

ザンはルックアウト通り沿いのフェンスの上に座っていた。上空を飛ぶように流れる雲をながめ、月が隠れてしまうだろうかと思っていたとき、携帯電話が振動した。表示画面をたしかめる。知らない番号。鍵屋の仕事だ。

今夜はやめてくれ。そんな気分じゃない。命のないものに意識を向けていたい。たとえば、波間に浮かぶ月のように。

携帯の振動が腿《もも》をくすぐる。ザンは応えなかった。人の世界に引きずり戻されたくなかった。人の問題、人の意見。家族がいい例だ。そもそも、じいさまや兄弟たちがしょっちゅうザンのことに首を突っこむのが、不機嫌の理由のひとつだ。ストレスの対処法や、将来設計や、それどころか人格そのものを変えろとこぞって諭《さと》そうとする。

思いだしただけで、頭に血がのぼった。ザンは水平線の上ににじむ星をじっと見つめて、気持ちを落ちつかせようとした。

携帯がしつこく鳴りつづけていては、それも無理だ。

鍵屋の仕事は減らしていって、最終的には辞めるべきなのかもしれない。金にはまったく困っていない。コンピューターのコンサルティング業は繁盛《はんじよう》している。錠前師の免許を更新しつづけているのは、開かない鍵に時おり挑戦するのが楽しいから。そうでなくとも眠りが浅いたちで、ともすれば夜は長く退屈な時間になる。何かすることがあるのが嬉しい時もあった。

ただし、今夜はやめてくれ。

発信者はあきらめた。携帯は静かになった。ザンはほっと息を吐いて、打ち寄せる波の鼓動に耳を傾け、いつもの喜びに浸《ひた》ろうとした。月光に照らされた泡が、ほのかにきらめいて浜辺を縁取っている。満月の冴え冴えとした夜。オレゴンの海岸ではめずらしい。夜明けまでここにいよう。コンピューターの画面やベッドの上の天井よりこのながめのほうがずっといい。

腿のところでまた携帯が鳴りはじめた。電話を崖の向こうに投げつけたい衝動がこみあげる。こらえたのは、ポイ捨てを嫌っているからだ。

電話は鳴りつづけている。今何回めかを思い返し、試しに呼出音の回数を数えてみた。十二回。好奇心が首をもたげる。十六回、十七回。この誰かさんはかなり追いつめられているようだ。それとも、意固地になっているだけか。十九回、二十回。まったく、なんだっていうんだ。ザンは通話ボタンを押した。「ナイト・オウル・ロック・アンド・セイフ」

「ああ、よかった。番号をかけまちがえたかと思った」

女の声だ。低くて、ハスキー。セクシーな南部訛《なま》り。思わず興味をそそられていた。「いや」ザンは短く答えた。

営業案内はしなかった。とまどいの間《ま》のあと、女は言葉を継いだ。「アパートの鍵を失くして締めだされてしまって。住所はトレモント二四六五番地。近くにいるかしら?」

トレモントなら丘をくだればすぐそこだ。ほんの数分で行けると答えようとしたとき、電話の向こうから男の声が聞こえた。大声だが、不明瞭で何を言っているかはわからない。

「やめて、エドガー」セクシーな声もくぐもっていて、もう電話の送話口に向かって話していないようだ。「手をどけて——ちょっと! 放して! わたしはそういうつもりじゃ——」

ガシャッ。通話が切れた。

ザンは携帯を見つめて、発信者にリダイヤルでかけ直した。八回だけ鳴らして切った。胸騒ぎがした。急《せ》きたてられるような気持ちだ。この女性のところにすぐ駆けつけて、エドガーとかいうろくでなしから救ってやるのが自分の責任だというような気がした。

おれには関係ない。もう一度言うぞ。おれには、関係、ない。

頭のなかでそう唱《とな》えても無駄だった。心のなかで何かがぐんぐんとつのっている。ひとつには反射的な騎士道精神、ひとつには好奇心。それに、あの南部美人の無事をたしかめなければ、ひと晩中気を揉むに決まっている。あとになって、今夜のトレモントでどこかの女性がひどい目にあったなどと知ったら、自分を責め、くそみたいな気分になるだろう。安否を確認しに行くほかない。

そうしたら、電話の主の顔と体が、たおやかで色っぽい声に見あうかどうかわかるじゃないか。

ザンはふっと笑みをもらしてヴァンに向かった。要は、哀れにも顧《かえり》みられない性衝動に突き動かされているだけか。自らに課した禁欲生活は最近とみに辛くなってきている。

だが、精神分析など無用だろう。男はどこまで行っても男ってことだ。

2

アビーに押しのけられて、エドガーは倒れかけた。

玄関のポーチの手すりにつかまって、アビーをにらみつける。「そういう態度に出やがるのか」

「失礼な行動を取らなきゃならなくなったのはそっちのせいでしょ。できれば避けたかったのに」

「できるだろ」エドガーが言った。「その前に、おれのペンを返せ」

真っ赤な顔に細く開いた穴のような目がぎらついている。アビーはポーチのすみに体を押しこめ、腕を伸ばしてペンを差しだした。エドガーはそれを引ったくった。さっき揉みあっていたときに落とした携帯電話が鳴りだした。アビーは拾いあげようとして身をかがめた。

エドガーは携帯を手の届かないところへ蹴り飛ばした。「拾えよ」あざけるように言う。「かがんで、胸の谷間を見せろ。一番好きなポーズだ」

アビーの背に氷のように冷たいものが走った。電話はまだ鳴っていたけれど、わいせつな言葉と下品な調子が耳のなかで響いて、呼出音はろくに聞こえなかった。

どうしよう。アビーはエドガーのことをただの勘ちがい男だと思っていた。でも、今やもっとおぞましいものに変身している。おなかがきりきりする。エレインはなんて言ってた？二十分たったら警察を呼ぶ？

　二十分あれば何が起こってもおかしくない。

　いつでも顔を引っかき、目玉をえぐりだせるよう心の準備をしながら、最後にもう一度だけ仮にも礼儀正しい態度を試みた。「もうすぐ鍵屋さんが来るの。いっしょに待ってもらう必要はないから、さよなら」

　エドガーはおびえを感じとり、悦に入ったようだ。にじりよって、アビーの背が壁につくまで追いつめる。「怖いんだな、アビー」

　アビーは強《し》いて笑みを作った。「怖がることなんて何もないでしょ？　ほら、ここでうるさくしていたら大家さんを起こしちゃうし。大家さんは警官で、不規則な時間で働いているから睡眠妨害をよく思わないの」

「怖いんだな」エドガーはその発見を喜んで、繰り返し言った。「おれのことが」アビーの両手の手首をつかみ、壁に押しつける。

　アビーは胃がよじれるようなパニックに陥《おちい》り、身をもがいた。エドガーの顔は汗ばんでいる。ああ、気持ち悪い。汗は興奮している証拠だとだんだんわかってきた。アビーはジムで習った護身術の技を思いだそうとしたけれど、頭に浮かぶのは家の鍵だけだ。鍵で目を突くとか、顔に切りつけるとか。お笑いだ。

首を舐《な》められた。胃がひっくり返る。アビーは大きく息を吸って、全体重をかけてハイヒールのかかとをエドガーの足にくいこませた。

エドガーは叫び声をあげた。ゴンッと音を立てて、アビーの頭がこけら板張りの壁に強く叩きつけられた。「このアマ！」

「その人を放せ」太い声がした。

エドガーが首だけうしろにまわす。「誰だ？」

アビーはエドガーの手から逃れて、壁に張りついた。

そのあとのことを目で追うのはむずかしかった。あたりは暗く、見知らぬ男は黒い服を着ていて、アビーの目には涙がたまっているうえに、強打で頭がくらくらしている。

エドガーが人形のように跳ね飛んだ。それから、うつぶせにされてもがく。男は馬乗りになって、エドガーの腕をうしろ手にひねり、肩に膝を乗せて動きを封じた。

アビーはまばたきで涙を払い、ぎゅっと目を閉じた。あらためて目を開ける。

やっぱり男はまだそこにいて、エドガーを床に押さえつけていた。現実だ。着古した革のジャケットにかかる長い黒髪。好奇心もあらわにアビーを見つめる瞳。

男はエドガーの髪をつかんで、顔をあげさせた。「あの人に謝れ」

「ふざけんな」エドガーはぜいぜいと息を切らせて言う。「訴えてやるぞ、くそったれが。おまえの人生をめちゃくちゃにしてやる！」

男は髪を放し、手刀でエドガーの鼻柱を砕いた。エドガーが悲鳴をあげる。鼻血が噴きだした。

「不正解」男はやんわりと言う。

エドガーはむせび声を立てた。男はアビーに問いかけるようなまなざしを投げる。「通報する？　きみが襲われていたって証言するよ」

アビーは首を振った。

「じゃあもっと殴ってほしいかな？」男は水を向けた。

アビーは喉から声を絞りだした。「もしできたら、あの、追い払ってくれれば嬉しい」

「オーケー」男はまたエドガーの髪をぐいと引いた。「ラッキーだったな、げす野郎。こちらのやさしいお嬢さんは、おまえが踏みつけられるのを見る気分じゃないそうだ。分不相応な幸運だ。感謝しろよ」

エドガーの喉からごぼごぼとくぐもった音がした。

「ばかだな」男がつぶやく。「またチャンスをふいにして」

エドガーはうしろ手のまま、ぐいと引ったてられて、悲鳴をあげた。うめきながら体を曲げて、階段を駆けおりる。男があとを追う。アビーは関節が白くなるほど強く手すりを握った。

男たちふたりはすぐに建物の角を曲がり、姿を消した。見知らぬ男のほうが、低くけわしい口調で何か言っている声が聞こえる。エドガーは咳《せき》とうめき声で返答した。車のドアが閉まる。ライトが点《つ》き、エンジンがかかる。ポルシェはうなりをあげ、私道から曲がるときにエイスリーさんのパンジーの花壇をつぶして、走り去っていった。静寂。

今の男の人は、必死の願いが見せた幻？

階段の下のしげみに影がかかり、やがて黒っぽく背の高い男の姿になって、その疑いは解消された。男は階段をのぼってきて、ポーチのライトが顔に当たるところで立ちどまった。恐がらせないようにしているのだ。アビーの気がすむまで、自分の姿を見せてくれている。

アビーは目を離したくても離せなかった。人には言えない淫《みだ》らな夢からそのまま現われたような男。目覚めたとき、体が熱くうずき、胸がさみしさで痛むような夢から。長身でたくましい体つき、高い頬骨、がっしりとしたあご。きりっとした眉。黒い髪にはずいぶん長いあいだはさみを入れていないようだ。こざっぱりする気などなさそう。首にはタトゥーが彫ってある。したたかで、もの慣れた男に見えた。危ない男に。

こういう男に惹《ひ》かれちゃだめ。アビーがしょっちゅう自分に言い聞かせているタイプだ。

「平気？」ためらいがちに男が問いかけた。

アビーはヒステリックな笑いを押しこめた。「ええ、ありがとう」

男の視線がアビーの体をさっとなぞった。ライトの下で、男の明るい瞳の色がようやくわかった。青でも灰色でもない。トパーズのような金色。

アビーはうつむいて自分の着ているものをあらためた。イタリア製のドレス。襟ぐりは大きく開き、体の線を強調するようにぴったりとして、丈は短い。エドガーが胸の谷間によだれをたらしそうな様子を見てから、この服を選んだことをずっと後悔していた。

今はちがう。見知らぬ男からそれとなく品定めするような視線を受けただけで、アビーは裸にされた気分だった。ぞくっとして、手すりから手を離し、胸元で腕を組もうとした。そのとたんにふらつき、バッグを落としそうになった。

男は豹《ヒョウ》を思わせるすばやい身のこなしで階段の上まで飛んできて、アビーの腰を支えた。

「おっと！　まだじっとしていたほうがいい」

「ごめんなさい」アビーの両手が空を切った。手の置場がない。この人に体を覆われているみたいだ。手を預けられるとすれば、肩に置くか、髪に絡《から》ませるか、腰にまわして……お尻をつかむか。

男は黒いカーゴパンツをはいていた。実用的なポケットがたくさんついていて、その全部を使っているようだ。灰色のTシャツは広く厚い胸に張りついている。いい匂いがする。ハーブみたいな香り。地にそそぐ雨の匂いに、金属といぶした木と海の匂いがかすかに混じっている。

「ほら、座って」男はアビーを引きよせ、おぼつかない足どりを気づかいながら階段を二段おろして、一番上の段に座らせた。「頭をさげておくといい」

アビーは膝に顔をつけた。頭に受けたダメージから回復したいのはもとより、熱っぽい金色の瞳から顔を隠したかった。

「よかったら夜間の救急センターまで送ろう」男が申しでた。「唇が真っ青だ」

すてき。つまり、死人みたいな顔色ってこと。「いいえ、だいじょうぶ」アビーはぼそりと答えた。

「でも頭を壁に叩きつけられていただろう」男は手を伸ばして、アビーの頭にさわった。ふれられて、アビーはちりっと電気が走ったように感じた。

前かがみになってよけた。手が離れる。「平気よ」

どうにか立ちあがり、こっそりとタトゥーに目を走らせた。首に彫られているのは渦を巻く縄のような模様のケルト十字。片方の手の甲には、交差した二本の短剣。海賊の剣だ。

「まあいいか」男は言った。「とにかくきゅうに動かないこと。いいね？」

ふたりは立ったまま見つめあい、やがて男は怪訝《けげん》な顔をした。「なぜそんな目で見る？」

「わたし、その……」アビーは口ごもった。「エドガーがいなくなったあとも、あなたがいるのが不思議で」

男は眉をひそめた。「おれもいなくなって当然？」

アビーはきまりが悪くなって首を振った。「ありそうもないことだったから。危ないところにどこからともなく現われるなんて、バットマンみたい。すべきことをして人のピンチを救って、ぱっと消えちゃうような正義の味方」

男の口元にうっすらと笑みが浮かんだ。「ところが、おれはまだすべきことをしていない」

どういう意味？　エイスリーさんは耳が遠い。このあたりは夜は真っ暗だ。アビーは立っていられないほど激しく震えはじめた。

男は二段さがって、両手をあげた。「よこしまな意図はないよ。単に電話で頼まれた仕事をまだすませていないってこと」

「電話で頼んだ……なんの仕事？」まったくわけがわからなかった。

「鍵屋。思いだした？　家に入れないんだろう？」

アビーはあごを落とした。「あなたが鍵屋さん？」

「そう」わずかに警戒の色を浮かべて、横目でちらりと見る。「だけど、そんなに驚くようなことかな？」

アビーは百八十センチをゆうに越える長身を見あげた。うっとりするほどいい男。「鍵屋さんを呼んだのは初めてで」たわいもないことをぺらぺらとしゃべっていた。「なんとなく、おなかが出て、頭の禿《は》げた人が来ると思っていたの。青いつなぎを着たアーヴとかメルとかいう名前のおじさんが」

宝石のような目の横に笑いじわがよった。黒いまつげがトパーズの色を引きたてている。

「がっかりさせて悪いね。おれはザン」

アビーは差しだされた手を握った。温かくてがっしりしている。「ザン」ぼうっとして繰り返した。「変わった名前ね？」

「本名はアレグザンダー」ザンは言った。「親父の名前とおなじ。親父の愛称はアレックスだった。おれはアレックス・ジュニアになるのはごめんだから、まわりの人間には脅してでもザンと呼ばせてるんだ」

どぎまぎしちゃだめ。この人はエドガーから助けてくれたし、それには感謝しているけれど、黒い革ジャンを着た狼《おおかみ》なのは変わりない。波乱に満ちたこの人生で、昔つきあった厄介な男たちとおなじだ。

わたしみたいな女なんて、朝食がわりにぺろりと食べちゃうに決まっている。皆、そう。皆、そうだった。朝食がわりに丸のみされるのはもう二度といや。

なのに、いけない想像が浮かんで、とめどもなくふくらんでいった。アビーは鍵を探そうとして、なぜザンがここにいるのか思いだし、顔を火照《ほて》らせた。「動揺しているみたい」「無理もないよ」鍵屋はかがんで、ポケットのひとつから革の袋を出した。金属の道具をふたつ取って、アビーの状態を値踏みするような視線を投げた。「まだふらついているんじゃないかな」アビーの手を取って、広い肩に乗せる。「よりかかっているといい」アビーの指は厚い革越しに男の肩にくいこんだ。誰かにもたれかかるのは本当に久しぶりだった。

ザンが鍵に何をしたのかほとんどわからなかった。ほんの数秒で、かちゃりと音がして鍵が開いた。ザンはうやうやしい身ぶりでなかにうながした。アビーはもっと時間がかかってもよかったのにと思いながら、手を肩からおろして、家に入った。

何秒間かやり過ごす。それから、魔法の呪文を解くために明かりを点けた。「どうぞ」声がうわずっている。「小切手でよければ助かるんだけど」

「小切手でいいよ」ザンはキッチンに入ってきて、つつしみ深く好奇心を隠しながらも、部屋に目を走らせている。シバがしなやかな動きでザンの足に近より、ブーツを嗅ぎ、両の足首のまわりを流れるように行き来しはじめた。

アビーはぎょっとした。シバは知らない人間が大嫌いで、自分を抱きあげようなどというおこがましい者がいれば、必ずその手に引っかき傷をつける。

鍵屋はシバを抱きあげた。

「気をつけて」アビーはあわてて言った。「その子は神経質なの。引っかかれないようにね」

「引っかかれないよ。猫には好かれるんだ」ザンはシバのふわふわの背中を撫でた。

「本当？」アビーは半信半疑で言った。最後の恋人候補はシバに激しいアレルギー反応を起こした。パニック状態で救急センターに駆けつけたあと、彼との関係は終わった。アレルギー薬を注射したあとにはムードも何もあったものじゃない。

「おれになつかない猫はいない」シバは喉を鳴らし、子猫らしくぐんにゃりと力を抜いて、鍵屋の手首にあごをかけ、頭を傾けている。

アビーは努めてその光景から目を離した。「ところで、お礼をまだ言っていなかった」

ザンは肩をすくめる。「仕事だから」

「ううん、鍵のことじゃなくて。エドガーを追い払ってくれたこと」

ザンは居心地が悪そうなそぶりを見せた。「たいしたことじゃない。礼なんか言わなくていいよ」

「助けてもらったもの」アビーは言った。「ともかく、ありがとう。とんでもない目にあうところだった」

ザンはもういいよというようにうなずき、その後しばらく気づまりな沈黙が続いた。「ええと、支払いをしなくちゃ」アビーは言った。

「そうだね」ザンは慣れた手つきでシバの耳のうしろをくすぐっている。

「おいくら？」とアビー。「小切手でいい？」

ザンはどことなくおもしろがるような顔つきをした。「さっきも訊かれた」

アビーはさりげなくドレスの襟ぐりを引きあげた。「答えも聞いた？」

「ああ」低い声は甘く悩ましい。「小切手でいいと答えたよ」

アビーはゆっくりと息をついた。「それで、おいくら？」もう一度尋ねた。

「小切手にきみの電話番号は書いてある？」シバのふわふわのおなかを撫でながら言う。喉を鳴らす音はうるさいくらいだ。

アビーは髪が胸の谷間を隠しているかたしかめた。「書いてない——だって、その——ええと、どうして？」

「電話してデートに誘いたいから」いたずらっぽいえくぼは、端整な顔だちと危険な雰囲気にそぐわない。

ハイヒールのなかで足のつま先を丸めた。ときめきで胸が締めつけられそう。「今は……仕事の話をしているんだと思っていたけど」

「そのとおり。たまたまその途中で電話番号を訊いただけ」

「悪くとらないでもらいたいんだけど、でも、今夜はひどい夜だったから」

ザンはうなずいた。「わかるよ。だから、今日のところは電話番号を訊くだけにしようと思ってる。それなりの間隔を置いてから、あらためて電話で誘うよ」

アビーはスカートのすそを引っぱって腿を隠した。「それなりの間隔って？」

「まだ考えてなかった」とザン。「一週間？　二日？　十二時間？　どれくらいが適当だと思う？」

「仕事の話に戻しましょ」アビーは言った。「料金はいくらなの？」

ザンは考えこむような顔をした。シバがザンの手にぽふっと頭を乗せた。「時と場合による」

「どういうこと？」

「客によるってこと。ポルシェのあのまぬけに呼ばれたなら——なんて名前だっけ？　エドワード？　エドモンド？」

「エドガー」

「エドガーが客だったら、良心が許すかぎりふっかけるよ。かなりの額になるだろうな。それに、ドアを開ける前に金を払わせるね」

からかうようなえくぼが疑わしい。「どうして？」

ザンは肩をすくめた。「それだけの余裕はありそうだ。おまけに酔って運転していたようだし。酔っぱらい運転は許せないんだ」

「わたしは酔っていない」アビーは言った。「どうしてわたしが運転しなかったってわかるの？」

ザンは目をまわして見せる。「そりゃあ、あの手のばかは八万ドルもする自分の分身を女の子に運転させないだろうさ」

アビーはぎこちない笑いをもらして首を振った。「鋭い。運転を代わらせようとしたの。わたしが言えば言うほど、エドガーはスピードをあげた」

「むかつく野郎だ」ザンは言った。「でもじつは、きみの声が気に入らなかったら、来たかどうかわからないんだ。南部訛りのセクシーな声の持ち主をひと目見たくてね。そういえば、出身はどこ？」

アビーは声を喉から出そうとして三度失敗した。「アトランタ。話が脱線しちゃったみたい。元に戻しましょ」

「いや、気にしないでくれ」ザンの声はつやっぽい。「時間を引き伸ばしてるのはおれだ」

「それで」アビーは小切手帳を手に取った。「おいくら？」

「金額を言ったら、おれは帰らなきゃならない」ザンの指がシバのおなかの毛にもぐりこむ。シバは尾をぴんと立てた。

アビーはその様子に驚きながらも、むりやり視線をそらした。「時間の無駄はやめて、金額を教えて。ええと……苗字は？」

「ダンカン。でもザンと呼んでくれ」名刺を出して、カウンターの上に置いた。「割引きするよ。友だちには割引き料金で請け負ってるんだ」

アビーの心臓は激しく脈打っている。アドレナリンの影響よ、と自分に言い聞かせる。ザンの……友だちと言われたからではなく。

「お申し出はありがたいけど、あなたには感謝してもし足りないの」アビーは言った。「お願いだから、料金を教えて。もう時間も遅いし」

ザンは眉をあげた。「電話番号はなし？」

「なし」アビーは小切手の上でペンを構えた。

ザンは不満そうだ。「仕方ないな。じゃあ、百二十ドルいただこう」

アビーはペンをカウンターに叩きつけた。「ふっかけすぎ！」

ザンはまばたきする。「前料金にしなかっただけましだと思うよ」

「できなかったでしょ！　小切手も家のなかだったんだから！」

「商売をおろそかにするとは言ってないよ」目がきらめいている。シバは腕に身をまかせ、ふわふわのしっぽを毛皮のマフラーのように巻きつけている。「怒らせる気はなかったんだ。借りを作りたくないんじゃないかと思って」

「そのとおり。でもものには限度がある！」

「じゃあ、こうしないか」ザンは言葉を続けた。「この家の鍵はがらくた同然だ。もっとしっかりしたものに交換しよう。スクリッジ製がいいだろう。部品と工賃、それに今回の開錠で二百ドル。お買い得だよ」

アビーは思わずこぼれそうな笑みをこらえた。「便乗商売」

「なら百七十五ドルでどう? 絶対に後悔させない。なんなら、あちこちで料金の比較をしてみるといい」

シバは至福の表情で盛大なあくびをもらし、伸びをした。

アビーはぱっと小切手帳を開いた。いつまでも長引かせるわけにはいかないし、鍵屋を調子づかせたのはアビーの責任だ。「このばかげた小切手の宛先は?」

「ナイト・オウル・ロック・アンド・セイフ宛てに」

「明日になったら何本か電話をして夜間の開錠の相場を調べますからね」アビーは小切手を書きながら言った。

「どうぞどうぞ」とザン。

書き終えた一枚を小切手帳から切りとった。「もし法外な値段だったら、商業改善協会に訴えるわよ」

「それもけっこう」とザン。「ただし、そのあとおれに電話して、ごうつくばりの意地汚い悪党ってののしってくれ。昼でも夜でもいつでもかまわない」

アビーは小切手を差しだした。「受け取って。それと、わたしの猫をおろして」

「でもこんなになついているのに」ザンは名残り惜しそうだ。「こいつはヌードルみたいにぐにゃぐにゃだ」

「今日はありがとう。おやすみなさい」アビーは取りあわずにきっぱりと言った。

ザンはためらい、顔をしかめた。「この家の鍵についてさっき言ったことは本当だ」

「あなたに開けられない鍵をつけるにはいくらかかるの?」

ザンの唇がゆっくりと笑みをかたどる。「おれに開けられない鍵をつけるにはひと財産かかる。腕には自信があるからね。辛抱強く、手間を惜しまず……疲れを知らない」

アビーはザンの目から視線をそらして、ひきつった笑いを立てた。「驚いた。自己評価がずいぶん高いのね」

「そうだ」思いあがりをまったく感じさせない口調だった。

アビーは勢いよくため息をついた。「なんて夜なの。最初はエドガーで次はあなた。お願いだから、黙って小切手を受け取って」

ザンのほほ笑みが消えた。「エドガーといっしょにしないでくれ」無愛想に言う。「おれはあんな胸くそ悪い虫けらとはちがう」

「ごめんなさい」アビーはうろたえて謝った。「気を悪くさせるつもりじゃなかったの」

「謝罪はほしくない」ザンは言い放つ。

一瞬アビーは途方に暮れた。「ええと、そう、じゃあもう一度お礼を――」

「礼もほしくない。何より、小切手がほしくない」

「なら何がほしいの?」あとに続いた沈黙が答えを雄弁に物語っていて、アビーは間《ま》の抜けた気分になった。「もう、やあね」もごもごと言った。「これじゃ逆手に取られてもしょうがない。銀の皿に載せて差しだしちゃったみたい」

「キス」ザンはひと言だけつぶやいた。

アビーは目をぱちくりさせた。「なんですって？」

「おれがほしいもの」

アビーは火照った頰を両手で覆った。「あの……そんなきみにはキスする義務などないんだから」ザンは安心させるように言った。「何がほしいか訊かれたから、正直に答えた。それだけだよ」

アビーはどうしようもなく取り乱していた。「でも……できない」

「できないのはわかってる。気にしないでいい」続けて言う。「きみがあんまりきれいだから。いい香りがするし、声を聞くだけで背筋がぞくっとする。おれがしたいのは、敬意と崇拝の念をこめたささやかなキスだ。輝く女神のつま先にふれるようなキス。楽園の恵みをひと口だけ」

どうしよう。この人は悪魔みたい。怖いほど手ごわい。誘うようなトパーズの瞳と、やわらかく深みのある声で、もう呪文にかけられている。そんなふうにキスされるのを想像したら。かけがえのない、いとしい女として――

愛されたら。

アビーは誘惑に負けそうな自分に驚いて、はっと身を引いた。「申し訳ないけど」小声で言った。「でも……やっぱり、そこまで思いきったことはできない」

ザンはうなずいた。「だろうね。すまない。こんなことを言うべきじゃなかった」

いやになっちゃう。ここでふてくされてくれたら、呪文は解けたのに。そうならなかったせいで、頭のなかがぐちゃぐちゃ。

ザンはシバを床におろし、別れの挨拶《あいさつ》にひと撫でしてから体を起こした。丁重な会釈《えしゃく》はまるでお辞儀のようだ。そしてドアから出ていった。アビーは、開いたままの戸口が四角く縁どる空《から》っぽの夜を見つめた。

思わずポーチに駆けだしていた。「ザン」呼びとめた。

ザンは階段のなかばで立ちどまり、ゆっくりと振り返った。「何かな?」

アビーも階段をおりはじめた。「本当に小切手はいらないの?」

ザンはかぶりを振る。「きみのキスを夢見ていたい」

アビーはザンの立っているところより一段上で足を止めた。それでもザンはアビーより十センチは背が高く、見あげる格好になった。「それじゃ、その、商売上手とは言えないでしょ」アビーはたしなめるように言った。

「そうだね」ザンは素直に認める。「悪かったよ。きみが気に病むようなことを言って」

「シーッ」アビーは人差し指をザンの唇に当てた。びっくりするほどやわらかく、温かい。

アビーのなかで何かがはじけ、涙があふれだした。

ザンの腕に抱かれ、いつの間にかアビーは身をまかせてしゃくりあげていた。すこしたってから顔をあげ、鼻をすすった。「ごめんなさい」つぶやくように言った。「こんなサービスは料金外ね」

「きみから金は取りたくない」ザンが言った。「料金のことは忘れてくれ」

「じゃあ、これを受け取って」アビーは両手をザンの顔に添え、キスをした。そっとふれるだけのキス。しとやかに、心をこめて。何もかもが鮮やかに感じられた。息の香りも、下唇のやわらかさも、肌の熱も、がっしりしているのに輪郭のきれいな骨格も。無精ひげは長く伸びていて、ちくちくはしない。むしろ肌ざわりがよかった。

アビーはやっとの思いで唇を引き離した。ザンは頭をうしろに傾け、神の祝福を受けるように目を閉じている。頬が染まっていた。

アビーは泣き笑いのような声を立てた。「ザン？　ねえ？　だいじょうぶ？」

ザンはまだ目を閉じたまま、笑みをこぼした。「天にのぼるようだ」

「やあね」ザンの肩を叩いた。「大げさなこと言わないで」

ザンは目を開けた。「きみの唇は涙の味がした。顔が火照った」

「あら」アビーは目元と頬から涙をぬぐった。「あの、気に入ってもらえてよかったわ」

ザンは階段を一段おりた。「帰るよ。すぐに」唐突《とうとつ》に言う。「完璧な紳士のふりはもうできそうにないから」

じゃあ、そんなふりしないで。アビーは衝動的な言葉を呑みこんだ。「紳士のふりだったの？」

ザンは階段をおりていく。「人類の夜明けからずっと」

そして角を曲がり、視界から消えた。アビーは、ザンの車が動きだし、去っていく音に耳を傾けた。通りのカーブをヘッドライトが照らすのが見えた。

電話が鳴っている。家のなかに入ったとき、留守番電話が応答しはじめた。「アビーです。電話に出られなくてごめんなさい。メッセージをどうぞ」

「アビー？　家にいる？」不安に急きたてられたようなエレインの声。「いるなら電話に出て。いないなら今から警察に通報するわ」

アビーは受話器を引っつかんだ。「いる」エレインに応える。「安心して」

「ひどいデート相手は追い払えたのかしら？」

「できた。意外な助けがあって」アビーはキッチンの椅子にぐったりと腰をおろした。

「助け？　どういうこと？」

「エドガーにかなりしつこく迫られて、最悪な状況のとき、例の鍵屋さんがどこからともなく現われて、エドガーを、ええと……ぶちのめしてくれたの」

「ぶちのめす……すごいわ！　アビー！」

「そうね、ちょっとすごかった」アビーは熱をこめて言った。

「つまり鍵屋さんが助けてくれたのね。とてもロマンティック！」

「あのね、本当に荒っぽい事態になって、怖かったのよ」ぴしゃりと言った。

「そうだったわね」エレインは友だちをなだめた。「ちゃかそうとしたわけではないの。でも、あの〝心得《こころえ》〟のリストを作ってから、アビーが男の人のことではずんだ声を出すのは初めてだから」

「今夜は〝心得〟の話はやめて」

「わかったわ。なら最後にひとつだけ。鍵屋さんはすてきな人？」

答えにつまった。「すてきかどうかは問題じゃないの」もの憂げに言った。「絶対に避けるって誓った条件をことごとく備えた人」

「あらまあ」エレインはつぶやいた。「筋書きがこみ入ってしまったわね」

アビーは顔をしかめた。「そういうことじゃない。ねえ、お願い、今夜はもうずいぶんひどい目にあったの」

「なら、明日ね」とエレイン。「あ、もうひとつ。明日、職場にわたしの鍵を持ってきてくれる？　ひと揃い、マークに渡したいの」

アビーはあっけに取られた。「本気で？　その人とどれくらい長いつきあいなの？」

「彼に頼まれたから」弁解がましい口調だ。「そこに預けてある鍵を彼に渡して、アビー用にはまた新しい合鍵を作るわ。それでいいでしょう？　心配しないで。本当よ。現実とは思えないくらい幸せ。彼はとても――」

何かぼそぼそと言う男の声が、エレインの言おうとしていたことをさえぎった。エレインはすぐに受話口に戻ってきた。「もう切るわね」

「わかった。電話をありがとう。正体不明のマークによろしく」

エレインは上ずったくすくす笑いをもらした。「魅力的な鍵屋さんの夢を見られるといいわね。鍵を忘れないで。また明日ね」

「おやすみ」アビーは電話を切り、ハイヒールを脱ぎ飛ばして、ソファに身を沈めた。シバが膝に乗ってきて、スカートを毛皮で覆う。

この気持ちは妬《ねた》みなんかじゃない。エレインに本気で好きな人ができたなら、あるいは、

単に熱い情事の相手ができただけでも、わがことのように嬉しい。同僚のエレインはかわい

い女の子で、展示デザイナーとして才能があるけれど、こと男となると、見ていて痛々しく

なるほど内気だ。

　アビーは何年も前から、自分の魅力に自信を持つようエレインに働きかけてきた。そのか

いあってかエレインはマークに合鍵を渡そうとしていて、かたやデートの経験豊かなアビー

はひとりぼっちで家にいる。お供はテレビのリモコンと飼い猫とファミリーサイズのマーブ

ルチョコ味のアイスクリームだけ。情けないったら。

　テレビをつけて、チャンネルをまわし、古い白黒映画に落ちついた。ハードボイルドな探

偵と、イヴニングドレスを着たかよわいブロンド女。アビーはシバを撫でた。喉を鳴らす振

動が手に伝わって、ザンの手を思いださずにいられなかった。もの怖《お》じせず、巧みにアビー

の猫を撫でていた様子を。

　昔のはちゃめちゃだった頃なら、躊躇《ちゅうちょ》せず電話番号を教えただろう。そして彼からの電

話を息をつめて待っていたはず。

　もっと正直に言えば、さっき引きとめて帰さなかったかもしれない。

　今はちがう。タトゥーを入れて革の服できめた、バッドボーイ・タイプの狼に惚れやすい

という欠点のせいで、かつてのアビーは際限なくトラブルに巻きこまれつづけてきた。昔の

恋人たちは家賃も払わずにアビーのアパートに居座り、電話料金を急騰《きゅうとう》させ、車に勝手に乗ってはおしゃかにした。三度めの事故のあと、保険会社の担当者はアビーの男の好みについて嫌味を言うようになった。アビーはその担当者を責める気になれなかった。

ブロンドの女は探偵に苛だちをつのらせているようだ。アビーは女が何にいらいらしているのか気になってボリュームをあげた。

「……雇ったのは兄を探してもらうためで、ひどい侮蔑を受けるためではないわ！」女優は宣言した。「敬意ある態度を求めます！」

同感よ、お姉さん。胸のなかでつぶやきながら思いだしたのは、ある日、家に帰ったら、旅で汚れたバイカーの集団がキッチンでテキーラをぐいぐいやっているところを見つけたときのことだ。グレッグの仲間たち。それから、ジミーがアビーと上司の浮気を疑い、職場まで押しかけてかわいそうな上司に襲いかかったときのこと。上司のボブは痩せこけて、眼鏡をかけて、髪の薄くなった、気の弱い人だった。

最後の一撃は、下着一枚で寝ているところを午前三時に警察に起こされ、当時の恋人のシェップが違法の薬物を屋根裏に隠していたのがわかったときだ。

ほとほといやになって、アビーは州を出た。

あれは究極の警鐘だった。好みのままにつきあってきた男たちは、刑務所とは言わないまでも、災難への片道切符だ。解決法は明らか。衝動に負けないこと。戦略的に恋愛関係を結ぶこと。戦時の軍司令官みたいに。

母とおなじように、いつ災厄に見舞われてもおかしくない生活を送るのはいやだ。その日暮らしで、根城《ねじろ》にしているいかがわしい安宿の借り賃すら期日に払えたためしがなかった。あれやこれやの現実が辛すぎると酒に溺《おぼ》れた。

終わりの頃には、常に耐えがたい状態だった。

アビーはもっといいものがほしかった。美、安全、尊敬。質のいい品。社会的地位。善良で、退屈で、ごくふつうのもの。人生を変えるために、何年もがんばってきた。昼は美術品管理の研修を受け、夜は法律家補助員のバイトをして必死に働いた。

そのかいあって、今ではシルバーフォーク美術館で開発マネージャーを務めている。資金集めの能力は高い。アビーが働きはじめてから、美術館の運営費の予算は倍増した。〈海賊の財宝展〉のことを考えると、アビーの胸は誇らしさでいっぱいになった。三百年前にスペインのガレオン船がカリブ海で海賊に沈められ、最近になって引きあげられた。この船のなかから発見された宝を〈海賊の財宝展〉として展示する。そしてこれを皮切りに、美術館は今後、新しい展示プログラムを展開していく。

第一弾の集客が良ければ、大きな業績になるだろう。二十五万ドルもの招致料をともなった拡大事業は、はらはらどきどきの大ばくちだった。アビーは一年以上前にみずから企画をまとめあげ、競争率の高い全米教育協会からの補助金百二十万ドルを勝ち取った。目録や解説の作成、内装工事、ハイテク警備システム、その他もろもろの費用だ。すべてが驚くほどうまくいった。自分を褒めてやりたい気持ちだ。おまけにこれは手始めにすぎない。

美術館の翼棟を新築できたのは、相当額の建設費を集めたアビー個人の力によるところが大きい。もっとも、開発ディレクターのブリジットはそれを認めるくらいなら死んだほうがましだと思うだろうけど。

仕事はのぼり調子――恋愛もおなじ調子に持っていきたい。少なくとも、そうなるようにがんばろう。

その最終目標である祝福のファンファーレを鳴らすために、〝心得〟に従う。

〝心得〟は多岐《たき》にわたる。過去につきあったような男たちは不可、好き勝手に生きる男は不可。デート相手はきれいにひげを剃って、きちんとした格好をした人。堕落《だらく》した男や犯罪者や麻薬中毒者は不可。格闘技マニアや拳銃オタクやバイク野郎は不可。何よりも、タトゥーを入れた男は不可。

交際相手として考えるのは、まっとうな仕事に就いて、高級車に乗り、老後の計画と学位を持っている人。政治や環境問題や芸術に精通していて、フランスとイタリアのチーズの優劣について的確な意見を言える人。つまり、ワインのオーダーの仕方を知っている男。

テレビでは、バイオリンの音が大きくなり、探偵がブロンドを抱きよせて唇を奪っていた。アビーはため息をついた。三年間デートを重ねてきたのに、〝心得〟のリストに適《かな》い、アビーの心にぐっとくる男とはまだ出会っていない。王子さまにめぐりあいたいなら、たくさんのカエルにキスしなさい、とコーヒーカップのロゴにも書いてあるけれど。

カエルになんかキスしたくない。キスしたいのは、ザン・ダンカン。アビーは目を閉じてソファにもたれかかり、やけに鮮明な想像にふけった。互いを引きよせるような引力に逆らわなかったら、どうなっていただろう。アビーが引く力をもうすこし弱め、ザンが押す力をもうすこし強めていたら？

あの金色の熱っぽい瞳に見つめられて、口ごもるアビーの声が、息をつめるような沈黙に変わったら？

アビーはザンにうなずいて、リヴィングにいざなう。ザンは戸口でためらい、甘い期待を噛《か》みしめる。

輝く女神のつま先にふれるようなキス。先ほどの言葉が、アビーの胸を熱い想いで締めつける。ふたりの距離が縮まり、ザンはアビーの頬を撫で、髪に手を入れる。探るように、感嘆するように。

あごと頬をそっとついばんでから、唇を重ねる。いつの間にかアビーは背後のソファに座っていて、ザンはその前でひざまずく。スカートのなかに手を入れられて、下着を脱がされ……彼は頭をさげて、熱い唇を押しあて、鼻をすりよせ、螺旋《らせん》を描くように、クリトリスに近づいてくる。たっぷりと時間をかけて。アビーをじらし……さらにじらす。

辛抱強く、手間を惜しまず……疲れを知らない。想像のなかのザンがようやくアビーを開き、濡れた陰毛の奥に舌を滑りこませた時、現実のアビーも体をこわばらせ、腿に力を入れていた。ザンはまず軽く口をつけて許しを乞い、それからかすめるようにそっと愛撫し、やがて大胆に舌を使って、官能のつぼを得た動きで舞うようにクリトリスを舐めまわし——もうだめ。

快感が爆発して、さざ波のように体中に広がっていった。

ああ、いやになっちゃう。アビーがまばたきしながら目を開けると、テレビの画面は白黒にちらついていて、それも目ににじんだ涙で灰色ののっぺりしたかすみとなった。

まさしく現在のアビーの恋愛生活を簡潔明瞭に表わしている。

アビーは画面をぼんやりながめた。こうしてソファで脚を広げ、ザンの瞳と手と何よりも唇を想像しながら股のあいだに手を置いていることを、本人が知ったらどうするかしら。

新たな昂《たかぶ》りにぎょっとした。脚を閉じてすりあわせた。ふたたび快感が突きあげ、体がわなないた。

びっくり。彼に見られるところを想像しただけでいっちゃうなんて。

3

ルシアンは腹を立てていた。エレインには自分の名前を――正確には偽名を、誰にも言うなとはっきり命じたはずだ。それなのにどうだ、女友だちに〝マーク〟のことをべらべらとしゃべって。頭の足りない雌豚め。

エレインは電話を切って、おずおずとしたほほ笑みを向けた。「アビーは明日、合鍵を職場に持ってきてくれるわ」エレインが言った。「夕食で会うときに渡すわね」

ルシアンはゆうゆうと伸びをしたあと、もつれたシーツの上に手を伸ばし、エレインのブロンドの髪を指に巻きつけた。エレインが息を呑むほど強くねじり、その困惑を楽しんでからキスをして、愛情表現のように見せかけた。冷たい指先から携帯電話を取りあげる。

「質問だ。この関係を誰にも内緒にしておくよう言ったかどうか？」

エレインは青い目をまん丸にしてから、せわしげにまばたきをはじめた。「でも、今のはアビーよ！　水曜の夜中一時にどうして家にいないのか、説明しないわけにはいかないわ。かえって疑われてしまうもの」

「わかった、わかった」ルシアンはつぶやいた。「だがそれでも、ふたりのことは――」

「アビーはわたしに自分の殻を破るようずっと励ましてくれて、ようやくそうできるようになったのだから、絶対に喜んでくれるし、それにわたしは——」

「もういい」ルシアンはまた強くキスをしておしゃべりをさえぎった。「誰にもと言ったら、誰にもだ」厳しい口調で言う。

エレインの目から涙があふれでた。「ごめんなさい」声は震えて消え入りそうだ。「内緒にしてってアビーに頼むわ。アビーなら約束を守ってくれる」

かえって謎の〝マーク〟により強い関心を持つようになるだろう。完璧だ。

「おおごとにしたくない」ルシアンは言った。「世間に知られたら、まずいことになりかねない。それに……」エレインの手を股間に引きよせた。「……秘密には興奮する」

「わたしもよ」エレインは息を荒らげて手を動かしはじめた。

そうだろうとも。もしルシアンが、くさいゴミ箱に頭から突っこみたくてたまらないと言ったら、人がよくて暗示を受けやすいエレインは「わたしもよ」と応じるだろう。ルシアンは意思の力で笑みを作った。「アビーというのは？　きみの友だちのことを知りたい」

エレインの顔がぱっと明るくなった。「うちの開発マネージャーなの。すごいのよ。頭がよくて、話がうまくて、美人で。すばらしい友だち。三年前からうちで働いているの。前任者をブリジットが首にしてしまって——」

ルシアンは意味のないおしゃべりを意識から締めだした。アビー・メイトランドの調査はすませてある。美術館の管理職員は全員調べた。アビーに関するファイルは分厚い。写真にはそそられた。身辺調査の結果にも。前科者の父親、アル中の母親、麻薬取引きの疑いをかけられ、のちに潔白が証明されたという前歴。じつに興味深い。

しかしアビーはそうした過去をすべて捨てていた。西海岸に移住し、学校に通って、新しい人生を築きあげた。立派なものだ。

すらりと背が高く、健康的で、アマゾネスを思わせる姿は女としても魅力的だ。灰色の経歴によって、アビーはこの計画の候補者にものぼったが、ある晩ルシアンはアビーの顔をよくよく見て、候補からはずすことにした。

目が、一見して受ける印象の調和を乱していた。警戒心が強すぎる。帰り道であえて通りの角を曲がる回数が多すぎる。ふつうの感情を持っているふりをすることにかけて、ルシアンの右に出る者はいない。人類の九十九パーセントは、ふりかどうかのちがいに気づかない。アビー・メイトランドは残りの一パーセントに入りそうに見えた。

それにルシアンは線の細い女が好みだ。かわいいブロンドのキュレーター、エレイン・クレイボーンはその条件に当てはまる。線が細いというよりは華奢《きゃしゃ》で、うぶで、疑うことを知らず、ひどく凡庸で、ルシアンは今にも死にそうなほど退屈だった。アビー・メイトランドを標的にするべきだったかもしれない。それなら、勃起を保つことだけはできただろう。

「決まった相手がいるのか?」続いていたおしゃべりの途中で口を挟んだ。

エレインは口ごもった。「あの……その、いないわ。今日のデートは大失敗だったから、その人とはもう終わりでしょう。たぶんドヴィが紹介した人だと思うけれど。ドヴィは開発部の準職員よ。いつもアビーの〝心得〟にあう相手を探してくっつけようとしているの」

「心得？　何の心得？」

「あら。やだ」エレインはぎこちなく笑った。「じつは秘密にしてと言われていて、だから、たぶん教えないほうが――」

「誰にも言わない」まっすぐにエレインの目を見つめた。「信じてくれ」

エレインは目をしばたたかせた。「いいわ。彼女、過去に男の人で苦労したらしくて、これからつきあう人には厳しい基準を設けているの」

「財力？」

「そうね、金銭的にも余裕がないといけないわ。それにすてきなレストランでの食事とか、観劇とか音楽鑑賞とか、教養も求めているの。〝心得〟のことではアビーをしょっちゅうからかっているけど、昔の苦労を思うと本当には責められないわ」

「おもしろいね」

これは本音だ。〝マーク〟がこの女を抱くようになってから三週間、これまで聞いたおしゃべりのなかで一番おもしろい。ルシアンは情報を頭のなかにしまって、エレインの上にのしかかり、いつわりの情熱を見せるという務めを果たしはじめた。

なかなか楽ではない。この計画は望みどおりの性的興奮を与えてくれない。危険はあるし、利ざやは莫大で、海賊の宝を盗むという企みは気に入っている――とはいえ、こうした仕事は金のためにするわけではない。ルシアンは大金持ちの家の生まれだ。退屈で、スリルに飢えた十代の頃は、友人たちの家族が持つモナコの別荘から宝石や美術品をくすねたものだ。それも胸の高鳴りを感じたくてたまらなかったからだ。

成長するにつれだんだんと、自分がほかの人間とはちがうという自覚が出てきた。心のなかに空虚な穴が空いているのだ。感情の欠落とでも言えばいいだろうか。やがてその穴を埋める方法を学んだ。ルシアンほどの知能と自衛本能があれば、まったくむずかしいことではなかった。

しかし刺激を感じたければ、非常に苛烈な行為が必要だ。

両親は忙しく、自分たちのことに夢中だった。息子に問題があるとは思ってもいない。それも当然だ。ルシアンは猫をかぶっていたし、頭も見た目もよく、何ごとにも秀でている。一族が所有する大企業ハーバートン・コーポレーションの慈善事業部を経営することは昔から決まっていた。やがてルシアンは一族ではめずらしい甘ちゃんで、同情心にあふれ、ハーバートン家のほかのものたちが貪欲《どんよく》な鮫《さめ》のように金儲けに勤《いそ》しんでいるなか、ひとりで他人に金をくれてやっているというレッテルを貼られた。

この皮肉な誤解をルシアンは密かにおもしろがった。

できるだけの自己治療は試みた。あらゆる種類の麻薬を試したが、結果はまちまちだった。危険の大きなスポーツはそれなりに効果があり、アブノーマルで暴力的なセックスの効き目はもっと高かった。気晴らしの殺人もそれなりに楽しめた。ただし、汚れるのが難点だ。服をだいなしにするのは好かないし、血なまぐさい臭いも不快だ。

一番気に入ったのが窃盗だ。何にも劣らず純粋な興奮をもたらしてくれる。退屈を退治する最高の味方。苦痛も牢獄も死も怖くないが、退屈だけは恐ろしくて仕方がない。もしこの女が美術館の館長と結婚していたら、もし館長の娘だったら、もし何らかの理由でハードルがもっと高かったら、誘惑は、あえてそうするだけの楽しみがあるものになっただろう。犠牲者たちに、ルシアンから愛されていると信じこませるのは刺激的だ。その辛《から》みが殺人の一撃をより引きたてる。究極の裏切りといったところか。

だがエレインではだめだ。たらしこむのはわけもなかった。エレインはほぼ一目惚れで〝マーク〟に恋をした。生まれついての犠牲者。うんざりするほどつまらない。

ルシアンはエレインに寝返りを打たせ、むさぼるようにキスをした。情熱のなんたるかはわからないが、それらしくふるまえる程度の知識は映画から得ている。髪を指に巻きつけたままぎゅっと手を握る。驚きと痛みでエレインがあげた声が、股間に健全な影響を与えた。

膝を立てて、エレインの頭を股間までさげさせ、勃起したものを唇に押しつけて、口を開かせる。温かく湿った口の奥まで突っこみ、髪をこぶしで握り、目を閉じて思いどおりのリズムを作った。すこしはましになったが、この女が立てる音にはいらいらする。エレインはフェラチオがうまくはない。

アビーならもっとうまいだろうか。うまいほうに海賊の宝を賭けてもいい。ふとよぎったこの考えが著《いちじる》しい活性剤になった。

アビーを犯し、エレインの手足を縛ってむりやり見せるところを想像する。その光景が、驚くほど激しい絶頂をもたらした。

ルシアンは震えるエレインの痩せた背中を撫でながら、天井に小さな笑みを投げた。

走りつづけろ。まっすぐ家に帰るんだ。アビーのところに戻ろうなんて考えてもだめだ。さっきのことが現実かどうか——もう一歩踏みこんで、行けるところまで行けるかどうかたしかめるのはあきらめろ。

かわいそうにあの女性は襲われかけたばかりだ。もし、真剣につきあいたいと思うなら——思うとも！——あせらずことを運ばなきゃならない。善人だというところを見せるんだ。

いい、いい、いい、それなりの間隔って？

ザンはひとりで笑いをもらした。その気になってる男にそんな質問をしちゃ危ないよ、お嬢さん。十秒くらい？

不思議だ。夜間に鍵を失くした女性から電話があった時は、恐怖心をあおらないよう最大限に注意を払ってきた。どんなにいい女でも、客をくどいたことはない。なのにアビーに対しては安心感など持ってほしくなかった。本能に従えば、アビーを壁に押しつけ、弱みにつけこみ、甘美な報酬を余すところなく奪いたくて仕方がなかった。あのけんかの影響かもしれない。あれをけんかと呼べればだが。あんなうすのろは眠っていても叩きのめせる。よし、これから言うことは下半身の独り言だ。牙をむいた虎から女を救ったんだから、抱いて当然だろう？

もうすこしおだやかに対処することもできたが、彼女の頭が壁にぶつけられた音でぶち切れた。おそらく鼻は折れているだろうし、手首は捻挫《ねんざ》しているだろう。あのあほうには当然の報いだ。

しかし第一印象を忘れさせるにはかなり時間がかかる。

ザンはもともと工場だった古い建物の前で車を停めた。ザンと兄弟たちとでここをアパートメントに改装した。じいさまと一番下の弟ジェイミーが一階を共有している。妹のフィオナの部屋もおなじ階にあるが、フィオナは数カ月前からアジアを放浪中だ。自由人フィオナ。かわいい妹が世界中の都市をうろつきまわっていると思うと冷や汗が出るが、縛りつけておくこともできない。

母親も、中年の危機をおもしろおかしく乗りきると言ってヴェガスに越す前は、一階で暮らしていた。あとふたりの兄弟クリスチャンとジャックが二階を分けあっているが、最近のジャックは世捨て人を気取って、ボルド・マウンテンの小屋に入り浸っているようだ。

最上階はザンの隠れ家だ。部屋の両側が床から天井まで届くアーチ型の窓になっている。むきだしのレンガの壁、硬材の床、だだっぴろい空間。開放的で風とおしのいい部屋にしたくて、バスルーム以外は仕切りをつけなかった。壁の一面はキッチンで、反対側の壁には開錠用の道具が備えてある。そして仕事場と、テレビとソファを備えたくつろぎの場。バイクは部屋のすみに並べてある。余ったスペースは多く、ほとんどどこででも太極拳ができるほど。暑さはきついが、それは仕方がない。

ザンは車のエンジンを切って、携帯電話を取りだし、ボタンを数回押してアビー・メイトランドの番号を保存した。自分の部屋の窓を見あげた。

くそっ。ちらつく光が意味することはひとつ。じいさまがまだ寝ずに、ザンを待ち伏せしているということだ。ザンはうめいた。今夜はじいさまの攻撃を受けたくない。すぐにベッドにもぐりこんで、股間のものを握って、あの子のことを考えていたい。

切れ長の、警戒をたたえた茶色の目は、多くのことを見てきたようだ。唇も魅惑的だった。特徴がある色っぽい唇。ふっくらと丸みを帯びた腰つきに、優美な曲線を描く胸元。そして流れるように波打つとび色の髪は、シャンプーのCMモデルのようだった。ああいう髪のつやめきはコンピューターの視覚効果によるものだと思っていた。

アビーの髪は本物だった。ザンは実際にさわった。見た目どおりやわらかだった。

それにあの体。イエス・キリストも涙を流すだろう。エアロビでそぎ落としたような骨と筋だけの体にはそそられない。アビーのように、背が高くて健康的で、それでいて丸みのある体が好きだ。豊かな胸、形のよい尻。ストッキングの合わせ目は、短いスカートのなかで影に隠れた恵みの場所へと視線を誘っていた。その肉感的な線をなぞりたくて、ザンの手は引きつりそうだった。実行はしなかったが、危なかった。

妄想はよくあるポルノの一場面へと移っていく。欲情した鍵屋がセクシーな女を悪い男から救う。女は鍵屋を部屋に招き入れ、熱っぽい口調で礼を述べ、大胆に品定めをする。舐めるような視線は唇に、そして胸元に、それから股間に。ピンク色の舌をちろりと出して下唇を濡らし……ちょっと待った。続きはシャワーを浴びながらにしよう。熱い湯と泡だらけの手があったほうがいい。

もはや止めようにも妄想は止まらなかった。胸元の大きく開いたドレスを肩からはずす――ちょっと引くだけではずれるだろう。フリルのブラに包まれた乳房が現われる。ザンの脳はしばし進行を一時停止して、乳首の色を検討した。淡いピンクか、淫らな赤か、それともベージュか？

光がちらついた。しまった。貨物エレベーターの扉が重い音を立てて開き、二枚めの格子扉の向こうに、長身で猫背の男の姿が見えた。じいさまは問いかけるように、灰色のひげをはやしたあごを引いた。

ザンはため息をついて、逃げ場はないと観念した。車からおりてのろのろとエレベーターに向かう。「ただいま、じいさま。こんな遅くにどうした？」

「わしくらいの歳になると睡眠なぞたいしていらん。考えごとをしとったんだ」

この話の流れは要注意だとザンは思案をめぐらせながら、大きな古いエレベーターに乗りこんだ。「どうしてその考えごとをおれの部屋ですることにしたんだい？　合鍵を渡した覚えはないよ」

じいさまはもじゃもじゃの眉の下からザンをにらみつけた。エレベーターがぎいっと鳴って、うめきながらあがっていく。「鍵はクリスから預かった。あいつはプライバシーの侵害がなんぞと生意気を言わんからな。おまえは口うるさいぞ、ぼうず」

「おれは三十六だよ、じいさま」ザンは苛だちを抑えて言った。「ぼうずなんて呼ばないでくれ。それに最近のクリスがいい孫なのは知ってる」

「たわ言はやめろ」語気を荒らげる。

大きなドアがきしみながら開いた。テレビが点けっぱなしだった。ちらつく画面には白黒の古い映画が映っている。「こんなに遅くまでどんな考えごとをしてたんだ?」ザンは肩を揺すってジャケットを脱ぎ、ソファにかけた。じいさまは冷蔵庫をあさって、ビールを二本持ってきた。開いた瓶の口からは白い冷気が立ちのぼっている。ザンはありがたく一本受け取って、喉に流しこんだ。

「おまえのことだ」ソファに座りかけていた老人は中腰でそう答え、クッションの上にどさりと腰をおろして、うめき声をあげた。「おまえを心配しとったんだ、アレグザンダー」

ザンはうしろにもたれ、目をつぶった。ザンをアレグザンダーと呼ぶのは、これからお説教が始まるしるしだ。「またその話?」ザンは言った。

「おまえは働きすぎだ」有無を言わせない口調だ。「ここに一日中引きこもって、コンピューターなんぞで遊んで――」

「コンピューターで働いているんだよ」不屈の忍耐力で説明する。「顧客はそれに金を払う。ちゃんと料金を請求している。時間単位で。ばか高い料金を」

「お遊びだ」じいさまは譲らない。「ニンテンドーのテレビゲームのようなもんだろうが。子どもはゲームと現実の区別がつかんほど夢中になる。それがおまえだ。まともな人間には会おうともせんで。まるでテレビに出てくる吸血鬼だ。不健康で、異様だ」

ザンは冷たいビール瓶をひたいにつけた。「吸血鬼ではないよ。嘘じゃない」さらに抵抗を試みる。「それに仕事がうまくいってるのは、喜んでくれてもいいんじゃないかな」

「仕事？」じいさまは瓶を振りまわした。口角《こうかく》泡を飛ばしはじめる。「仕事の話なんぞしとらん！　おまえの人生の話だ！　稼ぎがいいのはけっこうだが、使い道がなければなんの役にも立たん！」

「どうしておればかり心配するんだい？」ザンは尋ねた。「ジャックは？　おれよりずっと非社会的じゃないか。それにフィオナ。最後に連絡があったのは三週間前で、カトマンズからだった。ジェイミーだって鼻にピアスを開けている」

「あれは芝居のためだと言っとった」じいさまはさっと手を振って、ジェイミーの鼻ピアスの話を退《しりぞ》けた。「だいたいわしはおまえたち全員の心配をしとる」

「ワオ。おれたちは幸せだな」ザンは皮肉な口調で言った。

じいさまは煙を輪っかにして吐きだし、それが空に溶けていくのをながめた。「おまえときたら！　三十六にもなって、女のひとりもおらん！　待てば待つだけ、いい女をつかまえるのはむずかしくなるんだぞ。せめて髪を切ればまだまともに見えるだろうに！」

「あのさ、おれは今日は疲れていて――」

「ひげも剃ればいいもんを！」かまわず話を続ける。「このままどんどんだらしなくなっていくぞ。気がついたときには、腹がベルトの上にせりだし、ズボンがケツの割れ目にくいこむようになる。それにな、小僧、臭うようになるんだ」

ザンは引き締まった筋肉質の体を広げ、鑑定人の目にさらして見せた。「先週クリスとスパーリングをして、つい強く殴ったせいで、あいつはまだ口もきいてくれない。ケツの割れ目は当分ズボンにくいこみそうにはない。それに、ガールフレンドは大勢いる」

「どこにおるんだ？　おまえは女のケツを追いかけまわして、欲望を満たしとるかもしれんがな、ひとりとして家に連れてきてわしらに紹介したためしがないだろうが！」

ザンは鼻で笑った。ささやかで、しかもめったにない情事は、とてもじゃないが『女のケツを追いかけまわす』とは言えない。ザンはアビーのことを思いだし、ビール瓶を掲《かか》げて無言の祝杯をあげた。「それについては、努力するよ。本気で」

「うむ」じいさまは咳払いした。「せっせと努力しろ。わしは老い先短いが、ひ孫はあきらめちゃおらんからな」

「ひ孫のことならジャックを急《せ》かしてくれよ。長男なんだから」

「つかまったら、すぐにもそうするが」じいさまはうんざりした口ぶりで言った。

「それにおれは今週は日のあるうちに外に出るよ」ザンは言った。「ボイルのところから仕事の依頼を受けた。美術館の鍵の仕事だ。どうしたって社会と関わることになるし、女性とだって出会うかもしれない。じいさまから見てもまっとうだろ？」

じいさまは無精ひげの伸びたあごを突きだした。「口の減らない若造が。おまけにあんな目にあったあとで、なぜボイルの仕事なんぞ引き受ける？」

ザンは肩をすくめた。「過去のことは水に流したよ。仕事は仕事だ」

「仕事なんざくそくらえだ」じいさまは嫌悪感もあらわに吐き捨てた。「おまえはあの裏切り者ふたりから下請けしなけりゃならんほど金に困っとらん。それどころか、わしの見たところ、金は余っとる」

ザンは考えをめぐらせながらゆっくりとビールをすすった。「あのときのことに罪悪感があるから、ウォルトはおれに仕事をくれるんだろう」

「くだらん」じいさまは意地悪く目を光らせた。「ウォルト・ボイルがおまえに仕事を頼むのは、おまえが優秀だからだ。優秀な人間が必要なんだ」

「マティがいるだろ」ザンは指摘した。「あいつは電子工学で学位を取った。おれはそんなもの持っちゃいない」

「学位なんざなんの意味もありゃせん」じいさまはせせら笑った。「マティの全身より、おまえの小指のほうにたくさん脳みそがつまっとる。皆が知っとることだ。背後に気をつけろよ、ぼうず」

非常階段のドアがぱっと開いた。黒い革の服、こってりとしたマスカラ、ドレッドヘアの化け物が大いばりで入ってくる。弟のジェイミーだ。

ザンは目をつぶってうめき声を立てた。「鍵をやったのは誰だ?」

ジェイミーは、ザンが数カ月前に軽率にも使い方を教えたピッキングの工具ふたつを、得意気に振りかざした。「ひとつで充分だった」

「おれに試せとは言ってないぞ」ザンはぼやいた。「違法行為だ」

「ならクリスに逮捕させてよ。クリスならおもしろがると思うな」ジェイミーはザンの冷蔵庫を勢いよく開けて、なかのビールに蔑《さげす》みの目を投げた。「ここのは馬の小便だぜ、ザン。下からまともなビールを取ってこよっか？」

「いやなら飲むな。その格好はなんだ？」

ジェイミーは瓶のふたを開け、ぐいとひと口飲んで、渋面を作った。「馬の小便」もう一度不平をこぼす。「なんだよ、今さら。この格好は芝居用」

「芝居？　なんの芝居？」

ジェイミーはぐるりと目をまわした。「おーい、ザン。芝居のことは話しただろ？　ストレイ・キャット劇場が夏季公演期に入るって。演目は『ロミオとジュリエット』で、おれは決闘の振りつけを担当。でも先週、ティボルト役のやつがパラセーリングで脚を折っちゃってさ。監督に代役を頼まれたんだよ。先週は毎日リハーサルに通ってたのに、兄貴がおれのメイクに気づいたのは今日が初めて？」

「気づいていたさ」とザン。「ただ芝居用だとは思わなかったから、コメントする気になれなかっただけだ」

ジェイミーはごてごての化粧に縁どられた目をまたまわした。「念のため言っとくと、おれは変わり者かもしんないけど、マスカラを塗るタイプの変わり者じゃない」

「はん」ザンはつぶやいた。「そりゃひと安心だ」

「ティボルトはすごい役だよ」ジェイミーは話を続ける。「おれはふんぞり返って、面倒を起こしてりゃいいだけ。芝居の途中で、ロミオにビール瓶で喉を刺されるんだ。フィオナがいたらなあ。絶対喜ぶのに」

「だろうな」ザンも同意した。「なにせあいつ自身が血に飢えた悪魔だ」

じいさまとジェイミーが意味ありげに視線を交わした。

「あー、ところで、今日、公演芸術センターで偶然ペイジに会ったよ」ジェイミーは反応をうかがいながら切りだした。「元気そうだった。うまくやってるみたいだよ」

ザンは最後の恋人の名前を聞いて身をこわばらせた。「よかった。そう聞いて安心したよ。でもそれが何かと関係あるのか？」

「おれの芝居の公演は再来週《さらいしゅう》の週末からなんだ」とジェイミー。「絶好のチャンスなんじゃないかな。あー、その……彼女に電話をかけるチャンスってこと。ロマンティックな芝居をいっしょに観たらどうかな」

「ふたりで示しあわせたんだな？」思わず語気を荒らげた。

「惰性で生きるな、アレクザンダー」じいさまが口を添えた。「外に出なけりゃいかん。女性と会う機会を作れ。おまえの将来を考えるころあいだ」

三人ともテレビを見つめた。ブロンドの女がトレンチコートの男にすがりついている。男が何か言った。女は一歩あとずさりして、平手打ちをくらわせた。男は女のキューピッドの弓みたいな唇に情熱的に口づけをする。ブロンドはやがて抵抗をやめ、トレンチコートの首に抱きついた。

やれやれ。現実ではこういう行為は絶対にうまくいかないんだよな。

携帯電話が鳴った。ザンは消える口実ができるのを喜んで、ポケットをあさった。もしかしたらアビーが郵便を取りに出て、また締めだされてしまったのかもしれない。今度は透けたネグリジェ姿で。

電話に出たとたん夢は弾《はじ》け消えた。ナイトクラブに繰りだし、車の鍵を失くした大学生だ。ひどくつまらないが、ここでじいさまとジェイミーの非難の表情をながめているよりはましだろう。


「ご機嫌な朝ね、アビー」ピンク色の髪をつんつんに立てた女の子が、コーヒーワゴンの向こうでほがらかに言った。「ご注文は？　いつもの？」

輝く朝の日差しで、ナネットの鼻と眉を飾る鋲《びょう》がきらめいている。その反射でアビーの目は痛んだ。

「だいじょうぶ？」ナネットは眉のあいだにしわをよせた。「具合が悪そう」

「平気。ありがとう、ナネット。いつものをお願い」

「了解」染料で染まった手が、慣れた様子でコーヒーを作る。「コーヒー豆にチョコをコーティングしたものを載せておくね。元気になるから」

「迎え酒みたいなものね。あとエレイン用にカフェイン抜きのソイ・ラテを作ってくれる？

今日はわたしがコーヒーを用意する番なの」

「あ、エレインなら数分前にここの前を走っていった」ナネットは言った。「きっとコーヒーを待ってると思うな。ストレスがたまってるみたいに見えたから」

アビーはバッグから財布を取りだした。疲れで目がしょぼしょぼする。昨晩、興奮で寝つけず、結局クラシック映画専門チャンネルを最後まで観た。映画のあとは、自分を現実に繋《つな》ぎとめておくために、深夜番組を観るともなしにながめながら、ファミリーサイズのアイスクリームを丸ごとたいらげてしまった。首元にシバを乗せた状態でソファで目覚め、シャワーもそこそこにバスに飛び乗った。

元気をつけるため、美術館に向かう前にエスプレッソをひと口する。糖分とカフェインで一日を始める習慣をやめなければ。テレビの前のアイスクリームももちろん自分のためにならない。明日はブラン入りのシリアルでカロリーを減らさなくちゃ。そうしないと、服を全部ひとサイズ上に買い直すはめになりそう。今のままでも、ガリガリではないのだから、これ以上は太れない。

でも、まずはもっと重要なことから。パーティのパンフレットを校正して、大口寄付者の貴賓《きひん》のスペルがまちがっていないかどうか確認する。猫なで声の電話を何億兆回もかけて、評議員たちと美術館評議会の奥方さまたちに、招待状の返事を出すよううながす。パーティの装飾を手伝ってくれるアーティストたちと打ち合わせをして、当てにならない芸術家肌の尻に火を点ける。集まったボランティア要員をまとめて、地元の企業とパーティのスポンサーから寄付された品を、参加者へのおみやげとして何百もの袋につめてもらう。これまでに集めた金額を表につけて、目標額まであとどれくらいの小切手が必要なのか計算する。そして何よりも、このすべてをこなすために、恐るべき上司ブリジットと顔をあわせないようにする。アビーの能力を脅威に感じているせいなのか、ブリジットはアビーにとりわけ辛くあたった。そのうえ、美術館の取締役と結婚している。もう充分。

さらにご機嫌なのは、管理事務所が今週から新棟への引越しを始めていて、何もかもがダンボール箱に収まっていること。パーティの直前という最悪のタイミングだけど、そもそも引越しすることになったのはアビーのせいだと言えなくもない。資金集めに貢献したのだから。ものごとの明るい面を見るようにしよう。

アビーはエレインのオフィスに滑りこんだ。エレインは電話中だった。「ええ、フェットチーネのきこり風、メカジキのグリル……スタッフド・マッシュルーム、それにイカのガーリック揚げ。デザートはパンナコッタ。ガーリックとローズマリーのフォカッチャ、ワインはプロセッコ……ええ、それから配達の人に二十五パーセントのチップを。昨晩とおなじ住所で……ええ、九時に。請求はいつものカード番号に。それでいいわ。お世話さま」

エレインは電話を切って振りかえった。はずんだ祝いの言葉がアビーの喉に張りつく。エレインはいつものとおりブロンドの華奢な美人だけど、性的に満たされて輝いているようには見えなかった。

げっそりしている。何かに憑《つ》かれているといってもいいくらいだ。

アビーは困惑を隠して、エレインのコーヒーを置き、バッグのなかをかきまわした。「はい、約束の合鍵。秘密の恋人とはどう？　謎のマークはゆうべ寝かせてくれなかったの？」

エレインは視線をそらした。「あまり」

「ふたりきりのロマンティックなディナー？」アビーは重ねて訊いた。「すてき。食事はどこで注文したの？」

「カフェ・ジラソールよ。母がお得意さまなの」ばつが悪そうな表情を浮かべる。「今、ママの秘書のグウェンのふりをして電話をかけたのよ。誰もわたしには請求してこないわ」

エレインの母、グロリア・クレイボーンは街一番のお金持ちといってまちがいない。誰もエレインに請求しないのはアビーにも容易に想像できる。シルバーフォークでもっともしゃれたレストラン、カフェ・ジラソールのディナーなら四百ドルはくだらないだろう。「おいしそう。はい、カフェイン抜きのソイ・ラテ」

「ありがとう、アビー。でも今朝はマークが淹《い》れてくれたの」

「コーヒーを？」アビーはよしよしという顔で言った。「いいじゃない。ポイントがあがった。朝食も作ってくれたとか？」

「いいえ、カフェイン抜きのソイ・ラテを淹れてくれたの」エレインはゆっくりと言葉を強調するように言った。「カフェイン抜きのエスプレッソを買ってきて、豆乳を泡だてて、シナモンまで散らしてくれた。最初にいっしょにカフェに行ったとき、わたしがどんなコーヒーを注文したのか覚えていたのね。細かいところまで正確に」

アビーはまばたきした。「ワオ。それは、えっと……なかなかないことね」

「そうね」エレインは何かにとまどっているようだ。「あの、お願いがあるの、アビー。わたし、マークにわたしたちのことを誰にも言わないって約束していたのよ。ともかく彼の離婚問題に決着がつくまでは。だから、内緒にしてもらえるとありがたいわ。ゆうべも本当は話してはいけなかったの。彼、とても腹を立てて」

腹を立てる? エレインに? どこの誰がエレインに腹を立てられるの? 小鳥に怒鳴るようなものじゃない。「離婚問題って?」アビーはやんわりと話をうながした。

「落ちつくまで、詳しいことは話せないわ。お願いだから、怒らないで。ね? マークは家の近くに車を停めることも許してくれないのよ。それくらい神経質になっていて。五ブロックも離れた駐車場に停めさせるの」

「もちろん怒ったりしない。心配しないで」アビーは心から言った。「いつも気にかけているだけよ。でもエレイン……なんだかやつれているみたい。だいじょうぶ?」

エレインは椅子に沈みこみ、透けたような色のまつげをぱちぱちさせた。「彼は……わたし、そういうことに慣れていないから……ああ、気にしないで」

アビーは眉をよせてエレインを見つめた。「何に慣れていないの?」

エレインはなぜか途方に暮れた顔つきをした。「わからない」小声でつぶやく。「完璧すぎるほど完璧だったわ、最初の一週間は。でもそのあとは、何かへんだと感じるようになって。彼の好みは、あの……過激みたい。ゆうべ、アビーと電話したあと、彼が怒りだして、それから、あの、本当におかしなことになったの」

アビーはセックスに対して偏見のない心を持っているけれど、繊細なエレインのこととなれば話はべつだ。守りたいという本能が戦車に載った旋回砲塔のようにぐっと奮《ふる》いたった。

「どうおかしいの？」問いつめた。「具体的に話して」

エレインは頬を染めた。「説明はむずかしいわ」きまじめな表情で答えた。「雰囲気の問題かしら。あの、白黒つけられないというか」

「荒っぽくなる？　痛い思いはしていない？」アビーの胃がよじれる。

「あら、ちがうわ！　もっと、その、体ではなくて心の問題」

「心理操作」アビーは硬い表情で言った。「とんだげすね。賛成できない」

「大げさに考えすぎよ」エレインの声はわなないている。「完璧な男の人なんていないでしょう？　うまく調整していくしかないところもあるものよ」

アビーはかぶりを振った。「ちがう。譲っちゃいけないこともある。やさしさがあることと、こっちの気持ちを尊重してくれること」

エレインは目をあわせなかった。「お説教はやめて」

アビーは口を結んだまま五つ数えた。「心配なだけ」

「心配してくれるのは嬉しいわ。でも、女には賭けにでなければいけない時もある。でしょう？」エレインの笑みは今にも崩れそうだ。「アビーがわたしにいつも言っていることよね？」

「条件はある」アビーはきっぱりと言った。「楽しい気持ちでいられるかどうかよ」

エレインは子どもみたいにとまどった顔をした。「わからないわ。楽しいというのは、しっくりこないような気がするの。おびえているというほうが近いわ。崖から飛びおりるような感じ」

「困った人ね」アビーは苦い顔をした。「やれやれ。盛大なお楽しみだったようね」

エレインはアビーの嫌味を気に留めなかったようだ。「彼、本当にすてきで。あんなにハンサムな人がわたしなんかに興味を持ってくれるとは思いもしなかった」

アビーは忍耐心をかき集めた。「エレイン、あなたは美人よ。世のなかの九十九パーセントの女より美人。お願いだから、それを覚えておいて。女はあなたみたいになりたくてしょうがないんだから。それで、少なくとも危険はないのね？」

「はい、先生」エレインはとりすまして答えた。「心配しないで。今夜はきっとうまくいくから。ゆうべすこしおかしかっただけ。気分の問題ね。たいしたことではないわ」

アビーは意見を差し控えた。気分の問題なもんか。正体不明のマークはとんでもなく非常識なげす野郎だと本能は叫んでいるけど、今のエレインに言っても無駄だろう。昔のアビーとおなじく。そしてアビーに男の良し悪しを判断する権利がないことは、よくわかっている。

それでも心配だった。ぞっとして鳥肌が立つほど。

「明日の昼、ケリーズでお昼を食べない？」アビーは言った。「詳しいことは話してくれなくていいのよ。わたしが聞きたいのはエレインの気持ちだけ。いい？」

「いいわ」エレインはしぶしぶ答えた。「想像しているようなことではないの、アビー。彼はとてもロマンティックな人。去年、〈海賊の財宝展〉がニューヨークで開催されたときに観たそうよ。金の渦巻きの装飾に半球形のサファイアがついた、フランドルのメダリオンは知っているでしょう？　あのサファイアがわたしの瞳の色とそっくりだって言うの。あの首飾りをつけているわたしと愛を交わしたいんですって。すてきでしょう？」

アビーは感銘を受けず、うめき声をもらしてから言った。「美術館のギフトショップで複製を買えば、二百八十五ドルで夢が叶うでしょ。何も本物を……そういえば海賊の財宝の保険金はいくらだっけ？」

「四千万ドル」戸口から聞こえたとげとげしい声に、ふたりとも飛びあがった。ブリジットが部屋に入ってきた。「その梱包を解いて展示するまであと二週間。お互いの性的欲求をくすぐりあうよりも、急いでしなければならない仕事がある」振り返って、アビーにいぶかるような視線をそそいだ。「今日の昼、パーティの準備の進行状況を報告して」

アビーは口ごもった。「でも……でも今日の昼はおみやげ袋をつめるボランティアとの打ち合わせがあって、そのあとは――」

「予定を立て直しなさい。わたしは午後一時に重要な寄贈者と会うから」ブリジットは窒息しそうなほどの香水の臭いを残して出ていった。

すばらしい。これでアビーは大急ぎであと十件電話をかけて、ボランティアの打ち合わせ日程を決め直さなければいけなくなった。ブリジット星ではごくありふれた一日の始まり。

アビーはぐいっとエスプレッソを飲み干して、自分のオフィスに勢いよく飛びこんだ。電話のランプが点滅している。受話器を取った。「もしもし？」

「アビー？　ドヴィが回線二番で待っているわ」受付嬢が言った。

また新しい相手を見つくろってきたんじゃありませんように。ドヴィはアビーの理想の男を見つけようと固く決意していて、その気持ちは嬉しいけれど、今日はかんべんしてほしい。

「繋いで」それから「ドヴィ？　まだいる？」

「いるよ！　うるわしのアビー、今日のご機嫌はいかが？」

「残念ながら、ご機嫌はうるわしくない。ものすごく忙しくて、ブリジットは盛大に鞭《むち》を鳴らしてる。どこにいるの？　あとでかけ直してもいい？」

「ほんの一分で話は終わるから。エドガーとはどうだった？」

「大惨事」アビーは答えて、身震いした。「大災難。大虐殺」

ドヴィは舌打ちした。「おかしいなあ。でもよかった。もっといい候補を見つけたから！　ゲイじゃないし、四十三歳で、顔が良くて、知性が高くて、独身――ただ、離婚歴があって――」

「離婚？」アビーは正体不明のマークのことを思いだして、落ちつかない気持ちになった。ブルル。

「三度。奥さん側に落ち度があったんだけどね。三人ともいやな女。それ以外は〝心得〟の条件に全部当てはまるし、大の猫好き！」

アビーはコーヒーを飲んだ。「わたしたちだけで先走るのはやめておきましょ」ドヴィがやけに乗り気なので、こっちはまったく気が進まないと言えなかった。どんなに条件のいい男だろうと、セクシーな鍵屋と似かよったところはひとつもない。「職業は？」アビーは義務的に尋ねた。

「心理療法士」ドヴィは答えた。「経済力はぼくが個人的に保証するよ。小さな国の国家予算と、ここ数年でぼくが支払った治療費がつりあうくらいだもの」

アビーは卓上カレンダーに落書きしながら、窓の外をながめた。「わたしのことで一所懸命になってくれてありがとう、ドヴィ。でもしばらくは——」

「あんたの電話番号を彼に教える許可だけでいいから」ドヴィは懇願《こんがん》するように言った。

「そうしたら、ゆったり構えて、運を天にまかせればいいよ」

「それはちょっと危険だと思う」アビーは断わる方向に持っていこうとした。

「一生のお願い」ドヴィは甘えた声を出した。「パーティのエスコート役にしてもいいじゃない。チケットはもう売ってあるんだ。それに彼、タキシード姿はちょっとしたものだよ」

アビーは時間稼ぎをしながら落書きを続けた。「名前は？」

「それ、電話番号を教えてもいいってこと？　名前はレジナルド・ブレイク。きっと気に入る。完璧だもん。じゃあこれからすぐ彼に電話するから。チャオ！」

アビーは電話を切って、鍵屋の番号がまだ親指に残っているのに気づいた。シャワーで消えかかっている。自分でも何をしているのかわからないまま、アビーはその番号を黒いペンでなぞっていた。

やだ。インクが乾いていくのを見ながら、自分を戒《いまし》める。ザンが気になるのはふつうのこと。おぞましい運命から救ってくれたんだから。おまけに惚れ惚れするほどいい男。心理学の教科書には、きっとこういう状態を表わす名前が載っているはず。なんとかかんとか症候群。

〝心得〟に適ったデート相手は、こののぼせあがりから気をそらすまたとない方策かもしれない。今夜でもいい。でしょ？　これからはわたしが恋愛をあやつる。恋愛にあやつられるのではなく。それにパーティにいっしょに参加する相手ができるのも好都合だ。

卓上カレンダーへ視線がさまよう。落書きはアビーの目を釘づけにした。ザン・ダンカン、ザン・ダンカン、ザン・ダンカン。彼の名前が六月を覆いつくしていた。ナネットのくれたチョコレートのかかったコーヒー豆が、プラスチックのカップのふちにまだへばりついている。アビーは豆をつまんで、口のなかに放り、嚙み砕いた。

人生のちょっとした幸せは、見つけたときに味わっておくべきだ。

4

マークの寝室は寒かった。

エレインは震えながら、細く裂いたシルクのスカーフをはずそうともがいた。そのスカーフで手首と足首をベッドに縛りつけられている。お気に入りのスカーフだった。アビーからのプレゼントだ。だいなしにしたくなかったけれど、いったん裂きはじめたら、マークは聞く耳を持たなかった。マークはあまり人の話を聞いてくれない。

ううん。この表現は控えめにもほどがある。

上掛けは丸めてエレインの下に突っこんであり、ちょうど腰のくびれに当たってちくちくする。マークがこの状態でエレインを置いたまま階下におりたのは、約三十分前。何分かあとに、スペイン語らしい言葉で電話している声が聞こえた。それから低く抑えたテレビの音。よりによって、テレビ。エレインはさらに激しくもがき、できるだけ大きな声をあげようとした。しかしスカーフで猿ぐつわをかまされていては、大声にならない。泣きたくなかったけれど、傷つけられたとか見捨てられたと感じるときは、こらえきれないのが常だ。涙はとめどもなくあふれ、頰をくすぐり、落ちていく。なるべくなら枕に吸わせたかった。

鼻水で鼻がつまりかけている。彼がもう一度エレインに目を向けようと決めた時、どれほど魅惑的な姿に映ることだろう。

女には賭けにでなければいけない時もある。でしょう？　本当にわたしが言ったの？

条件はある。楽しい気持ちでいられるかどうかよ。アビーはそう答えた。

エレインは息をしようと苦闘した。楽しくない。つきあいはじめてからずっと、信じられない現実にぼうっとしたような状態だった。わくわくして、心が浮きたち、夢中になってはいたけれど、ただの一度も、ほんのわずかにも、楽しいと感じたことはなかった。マークといると気が休まらない。絶対に。

怖くてたまらないのだ。

何年も心理療法を受けてきて、自分のことはよくわかっている。とくに弱点と欠点については熟知している。どう克服すればいいか見当もつかないけれど、誰がなんと言おうと、認識だけはしている。そしてこの関係が楽しくないこともわかる。マークを怖がっているようではだめ。もし本気で愛しているなら。

とはいえ、エレインは誰のことも怖い。実の母親、職場の上司。もしかするとアビー以外、怖くない人なんていないかもしれない。

ひどくみじめだ。縛られて、口をふさがれて、だまされて、放っておかれて、それでようやく気がつくとはいかにも自分らしい。恥ずかしさのあまり涙がにじんだ。

はじめは胸が躍《おど》った。やっとのことでふつうの女の人みたいに交際相手ができたから。何年もさみしい思いをしたあとで、生身の男の人に抱かれたから。しかも、マークとのセックスはよかった。ともかく最初のうちは。一週間は申し分なかった。それから何かおかしなものが、影みたいにじりじりと忍びよってきた。

内側から腐《くさ》っていくみたいだった。いつものように、エレインは都合のいい夢を手放そうとしなかった。ほどけた包帯で傷のかさぶたがはがれるように、夢がねじれ、もぎ取られていくまでじっと待っていた。だから痛みは最大限まで大きくなる。

ゆうべエレインは現実に目を向けはじめた。今夜、もう疑いはない。

何よりおぞましいのは、こういう扱いを受けることを自ら承諾したこと。相手を喜ばせようと必死だったのは、ほかでもない自分。言われるままにロープまで買い、エレインの家で彼の嗜好《しこう》にあわせて楽しむことまで約束した。残酷な行為の共犯者は自分。

歴代の心理療法士たちは、男性に対するエレインの問題が、父親との問題に直接起因するものだと口をそろえた。たまに目新しいことを教えてほしい。エレインは力関係のことは理解している。そして今したいのは、ここを出ること。逃げること。ここではないどこかへ、彼ではない誰かのところへ。シルクの縄から解放されて、このベッドからおりたい。

あの男とスペインに逃げだすことはできない。行くと約束したけれど、そうすれば身を滅ぼされる。今すでに滅ぼされかけている。

マークが戻ってきた。ベッドルームの戸口で影になり、まだ携帯電話で話している。スペイン語をあやつるマークの声は美しかった。縛られ、震えていてもなお、エレインはときめきを感じた。うしろの明かりが、マークの手のなかのワイングラスを照らしている。聖餐《せいさん》の血のさかずきのように輝いている。食事といっしょに注文したカベルネだ。

震えが走った。体の奥から立ちのぼる震えは、ベッドを揺らすのではないかと思うほど激しい。マークは携帯電話を切って、ベッドルームの垂木《たるき》に一列に埋めこまれたやわらかな明かりを点けた。こちらに歩いてきて、エレインを見おろす。視線をそそぎながら、口のなかで何かを嚙んでいる。マークはそれをワインで流しこんだ。

軽食。ここでエレインが空気を求めてあえいでいるあいだに。

さらに涙があふれてきて、鼻をふさいだ。エレインはむせはじめた。

マークはワインを舐めながら、エレインの体にゆうゆうと視線を這わせている。これほど哀れな姿にされてもなお、エレインはマークの姿に見惚れた。暗いブロンドの髪はあごまで伸びて、ゆるやかにうねりながら、ギリシアの神を思わせる顔を縁どっている。がっしりとして、先端中心のかすかなくぼみが扇情的なあご、冷酷な感じと肉感を備えた大きな口。そして彼の体。驚くばかりにたくましい。片手でエレインを動けなくすることができる。事実、そうされた。さまざまな体勢で何度も。

「きれいだ」マークが口を開いた。「このシーツを買ったのは、黒いサテンを背景に、きみが真珠のように輝くところを想像したからだ。思ったとおり」

うっとりとした、うつろな声だ。エレインは身もだえ、空気を求めて弱々しく泣き声をあげた。彼にまったく意思を伝えられないと気づいて、パニックに陥りかけていた。激しく体を揺らしはじめた。マークのペニスは勃っていったけれど、エレインの動きが発作のように激しくなると、顔に浮かんでいた笑みは消えた。マークはワイングラスをナイトテーブルに置き、ベッドにのぼってエレインにまたがった。

両手を押さえつける。「やめろ」マークは命じた。「肌にあとが残るぞ。それは避けたい。だからスカーフを使った」

エレインは体を揺すろうとしたけれど、馬乗りになられていてはうまくいかなかった。マークは涙に濡れ大きく見開いた瞳を見て、顔をしかめた。「取り乱している」客観的に述べたものの、怪訝そうな口調だ。

おあいにくさま、まちがいよ、シャーロック・ホームズ。エレインは口のなかのスカーフ越しに叫びたかった。マークはエレインの顔の下半分を覆っていたスカーフを剝《は》ぎとり、口のなかで濡れて丸まったほうも引き抜いた。

エレインは大きく息を吸って、咳をしはじめた。マークはワイングラスをつかみ、エレインの口に近づけ、カベルネを飲ませようとした。ワインはあごにこぼれ落ち、口に入ったぶんは気管に流れて、エレインは咳きこみ、息を切らしてあえいだ。屈辱の涙が頬を伝う。

マークは涙に口をつけた。「なぜ泣いている？　そうしているとじつに美しいのに」喉にしたたるワインを舐めた。

「こんな格好で人を放っておいたまま、テレビを見にいくなんて。それに電話に夢中で。わたしのことなど忘れてしまったように」エレインは口走った。「息ができなかったのよ。それに怖かったわ」

マークは顔をしかめた。「一分一秒すべてを捧げろというのは過度な要求だ。ところで、今日、チケットを買ったね？」

エレインは従順にうなずいた。気が変わったと言わなければならないけれど、びくついた心の声が今は言うべきタイミングではないとささやいている。手足を縛られ、マークが馬乗りになっている状態では。彼はひどく重い。

「バルセロナ行き、ファーストクラス」エレインの声は途切れがちのつぶやきにしかならなかった。

マークはエレインのまぶたにキスをした。「専属運転手がリゾート地まで案内する。離婚に決着がつくまで、きみはそこで買い物や日光浴を楽しむといい。自由になったら、合流する。新しい人生を始めよう。楽園で」

エレインは口を挟もうとしたけれど、マークはそのそぶりに気づかず言葉を継いだ。

「きみはすべてから逃げだしたいと言った」しゃべりつづける。「例の写真はスペインの仲介者に送った。あの男がEUでの身分証明書やパスポートを用意する。スペインの市民権も。あちらでの名前はエレナだ。きみにぴったりの美しい名だよ、かわいいエレナ」

「マーク」エレインは口ごもった。「わたし……わたし――」

「すべてを忘れられる。親のことも、病院のことも。過去の痛みはすべて」

手足を縛られているのに？　エレインは口を開いたけれど、マークの唇にふさがれ、舌をねじこまれて、言おうとした言葉を阻《はば》まれた。窒息しそうになって、ぐいと顔を横に向けた。

「マーク、スカーフをほどいて。お願い」エレインは懇願した。

「だめだ」マークはにべもなくはねつける。「できない。おまえはもうわたしのものだ」

「でも、腕の感覚がなくなって」エレインはくいさがった。「手も痺《しび》れて痛いの。トイレにも行きたいわ。お願い、マーク」

「猿ぐつわをはずさないほうがよかったな」ひとりごちる。ナイトテーブルの引き出しから小型ナイフを取った。手首のひと振りで刃が飛びでる。慣れた手つきできらめく刃を指でもてあそびながら、エレインの体をながめおろす。まるでそのままナイフを……

だめ、そんなことを考えてはだめ。エレインは頭に浮かんだことを必死に否定した。思い過ごしよ。彼だってまさか……だめ。考えられないことなのだから、考えてはだめ。「お願い」エレインはささやいた。

マークはナイフを四回振りおろしてスカーフを切った。エレインは震えながら体を丸めた。手首と足首には緑色のシルクがまだ固く巻きついている。「トイレに行きたいなら、早く行け」マークが言った。「待たせるな」

エレインはベッドから転がりおりて、廊下を走ってバスルームに飛びこんだ。鏡に囲まれた洗面台は豪華で、今夜のエレインには無用の長物だ。顔は血の気が失せ、スキムミルクみたいに真っ白だ。目は大きく開き、ぎょろついているように見える。

薄気味悪い小さなナイフを持っているあいだ、マークの目に浮かんだ得体《えたい》の知れない虚無の表情が、死ぬほど怖かった。

エレインは窓を開けて外に身を乗りだし、逃げ道を探した。二階。絶望的。ポーチの屋根もないし、排水管のパイプもないし、ちょうどいい木も立っていない。怪我をするのがおちだ。それに、一糸まとわぬ姿。服はマークのいるベッドルームにある。

そろそろ落ちついて。エレインは自分に言い聞かせた。いつものように、芝居がかった反応をしてしまっているだけ。母の——グロリア・クレイボーンの表情がまざまざと目に浮かぶ。娘が夜中に裸でうろついているところを見つかり、サディストの秘密の恋人のことをあれこれまくしたてたと知ったらどうなることか。母からは、もう二度と恥をかかすなとはっきり命じられている。ひとりで解決しなければ、精神病棟に逆戻りだ。

どちらの可能性がより怖ろしいかわからない。母の怒りと拒絶と精神病院送りか。それとも、動けないエレインの裸を見おろすマークか。器用にナイフをもてあそぶマークの姿が頭に浮かんだ。

エレインは冷たい水を顔にかけた。いつものように自分で勝手に想像力をたくましくしているだけ。スカーフの結び目を解こうとしたけれど、固くてほどけなかった。まるで小さな岩だ。今回ばかりは自己主張しよう。ありがとう、マーク、新しい身元を作ってくれたのは嬉しいけれど、今のままの自分でいることにするわ。エレインは髪をうしろに払い、背筋を伸ばして、ベッドルームに向かった。

しかし足首に巻きついたままのスカーフは、犬のリードのように引きずられていた。

アビーはぽってりとしたトリュフのラビオリをフォークで突き刺し、皿を見おろした。料理はおろしたトリュフの粉で飾られている。しゃれた内装、陶器に銀器が当たる控えめな音、でしゃばらず、それでいて気配りの行き届いたサービス。申し分ない。アビーはワインに口をつけて、レジナルドがしゃべっていることに耳を傾けようとした。顔がゴムマスクみたいに見える。

レジナルドは独白の途中で言葉を切って、やぎひげを撫でた。両耳の上にかかっている髪の白い筋は美容院でつけたものかしらとアビーはぼんやり考えた。べったりとジェルでうしろに撫でつけられた髪から、不自然なほどきっちりと左右対称にそろった白髪の房がぶらさがっている。ドラキュラみたい。

ぶしつけな考えだ。この人は何も悪くないのに。気取り屋で、退屈なだけ。いつからそれが犯罪になったの？

「だいじょうぶかね？」バリトン歌手のような声には気づかいがにじんでいる。「ぼんやりしているようだ」

「あら。まあ、ごめんなさい」意識をねじふせて、会話に集中させようとする。泥のなかでワニと格闘しているようなものだった。

「直観力は商売道具だからね」レジナルドが言う。「ルドヴィクから聞いてると思うが、わたしは心理療法士だ。どんなこともけっして見逃さない」

「すばらしいことね」アビーはまたラビオリにフォークを刺し、話に興味があるふりをして明るい笑顔を作った。「ルドヴィクってどなた?」

レジナルドは得意そうににやりとした。「ルドヴィクとはきみも古いつきあいのはずだ。まだあだ名で〝ドヴィ〟と呼んでいるにせよ」

「ドヴィ? まあ。じゃあ、ドヴィの本名は――」

「ルドヴィクは過去を清算して、それとともにあだ名も葬ろうとしているところだ。自己破壊欲を表わす名前を」

アビーは筋の通った返答を探したけれど、思いつく前に、レジナルドがすいすいと話を進めた。「彼の友人だと思うなら、本名で呼んであげなさい。彼の本質と内面と、究極的には、われわれ皆が望んでいる彼の未来の自己を表わすものだから」

あらら。ちょっとくいつけないほど大きな話題を出されちゃった。「でもドヴィはわたしには――」

「医者と患者の守秘義務を踏みにじることになるから、これ以上は話せない」フロイト気取りでまたひげを撫でおろしている。

「ええと、それはわかるけど。わたしが言いたいのは、ドヴィから直接そういう話を聞いたことは――」

「ルドヴィクは過去のペルソナに行動を支配されることが多い」したり顔でほほ笑みかける。

「失敗、挫折、すべては成長の過程だ、アビー。きみならよくわかるだろう」

「でもドヴィとそういう話をしたことは一度も――」

「しかし他人の心の深さを測れるものだろうか？　夢やうしろ暗い欲望を。どんなに親しい仲でも、他人というのは外国のようなものだ。もっとも近しい人……愛する人でも」

アビーはつのる警戒心を隠さずに目を向けた。「あの……」

「とはいえ未知のものに対する興奮は計り知れない」レジナルドはアビーにひたと視線をそそいだ。本人は魅惑的なまなざしのつもりなのだろう。「どんな探検も、愛しい人というフロンティアには敵《かな》わない。緑のジャングルも……そびえる山々も……けわしい谷も……ワインをもっといかがかな？」

アビーはグラスを突きだした。「ええ、いただく」ぼそぼそとつぶやく。

「今夜は探検家の気分だ」レジナルドは慣れた様子で手首を返し、アビーのグラスを満たした。「相棒は魅力的な女性」

「あの、どうも」アビーはワインをひと口飲んでから、言いかけたことを最後まで言おうと試みた。「でも、わたしが言いたいのは、もしドヴィが――」

「ルドヴィクの話をこれ以上続けるのは許可できない」レジナルドは口調をがらりと変えて断じた。「職業倫理に反する」

アビーはぱっと口を閉じた。レジナルドは手を伸ばし、アビーの手を軽く叩く。「厳しい態度を取ってすまないが、それよりきみのことを話したいね」

「それはどうも」そっけなく返した。

「そう」レジナルドはアビーの不快感に気づいていない。「きみのように美しくてミステリアスな女性には好奇心をそそられる」視線の先は、アビーの胸。

「どうも」おざなりな返答でおなじ言葉ばかり繰り返すのはいやだけど、もうどうでもいい。この男はひとりで会話を続けられるようだから。どうせなら返答も引き受けてくれればいいのに。ラビオリを刺して、口に運んだ。ありったけの力が必要になりそう。

「ルドヴィクはよくきみのことを話してくれる」レジナルドは言った。「恋愛面で、きみには、言わば色彩豊かな過去があると」

アビーはフォークをがしゃんと皿に叩きつけるように置いた。「あらそう?」

「興味を引かれた」レジナルドはステーキを口につめこみ、嚙みながら、飢えたような目でアビーを見た。「そもそも今夜は主義を曲げてここに来たのだよ。患者に女性を紹介してもらうのは褒められたことではないが、きみのことはルドヴィクからかなりよく聞いていたから、逆らえなかった」

「わたし、あの、そう」アビーはこわばった声を出した。ドヴィに文句を言ってやらなきゃならない。家に帰ったらすぐに。

レジナルドは大きな歯を見せて笑った。「恥ずかしがることはない」喉を鳴らすような調子だ。「誰もが秘めた一面を持っている。光と影の陰影、対照、秘密、隠された場所、うだるような熱、そうしたものがあるから男と女は性的に惹かれあう」

レジナルドはてかった唇を舐めてほほ笑んだ。今夜女をものにできると信じて疑わない、思いあがった男の顔だ。

アビーはぬるぬるしたもので覆われるような気分になった。高級レストランだろうと安っぽい食堂だろうと結果はおなじ。メニューに載っている値段ではことの本質は変わらない。

レジナルドは椅子をよせて、じっとりした色白の手をアビーの手に重ねた。「きみの秘密を知るのは怖くない、アビー」ささやくように言って、アビーの手を持ちあげ、ゆっくりと口に近づけていく。

やだ。このカエルにはキスしたくない。礼儀なんてどうでもいい。デザートのワゴンも待てない。

アビーは手を引き離して、ナプキンで口元を押さえてから、勢いよく立ちあがった。「ごちそうさま、レジナルド。もう行かなきゃ」

レジナルドはきょとんとした。「え?」

「さよなら」アビーは晴れやかな笑顔を見せて、ボーイ長のいる受付台に直行した。「タクシーを呼んでくださる?」

「アビー」レジナルドに腕をつかまれる。「わたしが何か言ったかね? 何か気に障《さわ》るようなことでも?」

アビーはレジナルドの手から腕をねじりとり、ドアを押し開けた。「家に帰りたいの」言い訳を口にした。「頭痛がするから」

カフェ・ジラソールは海沿いに建っている。海岸の遊歩道は道路を挟んだすぐ向かいだ。

ありがたいことに、さわやかな六月の今夜、遊歩道には人出が多かった。昨晩のまぬけなあやまちを繰り返す危険はない。

レジナルドはあわててあとを追ってきた。「家まで送ろう、アビー」

「タクシーでけっこうよ」歯切れよく返した。

「具合が悪いとは気の毒に」レジナルドはくいさがる。「もっと早く教えてくれるべきだったね。じつはわたしは数種類のマッサージ治療の専門家だ。〝黒蛇式〟を十分間試せば、どんなこともできるほど体調がよくなる」車の鍵を手探りしながら、流し目を使う。

この男はこちらのほのめかしにまだ気づいていない。信じられない。

「ありがたいけど、やめておく」アビーは言った。「おやすみなさい、レジナルド」

「しかし、わたしは……ちょっと待て」レジナルドはズボンのほかのポケットに手を入れた。ジャケットのほうも探す。それからもう一度、両方を探す。おそるおそるBMWのなかをのぞきこんだ。鍵はイグニッションに差しっぱなしだった。ドアに手をかける。しっかりとロックされていた。

アビーはこみあげる笑いを抑えた。今夜の費用を考えたら、笑い者にするのは気の毒だ。

「ゆうべわたしもおなじ目にあったの。ジンクスをうつしちゃったかしら」

レジナルドの顔がはじかれたように振り返ったのは、アビーの声に笑いがにじんでいたからだ。「あらゆる迷信は心理学的要因に根ざすものだ」レジナルドは冷ややかに言い放った。「わたしは日常の生活でも高尚な意識を持って行動している。鍵をなかに置いたまま車をロックしてしまったのは、ほかの力が働いたしるしだ」

アビーの顔に浮かんでいた笑みがすうっと消えた。「どういう意味？　ほかの力？」

レジナルドは呑みこみの悪い子どもに対するように、ことさらゆっくりと説明を始めた。「ある種の人間はどこへ行こうとカオスを生みだすものだ。無知な者はそれをジンクスと呼ぶだろうが、事実は、カオスと負の力が結合した人間と遭遇したにすぎないのだよ」

アビーはとっさに言い返したい気持ちを抑えた。「さっきのは冗談よ」努めて冷静に言った。「冗談がどういう意味かわかる？　説明したほうがいい？」

レジナルドは顔をしかめた。「皮肉は無作法だぞ」

アビーの背筋がすっと伸びた。脊椎骨《せきつい》が鳴る音が聞こえた気がする。「本当にわたしがジンクスをうつしたって言いたいの？」

レジナルドは肩をすくめた。「ルドヴィクの話を聞いて、きみの過去はまるでひとつのカオスで、予測できない災難に継ぐ災難だったと理解しているからね」

「つまりそのろくでもない車に鍵を閉じこめてしまったのは、わたしの落ち度だということね？」

「きみの頭のなかは単純化されているようだ」レジナルドは見くだしたように言った。「ことはもっと複雑なのだよ」

「話を単純化してもいないでしょ！　無神経な気取り屋！」

「敵愾心《てきがいしん》を持つ必要はない」アビーをたきつけ、逆上させたことで、レジナルドはこれまでよりずっとうきうきした様子だ。

「人をカオスと負の力の結合呼ばわりしておいて、敵愾心を持つな?」金切り声に近くなってきた。

レジナルドは自分のかぎ鼻に目を落とした。「怒りのコントロールに問題があるな。予想の範囲内だが。車の鍵を開ける専門業者が見つかるまでは、感情を抑えてくれたまえ」

レジナルド本人の〝怒りのコントロール〟をどこにぶちこめばいいか、教えてやろうと口を開きかけたとき、アビーの頭のなかでスイッチが切り替わった。パチッ。

鍵を開ける専門業者。体に震えが走る。

だめ。すぐに家に帰ったほうがいい。クラシック映画番組をつけて、アイスクリームの箱と大きなスプーンを出そう。カオスと負の力の結合そのものとして生きるのは、働く女にとっては過度のストレスだ。

アビーはレジナルドの肩を叩いた。「鍵屋さんを知ってる」

レジナルドは携帯電話のボタンを押して、眉をひそめた。「なぜ?」

「ゆうべ鍵を失くしたから。番号はここ」親指を立てた。「わたしのカオスに引きこまれるのが怖くないなら、どうぞ」

レジナルドは目をぐるりとまわして、番号を打ちこんだ。呼出音が鳴るあいだ、アビーは息を凝《こ》らしていた。

「もしもし?」レジナルドが言う。「車の鍵をなかに閉じこめてしまった。カフェ・ジラソールの前だ。遊歩道沿いの。場所はわかるかね？」電話の向こうの答えを聞く。「どれくらいで着く？　十分？　よろしい」電話を切った。

熱が波のようにアビーの顔に立ちのぼった。頼んだタクシーはこちらに向かっているはず。それが、この縁を断ち切り、大人として行動する最後のチャンス。あの鍵屋はよくてもトラブル、悪ければ悲嘆と破滅の元だ。

それでも、アビーは彼が記憶にたがわずおいしそうかどうか、目でたしかめなければ気がすまなかった。だって、助けてもらった喜びに流されて、美化しただけだったかもしれないでしょ？

十分が永遠のようだった。アビーはレジナルドをそっちのけで、道路に目を据《す》え、近づいてくるヘッドライトを待った。タクシーより早くザンが到着するよう願った。タクシーが来てもすぐに乗らない理由を正当化するのは、みっともないし、きまりが悪い。

つややかな黒のヴァンがふたりのそばで停まった。運転席にいるのはザン。エンジンを切っても、座ったままいつまでも出てこないで……アビーを見つめている。

「いったい何を待っているんだね？」レジナルドがぼやいた。

ザンが車からおりた。布地の少ないドレスに視線を走らせる。肩のストラップは細く、V字型のネックラインは深い。アビーは身震いして、口元にかかった髪を払い、背を向けて海をながめた。顔がひどく熱い。

喜びに流されたせいじゃなかった。やっぱり途方もなくいい男だ。

「支払いは小切手でかまわないかね？」レジナルドがそう尋ねるのが聞こえた。

「現金にしてほしい」ザンの声はおだやかだ。

「しかし今は都合が悪い。不渡りにはならないと約束する」

「銀行は約束のことなどかまってくれないんだ」ザンが答えた。

レジナルドはまくしたてた。「だが今は手元には百ドルもないのだよ！　道理をわきまえてくれたまえ！」

「道理はわきまえている」ザンはやんわりと答える。「気に入らないなら、ほかの業者を呼んでもらってかまわない。そうしないなら、そこの角を曲がったところにＡＴＭがある」

レジナルドはぶつぶつと文句をたれながら、足を踏み鳴らすように歩いていった。

アビーは木の手すりによりかかって、火照った顔をあげて風に当てていた。じかにふれられているように、ザンの視線を肌で感じる。

「電話番号を教えてくれなかった理由は今の男？」ザンが尋ねた。

吹きだすような、しゃくりあげるような、おかしな音が喉からもれた。「まさか！　ただのブラインド・デート。あなたには関係ないけど」

「ブラインド・デートを重ねるのは考え直したほうがいいんじゃないかな」ザンは言った。

「目を覚ますころあいなのかも」

ザンのさわやかな香りは、レジナルドの甘ったるいコロンの匂いとあまりにかけ離れていて、アビーは喉を締めつけられるようだった。「意見は聞いてないでしょ」

「そうだね」とザン。「ここは肌寒い。よかったら、ヴァンのなかで王子を待っていてもいいよ」

「ありがとう。でもここでけっこうよ」アビーは言った。

「震えている。スリップ一枚で外に出ているんだから無理もないが」

アビーはむっとした。「ヴェルサーチのドレス！　二週間分の給料をつぎこんだんだから！」

「二週間分の給料が水の泡」ザンはアビーを上から下までながめた。「金を無駄にせず、セーターを買うといい」

ザンが値踏みにふけっているのを見て、アビーの膝から力が抜けていく。「やめて」小声でつぶやいた。

「何を？　おれは何もしていない」

「わたしを……熱い目で見ないで」思わず口走っていた。

「すまない。それだけは自分でもどうにもできない」ささやくように言って、一歩近づく。

「髪をあげているのも似合うな。女性の髪はおろしているのが好みなんだが、そのねじって束にしたやつは好きだ」束のひとつを指に巻きつけた。「顔が赤い」つやのある声で続ける。

「赤面している？　それとも熱っぽい？　そんな格好をしていたら、肺炎にかかる。文句があるわけじゃないが」

体の細胞のひとつひとつが、ザンとの距離の近さを感じ、意識している。全身の産毛《うぶげ》が逆立っている。「口が減らない人ね」アビーは震える声で言った。

「皆にそう言われる」ザンは認めた。「赤ん坊の頃からだ」

彼の顔を見あげていると、うしろにひっくり返りそうな気分になった。「こっちに迫ってこないで。落ちつかないの」

「心配いらない。あのお高くとまったやつがもうすぐATMから戻ってきて、守ってくれるさ。緊張しなくていい」

「緊張なんかしてない。それに守ってもらう必要もない」アビーは背伸びをして、ザンの肩の向こうに目をやり、レジナルドが戻ってきているかどうかたしかめた。

レジナルドはいない。けれど、タクシーが来ていた。アビーはザンの顔に目を戻して、さよならを言おうとした。

ザンはアビーのあごに手をあて、親指で頰に円を描いた。「あいつのことは忘れろ」アビーの目にかかった髪を払う。

「誰のこと?」ザンが身をかがめるのを見て、息を呑んだ。

ザンは満足の笑みを広げた。両手でアビーの顔を包む。さらに身をかがめると、革のジャケットがきしんだ。

ザンの唇は繊細で、扇情的だった。なめらかで、やわらかい。思いがけない喜びに、体中がさざめいている。アビーはザンの腕に抱かれ、そのしなやかな体で手すりに押しつけられた。キスの味もすてき。コーヒーとほのかなミントの香り。温かくて、献身的で、生気にあふれている。アビーも腕をまわして抱きしめたかったけれど、体がとろけて力が入らなかった。

ザンが体を離した。ふたりのあいだの空間が引き伸ばされた痛みに悲鳴をあげているようだ。

二人連れの男女が楽しそうに笑いながらタクシーに乗った。タクシーが走り去る。ザンとアビーは見つめあった。瞳が大きく、今は目の色が黒のように見えた。ザンはアビーの両肩に手を載せた。「あいつにきみをふれさせたくない」続けて言う。「あの男にはふれさせないと言ってくれ」

アビーは口を開き、ひとりでしゃべりまくるあんな男にさわらせるもんですかと言おうとした。けれど、体中がぐにゃぐにゃの状態で言葉にするには、文が複雑すぎた。ザンは前かがみになってアビーの首にキスをした。「約束してくれ」小声で懇願する。息を殺したような、かすれた声の祈りだ。

「約束する」アビーも小声でささやいた。

「知りあいだったというわけかね？」レジナルドの声は冷ややかだった。

ザンの手が落ちた。アビーは膝を閉じて、体重を支えきれますようにと願った。「ええと、そう」まだうわの空で説明した。「ゆうべ鍵を失くしたって話したでしょ？　ドアを開けてくれた鍵屋さんがこの人」

レジナルドの顔は苦りきっている。「電話番号をわたしに教えたとき、この男と親しいとは言わなかったと思うがね」

「たしかに、まあ、そうね」アビーは正直に認めた。

「なるほど。こういうふしだらなふるまいは、まさにきみのような病状に苦しんでいる人間に典型的だ」

アビーはザンのキスの余韻《よいん》に浸っていて、レジナルドの侮辱《ぶじょく》の意味をとらえるのもむずかしかった。レジナルドの顔に焦点をあわせ、そのとたん、後悔した。ビーズみたいに小さくて丸い目がいかに魅力に乏しいか、今まで気づかなかった。怒りに顔をしかめ、目をすがめた様子はまるでげっ歯類だ。

「偶然じゃない？」ザンはアビーにだけ聞こえる声の大きさで言った。「あえておれの番号を教えた？　ワオ。感動だな」

「ゆきずりの男と卑《いや》しい関係を持つという下劣な衝動は、きみの生活が大きなカオスに陥る兆候だ。この目で目撃することになって残念だ、アビー。心が痛む。しかし巻きこまれる前に、きみの真実を知ったことは嬉しく思う。そのことだけには感謝しよう」

「卑しくて下劣？」ザンの口調はことさらに陽気だ。「おれもいろんなふうに言われてきたが、その表現は生まれて初めてだな」

「なんにしても、あんたなんかには絶対にさわりたくない。だからとっとと帰れば、レジナルド」アビーは言った。

レジナルドは目をぱちくりさせた。「癇癪《かんしゃく》！　自制心の欠如に対するフラストレーションをわたしに投影している。専門家として、きみには集中的な心理療法を勧める。とくに怒りの発作とセックス依存症の治療を受けるといい。多用な治療法があるが、投薬も望ましいだろう」

「セックス依存症?」アビーは口をわななかせた。「この……やぶ医者!」

「精神治療の討論は、支払いがすんでからにしたらどうかな?」ザンの声にはうんざりした調子がにじんでいた。「そうすれば、車のドアの鍵を開けて、全員が好きに帰ることができる。オーケー?」

レジナルドは財布を出して、札束をもぎとった。ザンはそれをポケットに突っこんだ。ヴァンから工具箱を取りだして、BMVのそばにしゃがむ。くさびのような道具と先の分かれたワイヤーを用意しているところを、レジナルドが上からのぞきこんだ。

ザンは眉をひそめて顔をあげた。「首筋に息を吹きかけられてちゃ仕事ができない」とザン。「明かりもさまたげられる。離れていてくれ」

「わたしの車に傷などつけないでくれたまえ」レジナルドが言った。

ザンは眉をあげた。「こいつを開けてほしいなら、さがってな」

レジナルドは車から離れた。ザンは窓と窓枠のあいだにワイヤーを差しこみ、慎重に窓の下へ伸ばして、小さく細やかな動きで鍵を探る。静かに遠くを見るような顔つきだ。

アビーはその姿に見とれていた。でも、だめ。タクシーを呼んで、それを引き際《ぎわ》にして消えるべきだ。アビーは顔をそむけ、海をながめて息をつこうとした。

車のドアが開くこもった音が聞こえて、そっとふり返った。レジナルドは車のドアにへばりついて傷をあらためている。ザンは工具をしまって、こちらを見やった。「きみのデート相手は負け犬だ」ザンが言った。「おいで。家まで送る」

レジナルドは最悪の疑いが裏づけられたというようにうなずいた。「考えたとおりだ。典型的なセックス依存症。むなしいものだ」

アビーは、貪欲に輝くレジナルドの小さな目を見た。レジナルドは唇を舐めた。くちひげとあごひげのあいだで、唇は赤くぬらぬらと光っている。

それから、ヴァンのそばでじっと待っているザンを見た。冷静で、隙のない表情。風に吹かれた長い髪が顔にかかっている。助手席側のドアを開け、首をかしげて、乗るようにうながす。

品があってうやうやしいしぐさだった。女王さまに手を差し伸べて馬車に乗せるような。

レジナルドは舌打ちした。「ふしだらな衝動に屈しつづけていては、暗い過去を乗りこえることはできないぞ」警告する。

ザンの唇がゆがんだ。アビーはヴァンに急いで、乗りこんだ。

5

アビーは脚を組み、元に戻し、また組み直した。祈るように両手を組み、元に戻し、胸元で腕を組み、それで落ちついた。

「シートベルトを締めて」

ザンの声はおだやかだったけれど、アビーは助手席から十センチも飛びあがった。

ザンは横目で慎重にアビーをうかがう。「どうしてそんなにピリピリしている？　暗い過去のせい？　それともおれたちの卑しくて下劣な関係のせい？」

「やめて」アビーは硬い声を出した。「からかわないで。ただでさえぶち切れそうなんだから」

「なあ、もしふしだらな衝動に屈したくなったら、余裕を持って知らせてくれよ。間にあうように車を路肩に寄せるから。オーケー？」

「笑える」アビーはぴしりと言った。シートベルトと格闘する。「あの気取り屋のうじ虫。わたしのことをなんて呼んだと思う？」首をまわしてザンに向きあった。「カオスと負の力の結合！」

ザンは低く呟きこむような音を立てた。「なんだって？」

「車の鍵をなかに置きっぱなしにしたのは、わたしのせいですって！　わたしが文字どおりジンクスをうつしたから！　ネズミみたいな顔をしたまぬけなやぶ医者！」

「ワオ。それは、あー、ひどい」ザンが言った。「失礼なやつだ。ぞっとするね」

「命が惜しければ、からかわないで」アビーは脅しをかけた。

「まさか」ザンはあわてて言う。「からかおうなんて思ってもいない」

「わたしの恋愛生活が、嵐に見まわれた荒野みたいだからって、近づく人たち皆に呪いをかけてるわけないじゃない」アビーは声の震えを抑えようとした。予測できない災難に継ぐ災難でカオスのような生活を送っている、浅はかで泣き虫な女だと思われたくない。

アビーは見覚えのない道を走っていることに気づいた。新たにアドレナリンが噴きだす。

「どこに向かっているの？」

「きみの家に」ザンは冷静な口調で答えた。

「家に向かう道じゃないでしょ！」アビーの声は張りつめている。

「景色のいい道を選んだ。ルックアウト通りなら入り江をながめられる。そのうち雲の切れ間から月がのぞくかもしれない。ひどいデートのことを話しなよ。胸のつかえが取れる」ザンは超然とした目つきでアビーをちらりと見た。「なんにせよ、カオスと負の力の結合なんてなじられるのは、毎日あることじゃないんだから」

アビーの笑いは湿っていて、くすくすというよりはぐすぐすと泣いているようだった。

「ただの侮辱じゃないってこと」ザンは続けて言った。「宇宙規模の侮辱。さっきレストランのところで話してくれればよかったのに。帰る前に、ネズミみたいな顔をしたまぬけなやぶ医者にお仕置きしてやりたかった」

「ありがと。でも一度でたくさん。相手がどんなまぬけでも、暴力は全面的には賛成できないの。どうしても仕方ない場合以外は」

「同感だ」ザンは言った。「ゆうべは、どうしても仕方ない場合だった」

「そうかしら。エドガーがわたしに襲いかかるのを止めてくれただけで充分だったから、鼻を殴ったり、手首をひねったりしなくても――」

「いいや。あいつはきみの頭をぶつけた。そういえば、頭の痛みはどう?」

「ええ、もう平気よ。ありがとう」アビーは言った。「でも――」

「あいつは首の骨を折られなくてラッキーだった」

有無を言わせぬ口ぶりにアビーは胸を突かれた。「わたしは他人なのに」慎重に口に出す。「どうして頭をぶつけられたかどうかなんて気にかけるの?」

「気にかかったんだからしょうがない」ザンが景色のいい場所に車をまわしたとき、月が雲の切れ間に浮かび、海を光で照らした。ザンは車を停めた。「あれだけ大きな侮辱を受けたあとはハンバーガーとビールがぴったりだと思う」

「さっきアーティチョークのブルスケッタと茄子《なす》のグリル、それに黒トリュフのラビオリを食べたばかりなの。あと一週間くらいは一カロリーも必要なさそう」

ザンは思案顔になった。「ワオ」短く言う。「しゃれてる」

「ええ」声がはずんだ。「すばらしかった。食事だけは今夜出かけてきたかいがあったもの。あのレストランは最高よ。イタリアンは好き？」

「そうだな……缶詰のスパゲッティ・オーズは好きだ」ザンは試すように言った。「あれもイタリアンだよな？」

アビーはからかわれているのだろうと思った。「ええと……冗談よね？」

「マッシュルームのクリームソースを適当にあるものにかけて、オーヴンに入れれば、だいたいくえるよ」

アビーはザンのしかつめらしい顔をしげしげと見た。「冗談でしょ？」

「大まじめだ。ついでに言うと、今日の食事はハムのサンドウィッチとピクルスを十二時間前に食べたきり」

「十二時間前！　なら、おなかがぺこぺこよね」

「ああ」ザンは言った。「ハンバーガーにつきあってもらえるかな？　遊歩道に戻るのがいやじゃなければ、マリアズ・バー・アンド・グリルって店がなかなかだ。コーラか何か軽いものをおごるよ」

アビーは海をながめた。長期的な目で自分の将来を考えなきゃだめ。胸のなかで言う。先の見えない関係には、もうずいぶん時間を無駄にしているでしょ？

でもザンは騎士みたいにレジナルドから助けてくれた。ゆうべエドガーから守って、貞操の危機を救ってくれたのは言うまでもなく。その恩人とコーラを飲むくらいなんだっていうの？ そんなにいけないこと？

そのせいで、恋してはいけない人に恋する結果にならなければ。アビーは振り返って、まっすぐ家に送ってほしいと言うために口を開いたけれど、言葉が出てくる前に、ザンがうす闇のなかで目がくらむような笑顔を見せた。やさしくて、甘くて、思わず目を奪われた。

「コーラだけなら」ザンが言った。「害はないだろ？」

がっつくな。気楽に行け。みっともないまねはするな。

車を駐車場に停めるあいだ、この言葉が繰り返しザンの頭に響いていた。しかしザンは口に出す言葉を選ぶのに慎重になりすぎて、気楽な会話どころか、何を言っていいかわからない状態に陥っていた。まるでがちがちに緊張した小さな子どもだ。

さっきはグルメのふりをする誘惑に駆られたが、三十六にもなれば、女にいい格好をしたくて自分の姿をいつわってもろくなことにならないのは知っている。どのみち、そんなふりをしつづけることはできないだろう。食べ物やビールの味にいちいちうるさいクリスやジェイミーなら、わけもないかもしれないが。

とはいえ、スパゲッティ・オーズは逆に大げさだっただろうか。ザンにはつむじ曲がりなところがある。もしくは、そう言われてきた。

いや、正直でいいじゃないか。実際、腹が減れば、そのときあるものを食べる。食べ物を選《え》り好みする気もない。

「着いた」ザンはそう言ったとたん、生き生きとした会話を始めるのにそんな言葉があるかと心のなかで自分を蹴飛ばした。アビーも緊張した様子で、ドレスをかろうじで体に繋ぎとめている肩のストラップをいじくっている。今日の装いはゆうべよりもさらにあでやかで、それが多くのことを語っていた。

ザンは視線を引きはがした。「行こうか」

助手席側のドアを開けようとヴァンをまわりかけたが、アビーはひとりで飛びでてきた。そのまま反対側からまわってきたアビーがザンにぶつかる。

ザンはアビーを支えた。温かくて、しなやかで、やわらかい体をすべすべした手ざわりのスリップが包んでいる。ドレスか。どっちでもいい。ザンの手の感触に反応してアビーが身震いするのを感じた。ザンはアビーの顔に見入った。とりわけ、輝く髪が結わいたところからゆるんで、あごのあたりまで落ちているさまには釘づけになった。

どこを取っても、うるわしく、つややかで、きめこまやか。ザンは魅惑の森で神話の生き物をつかまえたような気分だった。ユニコーンにこれからバーでいっしょにビールを飲もうと誘っているようなものだ。

アビーがほほ笑んだ。その目のきらめきが呪文を解いた。血のかよった生身の女性。ふっくらとして、なまめかしく、つやめいた唇をした女性。

ザンは体中にこの口紅のあとがついたところを想像した。

「なかに入ろう」ザンの声はかすれていた。

マリアズはごった返していた。店の奥のボックス席が空いているのを見つけて、そちらに向かう。人ごみを縫って進むあいだ、アビーの肘に手を当てて離さなかった。

アビーは店を見まわした。「ふたつ頭の怪物でも見るみたいに、皆こっちに注目してる」

ザンは言葉を抑えることができなかった。「皆が見てるのはふたつ頭の怪物じゃないよ」

アビーがちらりと視線をよこす。「ああ、この下品なドレスね。あなた、これが気に入らないのよね」バッグを椅子に叩きつけるように置きながら、ボックス席に滑りこむ。

「気に入らなくないよ」ザンは反対側の椅子に座った。「うちの寝室で着てくれるなら大歓迎だ」

アビーはうつむいて下唇を噛んだ。

ウェイトレスが現われる。「今夜のご注文は?」

「デラックス・チーズバーガー、ミディアムレアで。それにポテトフライとビール」とザン。

「わたしはダイエット・コーラだけ」とアビー。

「了解」ウェイトレスはさっと人ごみのなかに戻っていった。

ザンの視線はひとりでにアビーに吸いついた。ザンはもっとましな格好をしてくればよかったと思った。アビーは顔のまわりに落ちていた髪を上にひっつめはじめた。両腕をあげたことで、上半身にたいへん興味をそそられる効果が生まれた。

アビーは髪をひと房ねじってあげ、もうひと房に取りかかった。「じろじろ見ないで」なじるように言う。

「きみみたいなプロポーションの女性が、とてつもなく高価なスリップを着ていると、そういうことが起こる」ザンは客観的に述べた。

「ねえ、ドレスのことをうるさく言うのはいいかげんにして。いらいらする」さっきねじりあげたばかりの房が落ちた。「もうっ」

「全部おろしたらどうかな」

「あげてるのが好きだって言ったじゃない」ヘアピンを髪に突き刺す。

「ああ、好きだよ」ザンはまわりを見まわした。十人以上の男たちがそれとなく目をそらす。

「あと十八人の男たちも同意見だ」

アビーは唇を結んで、ピンを抜きはじめ、一本ずつテーブルに叩きつけていった。巻いていた髪をほどき、前におろして胸元を隠す。「ご満足？　つつしみ深くなったかしら？」

さらにしどけなく、ますます悩ましい姿に見えるようになっただけだ。

飲み物が来た。ザンはウェイトレスが去るまで待った。「きれいだ、アビー」

「どうしてわたしの名前を知っているの？」

「さっきの気取り屋がセックス中毒と暗い過去について講釈をたれていたとき、アビーと呼んでいた。その前に、きみの小切手に名前が載っていた」

アビーの頬がさっと紅潮した。「まだ受け取ってくれない小切手ね。そういえば、やっぱりわたしにはふっかけていたんじゃない！　百二十ドルだなんて。ひどい！」

「ふっかけていないよ」ザンは言った。

「レジナルドへの請求額はわたしのより二十ドルも少なくて、おまけに電話番号も訊かなかったでしょ！」

ザンは吹きだした。アビーの髪をひと房だけ手に取り、明かりの当たるところに持ってきて、光の加減で赤っぽくきらめくさまを惚れ惚れとながめた。挑発的な香水の香りが漂《ただよ》ってくる。「そのとおりだが、レジナルドが電話をかけてきたのは午後の九時四十八分で、きみがかけてきたのは十一時三十九分。時間によって基本料金がかなりちがうんだ」ザンは切り返した。

髪から手を離した。髪は羽根のようにふんわりと落ちて、手首にかかる。ザンは人差し指で、アビーの手首のやわらかい肌にふれた。薔薇《ばら》色の唇が開き、呼吸はせわしい。ザンをほしがっている。心が躍った。直感でわかる。アビーは何か言おうとしたようだが、軽く丸めた手のなかにザンが指を滑りこませると、喉をつまらせ、言葉を呑みこんだ。内に秘めた場所は、なめらかに探究心を煽る。

ザンは落ちつかなくなって、硬い木の椅子の上でもぞもぞと身じろぎした。

動悸《どうき》は早鐘みたいだ。アビーはかつてふれた何よりもやわらかだった。ウェイトレスはタイミングを計ったようにハンバーガーを持ってきた。

ザンはため息をついて手を引き、ケチャップのふたを開けて中身をぼとりとポテトフライにかけた。ハンバーガーをひらいて、こちらにもケチャップをかける。

「そのハンバーガーに挟んであるのはどんなチーズ?」アビーが尋ねた。

ザンは質問にとまどった。「見当もつかないね」

「パンをあげて、なかを見せて」アビーは言いつのる。

いぶかしみながらも、ケチャップまみれのパンを持ちあげた。

「やだ」アビーはおぞ気をふるうようにコメントする。「ゴムみたいな味がするスライスチーズじゃない。どうしてティラムックチーズかグリュイエールチーズにしなかったの?」

罠の臭いがぷんぷんとする質問だが、逃げ道はまったく頭に浮かばない。「思いつきもしなかった」平然と答えた。「これからも思いつかないだろうな。本当に食べ物を頼まなくていい?」

「ポテトフライの味はどう?」

「まだ食べていない。どうぞ」

アビーはザンの皿から一本つまんで、ケチャップに浸し、口に放りこんだ。満足そうな表情に、ザンは胸を撫でおろした。やっと認めてもらったのがポテトフライでは頼りないが、きっかけにはなるだろう。

アビーの足は地についていなかった。肩にかかったザンのジャケットは、裾が腿に届くほど大きかったけれど、その重さが心地よく、肌ざわりもいい。

遊歩道の終わりにさしかかっていた。このあたりから明かりが少なくなっていく。遊歩道の先は倉庫が連なる地区だ。ふたりは遊歩道の始めから歩きだし、おしゃべりをして笑いあい、どこかの時点で手と手が絡み……離れなくなった。ぬくもりがぬくもりを求める。アビーの手はザンの手に握られる喜びでぞくぞくしている。

最悪の事態が起こっていた。性的魅力はさておき、アビーはザンのことを人として好きになっていた。笑い方も、言葉の返し方も、皮肉めいたユーモアのセンスも。頭がよくて、率直で、気取らず、話がおもしろい。もしかしたら、万にひとつでも、今度ばかりは自分の好みを信じられる可能性があるかもしれない。

ふたりは歩調をゆるめ、遊歩道の終わりで立ちどまった。

「ええと、その、ヴァンを停めたところに戻ったほうがいい？」おずおずと尋ねた。

「おれの家はここなんだ」ザンが答えた。

アビーはあたりを見渡した。「ここ？　住宅地からは離れてるけど」

「もうすこし先だ」とザン。「でも近くだよ。あっちの建物が見える？　昔は何かの工場だった。建てられたのはたしか一九二〇年代かな。最上階の、大きなアーチ型の窓があるところが、おれのうち」

声に出さない問いかけを目に読み取れる程度の明かりはあった。アビーはゆっくりと言葉を放った。「もしかして、家に誘っているの？」

「もちろん誘っている」ザンは言った。「誘うどころじゃない。きみが望むなら、ひざまずいて請いねがう」

ちぎれ雲から満月がのぞき、また隠れた。「賢明とは言えない」アビーは言った。「あなた、知らない人だもの」

「教える」ダンカンは持ちかけた。「ザン・ダンカン集中講座。何が知りたい？　趣味？　嫌いなもの？　好きなこと？」

ここで例の条件の予備テストにかけて、その結果次第で先に進むかどうか決めたほうがいい。「教えないで」アビーは口を切った。「わたしに当てさせて。格闘技が得意でしょ？」

「ああ、まあね。もっぱら稽古《けいこ》するのは合気道だが、カンフーもたしなむ」

アビーはうなずいた。胃がよじれる。禁止事項のひとつに早くもしるしがついた。とはえ、それでザンを不適格とするのは、お世辞にも公平とは言えない。なにしろその特技でゆうべアビーを守ってくれたのだから。

このひとつは数えないことにしよう。次の禁止事項。「バイクに乗る？」

ザンは怪訝そうだ。「何台か持ってる。なぜ？　うしろに乗りたい？」

アビーの心臓は沈みこんだ。「いいえ。最後の質問よ。銃を持ってる？」

ザンの表情がこわばった。「待て。落とし穴のある質問だな？」

「持ってるの？　持ってないの？」アビーは引きさがらなかった。

「死んだ父は警官だった」声までも硬くなっている。「親父が公務で使っていたベレッタを持っている。それに狩猟用のライフル。なぜ？　こんな表面的なことを理由に、おれとのつきあいを断ち切るよう自分に言い聞かせるつもりか？」

アビーの口から出た笑いにはとげがあった。「表面的。それがアビー・メイトランドよ」

「いいや、ちがう」ザンははねつけた。「そんなのはまったくアビー・メイトランドじゃない」

「あなたはわたしのことを何ひとつ知らないでしょ、ザン」

「知ってるよ」えくぼが現われた。「ひとつもふたつもみっつも知っている。まず、恋人選びに関しては、ひどく趣味が悪い」

アビーはむっとした。「昨日と今日のふたりは恋人なんかじゃありません！　ろくに知らない人たちだもの。最近ちょっと運が悪いだけ！」

「運は変わりつつあるよ、アビー」低く、つやのある声。「ほかにも知っていることはたくさんある。きみのアパートに入る方法。きみの飼い猫をヌードルみたいにぐにゃぐにゃにする方法。冷蔵庫に貼ってあるマグネットの形、家の窓からのながめ。香水の香り。人でいっぱいの部屋に目隠しされて放りこまれても、きみを探し当てられる」ザンはアビーの髪に指を差し入れ、人差し指で努めてやさしく首筋を撫でる。「それにおれは覚えが早い。十分くれれば、もっとたくさんのことがわかるようになる」

「そう……かしら」息を吐いた。ザンの手は髪を撫でおろし、肩に落ちた。革のジャケット越しでもくるおしいばかりの熱が、アビーに火を点ける。

「今着ているような、男を悩殺する高価なドレスを少なくとも二着持っている。いや、三着以上持っていることは賭けてもいい。クローゼットはそういう布の少ないセクシーな服でいっぽい。だろ？」あごに手をかけ、顔を上に向かせて、ザンの計り知れない瞳を見つめさせる。

アビーの鼓動は早鐘のよう。「たしかに……すてきな服はたくさん持ってる」

「見てみたい」つやっぽい声。「いつかおれに着て見せてくれたらいいな。きみの部屋で、ふたりきりで」

「ザン……」

「きみに名前を呼ばれるのが好きだ」ザンは言葉を重ねる。「声が好きだ。しゃべり方が好きだ。ドレスの趣味から想像すると、繊細で高級な下着が好きなんじゃないかな？　正解だと言ってくれ」

「時間切れ」アビーは声を絞りだした。「話をそういう方向に持っていかないで」

「でももうそういう話に進んでしまっている」喉元にザンの温かい息がかかる。「鍵屋は細部に目がないんだ。試しに、手のひらを見せてごらん。ほら」ザンはアビーの手を、一番近い街灯の光にかざした。「手相で運勢がわかる」

ばかばかしいし、不条理だけど、こうして手のひらの線を読まれていると、自分というものに対する意識が強くなった。まるで本当に心を見透かされているみたい。過去、未来、恐れ、あやまち、欲望、そのすべてを解読できるくらい頭の回転が早くて、感受性の豊かな人に自分をさらけだしているようだ。「ザン。手を放して」

「まだ。うーん……おや。ちょっとこれを見てくれ」ザンがささやいた。

「何?」強い語調で問いかけた。

ザンはことさらに重々しく首を振り、指のつけ根にキスをした。

「まだ結果を話すべき時じゃない。怖がらせたくないからね」

「もう、やめてよ」アビーはそわそわと言った。「嘘ばかりつかないで」

「きみは怖がってばかりいる。なぜ? おれはいつわりのない人間だ。金にも劣らず価値があると思う」手首を撫でる。「練習もせずに金庫を破れるようになるか? 終わりなき訓練の積み重ねだ。何時間も時間をかけて、細かいところまでじっくりと。それが集中力に繋がる」もう一度、指のつけ根に唇をつける。

「集中力が何と関係あるの?」

「あらゆることがあらゆることに関係している。アビー、きみとはそういうふうにつきあいたい。集中して、情熱的に、一分一秒を惜しむように。何時間も時間をかけて、細かいところまでじっくりと。おれがきみの暗号をすべて解いて、秘密の場所の鍵をすべて開けるまで。きみの奥深くに入りこむまで……」ザンのキスが指から手首へとのぼってくる。「……ふたりがひとつになるまで」

アビーはザンにもたれ、力強い腕が体を包みこむにまかせた。熱気を帯びた唇にうながされるまま口を開き、甘く、やさしく探るような舌を招き入れた。「いっしょに来てくれ」ザンがささやく。「お願いだ」

アビーはうなずいた。ザンに腰を抱かれ、体をぴったりとつける。そうしているのが自然に感じた。ぎこちなさも、まごつきもなく、流れるようにスムーズ。完璧。アビーはザンのやさしさと、いたずらっぽい性格と、がっしりとして美しく、おいしそうな体に陥落した。Tシャツを脱がして、このたくましい筋肉をじっくりながめるのが待ちきれない。

熱い肌にふれ、ひんやりしたシルクのような髪を指ですき、長い無精ひげに手をくすぐられるのかと思うと、指先がうずいた。アビーはぼんやりしていて、建物の裏から物音が聞こえることにも気づかなかった。

ザンがはっとして立ちどまった。これはやばい音だ。アビーも何かを殴る音、うめき声、そして叫び声を聞いた。血も凍るような悲鳴が不気味に途絶える。

ザンはアビーをうしろに突き放した。「待ってろ。どうなってるのか見てくる」

アビーはザンの腕をつかんだ。「いやよ。いっしょに行く」

ザンは反対しかけたけれど、アビーは腕にしがみつくようについていき、建物の角を曲がるときはザンの肩の向こうに首を伸ばして、様子をのぞき見た。

悪夢のような光景だった。男の一団が輪になっていて、その中央ではふたりの男がけんかをしている。見物人たちは、けたたましくはやしたてる。真ん中のふたりはそれぞれが割れたビール瓶を手にしていた。ふたりとも血まみれだ。ひとりが横にフェイントをかけ、相手がそれに引っかかると、飛びかかって喉をかき切った。血が噴きでる。アビーは悲鳴をあげた。

ザンは音をたてて息を呑んだ。「くそっ、あれは……ジェイミー！」

ザンは男たちの集団に飛びかかり、見物人の輪を割《さ》いて、血に濡れた地面に倒れた男ふたりの元に駆けよった。

全員がいっせいに叫びはじめた。五人の男がザンに踊りかかる。アビーはたじろぎ、片手で口を覆って、恐怖の泣き声を押さえつけた。パニックを起こしちゃだめ、役たたずのばか女。

『エイリアス』のヒロインみたいに乱闘に割って入り、キックと空手チョップでザンを助けたかった。だけど目の前の小山のような集団は十五人もの男たちで、アビーはテレビの忍者少女じゃない。ザンには持ちこたえてもらうしかない。アビーにできるのはザンのために警察を呼ぶことだ。

サンダルを脱ぎ捨て、遊歩道を目指して駆けだしながら、携帯電話を手探りした。アビーは飛ぶように走った。

6

あの悪党の喉に一撃をくらわせて気管をつぶしてやろうとしたとき、誰かに腕をつかまれた。ザンは大声で吠え、怒りによって湧きでた力で、腕を引き離し、ふたたび攻撃を試みた。しかし誰かのこぶしがザンの顔に直撃し、もうひとりにうしろからはがいじめにされた。錯乱状態に陥った瞬間、ずっしりと重いものが背中に当たって、うつぶせで地に倒された。ザンは重石《おもし》を跳ねあげようともがいた。べつの誰かが腿の上に座り、さらにべつな人間がすねの上に座り、おまけにもうひとりが尻の上に座り、とにかく全員がザンの上に座った。肺から空気が押しだされ、ザンは叫ぶのをやめて息をしようとした。そこでようやく誰かが自分の名前を叫ぶ声が聞こえた。よく知った〝誰か〟ふたり。弟たちの声だ。

「……どうしちゃったんだよ？　頭を冷やせ！」ジェイミー。

「落ちつけ、ザン。聞こえるか？　ザン？　もがくのをやめろ」クリス。

ジェイミー。最初の声はジェイミーだ。ジェイミーは殺されていない。喉をかき切られていない。生きている。ぴんぴんしている。

ザンの頭にかかった赤いもやが消えていき、筋肉から力が抜けた。体が震えはじめた。震えは、上に乗っている男たちもいっしょに揺れるほど激しく、爆発寸前の火山に人がのぼっているようなものだった。

それから、震えが笑いだと気づいた。それとも、涙か。

いや、笑いということにしておこう。もし涙と鼻水が鼻血に混じって流れ落ちているなら、上の十五人の男には知られたくない。ザンの体はますます揺れだした。

「ジェイミー。口の減らない、向こう見ずな弟。神さま。

「よお、ザン。おーい、ザン」ジェイミーの声は張りつめている。「聞こえるか？　おりろ、マーティン。ケツをどけろ」

「やなこった。この怪人に殺されかけたんだ。警官が来るまでどかないぞ」

「オーケー、言い方を変えよう」ジェイミーの口調から鉄の意志が感じられた。「そこからおりるか、おれがおまえをぶちのめしてどかせるかだ」

ザンの背中を押しつぶしていた重石人間が不本意そうに体をどかした。ほかの者たちも、重い者、軽い者、それぞれがザンからおりる。やさしいとは言いがたい強さで、誰かに背中を小突かれた。ザンは面くらい、砂で痛む目をまばたきした。見あげると、そこにあったのは、うしろから光を照らされたたくさんの不気味な顔。しかし逆に、全員が怖ろしいものを見るような目でザンをうかがっている。突然変異した巨大ゴキブリでも見るような目つきだ。

弟のクリスがザンを起こし、座らせて、そっと鼻をさすった。ひどく痛む。「しばらく顔をあげておくといい」クリスが指示した。「そうしないと血が喉に入る」

わかってるよ。ザンはそう返したかったが、声帯がうまく機能していないようだ。体はまだ高速で震えている。これほどの勢いなら、このまま地からふわりと浮けてもおかしくない。

「袖でぬぐいな。どうせ血だらけだ」とクリス。「まいったよ、ザン。おれたち皆を死ぬほど怖がらせてくれたな」

これに驚いて、声が出るようになった。「おれが？　おれのほうこそ……」言葉は途切れ、気のふれたような笑いに変わる。「おれが怖がらせた？　弟が喉をかき切られるのを見て、おれのほうこそ――」

「覚えてないのかよ！」ジェイミーが大声で叫んだ。「おれの芝居のことを何度話さなきゃなんないんだ？　レンガの壁に話しかけてるようなもんだ！　決闘の振りつけをしてるって言っただろ！」

ザンはぽかんと弟を見つめた。「え。あー……くそ」

「そのとおり！　くそっ！　今夜は決闘シーンのリハーサルだったけど、ダンサーたちが公演芸術センターの練習場を予約してたから、おれが皆をここに連れてきた。ここなら邪魔が入らないと思って。はっ」

「今夜うちの前で殺されるふりをするって、前もって知らせておこうとは思わなかったのか？」ザンはうなるように言った。

「だから、言っただろ！」ジェイミーは叫び返した。「あんたがそのケツから頭を引っぱりだして、おれの話を聞いてりゃ、わかるはずなんだよ！　ティボルト役をやるって言ったよな？　喉をかき切られるとも言った！　そこにいるそいつはマーティン、ロミオ役。こっちのアントンはマーキュシオ。おれとマーキュシオが果しあいをして、おれがこいつの喉を突き刺して殺すと、今度はロミオが飛びだしてきておれを殺すんだよ。残りのやつらは両家の側近《そっきん》役で、乱闘を演じる」

　ザンの頭はずきずきと痛みはじめていた。「おれを殴ったのは？」

　クリスはばつが悪そうな顔を見せた。「あー、おれだと思う。ごめん」

　ザンは首をまわし、珍妙な男たちの集団を目にとらえた。半数はドレッドヘアやパンクヘアに、ピアス、ゴシック風のメイク。あとの半数は身だしなみよく、ジーンズにポロシャツ。

　ザンはさっき襲いかかろうとした男を見据えた。ジェイミーの喉を切るふりをしたやつだ。震えている。危うく本当に殺されかけた男。

　ロミオの顔は汗だくだった。体中に血のりが飛んでいる。ロミオは不安そうにザンの視線を避けた。たぶん今になって自分がどれだけ死に近づいていたか悟ったのだろう。気の毒なことをした。

　ザンはクリスに向き直った。「恩に着る」声をやわらげて言った。

　クリスはきまじめな表情でうなずいた。「危なかったよ」ザンにしか聞こえない程度の小声でつぶやく。「また殺人罪でつかまるところだったぞ。頭を冷やせ。本当にぞっとした」

「ああ」ザンの声はしゃがれていた。「自分でもぞっとする」ロミオを見あげた。「悪かった」ぽつりと言った。ほかに言葉が見つからなかった。

ロミオはあわてたようにきょろきょろと全員に視線を飛ばしたが、ザンのことだけは見なかった。うなずき、返事を返そうとしたが、うまくいかなかったようだ。喉ぼとけがわなないている。

ザンはどうにか立ちあがろうとしたが、脚はふらついていた。クリスとジェイミーが両側から腕を取って支えてくれなかったら、転んでいただろう。言葉を探した。

「あー……非伝統的なキャスティング。だよな？」おずおずと言った。

「正解」ジェイミーの生来の陽気な性格がここでもまた顔をのぞかせる。「決闘が本物らしく見えるかどうか心配する必要がなくなったよ。な？」

「ああ」苦々しく答えた。「心配いらない。自信を持て」

「クールな作品なんだよ」ジェイミーは話に夢中になってきたようだ。「モンタギュー家は気取った金持ち、キャプレット家はゴシック・パンクの奇人。ロミオとマーキュシオが乗りこんでくるキャプレット家のパーティでは、アシッド・ロックのバンドを生演奏させるんだ。このシーンではマイクを使う。爆音になるからさ」

「そりゃすごそうだ」ザンはぼんやりと言った。ジェイミーの血まみれの衣装をじっくりとながめる。胃がむかついた。「そいつはよくできてる」

血だらけの顔に意地の悪い笑みが浮かぶ。「うん。でもさ、それだけじゃないんだ。ここ見て」ジェイミーは上着の内側にぶらさがっているプラスチックの球体を指差した。「血を出すにはこいつをひねって……ほら！」

ジェイミーの喉に取りつけられたチューブから血が弧を描いて噴きだし、ザンの顔とシャツとジーンズに盛大に飛び散った。モンタギュー家とキャプレット家のよせ集めが、笑いをもらしたり、鼻を鳴らしたりする。

ザンはそちらに顔を向けた。笑いは消え入り、気まずい沈黙が落ちた。

「おっと、悪い」ジェイミーは口では謝ったが、きらめく瞳に後悔の色はまるっきりにじんでいない。「チューブがザンの顔を向いてるとは気がつかなかった」

アントンがくすくすと笑った。「そのシャツ、合成繊維だといいけど」笑いながら言った。「血のりの染みはなかなか落ちないんだ。ジーンズは綿百パーセントだよね。そいつのことは……忘れたほうがいい」

ザンは癇癪と不適切な返答を呑みこんだ。ジーンズがだいなしになったことなど、まったく気にならない。

気になるのは……はっと思いだしたとたん、またアドレナリンが噴きだして、ただでさえぼろぼろの神経に襲いかかる。「しまった。アビー！」あたふたとまわりを見る。「誰かおれといっしょにいた女性を見なかったか？」

「女性？」クリスが言った。「女はひとりも見かけていないよ」

「アビーがいっしょだったんだ」動悸に反しておぼつかない足どりで、建物の角をまわる。アビーはいない。スパイクヒールの華奢なサンダルが砂利道にぽつんと残っているだけ。ザンはそれを拾いあげ、狼狽《ろうばい》のあまりどうしていいかわからず、呆《ほう》けたように見つめた。「ア

「ビーが消えた」

「賢明だ。おれは彼女を責めないね」クリスが言った。「デート相手があんな大立ちまわりを見せたら、おれだって消える」

「口を閉じといてくれないか？」ザンは嚙みついた。

ジェイミーはザンの手にぶらさがっている細いサンダルを突いて揺らした。「靴だけ残して逃げてくなんて、まるでシンデレラだ」

「砂利道の駐車場をはだしで走っていったんだ」ザンはひとり言のようにつぶやいた。「どんだけ怖がっていたか」

クリスはやれやれと悟ったようなため息をついて、携帯電話を取りだし、短縮ボタンを押した。「やあ。リッキー？　クリス・ダンカンだ。ああ。波止場付近で殺人があったって通報してきた女性はいないかな？　ああ……おれは今その現場にいる。本当のけんかではなくて、芝居だったんだよ。舞台で上演する……そう。うちの弟が関わっててさ。血のりが飛んで……そう、それ、そのとおり。それで頼みがある。その女性はうちの兄貴のデート相手なんだ。だから親切にしてほしいって伝えてくれよ。了解？　お茶の一杯でも出して、家まで送ってやってくれるかな？　了解？……頼んだよ」

「そういえば、女？　兄貴がうちに女を連れてきた？　じいちゃんに話すのが待ちきれないぜ！」

「話すな」ザンは奥歯を嚙みしめるように言った。「あんな血まみれのあとじゃ、もう二度と会ってくれないだろう」

「くそ」ジェイミーの血だらけの顔の下には、がっかりした表情が隠れているようだ。「恋愛生活が軌道に乗りかけたとたん、おれが脱線させたなんて言わないでくれよ。なんなら、いっしょに行くよ。ただの芝居の練習だったっておれからも説明――」

「まさか」ザンは口を挟んだ。「頼むから、手を貸そうなんて思うな。おまえの見てくれはスプラッタ映画から出てきたゾンビみたいだぞ」

「そっちもな、兄貴」ジェイミーは楽しそうに言った。「ひとつちがうのは、あんたの鼻は本物の血でどろどろ、おれはそうじゃないってところ」

ザンはあえて言葉を返さず、足を引きずってエレベーターに向かった。


熱いお湯に浸かって、痛みどめの薬を塗ったのに、アビーの足はまだ痛んだ。むなしいリアリティ番組の前から体を引き離し、すり足でキッチンに向かった。気持ちを落ちつかせてくれそうなものはすべて試した。フランネル地のパジャマ、アフガン編みの肩かけ、マシュマロを浮かべたココア、うさちゃんのスリッパ、ニューエイジ・ミュージックのCD。いつもなら、このCDの波の音や小鳥の鳴き声でまたたく間に眠くなる。今日は何も効かない。気持ちを慰《なぐさ》めてくれるものがない。

平手打ちを受けたようなショックだった。恥ずかしくて、消え入りたかった。家に送ってくれた警官は、実際にどういう状況だったのか説明するあいだ、にやにや笑いを見せないよう苦心していた。わたし、なんてばかだったんだろう。

またやってしまった。セクシーな男に惑わされて、世間に恥をさらした。お芝居の稽古で決闘の練習をしていただけだなんて。信じられない。ともあれザンも勘ちがいするほど本物らしかったということだけど、たいした慰めにはならなかった。あの倉庫の駐車場でザンが血を流して死んでいるかもしれない、そう考えていたあいだ、生き地獄のような恐怖を味わった。そんな思いをさせたザンのことは絶対に許せない。役たたずで弱い自分が情けなかった。ザンが無事だったことは泣きたいくらい嬉しいけれど、心に傷をつけられたも同然で、わだかまりは残った。

アビーはブランデーを飲もうかと思ったものの、すぐにその考えを打ち消した。基本的にひとりのときはお酒を口にしない。とくにみじめな気分のときは。強い酒は神経を鎮めてくれるけれど、行きつく先は暗く悲しく醜い場所だ。何年も母親の姿を見て、充分に学んでいる。

もちろん、暗く悲しく醜い場所に至る道はほかにもたくさんある。アビーは毎日休むことなくその新しい道を開拓しているようだ。

エレインに電話をできたらよかったけれど、正体不明のマークの機嫌を損ねて、友だちの夜をだいなしにしたくなかった。残された最後の手段は、マーブルチョコレートのアイスクリーム。すぐに服のサイズを変えるはめになるかもしれないけれど、それが何？　誰のために太らない努力をするの？

アイスクリーム用のスプーンを取ろうと銀器の引き出しの前に立っているとき、アビーの足に根が生えた。ドアを叩く音にびくっとして、両手に持っていたトレイが滑り落ちた。台所用品が派手な音を立てて床に散らばる。ドアを見つめた。心臓は三倍の速度で脈を打ちはじめ、アビーは失神するのではないかと思った。

のぞき穴に目を当てた。ザンの哀れな顔は、殴られ、腫《は》れていて、それを見たアビーの心は揺さぶられ、せつなく、いたたまれない気持ちになった。それでも怒りと絶望は消えなかった。

ザンの目はドア越しでもまっすぐアビーの瞳を見つめるようだ。「アビー。頼むから開けてくれ。話をしよう」

「いやよ、話なんかない」ドアの向こうに返答した。「帰って」

「いやだ」ザンが言う。「話をするまでは帰らない」

ふと、その気になればザンはほんの数秒で鍵を開けられるのだということが思い浮かんだ。ザンはまたドアを叩いた。「お願いだ、アビー」声は荒らげず、哀願の口調だ。

アビーはドアを開けたくてたまらなかった。どうしていつもいつも、自分のためにならないことばかりしたくなるの？　ドアにひたいをつけ、声を押し殺して泣きだした。正しいことを貫《つらぬ》くのがこんなにたいへんだなんて。

涙が止まるまでしばらくかかった。アビーはバスローブの袖で目元をぬぐい、ザンももう帰っただろうと考えた。のぞき穴からたしかめる。いない。失望で体の力が抜けたことがひど苛《か》だたしい。ドアを力いっぱい引き開けて、もう一度確認する。

ザンは階段に座っていた。アビーははっと息を呑んだ。

ザンは振り返り、立ちあがった。「ほら、アビー」一歩だけ近づいて、サンダルを差しだした。「きみのだ」

アビーはそれを受け取って、自分の手にぶらさげた靴を見おろした。「どうも」

「気分はどう？」ザンが尋ねた。

足の裏がずきずきする。「平気よ」アビーは玄関にかけておいた革のジャケットを引きおろし、ザンに突きだした。「ほら。これで貸し借りなし。じゃ、おやすみなさい」

「話をするまでは帰らないよ」ザンが言う。

「話をする気分じゃないの」アビーが言った。

「なら、その気分になるまで待つ」とザン。「おれは辛抱強いんだ」

「そうよね」アビーは苦々しく返した。「それは聞いた。ほかにもいろんなことを聞いた。今すぐ帰って寝たほうがいいんじゃない？」

「夜は寝ない」

「あらそう。でも、幸い、それはわたしには関係ない。眠らないなら、夜にいつもしていることをすればいいでしょ。じゃあね」

「せめて説明させてくれ」ザンが言った。

アビーは片手をあげてザンを止めた。「その必要はありません。親切なおまわりさんが全部話してくれたから。わたしに面と向かって笑わないよう努力しながら」

ザンは沈痛な面持ちになった。「すまなかった」

「はん。おあいにくさま」アビーはもっとよくザンの顔を見てみた。鼻はふくれ、まぶたの片方は腫れて目が半分閉じた状態だ。「ひどい顔」ぶっきらぼうに言い放った。

ザンの唇がゆがむ。「ああ。おれの正気を戻そうと、弟が一発見舞ってくれたんだ」

「すてき。きっとご機嫌なご家族なんでしょうね。殴ったのはシェイクスピアの劇に参加していた弟さん？　血の海に倒れていた人」

「いや、血の海のほうはジェイミー。末の弟だ。おれを殴ったのはクリス。下から二番め」

「大虐殺ごっこに弟さんがふたりも参加していたってことね。そうやって兄弟同士で張りあっているの？　あんなふうにだまされることがしょっちゅうあるわけ？」

「じつのところ男兄弟は三人いる」ザンは話を続けた。「もうひとりはジャック。長男だ。それに妹もいる。名前はフィオナ。二十五歳だ」

「あなたの家族が集まるところを想像するとぞくぞくする」

この言葉にザンはふっとほほ笑んだ。「おれもたまにそうなるよ」

アビーはほほ笑み返さず、沈黙は重く、冷たくなっていった。

「アビー」ザンが沈黙を破った。「お願いだ。おれは決闘の稽古のことを知らなかった。おれもひどく怖かったし、今はばかみたいな気分だ。許してほしい。頼む」

アビーは月を見あげた。「わたしがどんな目にあったか、わからないんじゃないかしら。

まず、おぞましい殺人を目撃した。それから、あなたがその渦中に飛びこんでいくのを見た。助けを呼ぶためにあなたを残していって、腐ったゴミにでもなった気分だった。あなたを助けられなかったから。死んだか、死にそうかどっちかだと思って疑わなかった。そうしたら、大がかりなジョークだって知らされて、ひどい恥をかいたの」

「ちがうよ、アビー」ザンはすがった。「誰もそんなふうに思っていない」

「あなたが殺されなかったのは嬉しい。そこは勘ちがいしないで。でももう神経がずたずたなの。わかる？　最初は恐怖、それからばかにされたと感じるなんて」

ザンはおずおずと顔をぬぐった。「まいった」小声でつぶやく。「すまなかった。ほかになんて言っていいのかわからない。ただ、おれのほうがもっとひどい経験をしたのはたしかだ。今夜、まったく罪のない人間を殺しかけたんだ」

苦笑いのような、すすり泣きのような、何かが爆発するような音がアビーの口から飛びだした。「やめてよ、ザン。そのこぼれ話がわたしの慰めになると思う？」

ザンは強く息を吸って顔をそむけ、ポーチの手すりによりかかった。両手に顔をうずめる。アビーはザンをなだめ、抱きしめたくてたまらず、胸が痛いほどだった。しばらくしてから、手を伸ばし、指先でそっと鼻にふれた。「痛む？」ためらいがちに尋ねた。

「ああ」ザンはぶっきらぼうに答えた。「だがそれでも生きていける」

「よかった」アビーの声は震えていた。「本当に、本当に、よかった」

「アビー」ザンが手を伸ばす。

アビーはよろめきながらその手を避けた。「だめ。わたしはもう血の海は見たくないし、気にかけている人がナイフの決闘に飛びこんでいくところもみたくない！　わたしのことは忘れて！　先はないから！」

「アビー、理解してくれ」ザンは訴えた。「おれはあれが芝居だとは――」

「あら、喜んで理解する」アビーは苦りきった口調で言った。「あれが今までわたしの人生を壊してきたの。今、線を引く。太くて黒い線を」

「でもあれはおれの弟だったんだ！」ザンは言いたてた。「すべきことをしただけだ！」

「そうでしょうとも。それは責めていない。とっても勇敢だった。家族思いのお兄さんがいて弟さんは幸せ者ね。でも、わたしはつきあえない。だから決断をくだした」深呼吸した。

「あなたは条件にあわない」

ザンは目をすがめた。「はん？　条件っていうのはなんのことだ？」

アビーは心を鬼にした。「今日のような冒険はわたしの人生にほしくないの。もう二度と。そのためにも、あるタイプの男の人からは距離を置いていなくちゃならない」

「タイプ？」ザンは驚きあきれたようだ。「おれはどんなタイプだって？」

アビーは首を振った。こういうことを口にするのは気が引ける。「それは……黒い革ジャンを着て、タトゥーを入れて、けんかっぱやくて、そういう生活を送っている人」

「そういう生活？　おれの生活の何を知ってるっていうんだ？」

「知るべきことは知った。工場の廃墟に住んでいて――」

「廃墟？　アビー、おれのアパートメントは——」

「ふつうの生活がほしいの！」アビーはわめいていた。

「ふつうの男の人、ふつうの車、ふつうの家！　きちんとしたもの！　そういうものがほしいからって罪悪感を覚えたくない！　権利がある！　望みすぎなんかじゃない！」

「へえ？　エドガー？　レジナルド？」ザンは勢いよく振り返った。「朝、目を覚ましたとき、となりに眠っている顔を見たいのはあいつらか？」

アビーは身をすくめた。「ちがう。でも今日起こったようなことはほしくないの。もう絶対にいや」

ザンの喉が小さく動いた。「驚いたな。上から人を判断する計算高い女だとは思わなかった。血のかよった、人間らしい女性に見えた」

アビーは縮こまった。「もう帰って」ぼそぼそとつぶやいた。

「ああ、帰るとも。おやすみ、アビー。探しものが見つかるのを祈っているよ。それがあんたにお似あいだからだ」ザンはきびすを返し、階段を駆けおりていった。

「ザン！」アビーは気がふれたとしか思えない衝動に駆られて、叫んだ。

ザンは肩越しに振り返った。その瞳の表情に、アビーの心は粉々になった。「ごめんなさい」口ごもった。「傷つけるつもりはなかったの」

「ならこれ以上は傷つけないでくれ」ザンは闇に消えた。

7

硬い流木の上で、ザンは痛む肩の位置を変えた。太陽が海岸に漂うもやを焼きつくしていた。白い波が高く低くうねる音は、ザンを禅の境地にいざなってくれるはずだった。ともかく、方法論はまちがっていない。

何時間も砂に横たわり、禅の境地がおりてくるのを待った。体中の筋肉が痛む。コーヒーを飲みたいし、シャワーも浴びたいが、じいさまのお説教も、クリスのおせっかいも、ジェイミーのおちゃらけにも耐えられる気がしない。

達観してみようとも試みた。成功する時もあれば、失敗する時もある。もし相手が冗談を笑ってすませてくれないなら、こっちから願いさげだ。問題はザンにも冗談に思えないところだ。

ジャケットのなかで携帯電話が鳴った。ちくちくする目をぎゅっとつぶり、もう一度開けてから電話を取りだした。マティ・ボイル。痛む顔をこすり、電話をにらむ。今日はマティから請け負った鍵の仕事をする予定になっている。電話に出ないわけにもいかない。受話ボタンを押した。「おはよう、マティ」

「美術館の仕事のことを忘れていやしないかと思ってね」マティが言った。

「仕事の契約を反故《ほご》にして、現場に現われなかったことがあるか？」

「かりかりするなよ」とマティ。「まずはうちの事務所によってほしい。いいかな？」

今はマティと顔をあわせる気分ではなかった。「なぜ？」問いつめるように言った。

「うん……ザンの風貌《ふうぼう》を考えるとさ、紹介者が立ちあったほうがいいんじゃないかと思って」楽しそうな笑い声をあげる。「まあ、ほら、形式的に」

ザンの血はあっという間に沸きあがった。「この仕事を辞退しろと言いたいのか？おれの外見がみすぼらしくて美術館に似つかわしくないんなら、おれはおりるから、あとは好きにしたらいい」

「おいおい！落ちつけよ！そうは言ってないだろう！」

「忘れてくれ、マティ」ザンは癇癪《かんしゃく》を恥じ、疲れきった声を出した。「悪い。ゆうべはひどい夜だったから。何時に行けばいい？」

「昼前に美術館に向かうのでどうだい？だいじな話もある。仕事の依頼だ」

「これからすぐに行くよ」ザンは言った。「もう事務所にいるのか？」

「ああ、だけどぼくは――」

ザンは電話を切った。うんざりだ。

マティとウォルト・ボイルは罪の意識からザンに仕事を頼んでくる。ザンが礼を失しないよう心がけているのは、死んだ親父のためだ。アレックス・ダンカンは息子が人の罪を許すことを望むだろうが、他人行儀な礼儀正しさを守るのがザンには精一杯だ。

マティは学校にあがる前からザンの人生の一部だった。マティの父親、ウォルト・ボイルは、ザンの父親と大学時代からの友人だった。父親同士はいずれ警備会社を立ちあげる予定でいた。ダンカン・アンド・ボイル社。しかしダンカンの父親が殉職《じゅんしょく》するまでの話だった。

ザンとマティはいっしょに遊び、けんかもして、兄弟のような仲だった。十八年前のあの運命の夜までは。ザンはマティもあの夜のことを思いだすことがあるのだろうかと考えた。もしかしたら、もうなかったことにしているかもしれない。ドラッグはマティのたくさんの問題のお手軽な解決法だった。シルバーフォーク・リゾートの駐車場からポルシェを盗んだ晩もラリっていたにちがいない。ポルシェを見せびらかしに乗りつけてきたとき、マティはそれをどこでどう調達したのか言わなかったが、ザンは疑いを持つべきだった。

しかし、ザンは持たなかった。車に乗りこんで、ドライブに出かけた。

ふたりが轢《ひ》いた男のことで、ザンはいまだに悪夢を見る。スピンした車のハンドルをとろうと必死で手を振りまわしながら目を覚ます。あの男の恐怖のまなざし、ドンッとぶつかる不快な音。フロントガラスに飛び散った血。

マティは怖気《おじけ》づき、逃げだした。電話を探してくると言って、ザンをひとり残し、雨のなかを脱兎《だっと》のごとく駆けていった。道路にうずくまって泣きながら男の手を握ったのはザンだ。救急車が来るまでは永遠の時間がかかった。かかりすぎた。男は死んだ。

マティはザンひとりにすべてを背負わせた。窃盗、事故、車に忍ばせていたコカインの袋のことさえも。ザンに罪をなすりつけるのは簡単だった。ザンの指紋がハンドルにべたべたとついていたのに対し、マティは車をくすねるのにあらかじめ手袋をしていた。そして問題の晩は家にいて、疲れて寝てしまったと言った。だから何も覚えていないと。しかもマティの父親がそれを裏づけた。

　その後は怖れたほどにはひどいことにならなかった。ザンは十七歳、まだ少年事件として扱われる年齢だった。ウォルト・ボイルもおそらくは罪悪感から、刑の軽減に全力をつくした。ザンは数カ月の社会奉仕だけでこのごたごたから抜けだすことができた。

　ただし、ポルシェの持ち主は奨学金財団の理事だった。ザンは奨学金の資格を取り消され、入学許可を得ていたマサチューセッツ工科大学《MIT》の学費の当てを失った。悪い偶然が重なり、おなじ時期に母親が会計士の仕事を首になった。当時クリスは十四歳、ジェイミーは八歳、フィオナは六歳だった。

　とりあえず一年か二年働くという計画は、学位ではなくべつな資格をザンにもたらした。錠前師の免許を得て、充分に学費が貯まるまで働きつづけた。しかし長い夜のひまつぶしとして始めたコンピューター・コンサルティングがことのほか成功し、それが事業にまで発展した。楽しめる仕事だ。結局はうまく転んだ。後悔はしていない。

　事故から数年のあいだはボイル親子に激怒していたが、だんだんどうでもよくなった。だから、ウォルト・ボイルから鍵の仕事の下請けを頼まれるようになったときは、無言の謝罪のつもりなのだろうと解釈することにした。

そうしてザンはボイルの仕事をしてきた。いつもではないが、気が向いたときにたまに引き受けている。とはいえ、けっして楽しくはない。ボイル親子にはぴりぴりさせられる。父親も息子もどちらにも。

ザンはボイル・セキュリティ社の外にバイクを停めて、建物に入った。マティは胸のでかいブロンドの受付嬢にもたれかかっていたが、ザンに気づいて飛びあがった。

「来た来た！　噂の男！」ご機嫌な様子だ。親しげにザンの背中を叩く。ザンは痛みの悲鳴をこらえた。昨夜モンタギュー家とキャプレット家の男たちが総出でまさにその場所で足を踏み鳴らしたのだ。

「おや、どうしたんだい？」マティが尋ねた。「ひどい顔だ」

ザンは歯をくいしばった。「長くて退屈な話だよ。また今度な」

「いいとも。ぼくのオフィスに行こう」

ザンはあとについてなかに入り、コーヒーメーカーを期待して部屋を見まわした。マティは不自然なほど片づいた机のへりにちょこんと腰をかけた。丸々とした顔が首の上に二重あごを作り、こめかみのあたりは髪が薄くなりかけている。マティは顔に笑みを張りつけてザンを見つめつづけ、ザンはいらいらしてきた。

「話って？」ザンは切りだした。「何かあったのか？」

「いや。なあ、子どもの頃、ウィルコ湖のほとりにある父さんの別荘に行ったこと、覚えているかい？」マティが尋ねた。「海賊ごっこをして遊んだよな」

ザンはしばらくのあいだマティをじっと見た。「大昔のことだ」

マティは机の上でトントンと指を叩いている。「今週末、ウィルコ湖で過ごさないか？昔を偲《しの》んで、釣りでもして」

たまげた。あまりにも意外な申し出に、ザンの頭には断わりの文句さえ浮かばなかった。

「すまないが、マティ、今週末は」言いよどむ。「あー、今週末は、予定がある」

マティの顔に張りついていた、口をあけた鳥のような笑みがじわりとしぼんだ。「そうかい？かわい子ちゃんと週末の逃避行だな？」

ああ、夢のなかでな。打ちのめされた気持ちが大きく、とてもそれ以上の可能性は思いつかない。「まあ、そんなところかな」力なく答えた。

「やっぱりね！　お相手は？　ぼくの知っている人？」

「まだ言えない」ザンはごまかした。「格好よくきめたいんだ」

マティの笑みはゆがんでいた。「いつもそうだもんな。女はそれにくいつく。ぼくたち負け犬は残りものでしのがなきゃならない」

うっとうしくなってきた。「虫の居所でも悪いのか、マティ？」

「べつに」またにこにこと盛大に笑みを作る。「じつは思いついたことがあって、聞いてもらいたんだ。〈海賊の財宝展〉のことは知っているかい？」

「沈んだスペインのガレオン船から見つかった財宝か？　ああ。クールだよな」

「うん。すごいもんだ。うちで展覧会の警備をするんだが、それをちょっと見てほしいんだ。

詳しいことはチャック・ジャミソンが教える。あいつは現場の段取りを組むエンジニアのひとりだ。からくりに興味があるとひと言もらせば、あいつのおしゃべりを止めることはできない。それで、セキュリティの弱点を分析して、報告してもらいたい」

ザンは困惑した。「でもおれは美術館の警備に詳しくない。おれじゃなくて、おまえの専門だろ」

「まあ、そうだけど、方向はおなじだろう? そっちはコンピューター・システムを攻撃して、弱点を暴《あば》き、解決法を分析して、それを哀れな被害者に売りつける。な? そういうことだろう?」

「やり方のひとつではある」ザンは慎重に答えた。

「それで大もうけしているんだよな?」

「まあまあだよ」ザンの収入はマティには関係ない。

「まあまあ? またそんなこと言って! うちで用意した装置は最高だ。電磁検知センサー、重量・震動検知センサー、赤外線の最新式監視ビデオ。それこそ海賊になった気持ちで全体をチェックしてほしい。自分でお宝を盗むにはどうするか。な? 既成概念にとらわれない考え方をする人間の意見が必要なんだ。ぴったりだろう? 海賊のザン。昔みたいにさ」

マティからのお世辞で、服のなかに蟻《あり》が入ったような気分になった。「おれは忙しいんだ」

ザンは注意深く答えた。「今でさえ仕事を手一杯抱えている。やり方を心得ている専門家を雇えよ」

「いくらでも払う」マティが言った。

ザンはマティの芝居がかった口調にたじろいだ。「へえ?」

「報酬ははずむよ。たっぷりと。ちょっとやそっとの額じゃない」

ゆがんだ笑みを張りつけ、こわばったマティの笑顔を、ザンはしげしげと見た。「どうしたんだ? 何かトラブルにでも巻きこまれているのか?」

マティは笑い声をあげ、ネクタイをゆるめた。「いやいや、そうじゃない。仕事のしすぎかな。商売が、あー、繁盛しているから」

ザンは物が少なくきれいすぎる机にちらりと目を走らせた。とても仕事をする場所には見えない。ザンの自宅の仕事場では、巨大なテーブルと机の集団に、CD、マニュアル、図表、作業図、専門誌、請求明細書、ワイヤー、こまごまとした電子部品が重なりあい、もつれあって、天井からさがった強力な電灯に照らされ、その真ん中に大きな回転式の椅子が玉座のように鎮座《ちんざ》している。「あー、なるほど」ザンは相づちを打った。「なら、その、ちょっとのんびりしたほうがいい」

「ああ、わかっているよ。なあ、まだがっかりさせないでくれ。考えてみるだけならいいだろう? お願いだよ。個人的な頼みだと思って」

妙に追いつめられた表情に見えた。ザンはためらった。「考えてみるよ」一時しのぎに言った。「ちょっと見てみるくらいはできるかもしれない」

「うんうん、よかった」マティは満面の笑みで言う。「じゃあ写真を撮らせてくれ」

話がどんどんおかしなことになっていく。「なんだって？」

「美術館での身分証明書を作るためだよ。海賊の財宝のまわりをうろつくには、身元の確認が必要だ。あのお宝には四千万ドルの保険がかかっているんだから。白い壁のところに立って、前を向いて。いいかい？」

ザンは言われたとおりにしてやった。マティはデジタルカメラを構え、一枚撮った。「よし、次は横を向いて。右側に。髪は耳にかけて」

「犯罪ファイル用か？　タトゥーは隠したがるんじゃないかと思ったが」

マティはもう一枚撮った。「頼むよ。あれこれ言わないでほしい。な？　これはぼくの考えなんだ。積極的に仕事しているのを父さんにわかってもらいたいから」

マティの父親との確執は、ザンがふれたくないもうひとつの話題だ。ザンはうなずいた。

「もう何も言わないよ」


アビーは携帯電話をぱたんと閉じて、もう一度時間を確認した。エレインはランチの約束に二十五分遅刻している。おかしい。

ダイエット・コーラでアスピリンを流しこみ、仕事でかけなければならない電話のリストをちらりと見た。長居はできない。ランチの約束を今日にしたのは正気の沙汰ではなかったけれど、エレインのことが心配で仕方なかったし、美術館は内緒話には不向きな場所だ。ブリジットが権力をひけらかすために走りまわっている場所では。

エレインは約束を忘れているのかもしれない。つかまえて確認するべきだったけれど、とにかく忙しくて、エレインを探す時間もなかった。

胃のもやもやは不安に変わり、そこに罪悪感が忍びこむ。携帯電話を開けて、エレインの番号を押した。

呼出音が鳴りはじめたちょうどそのとき、エレインがレストランの入口に現われた。ほっと息をついて迎えようとした瞬間、無言で息を呑んだ。エレインの姿は異様だった。目元は赤く腫れて、口元は疱疹《ほうしん》で色が変わっている。無造作に束ねた髪はくしゃくしゃだ。瘦せた体は灰色のスウェットのなかで溺れそうだった。

「わかってる。ゾンビみたいに見えるのはわかっているから。わざわざ言ってくれなくてもいいわ」エレインは携帯をテーブルに落として、深く椅子に腰かけた。

アビーは目に不安をたたえてエレインをじっと見つめた。「具合が悪いの？」

エレインは肩をすくめる。「遅れてごめんなさい。さっき起きたばかりで」

「病欠の電話は入れた？」

エレインはぼんやりとした様子で首を振った。「ただ……仕事に行くのを忘れていたの」

忘れた？　四千万ドルの展示品の梱包を解くのを？　アビーはさらに不安をつのらせた。エレインをぎゅっと抱きしめる。「何が問題なの？」

エレインはうつろな目でその問いを嚙みしめた。「ええと……全部？」

アビーはウェイトレスに合図して、コーヒーをそそぐ身ぶりを見せ、おかわりをうながした。「全部っていうのは巨大ね。細かく砕いてみましょ。いい？　そのなかで大きなものは？」

エレインはアビーの早口についてきていないようだ。「起きてからあなたのことを考えたの。お母さんがお酒に溺れて、お父さんは刑務所に入ったっていう話を。本当のことを言うと、わたしの生《お》いたちとはまったくちがうわ。つまり、うちはいやになるほどお金持ちだけど、ただ、父がわたしたちを置いて逃げたのはおなじで、それは神さまに感謝しているの。だって父は……ともかく、いなくなってよかったわ。それに母は、その……母はわたしに我慢ならないみたいで。わたしがこんなに……」エレインの言葉はだんだん小さくなって消え、喉をつまらせたようなかぼそい音がもれはじめた。

「あなたが何？」そっと先をうながした。「お母さまは何に我慢がならないの？」

「子どもの頃、あなたを傷つけたものがあるでしょう？　それはあなたを強くした」エレインの声がわなないた。「わたしはちがった。わたしに起こったことはわたしを弱くしたの。そんな自分が大嫌い。自分でももう我慢がならないわ」

エレインはがっくりとうなだれて両手に顔をうずめ、肩を上下に揺らした。コーヒーポットを持ってテーブルに近づいていたウェイトレスは足を止め、おどおどした目をアビーに向けた。

あとで。アビーは声に出さずに口だけ動かして言った。椅子をよせて、友だちを両腕で抱いた。「エレイン。マークのこと？　わたしが殺してやったほうがいい？」

エレインはナプキンを探すそぶりを見せた。「わたし、ひどい状態ね」ぽつりと言う。

アビーはナプキンをエレインに握らせた。「傷つけられたの?」口調がけわしくなった。

エレインは目元をぬぐった。「そうとも言えないの。傷がどういう意味かによるわ。彼はわたしの肌にあとが残らないよう気をつけているから」

アビーは身震いした。「たいへん、エレイン。あなた、何に巻きこまれちゃったの?」

「わからないわ」エレインは途方に暮れたように答えた。「最初は完璧すぎるほどだったのに、それが突然そうではなくなった。彼を退屈させるのが怖くて、でも、怖がれば怖がるほど、わたしは退屈な人間になってしまうの。どんどん小さくなっていくようで、何を話していいかわからなくなって……ばかなことを言って、それでうんざりして、おまけに彼に何か命じられたら、いやと言う勇気もないの」

アビーはエレインの髪を撫でた。「そんな男、捨てればいい」

エレインの笑い声は泣き声に近かった。「ゆうべそうしようとしたの。言葉が出てこなかった。どうにかしなきゃと思うほど、自分がまた小さくなったように感じて、何もできないでいるうちに……ううん、なんでもない。それで、今朝……」声が消え入る。

アビーは激怒していた。「今朝あいつが何をしたの? 話して!」

「彼ではなくて。探偵事務所から電話がきたの」

「え? 探偵事務所って?」

エレインはものうい笑みを浮かべた。「身辺調査。わたしの半径三メートル以内に入った男性は全員調べられるのよ。女相続人は常に財産狙いのハイエナを警戒していなければならないというわけ。母は、男の人が娘本人に魅力を感じることは絶対にないと思っているの。母が正しいのかもしれないわね」あきらめたように言って、言葉を切った。

アビーはきついことを言いたいのをぐっとこらえた。「そういう態度を取っちゃだめ」かわりに励ましの口調を心がけた。「それで？　お母さんが身辺調査を頼んだの？　その結果を聞いたってこと？　どんな内容だった？」

「ううん、母はマークのことは知らないわ。秘密にしているから。でも先週、何かおかしいと思って、わたしが自分で探偵事務所に電話をしたの」

アビーはエレインが鼻をかみ終えるのを待った。「それで？」あらためて尋ねた。「探偵はなんて報告してきたの？」

「マークは存在しないって」エレインはかぼそい声で答えた。

アビーはとまどった。「どういうこと？」

「名前も。わたしに話した過去も。何もかも嘘。本当にばかだったわ。疑うべきだった」エレインは両手で顔を覆った。「これで彼に立ち向かわなければならなくなった。そんな勇気もないのに」

アビーはエレインの携帯電話を取って、電話帳のページを開き、Mの項を検索した。あった、マーク。「わたしが彼に話してあげる」語気を荒らげた。「こう言ってやる。嘘つきのサディストの変態、わたしのだいじな友だちのエレインはあんたなんかに二度と会わないから、とっとと消えろ、死ねばいいって。これですこしは気が晴れる?」通話ボタンを押した。

呼出音が鳴りはじめる。エレインは携帯を引ったくった。「わたしが自分で言わなければならないし、そうでなければ意味がないわ。わかって。わたし、勇気を振りしぼってみる」

アビーは今夜エレインが勇気を振りしぼれる可能性を考えた。「ひとりで会うのは賛成できない。心の支えが必要だと思う」

「心が折れた時のために?」エレインは笑顔を作ろうとしたけれど、その表情は痛々しかった。「ひとりでやらなければならないわ、アビー。ドアマットみたいに踏みつけられるままでいるのをやめるの。単に彼がすごくカリスマ的で、わたしがその正反対だっていうだけ」

アビーの爪が手のひらにくいこんだ。エレインに自信を持たせられなかった自分に腹が立つ。マークを殺してやりたい。子犬を蹴りあげ、子猫を踏みつけるような人でなしを。

「あらあら、驚いた。エレイン? あなたなの?」

エレインはぎくりとした。疱疹のできた口元をあわてて手で覆う。声をかけてきたのはマーシャ・トプハム、美術館評議会の重要人物だ。あごを何重にもだぶつかせて、狼狽を絵に描いたような表情を見せた。

「こんにちは、マーシャ」エレインは声を絞りだすように言って、笑顔を作ろうとした。

「エレイン、あなた、あまり具合がよくなさそうよ!」大声ではっきりと、しかも楽しそうに言う。「お母さまは、あなたの具合がよくないことをご存じかしら?」

「平気です」エレインは急いで答えた。「本当に。インフルエンザにかかりかけているだけです」

「ならどうして家でじっと寝ていないの？　お医者には診《み》せた？　お母さまがこのことを聞いたら、さぞ驚かれるでしょうねえ！」

「母に話していただく必要はありません」声がわななく。「平気ですから」

マーシャは身をかがめてエレインを抱きしめようとした。エレインはびくっと縮こまってその手を避けた。年配の女性がむっとして体を起こすあいだ、気づまりな沈黙が落ちた。

「ごめんなさい」エレインがつぶやく。「インフルエンザをうつしたくないから」

アビーは話の流れを変えにかかった。「トプハムさん、ここでお目にかかれるなんて！　すぐにでもお電話をかけようと思っていたんです！　パーティにはおいでいただけますか？」

マーシャ・トプハムはアビーに向きあって、まばたきした。「パーティ？　行きますとも」

「ああ、よかった」アビーはまくしたてた。「心配しはじめていたんですよ。まだ出欠のお返事をいただいていなかったもので。なにしろトプハムさんとご主人には上席をご用意させていただくつもりですから——」

「寄付金の小切手なら今日中に送るわ」マーシャは丸々とした背中を向け、体全体で威厳を傷つけられたと表わしながら、気取った歩き方で出ていった。

「ああ、いやだわ」エレインはため息半分に言った。「マーシャは母ご用達《ようたし》のスパイのひとりなの。母に知られたら……殺されるわ」

「何を知られたら？」アビーは抗議するように言った。「お化粧せずに家から出たこと？ 具合がよくないこと？」

エレインは力なくかぶりを振る。「アビーはうちの母のことを知らないから」

「知らなくて幸せよ」アビーはぴしりと言った。「お母さんのことは気にしないで。マークを捨てるほうに集中。終わったらお祝いしましょ？」

エレインがもらした笑いは短く、自嘲気味だった。「自殺しないように監視しようとしているの？」

アビーは愕然《がくぜん》とした。「エレイン」しばらく言葉を失ったあと、どうにか声を出した。「そんなこと言わないで。たとえ冗談でも」

「そうね」ぼんやりとした声。「ごめんなさい。ちっともおもしろくない」

「終わったら、いっしょにいてもらったほうがいいかも。わたしは楽しい話し相手になれないでしょうけれど。きっと大泣きして、あなたの――」

「あなたの家？」アビーは口を挟み、話をさえぎった。「それともうち？ 外出する？」

「わたしの家がいいと思う」エレインは答えた。「外に出る気力があるかどうかわからないから。ありがとう、アビー。いい友だち。わたしにはもったいないくらい」

アビーは髪をかきむしるまねをした。「ああもうっ！ いつになったら、そういうことを言うのをやめさせられるの？ 自分に腹が立ってしょうがなくなる！」

エレインは身をすくめた。「ごめんなさい」小声でつぶやく。

「あなたには最高のものがふさわしい」アビーはひと言ひと言を強調した。「あなたは純粋な黄金よ。あのげすを蹴飛ばすときはそのことを思いだして」

「がんばる。本気で」エレインは椅子を引いた。「ごめんね、アビー。食欲がないの。海岸に行って、マークに言う言葉を考えてみるわ」

「あのろくでなしを、ヒールで踏みつけてすりつぶすような言葉よ」アビーは励ました。

「生まれてこなきゃよかったと思わせてやって」

「そうね。ありがとう」エレインは振り返って肩越しに頼りない笑顔を向け、ドアを押して出ていった。女がエレインにぶつかった。エレインがよろめく。女は何か失礼なことを言って、エレインを押しのけるように立ち去っていった。

アビーは苛だちを抑えようと息を吸った。エレインは気が弱くて、ごくふつうの日常的な非礼にも立ち向かえない。ましてや冷酷なサディストになんて。

エレインの問題が大きすぎて、アビー自身の問題は遠くでかすんでいた。アビーは職場に向かい、途中の通りの角でナネットのコーヒーワゴンを見つけてほっとした。ナネットの髪はでこぼこのチェス盤のようにいくつものこぶに丸められていた。ひたいには緑色の石。スパンデックスのぴっちりしたボディスーツからおへそがのぞき、おなじ色の石がついているのが見える。

「ナネット、あなたの外見はどんどんおもしろいことになっていってる」アビーは言った。

「ハーイ、アビー！　これは〝呪われた神殿の巫女《みこ》〟っていうの。どうかな？」

「ええと、華やかね」言葉をにごした。「今日はトリプルでお願い」

「了解」ナネットは手を動かしながら言う。「調子はいかが？」

「悪いわけがあるかしら？」

「なぜなら、そなたは黒人の耳を飾る真珠よりも白く夜の頰に映えているから」

アビーは眉をひそめてナネットを見た。「何？」

「あ、いけない」ナネットは照れた様子で、エスプレッソの粉を機械につめた。「顔色が悪くて、疲れてるように見えるって言いたかっただけ」

アビーはポケットから小銭を出して料金を払った。「ありがと。あなたはいつもわたしの自意識を満足させてくれる」皮肉めいた口ぶりになってしまった。「さっきの詩は何だったの？」

ナネットは鼻ピアスを回転させた。「あたし、今度ストレイ・キャット劇場でやるシェイクスピア劇に出るの」と打ち明ける。「すっかりなりきっちゃう時があって」

シェイクスピアとストレイ・キャット劇場の話が出て、アビーは屈辱を思いだした。「すてきね」なるべく熱意のこもった口調を心がけた。「エスプレッソとシェイクスピア。クールな組みあわせね」

「そのとおり。がんばりすぎちゃだめよ」ナネットはカップを手渡した。

エレインを欠いて、仕事の忙しさはいつもよりさらに常軌を逸したものになった。まずはパーティ用に、栄誉受賞者や理事のスピーチ原稿と館長のピーターが述べる歓迎の辞を書きあげなければならない。それから新しい展示ホールのドアの閉まりが悪いことと新しい休憩室に水が漏って損害を受けたこと、このふたつの問題を解決してくれる人を探す。

アビーは問題の展示ホールのドアを押し開け、そこに——嘘でしょ。

よろよろとあとずさった。幻覚でも見ているにちがいない。あり得ない。

アビーはもう一度ホールをのぞいた。ザン。がらんとした部屋で、ザンの体と存在感がやけに大きく見えた。顔に擦り傷とあざがついているせいか、その不穏な姿はまるで戦いのあとの海賊だ。もしかしてアビーをストーキングしているのかもしれない。

ザンが振り返る。しまった。見つかった。

ザンの目が大きく見開いた。「驚いたな！　ここで何してるんだ？」

正真正銘の驚きの表情。ならストーキング云々《うんぬん》は早とちりだ。アビーはむしろ裏切られたような気分になった。「ここが職場なの」アビーは言った。「開発マネージャーよ」

「美術館で働いてるなんて言わなかったじゃないか」ザンの言葉は非難に近かった。

「そこまで話すひまはなかったでしょ」アビーは返した。「それより先に、ええと……」

「セックスとバイオレンスに気を取られて？」ザンが言葉を引き継いだ。

アビーはくるりと目をまわしてみせた。「そっちこそ、ここで何をしているの？」

「事務所に鍵を取りつけることになっているんだが、女ボスどのはおれの外見がお気に召さないらしい」会議室のドアにあごをしゃくる。「最近おれは女性にそんな印象ばかり与えてるようだな」

ブリジットの声がドアの外まで聞こえている。「……あんなおかしな下請け業者を選ぶなんて！　うちの美術館のイメージが悪くなるわ！」

ブリジットの耳障りな抗議に、マティ・ボイルの猫なで声がかぶさる。

アビーは耳をふさぎたくなった。「失礼な上司でごめんなさい」

「いや、無理もないよ。今日は髪型がきまらなかったからね。それとも、目のまわりのあざのせいかな」ザンはつくづくと言った。「なんにしても、そういうことを言われるのにも慣れてきたよ」

勢いよく開いたドアからブリジットが出てきて、唇をゆがめてザンを見やった。

「黙って帰るよ」ザンは自分から申しでた。「人をぎょっとさせてまわるのは趣味じゃない」

マティ・ボイルがあわててブリジットのあとから出てきた。「しかしザンはもう何年もうちの仕事をしているんですよ」説得を続けている。「技術があって、信頼できるし――」

「なら髪を切らせて、きちんとした格好をさせなさい」ブリジットは命じた。

「人の命令は受けつけていない」ザンは言った。「自由契約だからね」にやりとした笑顔は目のあざの効果で悪魔のようだ。

「態度も気に入らないわ」ブリジットは冷ややかに言った。

「第三者のように扱われるのは気に入らないね。マティじゃなくておれに話せばいい。仲介人はいらないよ」

ブリジットは気色《きしょく》ばんだ。マティはふたりのあいだに割って入り、両手を掲げた。「この仕事には彼が最適です」ブリジットに言う。「そのことには命をかけてもいい」

ザンはまばたきした。「おいおい、マティ。これはただの鍵の仕事で、脳の手術じゃないぞ」

「うるさい」マティは小声で嚙みつくように言ったけれど、目はブリジットの顔から離さなかった。「どうかチャンスを与えてやってください」懇願する。「ほかの者を探すとなると貴重な時間の浪費になりますし、パーティを来週に控えて、お互いスケジュールはぎりぎりなんですから」

ブリジットはわざとらしく咳払いをした。「もしお父さまが保証してくれるなら――」

「しますとも」マティは断言した。「父も太鼓判を押します」

「それなら、アビー、そこの、あー、そこの人に事務所を案内して。どの程度のセキュリティが必要か説明すること」

どきりとしてアビーの心臓は一瞬止まった。「ブリジット、わたしは身動きが取れないから」立ち去ろうとする上司の背中に呼びかけた。「ジェンスかキャシーに――」

「ジェンスは解説板の設置で忙しい、キャシーは展示品目録の作成で忙しい。不平不満でわたしのだいじな時間を無駄にしないで」

ホールのドアがばたんと閉じた。アビーの顔が真っ赤になった。

「ワオ」ザンが言った。「あの女はきみの健康に悪そうだ」

アビーはうつむいた。「ちゃんと自分で対処できる」

マティが咳払いをした。アビーはその場にマティがいることも忘れていた。マティはアビーからザンへと目を移しながら、おかしなほどじろじろとふたりを見ていた。

「知りあいだったのかな？」マティが尋ねた。

「ああ」

「べつに」ふたりは同時に答えた。

顔を見あわせる。ザンは肩をすくめた。「どっちでもいいさ」

「ふうん」マティはゆっくりと言った。「ぼくは事務所に戻る。仕事を始めていいよ。何か問題があったら知らせてほしい」

「ああ」ザンが言った。「じゃあな、マティ」

マティが出ていってドアが閉まると、沈黙が落ちて次第に長引いていった。

「何？」しばらくして、アビーが問いただした。「その妙な表情の意味は？」

ザンは首を振る。「おかしなことになったと思ってね。マティはいつもよりさらに様子がへんだし、きみのボスはヒステリックな魔女、そのうえ、きみがいる」

アビーは胸元で腕を組んだ。「へえ？　わたしが何？」

「行く先々にきみが現われる。男なら、勘ぐりたくなるもんだよ」

「わざと現われているわけじゃない」アビーは言った。「事務所はこっちよ。仕事を終わらせましょ」

アビーは仕切りのあいだを縫うように歩いていった。髪の先から足のつま先までの全身でザンの存在を意識していて、体がぴりぴりと痺れるようだ。角を曲がったところでブリジットのアシスタントのキャシーにぶつかった。ザンはほほ笑んだ。キャシーは二度見して、いぶかしむような表情を浮かべた。

「慰めになるかわからないけど、もしここがきみの職場だと知ってたら、おれはこの仕事を引き受けなかったよ」ザンはアビーにだけ聞こえるくらいの声で言った。

「まったく慰めにならない」とアビー。

「そこの冷水機の前はさっきも通った」ザンの声は落ちついていた。「皆がおかしな目でこっちを見はじめている。きみのオフィスに行こう」

「ええ」アビーはつぶやいた。

来客に勧められる唯一の椅子の上にはファイルが山となっていた。アビーは両腕いっぱいにそれを抱えた。ザンの腕がアビーの腕の下に滑りこむ。

「持たせて」ザンはファイルの山を、わずかながら空いていた床の上におろした。

「どうも」アビーは自分の椅子に深く腰かけた。

ザンも座って、話を待ち受けた。アビーは窓の外に目をやり、それから電話に、そして自分の膝に視線を落とした。静かに座るザンの姿はまばゆく、神々《こうごう》しい雰囲気さえある。「まだ……まだ、鍵を具体的にどうするか考えていなかったの」アビーは切りだした。

「じゃあ、まず事務所のことをおれに教えてくれたらどうだろう？」ザンが提案した。

「そうね」アビーはほっとした。「何が知りたい？」

「基本事項。職員の数は？　建物の所有者は？　清掃業者の規模は？　誰がどの部屋に出入りする？　事務所の見取り図がほしいな」

アビーは紙を手探りした。「非常勤も含めて、職員はだいたい二十人。ブリジットとアンブローズとピーターは全室の鍵を持っていたいでしょうね。キャシーにもひと揃い。ブリジットのアシスタントだから。それからわたしとジェンスとドヴィは平日の勤務で……あ、そうそう、トリッシュはいつも一番早く出勤するから——待って。ちょっと整理させて」

「あー」ザンが言った。「つまり、まだ何も考えてないってことだね」

「忙しかったの」アビーは言い返した。「パーティと新しい展覧会のことで頭がいっぱいだったのよ」

「沈んだガレオン船から見つかった宝のこと？」

アビーは意表をつかれた。「海賊の財宝のことを知ってるの？」

ザンの目におもしろがるような表情がよぎる。「新聞の文化面にも目を通すんでね。ふつうの人たちとおなじように」

「あら、ええと、それはよかった」アビーはまごついた。

ザンの唇がゆがんだ。「おれの薄汚い外見に惑《まど》わされないでほしいな。これでも読み書きはできるんだ」

「悪くとらないで。ただ、美術館に通うタイプには思えなかっただけ」

「そのとおり」ザンは言った。「悪くなんかとっていないよ、残酷なアビー」

「わざとわたしを落ちつかない気分にさせてるのね？」アビーは責めるように言った。

ザンの目に浮かんだ笑みが心底腹だたしい。「鍵の取りつけの話に戻そう」ザンはひょうひょうと言った。「階層別のフローチャートみたいなものなんだ。グランドマスター・キーの下に、マスター、サブマスター、エリアマスター、そしてスレーブが従う」

「性的倒錯者のゲームみたい」アビーは自分の声がそう言うのを聞いた。

重苦しい沈黙のなかで、その言葉がいつまでも漂っている。

ザンはブーツに視線を落として、深々とため息をついた。「闘牛に襲われたくないなら、赤い旗を振っちゃいけないよ」

「今のは……口をついて出ただけ。こうして話すのに身構えてしまって」アビーは言った。

「あなたのせいよ。身構えなきゃならなくなったのは」

「ああ、いいさ。なんでもおれのせいで」ザンはぐるりと目をまわした。「鍵の話に戻そう。どうしていいのか考えていないなら、すべてのドアに紙を貼っておいて、人が通るたびに、イニシャルを書いてもらったらどうだろう。おれは二日後にもう一度来るから、いっしょにイニシャルを数えて、誰にどの鍵が必要か確認しよう。どうだい？」

「あら」アビーはつばを呑んだ。「鍵の取りつけにはしばらく時間がかかるのね」

「ああ」ザンの口元がこわばる。「なあ、アビー。それほど気まずいなら、おれはこの仕事をおりるよ。マティは代わりを探せばいい」

アビーは視線をそらし、それから卓上カレンダーに目が釘づけになった。

たいへん。そこにザンの名前を書き散らかしたことを忘れていた。丸や渦巻きの落書き、ふちにはザンの電話番号。こともあろうかハートで飾られている。

アドレナリンが体を駆けめぐった。落書きを消したかったけれど、そこらじゅうに書いてある。全部隠すには手が六本必要だ。

「なぜこうして話しているかもおれにはわからない」ザンは自嘲気味な口調で話を続けている。「おれはなぜ自分を苦しめるようなまねをしているんだ? ばかとしか言いようがない」

ザンはうつむき、机を見た。はっとして目を大きく見開く。

アビーは両手で顔を覆った。数秒が過ぎた。

「驚いたな」ザンが言った。「これは……あー、予想外の展開だ」

「展開なんかじゃない」目を強く押さえすぎて、まぶたの裏に赤い点々が見える。「ただの落書き。最近、あなたのことをよく考えていたっていうだけ」

アビーは指のあいだからザンをのぞき見た。ザンは身を乗りだし、自分の電話番号を囲むハート型の線を指先でなぞっていた。「おれもやったことがある」おもむろに言う。「中学二年のときだ。エイミー・ブリストルって子にぞっこんだった。エイミーは三年生。バレーボール部の子で、身長はおれより三十センチも高い。望みはなかった。そこらじゅうにあの子の名前を書いたもんだ。自分の体にも」

肌を撫でるような声。ザンは指にアビーの髪を引っかけ、手のなかに滑らせた。「つまり、きみはおれにぞっこん」

返す言葉が見つからず、アビーは無言で肩をすくめるしかなかった。

「食堂でエイミー・ブリストルとすれちがったとき、どんな気持ちがしたか思いだしたよ」ザンが言った。「胸はどきどき、頭のなかはぐらぐら、膝はがくがくだ。身を投げだして、絨毯代わりにおれを使ってほしかったほどだ」

アビーは両手をおろし、強いてザンの顔を見あげた。

「ことの結末を考えると、おかしなものだ」ザンは言葉を続ける。「おれもきみに対して、そんなふうに感じていたんだから」

もの悲しそうな声を聞いて、アビーはわめきたてたくなった。「ごめんなさい。でもわたしは――」

ザンは片手をあげてアビーをさえぎった。「おれを振ったことに何か言い訳して、同情がほしいなら、話す相手をまちがっている」

アビーは唇を噛んだ。「もっともな言い分ね」

ザンはゆっくりと机をまわってきて、温かい手をアビーの両肩に置いた。「おれは恋人の枠には入らないかもしれないが、きみをその気にさせることはできる。だろ?」アビーのあごを撫でる。

「わたしに怒っているなら、どうしてべたべたさわるの?」アビーは言った。

「そうできるから。止めるそぶりも見せないじゃないか」ザンは両手を滑らせて、アビーの乳房を包んだ。すぐに乳首が硬くなる。

アビーはザンの手に手を重ねたけれど、払いのけはしなかった。

「今すぐ机の下にもぐって、おれの舌で新しい事務所の開業式をしてやってもいい」ザンは挑発するように言う。「きっと気に入る」

「ちょっと……いきすぎよ」アビーの声は震えていた。

「そこだよ、アビー。それこそきみが求めているものだ。エドガーやレジナルドみたいなまぬけはしゃれたレストラン向きだが、ベッドのなかとなると、きみは……」ザンの歯がアビーの喉に当たった。「……悪い狼に食べられたいんだ」

アビーは身をよじって、ザンの目を見ようとした。「やめて。怖くなってきた」

「だから？　いい子にしていても何ももらえなかった。だけど悪い男になれば……」ザンはまた身をかがめて喉を嚙んだ。「……すべてが手に入るかもしれない」

あごの下から首にかけて何度もキスをされ、アビーの体に震えが走る。「ここはわたしの職場よ。ドアには鍵もついていない」

「わかってるよ。その鍵をつけるのはおれなんだから。でも、だからなんだ？　おれは気にしないよ。悪い狼だって言っただろ？」

「ここではだめ」喉のつまったような声しか出ない。「やめて。今すぐ」

ザンはやおら手を離し、背を向けて、歩き去っていった。

8

あの貪欲な好き者め。今度のことは絶対に失敗させたくない。

ザンに怒りを覚えるのはいつものことで、マティの心には憎悪《ぞうお》の溝が深々と入っている。憎しみはあまりになじみ深くて、かえって心地いいくらいだ。

マティは駐車場に車を停め、サイドブレーキを引いた。

あいつはアビーにも手を出そうってわけか。ザンがマティのほしいものに目を留めるといつもこうだ。見た瞬間にすっと手を伸ばして、横取りしていく。中学生の頃からそうだった。

マティはがむしゃらにがんばって女の子に気づいてもらう。ところがその子はザンの姿を目にした瞬間、マティの存在すら忘れてしまう。しかしアビーはにきびだらけの十三歳の女の子じゃない。洗練された女性だ。あの顔だち、あの体つき、あのほほ笑み。

ボイル・セキュリティ社が美術館の仕事をするようになってからずっと、マティはアビーをものにするという夢想にふけってきた。誘っても無駄なのはわかっていた。とっておきの切り札——五百万ドルを手に入れるまでは。何もかも計画ずみだった。分け前を手に入れたら、求愛を始める。がっつかず、控えめに。ただし、これまでのマティにはない品格と自信をもって。

そこに割って入ってきたのがザンだ。ザンのみすぼらしい姿を前に、あのばかな女は口ごもり、赤面していた。ほかの女どもとまったくおなじだ。

もしかするといつものパターンになるかもしれない。ザンはしばらく女をもてあそび、飽きて、捨てる。しかしマティは以前、ザンに捨てられた女と何回かつきあったことがある。そういう女どもが望むのは、マティの胸で泣き、ザンの近況を聞きだすことだけだ。もうほかに決まった相手がいるのか。なぜ自分は捨てられたのか。ザンが本当にほしいものは何か。めそめそ、めそめそ。五百万ドルあれば、マティもザンの手垢《てあか》がついていない女を得られるはずだ。

あの野郎はつねにマティの上にいた。背が高くて、頭がよくて。女の子は皆やつに夢中だった。高校の最終学年では、マティが薬漬けでかろうじて卒業するあいだに、ＭＩＴの奨学金を取りやがった。父さんはその差をマティの喉元に突きつけた。本当に息ができなくなるほど強く。

ポルシェの事故でＭＩＴの話をつぶしてやったとはいえ、マティにはあのときの記憶はほとんどなかった。息子をくそみたいな気分にさせるために、父親がでっちあげた作り話なんじゃないかと思うことすらある。しかしそう思うたびに、マティはザンの目に真実を読み取った。誰も口には出さないが、誰も忘れてはいない。

そして、現況を見るがいい。へまばかりのマティは、電子工学の学位を父親に金で買ってもらい、これ以上へまをしないように父親の影に隠れて生きている。一方で、何をやってもうまくいくザンは、コンサルティングの事業を一から築きあげた。噂が本当なら、大金を稼いでいる。しかもそれで誰かにへつらう必要もない。ウォルト・ボイルですらあいつの成功には一目置いている。

何よりさっきのことでは絶対にザンを許せなかった。ただの鍵の仕事で、脳の手術じゃないぞ。ああ、そうだな、だち公、おまえもくそをくえよ。ザンがどれだけ稼いでいようと、五百万ドルには遠く及ばないだろう。もちろん、ひけらかすことのできない金だが、あると意識するだけですべてが変わる。本当は金持ちなんだと思うだけで、勇気が湧く。女にそれを打ち明けられずとも、女は金の匂いを嗅ぎ取るものだ。きっとすべてが変わる。

シルバーフォークから海岸沿いに町をふたつ越したところにあるバー、ジョディーズ・ロードハウスのドアを押し開けた。マティは腹に手を押し当て、痛みをやわらげようとした。酔っていない時はいつもこうだ。ザンや父親のことを考えると痛みがひどくなった。ルシアンも胃に悪い。あの男がマティを見る目つきは、底抜けのまぬけを見る者のそれだ。

この感覚に対するもっとも合法的な処方はバーボン。痛みをちりちりとした熱に変えてくれる。今回の自分は、数学の計算式で切り捨てられる端数《はすう》のような存在じゃない。マティは胸の内で言い含めた。大仕事での対等なパートナーだ。

相手はもう来ていて、飲み物に身をかがめ、目立たないようにしている。マティもスーツの上着のなかで背を丸めた。人の記憶に残らないようにするためだが、じつのところその努力の必要はなかった。誰にもぶつからないよう気をつけながらテーブルのあいだを縫い、ルシアンのとなりに座った。すぐに口を開いたものの、言葉は出てこず、マティは会話の主導権を握るチャンスを失った。

「今日ここで会うことをせがんだのは愚かだぞ」ルシアンが言った。「おまえはおまえの仕事をする。わたしはわたしの仕事をする。簡潔だ。わかるな?」

「あー……わかった」マティはごくりとつばを呑んだ。「ぼくはただ、ちょっと……」

「仕事を進めるのに問題でもあるのか?」ルシアンは瞑想にふけるようにウィスキーを飲んだ。「ボイル、それはわたしが聞きたい話ではない」

マティはウェイターに合図して、ルシアンのグラスにあごをしゃくってみせた。おののく理由はない。この男は神でもなんでもない。ただの人間だ。「問題ってほどじゃないが」マティは言った。「ただちょっと時間が足りない。例の男は今日から美術館で働きはじめた。しかしまだこれから説得して……」

「その男がうまく動かないのなら、べつのカモを見つければいい」

簡単に言いやがって。バーテンダーがルシアンのグラスにおかわりをそそいだ。マティはバーテンが立ち去るまで待った。

「でもザンは条件にぴったりなんだ」マティは言った。「世捨て人タイプで、夜型で、銃を持っている。前触れもなく奇行に走って人の肝臓を喰らいはじめるのは、物静かで引きこもりがちな男だろ？　それにあいつがこの仕事をするなら、自分が不利になる証拠を自分で生みだしてくれるから、まちがいなく――」

「まだうまくいっていないなら、皮算用で喜ぶのはやめろ」ルシアンは言った。「そいつに提示する報酬の額を増やせ」

マティは言葉をつまらせた。「でも……でも、あいつは金じゃ動かない」

ルシアンは無表情だ。「動くまで額を吊りあげろ」

「そりゃそうだけど。ザンを金で釣ることの問題点は、多額の報酬を提示する理由をもっともらしくでっちあげられないところなんだ。あいつは頭がいい。ちょっとやそっとじゃだまされない」

ルシアンのまなざしはマティを見とおし、判定し、一笑に付したかのようだった。「そいつより頭がよくなればいい」

マティの腹のなかで怒りがたぎった。ザンがどれほど憎いか。あいつはばかみたいに背が高い。あいつは禿げていないし、アル中でもない。

ルシアンは酒を舐めた。「五百万ドル」ささやくように言う。「円滑に片づけられると請けあっただろう」

「あー、うん」マティは言った。「ただ、ザンをきっちり落とすまでの時間を調整できないかなと思ったんだ」

ルシアンの笑みは人喰い鮫のようだ。「引き返すにはもう遅い」

「そうは言ってない」マティはあわてて否定した。「ちょっと時間に融通を利かせてもらえたら——」

「却下」ルシアンの目は輝く氷の破片だ。「猶予はない。おまえはおまえの仕事をしろ」酒を飲み干した。

マティは一矢《いっし》報いられるような言葉を放とうとした。おい、偉そうに何さまのつもりだ？ とかなんとか。しかし口から出たのはもごもごとしたつぶやきだ。「あー、うん、わかった。できるだけのことはしてみるよ」

「期日までに」

「それで、そっちはうまくいってるのかい？」マティは陽気な口調を試みた。

「わたしにかかって、うまくいかないことはない」ルシアンが言う。「何か問題が起こるのは、役たたずの愚鈍《ぐどん》と組んでしまったときだけだ」

マティは無理に忍び笑いをもらした。「エレインはあんたと逃げる気になってるのかい？」

「声を落とせ、ばか者」ルシアンが小声で叱責する。

「あー、うん。ごめん」マティは声を低めた。「でも、ひとつだけ。もしエレインが怖気づいたら？ 大胆な人間には思えないんだ。ママを恋しがるかもしれない」

「そうはならない」ルシアンは静かに言った。

「どうして断言できる？」マティは異を唱えた。「彼女も計画に加担しているならべつだが。

いずれ窃盗のことを知ったら、すぐに真相を――」

「そうはならない」

マティは奇妙な瞳を見つめた。胃に冷たいものが広がる。バーボンでも温められないほど、大きく、深いものが。

反射的に、五百万ドルのことを考え、いつもならそれがもたらしてくれる甘く陽気なさざめきにすがろうとした。

効果はなかった。

「本当に知りたいのか?」ルシアンがおだやかに尋ねる。「一度知ってしまったら、知らないことにはできないのだよ」

もう遅い。ザンについては、ひどい目にあうのも当然の報いだと納得するのはむずかしくなかったが、エレインは何も悪いことはしていない。むしろいつもマティに親切にしてくれた。バーボンをあおりたかった。もしくはもっと強いものを。脳をほぐし、ぐにゃぐにゃにして、なぜエレインがスペインで何の問題も起こさないことをあそこまで確信できるのか、分析できないようにしたかった。

マティは首を振った。

「賢明だ」ルシアンはマティの手にふれ、マティがびくっとするとほほ笑んだ。「五百万ドルだ」ふたたび言う。「あともどりはできない」

マティはロボットのようにうなずいた。

「もう二度とこういった愚かな会合でわたしの時間を無駄にするな」ルシアンが命じた。「問題があるなら解決策を見つけろ。さもないと、知らなければよかったと思うことを知るはめになる。お互いに了解できたな？」

ロボットはまたうなずき、ルシアンは顔をそむけた。

マティはスツールをおりて、逃げるように店から出た。五百万ドルには魅了された。ザンに今までのつけを払わせるという空想には夢中になった。でも、エレイン？　こんな思いをするのは予定外だ。こんな恐怖を味わうのは。

アビーがザンを見る目つきを思いだした。洪水のような怒りが治療薬になった。心を鬼にしろ。エレインは運がなかった。なんにせよ、マティがエレインを傷つけるわけじゃない。マティのせいじゃない。もしエレインが――

考えるな。今、必要なのは次の酒場、次のバーボン。

五百万ドルが胃の痛みを癒《いや》す薬になるまでの道のりは遠い。


どんよりとした夕暮れがじわじわと霧雨の夜に変わる。ザンは新棟の通用口の外で待っていた。献身的な犬のように。足を舐め、その足に蹴られたくてたまらないというように。ひまつぶしに、こうして待っている時間でできるもっと建設的なことを並べてみた。そのねたがつきると、これまでの人生でしでかしてきたばかなことを思い返し、そのばかさ加減を、雨のなかアビーを待つことと比べてみた。

どれも遠く及ばなかった。ばかだとわかっていながら、ここまで自滅的な行為をしたことはない。もちろん、あやまちを犯したことはある。プライドもしくは経験不足による判断ミスなら。けれど今日のこれはあえて崖から飛びおりるようなものだ。

重力の意味をすこしでも知っている者なら、言い訳のしようがない。

ザンの心は矛盾するいくつもの事実のまわりをぐるぐるとまわりつづけた。一、ザンはアビーの恋人たる基準に達していない。二、そのことでは屈辱を感じる。三、ザンはアビーにふれるたび、セックス中毒者に変貌する。四、もし近いうちにアビーを抱けないなら、ザンは爆弾のように爆発してしまうだろう。アビーのオフィスでのひとこまは、ザンの自制心を根こそぎ燃やしつくした。

だから、こうしてここで待っている。また侮辱されるのが待ちきれないくらいだ。麻薬を打ちたくてたまらないジャンキーみたいに。あの唇、あの体、あの声。しかし、待つ理由は彼女の美しさだけじゃない。手に負えない、浮きたつような気持ち。アビーは世界を大きくして、無限の広さに見せてくれる。神経を逆撫でされたときでさえ、湧きあがる怒りはありふれたものとはちがった。猛々《たけだけ》しく、煮えたぎるような感情。

ふたりのセックスもきっとそういうものになる。

通用口のドアが開いた。ザンの体がさっと非常態勢に入る。アビーがドアから出てきて、片手を伸ばし、雨をたしかめる。ザンの姿を目に留めると、態度が変わっていった。じっと見つめ、それから取り澄まし、そして今にも逃げだしそうな鹿のように警戒する。

威嚇《いかく》しないように気をつけよう。そう思ってから心のなかで笑った。子どもでも相手にしているつもりか？　ザンは深く息をつき、エンジンをかけて、運転席側の窓をおろした。

「どうやって家まで帰るんだ？」

「バスで」アビーは答えた。「エッジモント通りの十二号線。悪いけど、ザン、急がないと間にあわないの。最終便がもうすぐ——」

「乗りなよ」ザンは言った。「送っていこう」途中下車はできないが。

雨でアビーの薄いブラウスが濡れて体に張りついている。「さっきのことがあったからって、何も変わったわけじゃないのよ」

惑わせろ、気をそらせ、目をくらませろ。ザンはアビーに愛嬌《あいきょう》たっぷりの笑みを見せた。

「きみは男に自信を持たせるのが魔法のようにうまい」

「はっきりさせたいだけ」アビーは小声で言った。

「はっきりしているよ。外は冷えるし、このままじゃびしょ濡れだ。乗りなよ、アビー。話の続きは暖かい車のなかですればいい」

アビーは疑わしそうな表情を浮かべた。「なんの話ですって？」

「わかってるくせに。きみの気持ちはがっちりと固まっているから、おれがしつこい虫のようにつきまとうのをやめなきゃって話。覚えてるだろ？」

アビーはほほ笑みかけたけれど、途中で笑みを引っこめた。「口が減らないんだから」

「それとも、こんな話は省略したい？」ザンは申しでた。「話なんかいつだってあとまわしにできる」

アビーは吹きだして、車に乗りこんだ。ザンのなかのスタジアムで割れんばかりの喝采《かっさい》が起こった。

「こんなに遅くまでわたしを待っていたの？」アビーが尋ねる。

「いや」ザンは答えた。「駐車禁止地区を雨のなかうろついていたんだ。そっちこそこんな遅くまで何をしていたんだ？」

「仕事」渋い顔で答える。「あなたがわたしを撫でまわして、いやらしいことを言っているあいだにすべきだった仕事」

「そりゃないよ。五時間もさせてくれなかっただろ」一瞬、ためらった。「何時間でも喜んでする気はあるが」

アビーは鼻を鳴らした。「もうっ、お願いだから……」

「……してほしい？」

「逆よ」アビーはそっけなく言う。「車に乗ったのはまちがいだったかも。バス停でおろしてくれてもかまわない。もうこれ以上話すことはないでしょ」

「悪い」おとなしく謝った。「そのへんは飛ばして話そう。あとでいつでもおれを吹き飛ばせばいい」

アビーはザンの目を避けた。落ちつかない様子だ。ザンは車を通りに出し、セックスに直結しない話題を探して脳のなかを引っかきまわした。「どうしてバスで通勤してるんだ？」

思いついたことを言ってみる。「運転は嫌い？」

「車を持っていないの。持てるものならすぐにでもほしいんだけど」

「車を持てない？」

「保険金を払う余裕がないから」アビーはむっつりと答えた。

ザンはその言葉を頭にめぐらせた。「ヴェルサーチの服が買えて、トレモントのアパートメントに住めるのに、保険金を払う余裕がない？」

アビーは顔をそむけた。「わたしの保険は特別なの」

当たり障りのない話題を出したつもりだったが、今は本気で好奇心をそそられていた。

「じらさないでくれ。きみの保険はどう特別なんだ？」

「廃車三台が、特別の理由」アビーはつぶやくように答えた。

ザンは低く口笛をもらした。「三台も車をおしゃかにした？」

「わたしじゃないの」説明を始める。「わたしが運転していたわけじゃないし、事故が起こったときは車のなかにもいなかった。それどころか、わたしの車が使われていることさえ知らなかった」

アビーの言葉で、忘れたい過去がよみがえった。曲がった金属、割れたガラス、血。ザンはその光景を頭から振り払った。「その廃車のなかにきみがいなくてよかった」

「三回よ」アビーはけわしい口調で言う。「全部で三台」

「それで運転手は――」

「保険に入っていたか？　いいえ。三人のうち誰も」

ザンは辛抱強く話の続きを待った。

「三人とも元恋人」アビーはそう言って、もじもじと両手の指をいじりはじめた。

「今も昔も、男運があったものよね」

「車三台を」ザンはできるだけおだやかに言った。「元恋人の三人がそれぞれ。すごい確率だな？　宿命を感じるよ」

「そのとおりよ。だからバスで通勤しているの」アビーは話を締めくくった。「皮肉なのは、わたし自身は運転にかなり慎重だっていうこと。駐禁さえ切られたことないんだから」

「その三人はたちの悪いドライバーだっただけ？」ザンは尋ねた。

「あら、まさか。たちの悪い男だったの。男の趣味のせいで常にトラブルに巻きこまれる毎日」

「ちょっと待て。結局のところ、おれができれば避けたかった話題のど真ん中に着地したようだが」

アビーはかぶりを振った。「あなたを怒らせようとしてるわけじゃないの。昔の恋人たちには何度お金を貸したか数えきれないくらい。ほかにも、保釈金を払って牢屋から出したり、アリバイを作ってあげたり。その時々で、クレジットカードを使われたり、小切手を偽造されたり、車を廃車にされたり。ほかにどんなことをされていたか、わかったものじゃない」

「なるほど」ザンはアビーの家のある通りに入った。「だからなんだな」

「ええ、だからだと思う」アビーも認めた。

ザンは横目でアビーを見た。顔はこわばり、革のバッグのストラップを指に巻きつけているせいで、指先は真っ白だ。まるで自分を縛っているようだった。

「たちの悪い恋人とつきあっていて、家族は何も言わなかった？」ザンは尋ねた。

アビーは首を振った。「家族はいないの」

ザンは大きく目を見開いた。「ひとりも？」

アビーは答えずに、顔をそむけた。車内は沈黙で凍りついた。

ザンはフィオナのことを思った。あの子が十二の頃から、近づく男のことは疑いまくり、フィオナがかわいすぎることを心配してきた。しかもザンは六十近くの母親に対しても、そういう愚にもつかない心配をしているのだ。言えるものならこう言いたい。自分の家族の大切な女性たちにふさわしくない男は、ふたりの半径三十メートル以内に近よるべからず。

家族がいない。寒々とした言葉だ。家族については頭をかきむしりたくなることもあるが、それでも家族のいない世界は想像もできない。アビーの孤独を思って胸が痛み、喉が締めつけられた。「もうひとつだけ、知りたいことがある」

アビーは顔をしかめた。「何？」

「たちの悪い男とつきあっていた経験があるのに、なぜあんな安物のゴミのような鍵で安心して眠れるんだ？」

アビーの目が丸くなる。「わたし……でも、だって――」

「まともな鍵に替えさせてくれ。部品代だけもらえれば、工賃はいらない。しっかりした鍵は最低限必要なものだ」

「どうしてそこまで親切にしてくれるの？」用心するように尋ねる。

「さあ」ザンは素直に答えた。「自分でもわからないよ、お嬢さん」

「お嬢さんじゃない」アビーは低い声で言った。「人に世話を焼いてもらう必要はないもの」

ザンはアパートメントの外に車を停め、片手でアビーのうなじを覆った。「人の世話をするのに慣れていそうだもんな」

アビーはふんと鼻を鳴らしてそっぽを向いた。「でもありがと、ザン。親切な申し出をしてくれて。本気で考えてみる」冷静な口ぶりを、声の震えが裏切っていた。

「申し出を受けるってこと？」ザンはくいさがった。

アビーはバッグからティッシュを出して鼻に押し当てた。ザンはアビーの心を読めたらいいのにと思った。もしくは自分の心を。やさしく保護するように回り道をとっているのは、ベッドに誘いこむための駆け引きなのか、それともザンが身を投げだしてヒールで踏んでくれと請いねがっているだけなのか。

あるいは、その両方がねじれてひとつになっているのか。

「今週末でどう？」ザンは言った。「土曜日。土曜は休みだろ？」

アビーは泣き笑いした。「もうっ、あなた、闘犬みたい」

「このことは放っておけない」ザンは言った。「新しい鍵をつけてもらいたい。日曜は？

日曜なら確実に家にいるよな?」

アビーは絡んだ指を見おろす。

午後いっぱい使って、ザンは提案を組みあげ、磨きをかけ、口に出す練習までした。抗《あらが》いがたくどこか傲慢な魅力が表に出るよう努力した。アビーはそういうところに弱いようだから。心のなかで自慰するのはもう飽き飽きだ。アビーの服を脱がせ、絶頂に達するのが待ちきれない。数回のぼりつめれば、ふたりの関係についてももっと冷静に話しあえるだろう。

「なかでコーヒーをごちそうしてくれるつもりはある?」ザンは抑えた口調で尋ねた。

アビーは髪をうしろに振り払う。「ええ、ザン。そのつもり」


「その写真をこっちにくれ」ニールが言った。

ルシアンはエレインの写真をニールに手渡し、ニールの不器量な顔だちに内心で驚嘆した。基本的に、ルシアンが雇い人として身のまわりに置くのは女でも男でも魅力的な人間だけだ。ヘンリーとルイスはその条件を満たしている。ヘンリーはゲルマン系らしいがっしりとした美丈夫《びじょうふ》で、ルイスはしなやかな筋肉をまとい、黒髪ときらめく黒い目を持っている。

しかしこのふたりはただの戦闘用の獣《けもの》だ。銃やナイフの扱いには長《た》けているが、ニールが持つような専門技術とコンピューターの知識は望めない。こうした能力は、腫れぼったいカエルのような外見を補って余るものだ。

ニールは専門家らしい蔑みの表情を浮かべて写真に目を凝らした。「せっかくの美人がひどい顔に見える」

「それでいい」ルシアンは言った「身分証明書やパスポートの写真はそういうものだ」

ニールは写真を切り取りはじめた。「そういえば、ボイルはなんの話があって午後の会合を開いたんだい？」

ルシアンは煙草《たばこ》を深く吸いこんで、ニールのもうひとつの大きな欠点を思いだした。おしゃべり好き。

「意外な話ではない」ルシアンは答えた。「自分が無能だと訴えてきた。カモの男をいまだにうまく丸めこめない言い訳だ」

ニールは顔をあげて鋭い視線を飛ばした。「まずいことになりそうか？」

ルシアンは首を振った。「ボイル自身がカモだ。知らないのは本人だけ。ボイルがカモとしてだます人間を増やしたところで、痛くもかゆくもない。簡単にわれわれを裏切りそうな人間を、わたしが野放しにしておくとは思わないだろう？」

ニールはまばたきした。「ちょっとぞっとするよ」

ルシアンはゆうゆうと煙を吐きだした。しばらくして、ニールが手を止めたままこちらを見ているのに気づいた。「どうした？」

「いや、ただ、おれのことも使い捨てるつもりなのかなって」

「いいや」ルシアンは言った。「おまえを殺しても何も意味がない。わたしを陥《おとしい》れようとしないかぎりは。おまえはそうするつもりはないだろう？」

「ないとも」ニールはすかさず言った。「まさか。なぜおれがそんなことを？」

「そう、理由がない」ものやわらかな声で言った。「だから、気を楽に持て、ニール。仕事をしろ」

ニールは咳払いをした。「見られていると落ちつかない」

「慣れろ」ルシアンは言った。ニールは黙って免許証の雛形《ひながた》と透明のすかしを印刷していたが、その至福の時間は三分で終わり、またおしゃべりが始まった。

「あんたは今日はこの〝お願いだから嫌わないで、だってわたし美人だもん〟ちゃんと会うんだと思ってたよ」

ルシアンは答える前にふうっと煙を吐いた。「待たせておけばいい」

ニールの含み笑いは不愉快なほど脂《あぶら》ぎっていた。「そうか。あの女はあんたが命じれば、頭もさげるし、転がりまわりもするし、逆だちだってするもんな」

ルシアンは、この男が抱いているだいたいにおいて正確な印象をあえて否定しなかった。

「退屈だ」うつろな声で言った。

「いいじゃないか」ニールはうっとりとしている。「女に命令する。女は命令どおりにする。口答えは一切なし。いいねえ。想像しただけで汗が出る」

ルシアンは顔をしかめた。「頼むから、わたしのそばにいるときは汗をかかないでくれ」

ニールはわかったような笑いをもらして、自分の作品をあらためた。「すかしの図柄の上のフォントが大きすぎる。いかにも偽造だ」

ルシアンは一瞥《いちべつ》をくれた。「それでいい。完璧なものは必要ない。実際に身分証として使うことはないのだから。それらしく見えれば充分だ」

「そうかもしれないけど。おれは完璧主義なんだよ。質の高い仕事をしたいんだ」

「わかっているよ」ルシアンはなだめた。「熟練を極めたプロだ。だからいつもおまえに頼んでいる」

ニールは機嫌を直したようだ。口をつぐんで作業を続けた。が、数分後にまたうるさくしゃべりだした。「エレインはおれにも最高の女には思えない。あの子もこの仕事の終わりにはシュレッダーにかけるのかい？」

「質問が多いぞ」

「知ってるよ。答えは？」

ルシアンの冷ややかで超然とした笑みが答えだった。

「そうか」ニールはぽってりとした下唇を吸った。「ちょっと思ったんだけど……」

ルシアンは内心でため息をついた。「なんだ？」

「どうせ捨てるなら、おれとヘンリーとルイスで、その……なあ？　まだくえるものを味見もしないで捨てるのはもったいない。無駄をしなければ、困窮《こんきゅう》することもない。倹約家のばあさんから教わったんだ。あれほどのドケチはいないってくらいのババアだった」

ルシアンは無表情でニールを見つめた。指のあいだに挟んだ煙草から、煙が渦巻き状に立ちのぼり、薄気味悪いもやのようにルシアンのまわりに漂っている。

「いや、何かまずいようなら、忘れてくれ」ニールは急いで言い足した。「ほら、景気づけのボーナスっていうか、危険手当てっていうか——」

「悪いが、ニール」ルシアンはおだやかに言った。「論理的に考えて可能かどうかわからない。時間的調整やその他もろもろのことで。成り行きを見てみよう」

ニールはあきらめのため息をついた。「訊いてみるだけなら害にならないと思ったんだよ」

ルシアンの携帯電話が鳴った。液晶に表示された名前はエレイン。つまり、今夜は一瞬の安らぎも得られないということだ。ため息をついてから、受話ボタンを押した。「エレイン」甘い声を出した。

「マーク」エレインの声は震えていた。いつもどおりに。ルシアンはこれに我慢ならないほどいらいらすると気づきはじめたところだ。「は、は、話があるの」

舌のもつれがルシアンに警戒心を起こさせた。「どうかしたのか?」

「わたし、決断をくだしたわ」ささやくような声。

ルシアンは意表をつかれた。エレインが何かを決断できるとは考えたこともなかった。

「生死を賭けた問題のような口ぶりだね」

「そういう気分よ」エレインが言う。「残念だけれど、わたし……ああ、とても言いづらいわ。この数週間はすばらしかった。でも、わたし、その……終わりにしたい」

呆然《ぼうぜん》として言葉を失った。すばやく考えをめぐらせ、人員を配置しなおし、今晩の予定を立て直す。

「マーク?」エレインの声はまた震えはじめた。「だいじょうぶ?」

「いいや」抑揚のない、かすれた声を作った。痛み、苦しみ、怒り。こういう場面でどう反応すべきかは心得ている。

「ごめんなさい、マーク」エレインは小声で言った。

「愛していると言っただろう」ここでは狼狽と衝撃と恐怖のすべてを捏造《ねつぞう》した。「嘘をついたのか?」

「いいえ! 本気だったわ。そういうことではないの。ただ、わたしたち……お互いにふさわしくないと思う。あなたがわたしに求めることは、その、すこし……」

「変えてほしいところがあるなら、いくらでも変えよう」熱情でざらついた声。「もう一度チャンスをくれ。おまえがこんなことをするはずがない。納得できない」

電話の向こうからしゃくりあげる声が聞こえる。「本当にごめんなさい、マーク」

引かないつもりか。「納得できない」ルシアンは繰り返した。「自宅か?」

「ええ、でも、来てほしくは――」

「これから行く。会って話そう。あれだけのことを分かちあったあと、電話で別れ話をするのは卑怯だ」

「マーク、わたし……全部知っているの」

またも啞然《あぜん》として言葉を失った。「どういうことだ?」ルシアンは言った。「何を知っている? そもそもなんの話をしている?」

「身元をいつわっていたこと」小さなすすり泣きのあいだに言葉が浮かんだ。「身辺調査をしたから。知っているの」

ルシアンは無言でまたため息をつき、煙草の火をもみ消した。危機感というものにこれほど近い感情は今まで持ったことがない。「すぐに行く」

電話を切り、窓に映った自分の姿をながめる。ゆるやかに波だつ髪、あごひげ、どちらともおさらばだ。「計画変更だ」ルシアンは言った。「この家を引き払う。まつげの一本も残すな。ヘンリー？」

ヘンリーはソファに座ったままうなるように答えた。「ん？」

「はさみを取ってこい。わたしの髪を切って、そのあとを始末しろ。細心の注意を払え。家中に掃除機をかけろ。わたしがシャワーを浴びたあとは浴室もきれいにしておけ」

「おれは美容師でも掃除人でもねえよ」ヘンリーがぼやいた。

ルシアンはうっすらと笑ってみせた。ヘンリーはあわてて立ちあがる。

ニールは身分証を掲げた。「片づける前に確認するかい？」

「それは処分しろ」ルシアンはシャツを脱いだ。「計画変更だ」

ニールは口をぽかんと開けて、ルシアンを見つめた。「もう？　やれやれ、もったいない」身分証を見おろした。「まあ、いいか。この写真は気にくわなかったんだ。かわいそうにこの女は死体みたいに見える」

ルシアンは頭を振って髪を解きながら、忍び笑いをもらした。「言いえて妙だ」

9

ザンはアビーのうしろから階段をのぼるあいだ、脚をながめていた。薄い茶色のストッキングで、裏には継ぎ目が走っている。今までストッキングにはとくに思い入れはなかったが、今夜はやけにエロティックに感じる。

「じろじろ見ないで」アビーが言った。

振り返りもせずに。「どうしておれが見てるって――」

「否定しても無駄」きっぱりと言う。

「オーケー」ザンはあっさりと認めた。「否定しない」

アビーはドアを開け、明かりを点けた。クリーム色のやわらかそうなシルクのブラウスを見つめているうちに、ザンの心にかすみがかかった。ウェストのくぼみのあたりでブラウスはスカートにたくしこまれ、しわになっている。

巧妙な手くだのことを思いだすのはひと苦労だった。

アビーは両手をあげた。「わかってるわよ！」

「え？」ザンはとまどった。「何が？」

「ジャケットなら持ってる！　このスカートとお揃いになったものもある。でも今朝は遅刻しそうだったの。だからうるさく言わないで」

「おれ、ジャケットのことは考えてなかったけど」ザンは言った。

「あら」アビーはきまりが悪そうにふいと顔をそむけた。「服装のことでいつもあれこれ言われるから、てっきり……すぐにコーヒーを淹《い》れる」

ザンはアビーの足元を見た。黒くて、ヒールが高くて、先の尖《とが》った、挑発的な靴。「その靴でバス停まで走る？」

「こつがあるの」アビーは小声で言った。「コーヒーの選択肢は、フレンチ・ロースト、ハワイ・コナ、エチオピアン、それにイタリアン・エスプレッソ。カフェイン抜きもある」

ザンは笑いを抑えた。「おれにそんな質問をしても無駄だってことくらいわかるだろ。選んでくれ。うまいコーヒーを淹れて、おれをうっとりさせてくれ」

アビーは顔をしかめた。「押しつけがましい態度を取らないで、ザン・ダンカン」

シバが優雅な足どりで入ってきて、ひょいとダンカンの膝の上に飛び乗った。ダンカンは手の置場ができたことを喜んで、両手をシバの毛にうずめた。シバがごろごろと喉を鳴らす振動が伝わってくる。

アビーはかわいらしいガラスのポットの上にコーヒー豆をセットしてから、テーブルの向かい側に座った。脚を組み、腕もきつく組み、まるで自分を結ぼうとしているようだ。

「それで」アビーは言った。「話がしたいんでしょ。どうぞ」

アビーはひどく緊張している。笑わせてあげたかったが、今夜は道化になるために来たんじゃない。猫をそっと床におろし、丸い背中を撫でたが、おろされたほうは憤慨してザンをにらんだ。

「きみはかわいい子猫ちゃんだが、この続きはまた今度にしよう」ザンは猫にやさしく語りかけた。「約束だ。埋めあわせは必ずする」

ミャー。シバは厳しい表情を崩さずにキッチンから出ていった。

ザンは深く息をついて、テーブルの向こうに腕を伸ばし、手を差しだした。アビーはそれをじっと見つめている。「手を取って」ザンはやんわりとうながした。

「どうするの？」

「握る」

しばらく手を見つめつづけたあと、アビーは胸元で組んでいた腕を解いた。そろそろとザンのほうに伸ばす。

ザンはアビーの手をつかんだ。冷たくてほっそりとして、ザンが指を閉じていくにつれ、かすかに震えはじめる。手首の裏に浮きでたすみれ色の静脈を、親指で撫でた。「提案がある」ザンは言った。

「もうっ。またその話」アビーは手を引こうとした。ザンは離さなかった。

「聞いてくれ」話を続けた。「恋人候補として除外されたのはわかっているから、心配しなくていい。これから申してるのはべつのことだ」

アビーは不安そうに目を見開いた。「喜んで聞きたい話じゃなさそう」

ザンはもう片方の手を伸ばして、薄紅色に染まった頬にふれた。びっくりするほどやわらかく、すべらか。「いや、聞きたいはず」ザンは言いきった。

下唇を指でなぞると、アビーはあっと息を呑んだ。つややかなのは、ピンクの舌がしきりに舐めていたせいだろうか。ザンは上唇に取りかかった。永遠にこうしていられる。薔薇色で、しっとりとして、誘うような唇。

「おれたちのあいだには何かが起こっている」ザンは言った。「強力な何かが。それがきみに不都合だからといって、背を向けたくない」

手首にかかるアビーの息が荒く熱くなっていく。「人生を複雑にしたくないの」なかばぼんやりとした声で言う。「そうならないようにかなり努力しているし」

「おれも複雑にはしたくない」さらりと返した。「おれの胸にある取り決めはじつに単純だ」

アビーは横を向いて、自由なほうの手を火照った頬に当てた。「どういう話なのかわかってきた」

「ああ。だろうね」ザンは言った。「きみもここ最近おれとおなじことを考えてばかりいたはずだ。アビー、おれはきみの秘密の恋人になりたい」

アビーは手を振りほどき、また自分を抱くように胴に巻きつけた。「単純には思えない。むしろ複雑」

「これ以上単純な話はないよ」ザンは言った。「おれはきみのおもちゃになる。誰も見ていない夜に、きみのベッドにもぐりこむ。おれで遊べばいい、アビー。飽きたら、捨ててくれ。おれは神経が太いから、感情を傷つけられることもない」

アビーはまじまじとザンを見つめた。「非現実的よ。わたしにはできない」

「どうして？」ザンはまたアビーの手をつかんだ。「理想的だ。完全に秘密の関係。誰も知らない。誰も口を挟まないし、とがめないし、質問もしない」

アビーは口を閉じ、軽く眉をよせて、その言葉を噛みしめている。

「誰も疑わない」ザンは続けた。「まさかおれが相手だとは。おれを友だちに紹介する必要はない。おれに帰宅時間を知らせなくていい。夕食を作るときにおれを計算に入れなくていい。おれに誕生日プレゼントを買う必要もない。単純だ」

「でも、わたしは——」

「理想の夫探しを邪魔するものでもない。終わりの時が来たら、終わる。何もなかったかのように」

やかんの低いさえずりはすぐに甲高いむせびに変わったが、アビーは凍りついたように動かなかった。ザンが火を止めにいくそぶりを見せると、夢から覚めたみたいにぱっと立ちあがり、やかんを引っつかんだ。沸騰したお湯が手に跳ねる。アビーは短い悲鳴をあげて、やかんを落とした。

ザンはすぐさまそばに行ってアビーの手を取り、赤くなった肌を調べた。蛇口をひねり、冷たい水の下に手を入れさせた。「さてと、このあたりでおれの健康に問題がないことを知らせておくべきだろう」淡々と言った。「性感染症にかかったことは一度もない。常に〝セイフ・セックス〟だ。一応言っておくと」

「ええと……わたしもよ」アビーはうわの空で言った。「わたし……それほど長いあいだ誰かとつきあったことがないから」

「手の痛みは?」ザンはおだやかに尋ねた。「氷で冷やす?」

「平気よ」アビーは小声で答えた。「心配いらない」

ザンは濡れた手にキスをした。「それで? おれの申し出をどう思う?」

アビーは手を引き、タオルでふいた。「利用されているような気持ちにならないの?」消え入るような声だ。

ザンは驚きの高笑いをどうにか呑みこんだ。ここで笑ったら、神経に障り、感情に走ってしまいかねない。この提案を受け入れさせるには、氷のように冷たいままでいなくては。

「なるね。だから? 何が言いたい?」

「いやじゃないの? だって、わたしなら、いやな気分になる」

「なあ、これは平均的な男の究極の夢なんだぞ」ザンは言った。「ゴージャスでエレガントな女性にセックスの道具として使われる。おれを絞り取ってくれ」

「あなたは平均的な男じゃないでしょ」アビーは言った。

「まあね」ザンは素直に認めた。「実際にどれくらい平均を超えているかぜひ試してほしいよ」

「それにまだわたしの質問に答えてない。利用されていると思えば、わたしに怒りを感じるようになる。あなたは怒っていないふりを――」

「そこまで」ザンはぞんざいに話をさえぎった。「秘密の恋人を持つ特権のひとつは、感情面で詰問《きつもん》調の問いかけから解放されることなんだ。そういうのは、恋人やフィアンセや夫のためのものだ」

アビーは身をすくめた。「やだ、詰問するつもりはなかったのに」

ここは抑えろ、まぬけ。非難してもポイントは得られないぞ。

綱渡りのようなものだった。アビーを喜ばせたいが、いらないものの箱にしまわれたことに関しては罰したい。裸にひんむいて、心の奥底まで入りこみ、隠された欲望をくいつくしたい。快楽のとりこにしたい。アビーのすべてを支配したい。

やれやれ。これじゃたしかに、怒っているみたいじゃないか。

「いや、威嚇する気はないんだ」口に出してはこう言った。「ただ、取り決めをうまく機能させるには、きみがおれに望めないこともいくつかあるってだけだ」

アビーは顔をそむけた。「うまく機能させたいかどうかわからない。心の交流を一切あきらめなきゃならないなら」

ごまかすことはできなかった。「心と体の両方は無理だよ」

「なら、どちらにも手をつけないほうがよさそう。だって、わたしは口を閉じて、ただあなたに……ヤらせるってことでしょ」アビーは立ちあがり、窓辺に歩いていって、外の暗やみを見つめた。「申し出には感謝するけど、遠慮しておく」

ザンはそこまでぎらぎらして聞こえないような言葉で言い表わそうとした。「ちがう。そういう意味じゃない。おれが言いたいのは……軽い関係にしておこうってこと。長々とお互いの感情について話しあったら、それがだいなしだ」

「そう。でもわたしは今だってそんな軽い気分にはなれない」苦々しく言う。「あら。今の聞いた? わたし、もう自分の感情のことをしゃべってルール違反を犯してる」

ザンはもどかしいそぶりを見せた。「そうじゃないんだ、アビー。今この瞬間を楽しもうって言いたいんだよ」

「で、セックスをする」とアビー。

「そうだ」ザンは相づちを打った。アビーは一瞥をくれ、ザンは両手をあげた。「オーケー、じゃあ、めちゃくちゃに乱れるような、並はずれた、とびきりのセックスをする。人生で最高のセックス」

アビーは鼻を鳴らした。「まったくもう。男って皆そう言う」

「おれは口だけじゃない」ザンも窓辺に近づき、アビーの背後に立って、肩をさすりはじめた。上質なシルクがザンのごつごつした手に引っかかる。短気な野獣から支配権を奪い返して、抗いがたく傲慢な魅力を持った男に戻る時間だ。

アビーの髪に鼻をすりつけた。「思い描いて。秘密の恋人がいる女性の一日を。昼間はいつものように過ごす。ふつうに仕事をして、買い物をして、友だちづきあいをする。しかし彼女には秘密がある――夜の扉を開けて恋人がやってくるんだ。どんなに遅い時間でも、彼は彼女が起きているのを知っている。彼女は貪欲だ。以前のべつな日、べつな夜のことを思いだし、もう裸になって、濡れている」

「やあね。あなた、自分の能力を買いかぶっていない？」言葉は辛らつだが、うわずった声が心の内を暴いていた。

ザンはアビーの腰を撫でまわし、くびれをぎゅっとつかんだ。「彼はそのことも知っている」話を続けた。「性的に興奮した女性を嗅ぎわけられる。彼女はすでに昂《たかぶ》っていて、彼にふれられることを想像するだけでいってしまいそうだ」

アビーは大きく息を吐いた。ザンは両手をお尻に滑らせた。「彼は彼女に覆いかぶさり、自分の体温で彼女の体を温める」うなじにキスをして、やわらかな筋肉を歯でかすめた。「彼の股間のものは鉄のように硬い。これから務めを果たすと考えるだけで、その先からしずくをしたたらせている。そして……」

ザンはあえて声を小さくしていった。アビーは体をひねって振り返り、ザンを責めるような視線を投げた。「そして？　じらさないで」

「すぐに話す」ザンは請けあった。

「それで？」アビーは肘でザンをつついた。「彼はどうしたの？」

「彼女の望みどおりにした」ザンは手短に言った。

アビーがまた小突く。「もっとうまく話せるでしょ」

「もちろん、ここはまだ出だしだ」腿のあたりで、指先がストッキングのふちの上のなめらかな肌にふれるまで、スカートをたくしあげていった。「彼女次第だ。熱くとろとろに溶けるまで、体の芯をやさしく揺すられて、すべらかに交わりたいと願うなら、彼はそのとおりにする。うしろからのしかかられて、思いきり強く奪われるのが彼女の欲求なら、彼はそれもやぶさかではない」

「まあ、たいへん」アビーはつぶやいた。「どうかしてる」

「でも気に入っただろ?」ザンの指は脚とお尻の境目の曲線を探り当て、その温かい感触をむさぼった。なめらかで、ふっくらとした肌のさわり心地を。

「そうよ、だけど……よくできた幻想にすぎないでしょ。ザン、すごくそそられるけれど、あまりにも非現実的」

ザンはアビーの髪に顔をうずめてほほ笑んだ。「そう? どうしてそう思う?」

アビーはザンの手に自分の手を重ねた。「あなたはどうなの?」

アビーの乳首は硬くなっていて、ブラウスとブラ越しにザンの手のひらをくすぐる。ザンはくらくらしてきた。「おれがどうかって?」ぼうっとつぶやいた。「夢心地だよ」

「ちがう、そうじゃなくて、あなたの感情や気分はどうなの? 疲れていたり、怒っていたり、悲しかったりするときは? そういう気分のときにも――」

「シーッ」ザンはアビーの言葉を止めた。「おれの気分のことはおれが心配する。気分は関係ないよ。このシナリオには書かれていない」

「そんなことないと思う」アビーは言いつのった。「そんなことができるとは——」

「信用してくれていい」ザンはアビーの両手を窓の下枠につかまらせた。

アビーは首をまわしてザンを見つめた。「何をする気なの?」

「シーッ」やさしくなだめた。「ある一日の物語を最後まで話すから、ちゃんと楽しめるように、集中して聞くこと」

アビーが立てたのはくすくす笑いとすすり泣きの中間ぐらいの音だった。「ええ、楽しくなってきた」

「よかった」ザンは言った。「脚を開いて。ほんのすこしだけ」

「落ちつかない気分になってきた」アビーはつぶやいた。

「淫らな気分にもなっている」ザンは脚に手を添えてうながした。アビーは小さなくぐもった声をあげ、求められたとおりの姿勢を取った。ザンはスカートに手を入れ、引きあげた。レースで縁取られた真っ白な下着。桃色の尻を半分も隠していない。ザンは震える手をもてあまし、その光景をしばらくながめてから、おもむろに口を開いた。

「どこまで話した?」話を再開して、曲線を撫でる。「ああ、うん。もし彼女が愛を交わす前に、体中をすみずみまで舐めてほしいと願うなら、それも言うことなしだ。征服されたいという願望があるなら、彼はそのチャンスに飛びつく。愛の奴隷に奉仕させたいなら、彼は長く力強い舌を持っていて、またその使い方を知っている。現実の境界線を越えたいなら、それも彼にまかせればいい。限界はない。悦びに終わりはない」

影になったお尻の割れ目に指を走らせ、それから陰唇の形をなぞるように、湿った下着の上で指をひらめかせた。アビーはびくっとして、小声で泣くような声をもらした。軽くふれ、肌をかすめるだけで、アビーの体が反応する。手のひらから伝わってくる。

「ひとつだけ、常に変わらず、いつでも期待できるのは、彼が疲れを知らず、飽きさせないこと」ザンは話した。「何を求めても、最大の悦びを得られる。アビーをいかせて……またいかせて……そしてまたいかせる」ザンはもう片方の手を前からまわした。息を呑み、身もだえするアビーを押さえて、手で小山を包みこみ、レース越しに、湿って弾力のあるやわらかな巻き毛の感触を楽しんだ。「上からでもわかる。びしょ濡れだ」

アビーは力なく首を振り、息を切らして笑った。「ええと、そうね。でも仕方ないでしょ」

その笑いが喉につまったのは、ザンが下着を剝ぎ落とし、つややかな長い脚の下へ引きおろしたからだ。片足だけあげさせた。もう片方の足の足首に引っかかったままの下着は、ふしだらなレースのガーターみたいだ。

「朝になれば、彼がいたことを示す手がかりは、乱れたありさまだけだ。しわくちゃのシーツ、胸や腿についたキスマーク。体中に残る男の匂い。それで、彼がただの想像の産物ではないとわかる」しっとりと濡れてもつれた巻き毛を前から指でもてあそび、そして、二枚に閉じたところをすこしずつ開き、ぐっしょりとした、なまめかしいぬくもりを求めて分け入っていった。「ああ、アビー。信じられないくらいとろとろだ」

「あなたが呪文をかけたのよ」アビーはザンをとがめた。

「彼女は一日中、彼のことを考えつづける。そのおいしい秘密のことを考えると、体は火がついたようにうずき、脚をもじもじとすりあわせずにいられない」ザンはまた話を始めた。

「睡眠不足になるし、仕事中も気が散るが、彼女はとても有能だ。誰も気づかない」

ザンは奥まで指を入れ、かすかな手がかりを追いはじめた。体の震え、お尻をザンに押しつけるタイミング。二本の指で慎重にクリトリスをつまんだ。鍵を開けるのに似ている。頭で考えるのではなく、感覚を研《と》ぎ澄ますのだ。鍵のなかのメカニズムを心に思い浮かべる。どこを押すか、ひねるか、どれくらい強くするか、速くするか、直感が決める。愛液と香水の香りが混ざって、ザンを酔わせた。二本めの指を入れ、余すところなく探りはじめた。

もうすこしで……よし。アビーをいかせた。みごとに。アビーの叫び声を聞きながら、ザンはパンツもおろさずに今すぐいってしまいそうだった。吸いつき、締めあげるようなこの感覚を、指ではなく自分の分身で味わえたら。アビーがザンの腰に脚を巻きつけ、両腕で首にすがりついた状態で。ふたりがひとつになって。こんなのは理不尽だ。ザンはたった今この女に、飽きたらいつでも捨てていいと許したばかりだ。なのにもう溺れたような気持ちになっているのは、ばかとしか言いようがない。が、ザンの両手はそんなことにはおかまいなしに、空に浮かぶ雲みたいにふんわりとした体をまさぐっている。ザンの唇はアビーの肌、アビーの髪のさまざまな質感をたしかめるのに忙しい。アビーの胸は上下して、髪は顔にかかっていた。

「それで、アビー、きみは?」ザンはベルトをはずし、ジーンズの前を開けた。ペニスが飛びだす。出番を待ちきれなかったようだ。「きみが夢見る物語は？」

アビーはゆっくりと大きく息を吸って、首を振った。

「ここですぐにほしい？　ベッドで？　シャワーを浴びながらでも、テーブル、床、絨毯、ソファの上でも、鞭と鎖を使うのでも、望みのまま。おれは爆発しそうだ」

アビーは振り返り、髪を顔のうしろに払って、うっとりとした笑みを浮かべた。スカートの裾を持ち、暗褐色の巻き毛が見えるところまで引きあげる。「爆発させるのは楽しそう」

「おれを苦しめないでくれ」ザンはアビーの両肩をつかみ、キッチンの壁に押しつけた。意図したよりも強く。「さあ」

アビーは両手でザンの頬を包んだ。「あなたの物語がほしい」

ザンは興奮しすぎていて、アビーが何を言っているのかさっぱりわからなかった。「悪い狼に丸ごと食べられたい？　この壁に押しつけられたまま今すぐ犯してほしいっていうんなら——」

「そんなこと言ってないでしょ！」アビーはザンを押しのけた。「今夜はあなたがほしいの。わかった？　煙に消えちゃう幻想のジゴロじゃなくて、あなた」

両腕が体のわきにだらりと落ちた。ザンは呆然とアビーを見つめた。警戒心がもたげる。ずたずたにされる可能性を感じた。唇を舐めた。「そういう提案じゃない」慎重に言葉を選ぶ。「この提案は、そういうふうには動かない」

「わたしは、そういうふうに動くの」

両手が震えた。含みを持つ言葉と視線。そういうものにここまで追いつめられたことはない。隠された意味は、乗り越えて。ザンはアビーのおもちゃ。夢のセックスそのもの。ザンは泥沼に引きずりこまれようとしている。

ザンは命綱を握るように、怒りにしがみついた。

アビーは腕を伸ばしてザンを引きよせ、ものほしそうに、両手を胸板と腹部に這わせた。股間のものをつかむ。「そういうふうに動くの」おなじ言葉をささやく。「これをちょうだい、ザン」

「ずるいな」ザンは首を振った。「望みが多すぎる、アビー」

「わたしが与えるものも多い」アビーは電気を消した。外から明かりがもれてくる。街灯や、気味の悪い影を揺らす車のヘッドライト。ビロードの闇のなか、輪郭だけがわかる程度の明かり。優美な卵型の顔、深い水をたたえたような瞳《が》。幾重《いくえ》もの香りがやけに強烈に感じられる。アビーの体、アビーの髪。そして指先の残り香。

アビーはザンの前で膝をつき、硬くなったものを手に取った。ザンの顔から火が出る。やわらかなひんやりした手に撫でさすられるあいだ、ザンは少年のように熱に浮かされ、頬を上気させていた。アビーの熱い息も愛撫そのもの。息だけじゃない。ふわりと漂うような髪もザンの腿を時おりかすめながら、スカーフのように舞っている。そして、唇がふれ、なぶり、這い——濡れた舌がからかうようにちらりと先っぽを舐め、それから……ああっ。熱くたぎる口のなかに、奥までくわえこまれた。

押しては引き、そして渦を巻く波に呑みこまれるようだ。傾き、揺れる部屋は、まるで遭難船。ザンはアビーの髪をつかんだ。「このままじゃ……」みっともないほどしゃがれた声を治そうと、つばを呑んだ。「先にきみを食べたい」

「おあいにくさま」アビーが言う。「手遅れよ」

髪をぎゅっとつかまれているのもかまわず、アビーはザンを錯乱させる作業を再開した。我慢できないほど気持ちいい。もう爆発寸前だった。ザンは両手でアビーの顔を包んで、止めた。「きみのなかでいきたい」

「わたしはこのまま、今すぐにいかせたい」

ザンはアビーの瞳の危うい影をのぞきこんだ。アビーは見つめ返し、臆面もなく、舌で先っぽのまわりを舐めた。

なまめかしい沈黙は、けたたましい電話の音に引き裂かれた。

ふたりは凍りついた。呼出音は長く大きく一度鳴る。それからもう一度。さらにもう一度。ザンはアビーの頰にふれた。「電話に出ても——」

「まさか。百万年でも放っておく。留守番電話が応えてくれる」

留守番電話がカチッと音を立てた。ふたりともあらためて気恥ずかしさを覚えはじめ、身動きせずに、アビーの声がはきはきと陽気に留守を伝えるのを聞いた。そしてふたたび、カチッ。

「アビー?」甲高く震えた女の声。「エレインよ。アビー、家にいるの? お願い、いるならお願いだから電話に出て。わたし——」

かぼそく不安そうな声の女の言葉は、アビーの絶叫に近い叫び声にかき消された。「たいへん！　エレインのことをすっかり忘れてた！」アビーは転げそうな勢いで電話に飛びかかっていった。「エレイン？　だいじょうぶ？」

「ああ、よかった、いてくれたのね」

留守番電話の装置がふたりの会話を録音しつづけていた。この展開でいいムードが戻るはずはないと踏んで、ザンは飛びでているものをジーンズのなかにしまった。痛いほどきつい。壁につけた背を滑りおろして床に座りこみ、両手で頭を抱えて会話に耳を傾けた。

「どうしたの？」アビーの語気は鋭い。「マークと話した？」

「ええ」エレインのささやき声。

「それで？　くそ喰らえって言った？　地獄へ落ちろって言った？　探偵から何を聞いたか言ってやった？」

「嘘を知っていると言ったし、終わりにしたいとも言ったわ。でも納得してくれないの」

「納得？」アビーの声の音域と音量の両方があがった。「納得してくれないってどういう意味？　そういう問題じゃないでしょ。終わりだと言ったら、終わりよ！」

「そうだけど、受け入れてもらえないの」エレインはおののいている。

「脅されたの？　あの人でなし。そうなのね？」

「彼、これから来るわ」エレインの声が乱れた。「面と向かったら、どれだけ気を強く持てるかわからない。彼の前だと自分がひどくつまらない人間に思えてしまって――」

「すこしだけがんばって。すぐに行く」アビーは言った。

ザンは手を伸ばしてキッチンの明かりを点けた。アビーはすまなそうな視線をちらりとよこした。ザンは肩をすくめ、ほほ笑もうとした。

「いいえ、だめよ」エレインが言う。「誰にも代わってもらえないことよ。あとで電話するから、お祝いしましょう。どうしても友だちの声を聞きたかっただけ。それと、どういう状況か誰かに知っておいてもらいたかったの。万が一……」

アビーもザンも、しぼむようにとぎれた言葉の続きを待った。

「万が一、何？」アビーは待ちきれずに叫んだ。「エレイン、話して！　危害を加えられるおそれがあるの？」

エレインはしばらくためらっていた。「ううん、まさか」小声でつぶやく。「わたし、ばかみたい。どんな理由で彼が……そんなことするはずがない。心配ないわ。ああ、どうしよう、来たみたい。あとで電話するわね」

「彼を入れないで」アビーは懇願した。「せめてわたしが着くまで待って！」

「忘れたの？　合鍵を渡しているのよ。止められないわ。幸運を祈ってね」

「エレイン、お願い！」

電話が切れた。アビーは叩きつけるように受話器を置き、もう一度取り、電話をかけた。それからふたたび叩きつけた。「留守電になってる。最悪」

アビーはブラウスのボタンをはめようとしたが、手元がおぼつかない。ザンは立ちあがって、ボタンを留めてやった。「友だちに何か面倒なことが起きた？」

「面倒な男の問題。その男の身辺調査をしたら、偽名を名乗っていたことがわかったの。本人が言った素性や身の上はたぶんすべて真っ赤な嘘」もう一度電話をかけながら、こわごわと訴えるような目をザンに向けた。「あの……逃げるようで悪いけど」アビーは切りだした。「緊急事態で、わたし——」

「友だちのところに行かなくちゃならない」ザンは言葉を引き継いだ。「当然だよ」

「あの男に手荒なまねをさせるわけにはいかない」アビーの声は震えている。「エレインは気が弱いの。あの男のことを怖がっている。わたしも怖い。わたしは気が強いのに。こんなときに車がなくて、タクシーを呼ばなきゃならないなんて。ごめんなさい、失礼なことをしたくはないんだけど、でも今日は——」

「送るよ」ザンが言った。アビーは受話器を置いて、感謝のまなざしでザンを見あげた。

「まあ」おだやかに声をあげる。「本当に？」

「下着をはいたら」ザンは言った。「すぐに出よう」

10

ルシアンは車のドアを閉めて、あたりの高級住宅街を見まわした。濡れた芝生の香りが鼻をくすぐる。短髪の頭に風が冷たく感じられた。切ったばかりの髪に手を走らせた。短かすぎる。好みの長さに伸びるまで数週間はかかるだろうが、あのブロンドの長髪をばっさりやれたのはありがたかった。何ごとも、きちんと整っているのが望ましい。

だから、ここにいるのだ。きちんと始末をつけるために。

準備は万全だ。肌が赤むけになるほど体を洗った。服は新品で、今夜初めて身につけたもの。ゴムの靴底は水たまりですすぎ、家や車の絨毯の繊維を残らず落とした。革の手袋とポリエステルのレインコートで装いは完璧だ。ヘアネットをかぶるのはやりすぎだと判断した。

ポーチの下で慎重に靴底をぬぐい、それから段をのぼって、エレインの鍵を鍵穴に差しこんだ。

エレインは電話を手にして玄関に立っていた。一瞬でもこの女に魅力を感じたのが不思議だ。おびえてピンクの鼻をひくひくさせているところは、まるで薄汚い病気のネズミだ。

ドアを閉めた。エレインはすり足で一歩さがった。「誰と話していた?」ルシアンは尋ねた。

「アビーよ」素直に明かして、ダイニングに退いていく。「全部話したわ。これから来てくれるの。だから、帰って」

これで最後の懸念が消えた。友だちが本当にこちらに向かって来ている場合を考えて、急がなければならないのが残念だ。

エレインの目は恐怖で曇っている。思ったよりも察しがいいようだ。「か……髪を、き、き、切ったのね」言葉がつかえる。

「生まれかわった」ルシアンは熱をこめて言った。「もう一度チャンスがほしくて」

エレインはよろめきながらあとずさる。「そ、そんな、か、か、簡単なことでは、ないと思うわ」

ダイニングのテーブルの上に買い物袋が置いてあった。まだ包装されたままのロープの束がのぞいている。「買っておくよう頼んだロープだね?」

エレインの顔は茄子のような奇妙な色に変わった。「いいえ、あの、そうだけど、わたし、こういうゲームは好きではないって気がついたの」

ルシアンはロープの重さを量り、長さをたしかめ、太さをあらためた。「だが、いやだとは言われなかった。わたしが勘ちがいしたのも仕方がない」

「セックスのことじゃないわ」エレインは大声を出した。「探偵が教えてくれたことのほう」

「探偵?」傷ついた顔をしてみせる。「わたしのことを調査したのか?」

「うちは裕福なの。わたしが誰かとおつきあいすれば、その人は必ず調べられるわ。うちのしきたりのようなもので、あなたがどうこうというのではないの」

「つまりわたしを信用していなかったのか」ルシアンは本気でがっかりしていた。

「よくそんなことを言えるわね！　最初から嘘をついていたくせに！　あなた、本当は何者なの？　いったい何が目的？」

ルシアンはロープを取りあげ、ビニールの買い物袋を床に落とした。つかの間、お楽しみの価値を高めるために、真実を話すという誘惑に駆られた。しかし時間がない。一歩前に近づいた。

「目的はない」嘘いつわりのない言葉だ。「今となっては」

エレインはそれ以上うしろにさがれなかった。ダイニングテーブルに逃げ道を閉ざされている。口がわななき、その輪郭がゆがみだした。「マーク、本当にお願いだから、帰って。ここにいてほしくないの」

黒い革の手袋をはめた手のひとひねりでロープの包みを破いた。「キスは？」猫なで声を出して、エレインをダイニングテーブルのへりに押しつける。「さよならのキスは？」

エレインは取り乱してかぶりを振り、ルシアンの手に握られたロープから、顔へ、そして背後へと視線を飛ばした。「だ、だ、だめよ」またどもっている。

ルシアンはロープの一部をほどき、両手のあいだにぴんと張って持ち、そのままエレインの頭のうしろにまたがせて、腕とロープの輪のなかに閉じこめた。「愛していると言え」命令した。

エレインは恐怖に目を見張り、もがくウナギのように揺れだした。「マーク……できないわ。どうしても。こういうゲームはもう――」

「愛していると言え」重ねて命じる。「ずっと嘘をついていたのか？」

「いいえ」小さく答える。体は壊れそうなほど激しく、がくがくと震えている。

「そう？　なら、なぜ言ってくれない？」なだめすかした。「最後にもう一度だけ」

エレインは何度もつばを呑み、目をぎゅっと閉じた。「あ……愛してるわ」かすれたささやき声で言った。

待ち焦がれていた魔法の呪文だ。うねりたつ波、かけがえのない瞬間。

ルシアンは唇を舐めて、口元をほころばせた。エレインはようやくゲームではないと悟り、目を大きく見開いた。が、悲鳴をあげるそぶりを見せるより早く、波が砕けた。

エレインの身をねじり、背をこちらに向けさせて首にロープをかけ、荒々しくどう猛な力で、一気に引きあげた。

バキッ。エレインの首が折れた。

ルシアンは自分を即席の絞首台に見たてて、エレインをシャンデリアの下にかざした。エレインの体から命が消えていくあいだ、ルシアンの筋肉には人間を越えた力がみなぎっていた。力が目に見えない鳥の群れのように体を駆けめぐる。頭のなかでは轟音がとどろいている。エレインの体をトロフィのように高く掲げながら、ルシアンは力を味わいつくした。途方もなく強く、底知れないほど残虐になった気分だ。腹をすかせた、猛々しい獣に。

そして、力は消え、昂りはすうっと治まった。

ああ、今のはよかった。これまでで最高だ。

腕の力を抜き、ぞんざいに死体を床に置いた。脚は扇状《おうぎ》に広がり、口はだらしなく開いている。膀胱と腸がゆるんでも、もれたものはちゃんとシャンデリアの下に落ちるよう、巧妙に殺害場所を定めていた。

ルシアンはすっきりした気持ちで体を起こした。手袋をはめた手をズボンでぬぐい、シャンデリアを見あげて、長さを見積もる。それからテーブルを奥に押しやり、ロープの残りを解いて、きびきびと仕事を始めた。


アビーはまるでアクセルを踏むようにヴァンの床に足を押しつけ、両のこぶしを口に当てていた。ザンも口をつぐみ、誰も知らないような裏道を使って車を飛ばした。アビーは苛だちを抑えるのに苦労していたが、ザンはいらいらしてはいない。助けになりたいと願い、心配しているだけだ。とても紳士的に。

「マーゴリーズ通りを左に」アビーが道を指示した。

エレインの家の前に、見覚えのない車は停まっていなかった。エレインの金色のルノーがあるだけ。窓にはこうこうと明かりが灯っている。アビーはヴァンから飛びだし、ハイヒールで芝を散らしながら玄関まで走った。力いっぱいブザーを押し、ドアを叩く。「エレイン！　いるの？」

応えはない。一秒ごとに、その沈黙がどんどん不吉なものに思えてくる。ザンがポーチをのぼってきた。「落ちつきなよ」おだやかに言う。

「どうやって？」アビーは言い返した。「どうやって落ちつくの？　明かりはついてる。エレインの車はここにある。マークがこの家の鍵を持って、戸口に現われたのが」腕時計に目を走らせる。「ちょうど十六分前。エレインはわたしが来るのを知っている。どうして出てこないの？」

ザンは無言で首を振った。

アビーは携帯電話をバッグから出して九一一番にかけた。

警察の通信官が応じた。「もしもし？　わたしはアビー・メイトランドです」前置きなしに話しはじめた。「マーゴリーズ通り一八〇〇番地の友人宅の前にいます。家のなかで友人がもめごとに巻きこまれているようです。状況を考えると、友人は恋人から危害を加えられるかもしれません。誰か呼んでもらえます？　ええ、もちろんわたしはここで待ってます……急いで。本当に心配で……はい。ありがとう」

アビーはドアに向き直った。ドアはのっぺりとした顔のようにアビーを見つめ返す。

ザンはしゃがんで、ペンライトを歯でくわえ、革の道具入れを解いて工具を取りだし、仕事に取りかかった。

「違法じゃないの？」アビーが尋ねる。

ザンは皮肉のまなざしをちらりと投げた。「言うまでもなく違法だ」ペン型懐中電灯をくわえたまま言う。「いやなら警官が来るまで待つか？」

「だめよ」アビーはすぐに答えた。「どうぞ続けて。ありがと」

「感謝しなくていい」ザンは言った。「おれも胸騒ぎがするんだ」

数分で鍵は開いた。ザンはドアを押し開けた。静寂がにじみ出てきて、アビーを包む。アビーは意を決してなかに入ろうとした。が、ザンに腕をつかまれた。振り返って見ると、止められた理由がわかった。ザンは手を差しだしていた。

そのしぐさに、アビーの目から涙があふれる。アビーは手を取り、ぎゅっと握った。ふたりはいっしょに、そろそろと家のなかに入った。

電気はついていても、ひと気はまったくない。冷や汗が背中を流れるのを感じながら、アビーはリヴィングに連なるアーチ型の入口をのぞきこんだ。大きな振り子時計はいつもどおりに時を刻んでいる。

「エレイン？」アビーは階段の上に声をかけた「エレイン！」

返事はない。アビーもうそれは期待していなかった。ダイニングのドアがわずかに開いている。静寂を縫って、かすかな、周期的な音がもれていた。

キーッキー。キーッキー。

それから臭いが漂ってきた。ほのかな、そして、場違いな悪臭。

ザンの手に力がこもった。「アビー、待て」ザンは止めようとした。

遅かった。アビーがふれるかふれないかのうちに、ドアが大きく開く。幽霊の執事が先まわりしたかのようだ。つかの間シャンデリアに目がくらみ、見てとれたのは部屋の荒れた様子だけだった。壁に押しつけられたつやつやのテーブル、倒れた椅子、床に落ちたビニール袋。

ザンが息を呑み、アビーの背を自分の体で支えた。

エレインはシャンデリアから首を吊っていた。不自然な角度で首がだらりとたれている。キーッキー、キーッキー。エレインの体の揺れにあわせて、ロープがゆっくりとした間隔できしむ。口は大きく開いている。目は怖ろしいほどうつろだ。

アビーの胸が破裂した。

そのあとしばらくの時間は、まるで支離滅裂な悪夢だった。ザンはテーブルをつかみ、床をこするのもかまわずエレインの体の下まで引きずり、上に飛び乗った。アビーはハイヒールを脱ぎ捨ててあとに従い、ザンがロープをポケットナイフで引き切ろうと必死で手を動かすあいだ、エレインのぐんにゃりした体を抱えていた。

急げば間にあうとでもいうように。ふたりとも、もう手遅れなのはわかっていた。うつろな目と不自然な首の角度がその証拠だ。

それでも、エレインをこんな姿のままにしておくのは耐えられなかった。

ザンがエレインの体をすくいあげ、ナイフをアビーに渡した。「おれが抱えているから、あとはきみが切ってくれ」ザンが言う。「もう切れかけているから」

アビーが残り数本のナイロンの繊維を切ると、エレインは崩れるようにザンの腕のなかに落ちた。ザンはかがんで、エレインの頭に手を添えながら、テーブルの上にそっと横たえた。脈を確認する。それからもう一度。

労《いたわ》るようにエレインの手足をまっすぐにしてから、顔をあげた。手を差し伸べて、アビーをテーブルからおろす。

ふたりはエレインの動かない体を見おろした。アビーはこぶしを強く口に押し当てた。血の味がする。

ザンはエレインの目を閉じた。「首の骨が折れている。即死だろう」

エレインはぎゅっと目をつぶった。「今夜はふたりで、解放のお祝いをする予定だったの」

エレインの手を握った。氷のように冷たい。いつもならきれいにマニキュアが塗られている爪は、深爪になるほど短く嚙まれていた。

この痛々しい事実には耐えられなかった。アビーのなかから音がもれだす。傷ついた獣の鳴き声のような、耳障りな音を、アビーは自分で止めることができなかった。

気づくとザンの腕のなかにいた。息ができないほどきつく抱きしめられ、涙でぐしゃぐしゃの顔は固い胸板に押しつけられている。アビーはただただしがみついた。

「もうちょっとたしかな情報はないかな、メイトランドさん」殺人課の刑事、ケン・クレランドは鉛筆をはじき、面長《おもなが》の疲れた顔をしかめて言った。「わかってるのは名前だけ、しかも偽名で、苗字は不明っていうんじゃ、どうにもならんよ」

アビーはコーヒーのマグカップを机に置き、両腕を腹部にまわして、前かがみになり、胃の差しこみを抑えて息をしようとした。「それしか聞いていないんです」アビーは言った。「不倫の関係だからって。彼のことを誰にも話さないよう頼まれました。ともかく彼の離婚が成立するまでは」

「ふうむ」クレランドは鉛筆の先で手帳を叩いた。それが癖らしく、その音でアビーの頭はおかしくなりそうだった。「そりゃ参考になる」

アビーは皮肉な口調を取りあわなかった。「身辺調査をした探偵に聞いてください。もっと詳しいことを知っているはずです」

「で、その探偵の名前は？」

アビーは歯ぎしりした。「わかりません」

トントトトン、と鉛筆の音。「ふむ」クレランドが言う。「なるほど」

「エレインのお母さんなら知っているかもしれません」アビーは言った。「以前にも、エレインの恋人の身辺調査をしたことがあるそうですから」

「うん、それはいい」クレランドはメモを取った。トントトトン。「さてと。ほかに思いだせることは？　これで全部？」

「その男は見た目がすごくよくて、ＳＭごっこが好きっていうことだけ」アビーは言った。「エレインの携帯電話に番号が登録されています。この目で見ました」

「いつか携帯電話が見つかれば、調べるが」クレランドはこの道ひと筋の刑事らしい気の長さで言う。ザンに向き直って、顔のあざをじろじろと見た。「あんたはエレイン・クレイボーンを知らなかった？」

「一度も会ったことがない」ザンは答えた。「おれはアビーを車で送っただけなんだ」

「錠を破って勝手に家に入るのは犯罪だと覚えておくように」

「わかってる」ザンは平然と言った。

「事情が事情だから、警察としてもあえて追及はしないが」とクレランド。「ひと言くらい注意しておかないと」

「この人はちっとも悪くない！」アビーの声はわななきはじめた。「しかもわたしのためにしてくれたことなんだから、責任はありません。責めるならわたしを責めてください」

「誰も責めているわけじゃない」クレランドの口調はげんなりしていた。「ただ法に反する行為は、避けるべきだ」

「よくわかるよ」ザンは愛想よくほほ笑んでみせた。「近いうちにおなじことを繰り返す予定はない」

クレランドはまたザンを見つめ、やがて何かひらめいたというように顔を輝かせた。「ちょっと待てよ。もしかしてクリス・ダンカンの兄弟？」

ザンは仕方なくうなずいた。

「じゃあ、ゆうべ、決闘シーンの稽古で派手な立ちまわりを演じたのはあんただな？」

「そうだ」表情を崩さずに答えた。「町の笑い者だな」

クレランドは不満そうに言う。「父親は警官、弟も警官だろ? なら、こういうときは現場に手をつけちゃいけないことくらい知ってるだろうに」

ザンは床に目を落とした。「ああ」うつむいたまま言う。「悪かった。考えなかったよ。もう手のほどこしようがないことを確認せずにはいられなかったんだ」

「うん、まあいい」クレランドはアビーのほうを見た。「それじゃ、あんたが昨日、埠頭《ふとう》で殺人と暴力事件が起きてるって通報してきたほうだな。有名だよ」

アビーは喉を焼くような怒りのかたまりを呑みこんだ。「すてき。でもそれが何と関係があるのかしら。今日の……その、とにかく、どうして?」

クレランドはにやついた笑いを引っこめようとしている。「ふた晩続けて、それぞれ無関係な殺人事件を通報してくる人間は多くないからね。記録的だ」

「喜んでもらえて、けっこうなことね」アビーは冷たく言い放った。「わたしとしては、どちらの夜も本気でべつな過ごし方をしたかったけれど」

「それはもちろんそうだろう」クレランドはもごもごとつぶやいた。「さて、これでだいたい終わりだ。比較のために指紋を採らせてもらったら、ふたりとも帰っていい。ご協力に感謝する。もう遅いが、すこしでも休んでくれ」

アビーのなかでパニックめいたものがうごめきはじめた。事態はまちがった方向に流れ落ちようとしている。「マークを探してくれますよね?」思わず問いつめていた。「彼が殺したんです、刑事さん。彼が玄関から入ってこようとしたとき、わたし、エレインと電話で話していました。信じられないなら、うちの留守番電話の録音を聞いてください」

「警察はあらゆる角度から捜査する」クレランドは言った。「鑑識の連中もちゃんと仕事をしている」ふたりに名刺を渡す。「ほかに何か思いだしたら、電話をするように。今日はもう帰っていい」

ザンはアビーの肘を取って立たせた。「行こう」やんわりと言う。「家に帰ろう」

アビーを家まで送るあいだ、ヴァンのなかは抜け殻のような沈黙に包まれていた。慰めの言葉を探したが、背筋が寒くなるようなむごたらしい悲劇を目の当《ま》たりしたあとでは、どんな言葉も力なく、ありふれて、間の抜けたものに思えた。

ザンでさえ胸に穴が開いたように感じ、動揺している。最後に死んだ人間を見たのは十八年前、あの事故を起こした夜のことだ。

その前は、親父だ。一張羅《いっちょうら》の青いスーツを着せられ、棺桶に横たわっている姿。

こうした経験があるからといって、死体に慣れるわけではない。くそみたいな気分だが、あのかわいそうな女の子とは知りあいですらないのだ。ザンにはアビーの気持ちがわかった。あのときのことは、いやになるほど鮮明に覚えている。数週間は息をするのもやっとのありさまだった。

ザンはアビーにちらりと目を向けた。「だいじょうぶ?」口を開いた。力なく、ありふれて、間の抜けた言葉でもいい。何か言わずにはいられなかった。

アビーは悄然《しょうぜん》とした大きな目をザンに向け、無言で首を振った。

だいじょうぶじゃない。当たり前だろう、まぬけ。

ザンはアパートメントの前で車を停めたが、ふたりとも暗やみのなかに座ったままでいた。

脳をげんこで殴るような気持ちで、何か力になれないか考えた。「今夜いっしょにいてくれそうな人が誰かいるかな？　女友だちとか」

アビーの顔がひしゃげた。「エレインが一番の女友だちだった」

ザンはたじろいだ。「ああ、アビー。だめだ。頼むよ」

「すごくいい子だったのよ、ザン。やさしくて。なのにあんな目にあうなんて」

「うん、そうだね」腕のなかに抱きよせた。

アビーはザンの肩に顔をうずめた。「マークとかいう男をつかまえて、この世から消してやる」くぐもった声で言う。

その発想は安全でも現実的でもないように思えたが、今は説教をたれるべき時ではない。

「うん」ザンはつぶやいた。「そうするといい」

髪に鼻をすりつけながら、次にどうするかじっくりと考えた。さっきの質問の答えは得ていないが、アビーが泣いているときにもう一度訊くのはためらわれた。「玄関までいっしょに行こう」

アビーは目元をぬぐってうなずき、ドアのハンドルを探った。一度ハンドルにかかった手が滑り落ち、また探りはじめる。ザンは横から手を伸ばして、開けてやった。

「ありがとう」アビーはつぶやいた。「手が震えていて」

「おれもだよ」ザンは言った。

手をつかまれ、握りしめられた。アビーの指は冷たかったが、握る力は強い。「ちっとも震えていない。岩みたいにしっかりしてる」

「きみの手の震えが治まるかと思って言ったんだ」本当のことを明かした。アビーはザンの手を口元にあげて唇をつけ、それから顔に当てた。

ザンの体中の神経に熱いものが燃え広がったが、すぐに罪悪感が追ってきた。今セックスのことを考えるのは不謹慎だ。なのに唇の感触に抗えなかった。ザンの体は早くもうずき、臨戦態勢に入っている。男の下半身に理性はない。時機も品性も良識も関係なし。何がきっかけになるかわかったものじゃない。

「ブランデーは役に立つ？」アビーが尋ねた。

ザンは話の流れを見失ってまごついた。「何の役に？」

「手の震え」アビーは答えた。

警報が鳴り響いていたが、ザンはアビーの手に指を絡ませ、そこにキスをした。それから手を自分の頰にすりつけた。美しいものをあがめることだけが、もう一度気持ちを落ちつける唯一の方法かもしれない。

「たぶん」かすれ声で答えた。

ザンはアビーについてアパートメントの部屋に入った。今度はアビーは暗いキッチンを通りすぎ、まっすぐリヴィングに入って、赤いかさのランプを点けた。キャビネットからブランデーの瓶を取りだし、その上の棚からおろしたふたつのブランデー・グラスに中身をそそいだ。

ひとつをザンに手渡す。受け取ったザンは丸いグラスのなかをのぞきこみ、琥珀《こはく》色の液体に魅了された。自分の家の食器棚にしまってあるグラス類を思いだす。色も形もばらばらで、アニメのキャラクターなどで飾られたジュース・グラス。特定の飲み物のために専用のグラスを買うなど、考えたこともなかった。どんなグラスで飲んでも、味はおなじだ。牛乳、ビール、オレンジ・ジュース、コーラ。グラスは瓶から喉に液体を運ぶための道具にすぎない。その道具すら使わないことも多い。

ブランデーは鼻に香りを残しつつ、食道を燃やしながらザンの胴体をくだり、下腹部の炎とぶつかった。ブランデー・グラスのようなちょっとしたこだわりに、何か意義があるのだろうか。あるかもしれない。アビーにとって大切なことなら、なんにでも意義がある。アビーに説得されたら、空は緑色で太陽は西からのぼると信じこんでしまうかもしれない。アビーの影響力はそれくらい大きくて、ザンはいずれ捨てられたとき、自分を自分だと認識できるか自信を持てないくらいだ。

そして、いつ捨てられてもおかしくない。そこが落とし穴だ。ザンは自分の申しでた提案がどう転ぶのかわかっていた。ふたりはセックスに燃え、それから、アビーが罪悪感と後悔を感じはじめる。提案に乗った自分を憎み、そんな状況に誘いこんだザンを憎む。そうなったら、きっと辛い。打ちひしがれるほど辛い。

それでもエレインからの電話の前は、状況ははっきりしていた。単純な話だった。感情によろいをかぶせているうちなら、体だけの軽い関係を楽しむこともできただろう。今夜のできごとはよろいところがふたりは今やパラレル・ワールドにいるようなものだ。今夜のできごとはよろいを剝ぎ落とした。ザンは裸で震え、胸に大きな的を描いてさらしている。

アビーはブランデーを舐めた。「クレランド刑事はわたしの話を真剣に受け取ってくれなかった」

ザンは落ちつかない気持ちで肩をすくめた。たしかにおなじ印象を受けた。

「たぶん、あの決闘騒ぎのせいね。あれで信用をまったく失ってしまった。わたしは話をこじつけてわめきたてる頭のおかしい女ってわけ。あはは、おもしろい」

「警官流のユーモアだよ」ザンは言った。「今回みたいに怖ろしいことを目にする機会は、おれたち一般人とは桁ちがいに多いから、それを乗り越えるためにはなんにでもすがる」

アビーは疑わしそうな視線を向けた。「あらそう?」

「ああ」ザンは重ねて言った。「親父がそうだった。弟もそうだ」

アビーは肩をすくめた。その姿は今にもくずおれそうで、このままひとり残して帰るのはいたたまれなかった。ザンはブランデーを飲み干し、大きく息をついて、先ほどからくすぶっていた質問をもう一度口にした。「これからいっしょにいてくれるような人が誰かいるかい？　アビー、今夜はひとりでいないほうがいい」

アビーは首を振った。「いいえ」答えはじめる。「両親も、兄弟も、姉妹も、おじもおばも、祖父母もいないの。アトランタにはいい友だちがいたけど、シルバーフォークには越してきてまだ三年しかたっていないから。朝の四時に電話して呼びだせるような関係を築くには何十年もかかるものよ。エレインなら来てくれる――」アビーは口ごもり、つばを呑んだ。「その、エレインなら来てくれたと思うけど」

「アビー」ザンは言葉を継ごうとしたが、言うべきことは何も見つからなかった。

アビーは空《から》のグラスをザンの手から取って、ステレオのスイッチを押した。音楽がかかった。脈打つベースとパーカッション、悲しくむせぶソプラノ・サックス。空のグラスを、棚に載せてあった自分のグラスの横に置き、アビーはザンの肩に両手を置いた。「あなたは？　朝の四時に呼んでもいいの？　秘密の恋人に電話をかけるのはルール違反？　わたしは幻の恋人の気まぐれを待っていなきゃならない？」

「もう遊びの時間は終わったよ、アビー」ザンの声は、差しだされているものをつかめないもどかしさで震えていた。

「わたしは最初から遊びだとは思っていなかった」アビーがもたれかかってくる。胸のふくらみと、鼻先をかすめる髪のかぐわしい香りに意識が惑わされて、息もできない。「宇宙にいるような気分なの、ザン。わたしを地球に引き戻して」

首にかかったほっそりとした腕をはずし、ほとばしるような熱から身を引くのは、これ以上ないほど強い意志を必要とした。アビーをつかんだまま、腕を伸ばして退ける。「できない」みじめにつぶやく。「すまない」

アビーは硬直した。「そ……そう、わかった」

指に力がこもった。追いつめられたような気分だ。「いや、わかっていない」

ザンの手からアビーは身を振りほどいた。「じゃあ、まったくそそられないほど嫌気がさしたってこと？」泣き声だ。「わたしがめそめそして、みじめで、哀れだから？」

「ちがう！　泣きたい気分で、哀れなのはおれもおなじだ！　おれだってできるものならきみがほしい！」

「じゃあそうしてよ！　どうして、ザン。今夜だけは、つれないふりをして遊ばないで！」

「遊んでいない」ザンはけわしい口調で言った。「きみは危険な状態だ。もし今きみを抱いたら、きみはその状態につけこんだことでおれを恨むようになる」

「そんなことない！」アビーは否定した。「わたしはちゃんとわかってて——」

「きみが妻か恋人だったら、おれたちはもうベッドのなかにいて、慰めあっていただろう。お互いが生きていること、人生に救いがあることを教えあっていただろう。でもおれはその相手じゃない。おれはただの……おれはきみの……」ザンは言葉を失い、ごくりとつばを呑んだ。「おれはきみの何に当たるのかすらわからない」

「あなたは、わたしが今日ほしい人」アビーが言った。「それだけじゃだめなの？」

「だめだ」ザンはうめくように答えた。「朝になってきみがどう感じるか想像できるほどには、きみのことをよく知らないんだ。誓って言うが、きみをほしくないからじゃない」股間のふくらみにちらりと視線を落とした。「疑うなら、見てくれ。嘘じゃないことは、その目で確認できる」

アビーは言葉にならない声をあげ、顔にかかっていた髪を払いのけて、背筋を伸ばした。そのしぐさはせつなく、そしてりりしく、ザンの喉につまったかたまりを、石炭のように熱く燃やした。「じゃあ、もう行って」アビーが言う。

「アビー」ザンはもう一度、説明を試みようとした。「残念なのはおれも――」

「やめて、お願い」アビーは片手をあげた。「理解したから。あなたは正しいことをしようとしている。とても立派よ。だから、そのまま帰って」

ザンはうしろ向きのまま、そろそろとドアに近づいていった。「ああ。おれは、その、帰るよ」

アビーは顔をしかめた。「ごめんなさい。きつい言い方をしてしまって。あなたに落ち度はないのに。車を出してくれてありがとう。それにエレインを、その……おろすのを手伝ってくれて。そばにいてくれてすごく助かった。もしひとりだったら、どうなっていたかわからない」

「礼なんかいいよ」だみ声だった。

アビーはかぶりを振る。「今夜は本当によくしてもらったもの」声を落とす。「だから、これ以上苦しめたくない。帰って」

「今さら何を。アビー、きみがおれを──」ザンははっとして言葉を切った。こんなに苦しい状況に追いこんだ。今夜のアビーに説教や小言は必要ない。

アビーは両手で顔を覆った。「早く行って、ザン」かぼそい声で訴える。「お願い。これ以上いたら、わたし、引きとめてしまう」

残忍で無骨な野人にでもなった気分だったが、彼女に何を言える？　おやすみ？　元気だせよ？　またな？

ザンは力まかせにドアを開けて、がくがくする脚で階段を駆けおりた。ヴァンに飛び乗り、急発進させて道路に出ると、アクセルを踏みこんだ。何かから逃げるように。しかし逃げられるものではなかった。神経は昂るばかりだ。喉が圧迫され、吐き気が腹のなかでうねるように暴れ、嵐が差し迫るような感覚に襲われている。こういうものからは逃避できない。どこまでもついてくる。

ブランデーの甘いささやきは、灼けつく胸の痛みに姿を変えていた。顔には冷や汗をかき、手は凍《い》てつくように冷たく、ヘッドライトが照らす道路は危険なほど揺らめいている。不必要な感情は見えないところに隠すのが常だが、今回のこれは隠しきれない。あのかわいそうな女の子がシャンデリアから首を吊っているのを見たあとでは無理だ。

ザンは間一髪で車を路肩によせた。上半身だけドアの外に出し、片手でハンドルにしがみつき、胃のむかつきを吐きだそうとした。しかしブランデーが出たあとは、悪心《おしん》が続くだけだ。もどすものが何も残っていないのだ。昼に食べたステーキ・サンドウィッチはとっくに消化されてエネルギーとなり、そのエネルギーもすでに使い果たしている。それでも苦しい痙攣《けいれん》の発作は治まらなかった。とまどいながらぐしゃぐしゃになった状態でゆうに数分すぎてから、ようやく、ザンは自分が泣いていることに気づいた。

最悪だ。やりきれない気持ちだった。泣いている理由が昔のことなのか今のことなのかもわからない。が、どっちでもおなじだ。真っ暗な道路で途方に暮れて座りこみ、死にゆく男の手を握る。胃から血の気が引いていく。慰めになるような言葉を頭に浮かんだはしから口にしていく。万が一にでも、死にゆく男がザンの言葉を聞いているかもしれないから。

頭蓋骨がぱっくり割れた人間の耳に、声が届くことがあるはずがないのに。

そして今、気分の悪さが足りないとでもいうように、ザンはいつの間にか父親の棺を見おろしていた。安っぽい電子オルガンの音が響き、むせるような百合の香りがたちこめる。親父の蠟《ろう》のように真っ白な顔、くぼんだ目。葬儀屋がパテをつめた胸の穴。

親父はザンが誕生日に贈った赤い絹のネクタイを締めていた。動脈血の色だ。弾丸の穴は、ネクタイのすぐ下に開いている。心臓を貫いている。親父は銃で撃たれ、即死した。

ロープに吊られたエレインもおなじだ。

ザンの死のギャラリーに、あの子とシャンデリアが加わった。コレクションが足りないとでもいうのか。

これほど悲しく、不毛なことはない。ザンはあの子のことをまったく知らないのに、震えは止まらなかった。アビーが見てないのが幸いだ。こんなところを見られては、魅力的かつ横柄という奥義がだいなしだ。

ザンは両手で顔を覆って座ったまま半時間ばかり過ごしてから、ようやく車を走らせる気になった。アビーのところに戻りたかったが、慰めるためではない。逆に慰めてもらいたかった。アビーの体に溺れ、抱きあい、力と鼓動と命を感じたかった。あの長くうるわしい脚に腰をくるまれて。ザンが宙に飛んでいって散り散りになってしまわないように、しっかりと繋ぎとめてほしかった。

11

アビーは白い手袋をはめた両手で、〝神の子羊《アニュス・デイ》〟の黄金の聖骨箱を木枠から慎重に持ちあげ、そっと揺すって、シュレッダーされた紙の保護材を払い落とした。疲れ果て、燃えつき、悲しくてたまらないというありさまでも、この品には畏怖《いふ》の声をあげた。黄金の書物をかたどり、表紙には洗礼者ヨハネの姿が刻まれ、貴重な宝石が散りばめられている。中身は復活祭のろうそくと聖別された油で作られた小さな球だ。

アビーはつい先ほど、まばゆく輝く銀器ひと揃いの保存状態の報告書を書いたばかりだった。この銀器は、不運なガレオン船に乗っていた貴族の高級船員たちのテーブルを彩《いろど》るための特製品だ。その前には、スペインやポルトガル、そのほか新世界で鋳造されていた金貨や銀貨の梱包を解いた。

エレインならそれぞれの品の歴史と重要性について、何時間でもよどみなく鮮やかに話すことができただろう。エレインはこういうもののことになると、われを忘れた。

そう思ったとたん、アビーの心は締めつけられた。展示の構想を練ったのはエレインだ。照明、解説板、展示の順序。エレインがちまちまとした筆記体の文字で書いたノートを調べているあいだは、喉がきしんで仕方がなかった。

アビーは白い綿の手袋を汚さないように、袖でひたいをぬぐった。展示品の梱包を解くのは時間がかかり、骨の折れる仕事で、しかもアビーはこれというほどキュレーターとしての専門的技能を身につけていない。けれども本職のキュレーターのナンシーはエレインを失ったあと、猫の手も借りたい状態だった。だからアビーが今ここにいる。

「やあ、アビー。ピザが届いてるんだけど、ひと切れ食べない？」ドヴィが声をかけてきた。「あんた、十二時間も何も食べてないじゃない」

アビーはドヴィの心配そうな顔にほほ笑もうとしたけれど、ピザのことを考えるだけで、胃はたじろぎ、逃げだそうとする始末だった。「この聖骨箱の保存状態を書類に書かなきゃならないの。終わったら、ひと切れいただく。約束する」

ブリジットがさっそうと部屋に入ってきて、アビーを批判の目で見やった。「食べたほうが利口よ」小言をたれはじめる。「顔色が紙みたいに真っ白。倒れるような贅沢《ぜいたく》は許されないのよ」

アビーはまばたきした。「ここしばらくはどんな贅沢にもあずかっていません」いったん言葉を切った。「あら、着替えたんですね。お出かけですか？」

ブリジットは上品なスーツの上着をぐっと引っぱった。「埠頭沿いのホテルで、美術館評議会のご婦人方と会合よ。仕事、仕事、仕事」被害者ぶった口調だ。「終わりなき仕事」

アビーとドヴィはちらりと視線を交わした。ドヴィは笑いをこらえすぎて、舌を呑みこみそうな顔で部屋から逃げていった。

ブリジットはコンパクトを出して、パフで顔を叩き、化粧を直した。「明日の朝までに展示品の梱包をすべて解いて、状態の報告書を書きあげること」部屋中に宣言する。「皆、作業のペースをあげないと間にあわないわよ」

アビーは木枠の山に目をやり、行程の時間に見当をつけた。「無理です。わたしたち全員が徹夜で作業しても、明日の朝までには終わりません」

ブリジットの目が丸くなった。「だから？ パーティまで一週間を切っているのだから、何日か徹夜することくらい覚悟しなさい！ あなたの態度にはまったく感心しないわ、アビー！ 勝手すぎる。ぼんやりしたり、食事を拒んだり。わがままもいいかげんにして。間の悪いできごとで苦い思いをしているのはあなただけではないのよ」

「苦い思い？」アビーは信じられない気持ちで繰り返した。「間の悪いできごと？」

「そうよ。当然でしょう」ブリジットは口紅を塗り直しながら眉をひそめた。「最悪のタイミングだったわ。エレインもよりによってパーティまで二週間もない時を選ばなくても――」

「タイミング？ 気はたしかですか？ エレインに〝時を選ぶ〟ことはできなかった！ 殺されたんだから！」

ブリジットの唇がいとわしく引きつる。「そんなに大げさにふるまいたいのかしら？」

「それこそ当然です」アビーはきっぱりと言った。「殺人は大ごとですから」

ブリジットは目をぐるりとまわした。「そりゃあ、わたしたちも皆がエレインの幻の恋人の話は知っているわ。誰も見たことも聞いたこともなくて、鍵のかかったドアをすり抜け、エレインに首を吊るよう仕向けて、跡形もなく消えた恋人のことなら。しっかりして、アビー。まるで安っぽいドラマのようよ」

アビーの頭から湯気が立った。「何が言いたいんです？」

「怒鳴らなくていいわ」ブリジットはバッグから香水の瓶を出した。「事実が不明な場合、筋の通る説明が真実であるものよ」

「事実が不明だとは気づきませんでした」アビーは歯をくいしばるように言った。「逆に、とても明確に思えましたから」

ブリジットは憐れみの視線を投げ、首に香水をはたいた。「エレインはふさぎがちで、孤独だった。それで絶望したのね。悲しいけれど、よくあること。残念ながら不思議でもなんでもないわ」香水の瓶をバッグのなかに落とし、バッグをぱちんと閉じた。「さて、急がないと遅刻しそう」木枠の山に目を走らせる。「今夜の睡眠の必要性について、考え直すことを勧めるわ」

ブリジットは大またで出ていった。アビーは息もできないほどのショックを受け、呆然と上司の背中を見送った。話をまったく信じてもらえないとは想像もしなかった。

アビーは体をぶるっと揺すって、大きな窓の前に歩いていった。熱いひたいをガラスにつける。夕闇のなか、崖の向こうに渦を巻くもやがかろうじて見えた。

ブリジットの考えは大局には影響しない。アビーは胸の内でそう言って、自分を元気づけた。ブリジットは愚かだ。あの人の意見なんて重要じゃない。そのうち真実が明らかになる。ならなきゃおかしい。

アビーは目を閉じた。それでもあの光景はまぶたに深く焼きついている。エレインの命のない体、ロープが前後に揺れる様子、うつろな目。

「きっとここにいると思った」

ザンの深い声。アビーは息を呑んでくるりと振り返った。複雑に絡みあった感情にうろたえていた。恥ずかしさと怖れ、そしてその下で密かにさざめく喜び。

ザンはきれいにひげを剃り、髪をうしろにとかしつけて耳にかけていた。輪郭をくすませていた無精ひげがなくなると、優美な骨格がひときわ目だつ。「ここで何をしているの？」

アビーは思わず言っていた。

「きみを探しに来た」厳粛《げんしゅく》な面持ちで言う。「だいじょうぶ？」

「全然」ありのままに答えた。「本当のところ、ひどい状態」

ザンは顔をしかめた。「ばかな質問をしたようだな」

「そんなことない」アビーは心から言った。「心配してくれてありがとう」

吟味するようなまなざしで見つめられ、アビーはのたうちたくなった。もっときれいな服を着ていればよかった。ローライズのジーンズとだらしないベージュのコットンセーター。ぼさぼさの三つ編みはところどころほつれている。

「化粧をしていないのもいいね」ザンが言う。

その言葉を笑い飛ばした。「やつれているのがよくわかるでしょ」

ザンは首を振った。「たしかに顔色は悪いが、そういうことじゃない」身をかがめ、顔を近づける。「化粧をしていないと、きみの肌は内から輝くようだ。そばかすも好きだ。今日はかわいらしい。いつもより……」

「色あせてる感じ？」ザンが言葉をにごしたので、アビーがあとを継いでみた。

一瞬の間があいて、「無防備に見えるって言おうとしたんだ」

「ふうん」アビーは怪訝な顔をした。「無防備って褒め言葉かしら？」

「わからないなら、わからないままでいい」

アビーは笑おうとした。「ところで、どうやって入ったの？　閉館時間は過ぎてるのに」

「きみの同僚で、ぽちゃっとして禿げた男が入れてくれたんだ」アビーのほつれた髪を耳にかける。「電話もせずにすまなかった。あの日の成り行きを考えると、きみを慰める資格がないような気がしたんだ」

「いいの」アビーはつぶやいた。「あなたのせいじゃない」

「いや」とザン。「電話をかけるべきだった」

「それで、今夜はどうしてここに？」アビーは尋ねた。

「待ちぼうけをくわされたからさ。まともな鍵をつけさせてくれるって約束しただろ。きみのアパートの前で待っていたんだ。しばらくして、きみはここだろうと思い当たった」

アビーは驚きに目を見張った。「まあ、やだ。でももう百万年も前のことみたい。すっかり忘れてた」

ザンは傷ついたようだ。「仕方ないか。でも部品代を立て替えてしまった」

アビーは木枠の山に目を走らせ、それから腕時計をちらりと見て、ちくちくする目をこすった。「日をあらためたほうがよさそう」

「だめだ」ザンの声はけわしい。「きちんとした鍵が必要だ。今すぐに。今日を逃したらいつになるかわからないだろ」ザンも腕時計に目を落とす。「もう十一時半じゃないか。いつからここにいるんだ？」

「今朝の六時頃よ。でも、わたし――」

「鍵を取りつけるまでは、おれが安眠できない」ザンはアビーをさえぎった。「おまけに雨が降っていて、エッジモント通りを走るバスは日曜は運休だ。家まで送って、鍵をつけるよ」

「でもそこの展示品の梱包を解かなきゃならないの」アビーは抵抗した。

「おれはアビーの心配をしなくちゃならない」声をやわらげて言う。「きみは疲れている。バッグを取っておいで。帰ろう」

横暴な態度だ。分をわきまえさせたほうがいい。

アビーは木枠の山を見てため息をついた。もう十七時間もぶっ通しで働いている。昨日は午前三時半までここにいた。

ナンシーとドヴィはもう何時間も前に、帰るよう勧めてくれたけれど、しんとしてさみしい家に帰るのが怖かった。働いていたほうがましだ。

けれど、ザンの懐柔《かいじゅう》するような笑みには抗いがたいものがあった。足のつま先がうずうずする。

「家に送ってもらうことが、何を許すことに繋がるのかわからない」アビーは言った。「今わたしは情緒不安定なの、ザン。驚くはめになりたくない」

ザンはアビーの手を取って、自分の頬にすりつけた。「いい子にすると約束してほしい？」甘い声。

いいってどういう意味で？　アビーは頬にすりつけられている手をあえて引かず、あいまいな期待を楽しんだ。「肌がすべすべ」

ザンは情けなさそうにほほ笑んだ。「今だけだよ。あと十分もすればまた無精ひげが伸びてくる」アビーの指先にキスをする。感情をむきだしにして、神経を尖らせ、アビーのことを危険すぎると言って押しやった男は、もう消えていた。屈託がなく、軽薄で、魅惑的な秘密の恋人が戻ってきたのだ。

「じゃあ、わたしが危険だって言ったのを考え直したのね？」

ザンは笑いを嚙み殺した。「いいや、きみはかなり危険だよ。勇気を奮い起こすのに何日もかかった」

「あら」ザンの瞳で踊るきらめきが怪しい。

「それで?」ザンが言った。「どうする? いい子にするって約束してほしい? それとも、出たとこ勝負?」

アビーは深呼吸した。「そうね……出たとこ勝負にしようと思う」


うまくいかない。

ルシアンは煙草をもみ消して、あおむけでどさっとベッドに身を投げた。天井に目を凝らす。背中の下で何枚もの紙がしわくちゃになっている。新しい計画のメモだ。ルシアンはいらいらと紙を床に払い落とした。

満足できるほどのアイデアは浮かばなかった。カモの数を少なくして、すべてをマティ・ボイルにかぶせる方法もあるが、それでは味気ない。そもそもあのアル中にはこうした仕事を成し遂げる頭も度胸もないし、警察もそれを見極められないほど無能ではないだろう。おまけに、エレインが死んでからボイルは怖気づきはじめた。今後それほど長く使えない可能性がある。

部下から携帯に電話がかかっていることを知らせる音が鳴った。ルシアンはディスプレイに目をやり、ボタンを押した。「ルイス、なんだ?」

「よお、ボス。おれ、鍵屋を尾行してるんだ。あんたが知りたいかと思ってさ。鍵屋が美術館に行って、もうひとりの女を拾ったぜ。ほら、あの、髪が長くて、でかパイで、エレインといっしょに働いてた女」

「アビー・メイトランドか？」ルシアンはベッドの上でぱっと起きあがった。

「ああ。女の家までふたりをつけた。ふたりで家に入った。あの女はお慰みが必要らしい」

ルイスは卑しい笑いを短くもらした。「おれが代わりたいよ」

「そこを離れるな」ルシアンは命じた。「ヘンリーをそちらに向かわせる。見張りを交代したら鍵屋の車にGPSのタグをつけろ。ふたりの居場所を常に把握しておきたい」

「なあ、おれがでかパイに張りついて、ヘンリーに――」

「つべこべ言わず、命令どおりにしろ」ルシアンは携帯電話を閉じた。

鍵屋がアビー・メイトランドを〝慰めている〟ところを想像すると、未知の感情が湧き返った。さまざまな体位であえぐアビー・メイトランドを思い描く。あの美しい体が鍵屋に精力的に攻められているところを。淫売め。親友を亡くして数日しかたっていないというのに、どういうつもりだ？　憤りすら感じた。同時に欲情をそそられていた。

ルシアンはいま経験している感情を吟味し、おそらく嫉妬だろうと結論づけた。それがこれほどの勃起をうながすとはおもしろい。もっと嫉妬するように取り計らうべきだ。

ズボンの前を開け、ペニスを撫でさすりながら筋書きを練った。アビー、親友を殺した男にたぶらかされ、その後、濡れ衣を着せられる女。鍵屋、その貪欲で淫らな売女《ばいた》に裏切られ、殺される男。

鍵屋はたった今、ルシアンが欲情した女を慰みものにしている。これなら、個人的な趣味としての仕事によりふさわしい。本能的で、感情的で、旨《うま》みもあり、何よりも性的だ。こうして考えれば、じつに筋が通っている。

そう。アビーと鍵屋が新しい計画の要《かなめ》だ。つまり、早急にアビーに近づかなくてはならないということ。エレインのときのように、偶然に偶然が重なった運命の出会いを演出する時間はない。

エレインの話が事実なら、アビーをおびきよせる餌は金と社会的地位だ。ルシアンは、ルドヴィク・ハウアーの携帯の番号を押した。あのおどけた男とは、数カ月前にボストンで会ったことがある。ハウアーは記念品の提供を求めに来ていて、その応対役はルシアンの務めだった。欲を丸だしで伸ばしてくる卑しい手のすべてに金をくれてやるのが、ルシアンの表の仕事だ。

呼出音が鳴りはじめると、ルシアンの心臓は高鳴った。手にはあろうことか汗をかいている。表の顔と本物の素性を危険にさらしたことは今まで一度もない。

「もしもし?」ルドヴィク・ハウアーが応えた。「どなた?」

「ハウアーさんですか? こちらはハーバートン・ホワイト財団のルシアン・ハーバートンです。何カ月か前にボストンの財団本部でお目にかかりました。そちらの開発マネージャー、アビー・メイトランドさんが、〈海賊の財宝展〉関連の教育と公共プログラムのために、寄付金を申しこまれたときに……ご記憶ですか?」

「ああ! はいはい!」ハウアーはとまどっているようだ。「今日はどんなご用件で?」

「日曜の夜なのにすみませんが、近くによったものですから、早くお知らせしたら喜んでいただけるかと思いまして。財団でそちらのお申し込みが通りました。十二万五千ドル寄付します」

「えっ！」ハウアーは口ごもった。「あの……その、これって友だちがぼくを引っかけようとしてるんじゃないですよね？」

ルシアンはお愛想にくすっと笑ってやった。「安心してください。わたしは本物です。明日の月曜に、ほかの職員のかたも交えてお会いできますか？」

「ええ、もちろんですとも！」ハウアーはまくしたてた。「ああっ、夢のよう。いつでもお好きなときにどうぞ！　早めと遅めどちらが？　九時？　十時？　ご都合がいいのはいつです？」

「早めがありがたいですね。そちらのお邪魔にならなければ」ルシアンは気づかうように言った。「皆さんお忙しいでしょうから。寄付金集めのパーティと新しい展覧会の開催が来週に重なっているのは知っています。ところでパーティのチケットはもうないでしょうね？」

「ご出席いただければ、ぼくたち皆が有頂天になりますよ！　皆に教えるのが待ちきれない！　最高の夜です！　ありがとうございます！」

「よかった。詳細は月曜にお会いしたときに」ルシアンはまたくすりと笑った。「すてきなダンス相手を紹介していただく役目はあなたにおまかせしますよ、ハウアーさん。わたしを壁の花にしないでくださいね」

ハウアーは嬉しそうにくすくすと笑った。「どうぞドヴィと呼んでください！　ぴったりのお相手がいます！　容姿端麗で、聡明で、快活で、上品で！　たっぷり踊れますよ！　心配いりません！」

「完璧ですね」ルシアンはものやわらかに言った。「楽しみです。では、月曜に」

さらに二言三言、他愛《たわい》のないやりとりを交わし、用件を終えた。これで結びついた。ルシアンは電話を切った。本物の身元を使うリスクは大きいが、どのみち餌をまかなければならないなら、大金持ちで、教養があり、きわめて魅力的なルシアン本人に勝るものがあるか？　プラス面としては、エレインのときのように、素性を知られるのを怖れてこそこそせずにすむことだ。

携帯をもう一度開いて、今度はなじみの番号にかけた。「ルーシー？」ルシアンは電話の相手に言った。「マークだ。先日キャンセルした注文についてだが」

ルーシーは警戒したように一瞬の間をあけた。「また気が変わったなんて言わないでよ、マーク。あの子はもうほかの仕事で忙しいわ」

「いや、この前とは条件がちがう。べつの女が必要だ。髪は赤褐色の長いストレート、身長百七十センチ、体重五十五キロ、Cカップ、目は茶色。明日、宅急便で写真を送る。今度は三日間借りたい」

「その条件の半分も満たす子がうちにいるかどうか！　写真を見てみないことには、確約できません」

ため息をついた。「いくらほしいんだ、ルーシー」

「そういう問題じゃないわ！」ルーシーはぴしりとはねのけた。「こちらにも守りたい基準があるの。適当なまねはできない。わたしたちのどちらにとっても危険ですからね」

エレインの替え玉として飛行機に乗せ、スペインまで行かせるはずだった子の三倍の料金を提示した。ルーシーはいらいらと鼻を鳴らした。「まずは写真を送って」切り口上になった。「写真を見てから、用意できるかどうか知らせるわ」

ルシアンは電話を切った。ルーシーが期待に応えてくれることはまずまちがいない。ルシアンは払いのいい上客のひとりだ。

エレインよりもアビーのほうがヒロインにふさわしい。波乱に満ちた過去、逮捕歴、麻薬の売人の元恋人。履歴はすでに灰色だ。そう、アビーはとてもとてもいけない子だ。そう考えると興奮することがわかった。ルシアンはふたたび自分の分身を握り、手の動きを速めていった。イメージが渦を巻く。エレイン。アビー。きらめく黄金。ほとばしる血。激しく、強烈な絶頂を迎えて、ルシアンは身を震わせ、声を出しながら果てた。

完璧だ。黄金をいただく……あのふたりをはめて。

12

アビーは気を張りつめ、縮こまっていた。ザンが車をよせてアパートメントの前に停める。エレインに起こったことが、暗く地を這うもやのようにふたりのあいだに漂い、気軽な会話のきっかけを殺していた。何か慰めがなければもうやりきれなかった。それを与えられるのはこの世でザンだけ。そう思うと、ザンに宿る抗いがたい力はさらに増すようだ。

「さてと」ザンが口を切った。「行こうか。さっさとすませよう」

ザンをアパートメントに招き入れるとき、アビーはどうにかほほ笑もうとした。「コーヒーは？」

ザンはバッグをテーブルの上に置いた。「ハワイ・コナでよろしく」

アビーは眉をひそめ、横目でザンを見た。「からかってるの？」

えくぼがザンの顔に浮かぶ。「ほんのすこしだけ」

アビーはトマトみたいに真っ赤な顔になる前に背を向けた。「ご注文どおりのコーヒーを淹れてあげる」

「そのあいだに仕事を始めるから、先に色を選んでくれ」箱をふたつ取りだして、テーブルに並べた。「ふつうの真鍮《しんちゆう》か、つやを消してある真鍮」

アビーは箱をのぞきこんだ。「ふつうの真鍮でいいわ」

ザンはもうひとつのほうの箱をしまった。「デッドボルト式の鍵もつけるから、ドアに穴を開けるよ。デッドボルトなしでここに住んでどれくらいなんだ?」

「三年になるけど」アビーは答えた。「ここの大家さんは八十代の女性で、とてもそんなこと頼めないもの」

ザンはうなるような声をもらして、ドアの前にしゃがんだ。シバが忍びよってきて、前脚をザンにかけ、早くもうっとりとした調子で喉を鳴らす。

ザンはシバの耳のうしろを掻いた。「この子はかわいいし、おれも好きだが、しばらくのあいだはまとわりつかないようにしておいてくれ」

「ええ」アビーはシバを抱きあげ、ベッドルームに入れた。お気に入りの靴に八つ当たりされませんように。動物とはいえ、この子はこういうことを個人的にとらえかねないのだ。

アビーは戸口で足を止めて、ザンが作業する姿を臆面もなくながめまわした。広い肩から、ウエストへときれいな逆三角形を描く上半身。ぎゅっとつかんでつねりたくなるような、引きしまったお尻。フリースの上着は肩の筋肉からぶらさがって、色あせたジーンズは筋肉質の太腿にぴったりと張りついている。ああ、犯罪的。

フランス製のコーヒーポットに豆を入れ、沸騰したお湯をそそいだ。目の前の椅子に革のジャケットがかかっている。アビーはそれを顔に押し当てて大きく息を吸いこんで、匂いをむさぼりたいという衝動を抑えた。

ザンはドアノブのピンやネジを抜いて手のなかに入れていく。まくりあげた袖の下に、バネのような二の腕がのぞいている。耳に引っかけた黒髪がそこをかすめる。太い手首。長くて形のよい指。アビーはそのひとつひとつを目に焼きつけたかった。

裸のザンを、この目で見たかった。

ふいにザンが振り返り、アビーの視線をとらえた。「調子はどう？」

「悪いわけがある？」コーヒーポットのふたを閉じて、ザン用のカップにそそいだ。「クリームとお砂糖は？」

「ブラックで」カップに手を伸ばす。アビーはびくっとして身をすくめた。

「落ちつけよ」とザン。「きみは飢えた虎の檻《おり》に放りこまれた生肉じゃないよ、アビー。それにおれは虎じゃない。ただのザン」

「へんなこと言わないで」アビーはつぶやいた。「ちょっと神経質になってるだけ」

ザンがカップを取った。ふたりの指先がふれあい、くすぐったい感覚がさやさやと腕に伝い、背筋をおり、全身をあわだたせる。

ザンは用心深くコーヒーをすすった。「うわ。濃いな」

「濃いのが好きなの」

頬にまたえくぼが現われる。「覚えておくよ」

「濃すぎる？　クリームとお砂糖、本当にいらない？」

「濃くてもだいじょうぶだよ」ザンは自信たっぷりに言う。

わたしたち、まだコーヒーの話をしてるの？　ああ、情けない。これじゃまるでシュークリームの皮みたいに頭の軽い女。ちょっと色目を使われただけで、こんなにそわそわしちゃうなんて。アビーは自分のカップをぎゅっと握った。中身が床にこぼれる。

ザンの眉があがる。「落ちつけって」

アビーはこぼしたものを急いでふいた。それから、緊迫感に満ちた沈黙のなかでコーヒーを飲み終えた。ザンはカップを流しに置いた。

「おれは車に戻って、そこでいったん錠を分解して、新しい鍵に合う溝をつける」ザンが言った。「それから古い錠と新しい錠を交換して取りつける」

「わかった」アビーはカップをすすいだ。ザンを見たら何をするかわからなくて、振り返ることはできなかった。

「見にくる？」

答えをためらった。そうしたいのは山々だ。ザンのすることには逐一魅入られた。けれど、ふらふらと誘いに乗るのは愚かのひと言につきる。「することがあるから」

「じゃああとで」ザンはドアの外に消えた。

アビーはどきどきする心臓を押さえるように、流しの上にかがみこんだ。電話をつかみ、呼出音が鳴らないようにした。バッグから携帯電話を出して、電源を切った。ゴムのような足でバスルームに急ぐ。

服を脱ぎ、髪をまとめるあいだ、鏡に映った自分の顔を客観的にあらためた。アビーはいつも、頬骨の下にプリマ・バレリーナみたいな印象的な影ができたらどんなふうに見えるだろうと思っていた。

うん、今、できてる。どう考えても、ないほうがまし。

ザンが外にいるときにシャワーを浴びるのは、早くも裸をさらしているようでひどく落ちつかなかった。とはいえ、今夜を迎えるのにこの状態で……つまり、なんにしても、四日分の無駄毛を脚に生やしたままでいるわけにはいかない。手早くあがりたかったけれど、いい香りのボディローションをつけ、眉のラインの下にのぞいている毛を抜かずにはいられなかった。

爪磨きと化粧品に視線が吸いよせられる。

だめ。あまりにあからさま。あまりにがっつきすぎ。もっとカジュアルな路線を狙うべきだ。あら、もう終わったの？　仕事が早いのね……もう一杯コーヒーはいかが？　それともさっそく服を脱いで、猿みたいにヤリまくる？

自制して、とアビーは自分を戒めた。われを失っちゃだめ。どうしてもセックスせずにいられないなら、次善の策は深入りしないこと。ゆきずりの情事。秘密の関係。張りつめた糸をゆるめ、泡をはじき、タブーを解くための行為。

かわいそうなエレインと首に巻きついたロープのことを一瞬でも忘れたい。

そう考えるとまた胸に刺すような痛みが走って、アビーは歯を嚙みしめた。ザンは降ってわいた気慰みだ。夢のような提案で、気晴らしをさせてくれる人。心が安らぎ、満たされたら——のぼせあがったような気持ちも消えて、未来計画図は本来あるべき場所に収まるかもしれない。

それで何が悪いの？　アビーは誰かと婚約しているわけでも、つきあっているわけでもない。未来の夫は死ぬまで知らなくていい。それどころか、未来の夫が知らなくていいことはすでに山のようにある。

アビーは体をタオルでくるんで、小走りでベッドルームに入った。アビーの下着コレクションの数は膨大で、そこから今夜の下着を選ぶという重大な決断をくだすには、もっと冷静な頭が必要だった。アビーは下着をかきまわし、放り、投げ捨てていった。赤と黒は下品。黄緑と紫は安っぽすぎ。白はかわい子ぶってる。花柄、リボン付き、水玉模様、縞《しま》模様、紐《ひも》付きビキニ型、あれもだめこれもだめ。もうっ。

あった。アプリコット色で伸縮性のあるレースのキャミソール。おそろいの下着。アビーはそれに体を押しこめた。キャミソールにはブラの機能がついていて、伸縮性のある布が多少なりとも胸のはずみを覆ってくれるけれど、それでも乳房はいつもより開放的にはずんでいるように感じた。さっきとおなじジーンズ、だぶっとしたセーターを身につけ、やる気満々の身づくろいを隠す。

そそくさとキッチンに戻ったが、ザンはもう待っていた。

「まあやだ、ごめんなさい」アビーはあわててしゃべりはじめた。「お待たせしちゃったかしら」

ザンはアビーをながめた。「それほどでも。シャワーを浴びた？」

ばればれ。「どうしてわかるの？」ついきつい口調になってしまった。

ザンの口元がほころぶ。「廊下から石鹼の匂いがもれている。きみは上気してしっとりとしていて、いい香りがする」

アビーの顔が真っ赤になった。「待たせちゃってごめんなさい」

「いいんだ」ザンが言う。「それより、ひとつ質問していいかな？」

ザンは立ちあがって一歩近づいた。脈が飛び跳ねる。「何？」

「心臓がやけにどきどきしているんだ」ザンは言った。「あのコーヒーにはそういう効果がある？」

「コ……コーヒーには、そんな効果はないと思う」

「じゃあそのセーターのせいかも」とザン。

アビーは引きつったような笑いを立てて、首を振った。「これが？　わたしが持っている服のなかで一番色気のないものよ、ザン」

「つまり、洋服だんすをひっくり返して、おれのためにそれを選んだってこと？」口元の笑みが意地悪くゆがむ。「感動だな」アビーに銀色の鍵を六本手渡した。「ほら。大家さんに預けられるよう、何本か合鍵を作っておいた」

アビーは手に鍵を握った。ザンの体温で温まっていた。

「試してみるといい」ザンがうながす。

外に出て、新しい錠に鍵を差しこんだ。どれもすべらかにまわる。ドアを開ければ、ザンが立っている。誘いこむようなまなざしでアビーを見つめていた。「ありがと」アビーは息せき切って言った。「お礼はどうしたらいい?」

「何も」ザンが言った。「おれのおごり」

「とんでもない」アビーはキッチンに駆けこみ、バッグをつかんで小切手を探した。「まさかそんなことを――」

「いいから」ザンがアビーをとらえ、うしろから片腕でおなかを抱き、背中を自分の腹部に押しつけた。「小切手なんか切られたら、おれの気持ちは傷つく。親切だと思って。『ありがとう、ザン』と言ってくれればそれでいい」

アビーは力なく口を開き、また閉じた。ザンの体温が心地よく、体を包まれるようで、気の利いた言葉が浮かばない。「わたし……でも、わたし……締めだされたときの代金も払っていないのに――」

「ありがとう、ザン」まったく引きそうにない。「たったふたつの言葉だ」

アビーはふうっと息を吐いた。「わかった」ささやくように言った。「ありがとう」

「それでいい。どういたしまして」ザンはアビーの首に唇をつけ、首筋をそっとついばみながらくだるようにキスをしていく。ふれた箇所に鳥肌を立て、ぞくぞくとする快感の軌跡を残しながら。「きみはおれのことがほしい」

ザンの言葉は質問ではなかった。アビーはうなずいた。

「どういう取り決めにする？」ザンが尋ねた。「基本原則は前に決めたとおり？　暗やみに包まれた秘密の関係？　過去も未来も約束も後悔もなし？」

アビーはまた発作的に小さくうなずいた。

両腕をつかんでいた手に力がこもる。ザンはアビーの体をくるりとまわして向かいあわせにした。「それで、今日の趣向は？　ご注文をどうぞ、お姫さま」

アビーはザンの目をじっと見つめた。「今夜はポルノ小説風のゲームはできない」正直に伝えた。「ありのままのあなたがほしい。気持ちよく感じたいの、ザン。あれ以来、ひどい気分だったから……あの、感情について話しちゃいけないってわかってるけど、でも今夜は――」

ザンはキスでアビーの言おうとしたことをさえぎった。言葉は溶けて形を失い、渦に呑まれていく。ザンのキスにすべての感覚を奪われる。ザンの望みはアビーをむさぼること、そしてアビーの望みはむさぼられること。

これまで否定して体のなかに押しこめていた欲望を解き放ち、逆にザンをむさぼるようにキスを返した。キッチンカウンターに押し倒され、脚を開かされる。股のあいだに、ふくらんではじけそうな股間が重なり、ゆっくりと火を点けるように円を描きはじめると、アビーはたちまち濡れて、今すぐほしいとせがみたくなった。爪をザンの肩に立て、お尻にくいこませる。

足が床についたけれど、ほんの一瞬のことだった。あっと思う間もなく、抱きかかえられ、そのまま廊下を渡り、背中からベッドルームのドアを抜けて、くしゃくしゃのベッドの上に落とされていた。

廊下の明かりがザンの背から差しこんで、その姿を大きな怖ろしい影のように見せていた。ザンのほうに手を伸ばしたけれど、すぐに腕を取られ、頭の上で押さえられて、またキスをされた。ザンは脚のあいだに体をもぐりこませ、うずいてたまらないところに体重がかかった。そこから逃れようともがき、体をくねらせればくねらせるほど、つのる快感はさらに高まっていく。

ザンはぱっと起きあがって、上着を脱ぎ捨てた。アビーはベッドサイドの明かりを点けようとしたけれど、伸ばした腕をまたしても押さえつけられてしまった。

アビーは言いたてた。「電気を点けさせて。あなたのことが見たいの」

「だめだ」息を切らせたような、かすれ声。「感じたいって言っただろ？　これがそのやり方だ、アビー。見るんじゃなく、感じるんだ」

「でも――」

「シーッ」ジーンズのボタンをはずし、下着といっしょに一気に引きおろした。セーターをあごの下までたくしあげる。薄いレースのキャミソールに覆われた乳房があらわになった。

「これはこれは」ザンはつぶやいた。「至福のながめだ」

アビーはザンをぴしゃりと叩いた。体のなかで温度をあげていく熱のせいで、怒りっぽく、突っかかりやすく、心のたががはずれやすくなっていた。「そんなわけないでしょ。わたしにあなたが見えないなら、わたしのことだって見えないはず。からかわないで」

ザンはアビーの股を押し開く。「止められるものなら、止めていいよ」あえてあざけるように言って、アビーの体の上を滑りおりていく。熱い息が腿をくすぐった。

全身がわななき、総毛だつ。このままじゃどうにかなりそう。われを失って、おかしくなりそう。アビーは抵抗して、ザンの頭を叩いた。「勝手なことしないで！　前戯なんていらない。もう正気でいられない。今はそういう気分じゃ——」

「おれはかまわない。こんなに濡れて、うまそうなんだ。きみのジュースを味わいたい」

何をしてもザンを止められなかった。アビーはのたくり、ザンの頭と広い肩を殴り、髪を引っぱったけれど、ザンは好き放題にしている。難なくアビーの身動きをとれなくして、ジュースの源に口をつける。

はじめはザンの舌が上下に滑るように、敏感なひだを丹念に洗う。それから奥まで突き入れ、音を立てて舐めまわす。クリトリスを吸い、舌の先でちろちろとかすめる。巧みに容赦なく、甘美な攻めは執拗に続いた。やがて二本の指がことさらゆっくりと入ってきて、押すように、ひねるように、ちょうど……そう……そしてアビーはザンの髪をつかみ、めくるめく快感が体中を駆けめぐるあいだ、大声で叫んでいた。

ああ、絶頂ってこういうことだったのね。散り散りになった意識が戻ったとき、アビーはぼんやりとそう思った。唇を舐め、目の焦点をあわせようとした。オルガスムを得たことはある。すごく気持ちいいものも。でも、こんなのは初めて。

「すごい」ザンがささやいた。

「ええ」アビーもささやき返した。

ザンはアビーの体をぐいと引いて、お尻をマットレスのふちにかけ、脚を高くあげさせて、それからベルトのバックルをはずした。肩で汗が光っている。アビーはもっとよく見たくて、肘をついて上半身を起こし、手を伸ばした。「明かりを点けさせて」

「だめだ」ザンはまたアビーを押し倒して、キャミソールを胸の上まであげた。ポケットからコンドームを出し、歯で袋を割いて、片手で装着する。「暗いのが好きなんだ。そそられる」

「でも、わたしはあなたを見たいのに」アビーは抗議した。

ザンは荒々しいキスで抗議を呑みこみ、太いペニスの先をとろとろのひだに当て、すこしずつ押し入れた。ザンの顔はアビーの味がした。「見ることは忘れろ。感じるんだ、アビー。おれを感じるんだ」

あら、そう。これを感じずにいられるとでも？　体のなかにザンがおもむろに入ってくるあいだ、アビーは息をはずませてザンの肩に爪をくいこませていた。

巨大。それにものすごく長い。

アビーが身を震わせながらも、ほんの一部にせよザンのものをうまく受け入れられるかもしれないと思いはじめた瞬間、ザンの筋肉に力が入り、一気に奥まで貫かれた。アビーはあっと息を呑み、喉をつまらせた。

ザンは動きを止め、息を切らせて言う。「しまった。痛かった?」

図体ばかり大きな青二才。アビーは肩の筋肉に思いきり嚙みついた。

「いてっ」ザンはびくっとして、片手でアビーの喉を押さえる。「手に負えない女だな!今のはなんだ?」

アビーは唇を舐めてザンのしょっぱい汗の味をぬぐった。「おりて!」

「もう遅い」息をはずませたザンの声はしゃがれ、おろおろしている。「できない」

「痛いの!」アビーはザンの下で手足をばたつかせ、押しのけようとした。鉄柱を動かそうとするようなものだ。「人でなし!」

「ごめん。暴れないでくれ。どうにかしてみる」ザンは譲らなかった。「よくなるようにするから」

身動きできないことでアビーは激昂していた。「もういい! わたしから出てって!」

「いやだ」ザンの口調はにべもなく、かたくなだった。体重を移し、アビーの脚を折り曲げて、膝が胸に当たるようにする。途中まで引き抜きながら、クリトリスのまわりでそっと親指を転がす。

ゆるやかな動きでもう一度ザンが入ってきたとき、アビーは甘い声をあげていた。うねるように、螺旋を描くように、奥まで入ってくる。アビーをかき乱す。もう一度外へ、それからまたなかへ。そしてもう一度。

大きくて長いものが滑り入ってきて、体のなかを押し広げ、奥まで満たす。待ちかまえていたいくつもの性感帯が刺激されて、混沌《こんとん》とした快楽のかたまりに変わると、アビーは背をのけぞらせ、頭を左右に振りはじめた。

「おれにあわせて動いて」懇願するような声。「務めをまっとうさせてくれ」

アビーは表情の読めない顔の影に目を凝らし、息をしようとしたけれど、肺が震えているみたいだ。両手でザンの首を抱き、両脚をザンの腰にまわした。爪をザンの肌に立てる。

「ああ、いい、それだ」ザンはつぶやいて、アビーを強く抱きよせた。

ザンがしなやかに腰を振るたび、よくなっていった。より熱く、よりすべらかに、よりたやすく。すぐにザンは奥まで突きはじめ、アビーのよく知る性感帯をさらい、今まで知らなかったさらに多くの性感帯を呼び覚ました。いつしかアビーはゆらめき、とろけ、そして、思いもよらないほど深いところから湧きあがる快感にふたたび爆発させられていた。

13

「次はおれの番だ」

ザンの言葉が官能の厚いもやを突き破って耳に到達するまで、しばらく時間がかかった。アビーは目を開けた。その言葉も口調も、許しを求めるものではなかったけれど、ザンが動いたのはアビーがうなずいたあとだった。

ものうく、舐めるようにアビーの性感帯をさらった、さっきまでの計算された腰の振り方は見る影もなかった。すこぶる激しく、すこぶる速い。のしかかられて、荒々しく、強く打ちつけられるように、何度も何度も突かれる。怖いほど気持ちいい。手荒なセックスはあまり好きじゃなかったのに、アビーは叫び声をあげ、爪をかきまくっていた。傷になるかもしれないけれど、気にする余裕はなかった。

やがてザンは快楽に体を裂かれ、吠えるように叫んだ。

重なりあったままばたりと倒れた。息ができないことに、すぐには気づかなかった。アビーはザンの胸を押した。ザンはアビーの上からころげおりた。

ふいに空気が肺に押しよせてきて、アビーはくらくらした。めまいを感じながら上半身を起こす。頭のなかがからっぽ。体はどこもかしこも知覚がむきだしになったようだ。ひりひりと痛む傷みたい。ザンは寝返りを打ってベッドからおりて、コンドームをはずし、部屋から出ていった。

すぐに戻ってきた。「すまない」戸口で言う。

わけがわからず、ザンのシルエットに目を凝らした。「え？ 何が？」

「おれは完璧なセックス神話を約束しておいて、自制心を失った」

アビーは体をゆらして笑いはじめた。「やあね」

「なんだ？」ザンはうめいた。「何がそんなにおかしい？」

膝を胸元によせて顔を隠したけれど、遅かった。笑いは止まらず、笑いすぎて出てきた涙が呼び水となり、エレインが死んでからずっと抑えていたぶんが堰《せき》を切ってあふれはじめた。

そして、大洪水。もうっ。よりによってこんなときに。

ザンは恐怖に息を呑んだ。ベッドにのぼってきて、熱い体でアビーを抱きしめる。「ごめん、アビー！ そんなにひどかった？」

アビーはまだしゃくりあげながら、無言で首を振った。ザンを安心させてあげたくても、うまく喉が動かせない。「ちがう。そうじゃないの。ただ……」途方に暮れて両手をあげた。

「いろんなことが重なって、それが全部崩れ落ちてきたみたい」

「なるほど」自嘲気味な声。「で、それを崩したのはおれ？」

「ちがう」アビーはザンの髪にふれ、その太くて豊かな髪のシルクのような手触りが気持ちよくて、あらためて撫でた。「あなたじゃない。あなたはすてきだった」

ザンはアビーをいっそう強く抱きしめて、アビーの肩に顔をうずめた。

「わたしも謝らなきゃ」アビーは言葉を続けた。「感情にまかせて大泣きするなんてルール違反――」

「ルールなんかどうでもいい」

ザンのぶっきらぼうなもの言いにアビーは目をぱちくりさせた。「あの……ちょっと早くないかしら、ゲームのこの段階でそう言うのは」

「ゲームなんかどうでもいい」

アビーは涙をぬぐって、警戒心も新たにじっと表情をうかがった。「ええと、どういう意味で言っているの？」

ザンはあおむけにベッドに身を投げ、アビーを引きよせた。「そのルールやらなんやらは状況が混乱する前に決めたものだ」ザンは言った。「エレインのことが起きる前に。今は不自然でむなしいものに思える」

アビーはがっしりとした広い胸にもたれ、匂いたつ潮の香りに包まれて横たわった。指先にふれたザンの唇はやわらかく、温かい。

「余計な考えや余計なたわごとは忘れよう。今夜だけでも」ザンは乞《こ》うように言った。「頼むから、ひと息入れよう」

こういうふうにザンにキスされると、体がカスタードクリームみたいにとろけてしまう。

ザンの大きな体の上でたゆたい、うしろめたい幸せに溺れた。うつぶせで腕を交差させ、その上にあごを載せた。「ルールを一時反故にするなら、電気を点けてもいいってこと？　それともあなた、そんなに恥ずかしがり屋さんなの？」

ザンがベッドサイドの明かりを点けた。ワイン色でペイズリー柄のシルクのランプシェードが赤みがかった光を灯す。「恥ずかしくないよ。なんでもきみの望みどおりにする」

ランプの明かりでベッドルームの散らかりようがあらわになり、アビーは電気を点けてもらったことを後悔した。ベッドやナイトテーブルや化粧台の上にばらまかれ、引っかかり、山を成している下着を、ザンはまじまじと見つめている。ベッドの支柱にかかっていたレースのビスチェをひょいと手に取った。「たんすの引き出しのなかで爆弾が爆発した？」

アビーはザンの胸に顔をつけて赤面を隠した。「シャワーを浴びたあと、どれをつけるかさんざん迷ったの」告白した。

ザンは言葉を選ぶように言った。「待たされたのも不思議じゃないね。これだけあればそりゃ迷う。それで、選んだものをもう褒めたっけ？」

「ええと、まだだと思う」アビーは言った。

「じゃあ、起きて。よく見せてくれ」

ザンはアビーを起こし、自分のおなかにまたがらせて、セーターを頭から脱がせた。じっと見つめて、ため息をつく。

アビーはひどく照れくさかった。乳首をぽっちりと浮かびあがらせる薄いキャミソール姿を見られるのは、ただの裸の二倍も恥ずかしく、何も着ていないよりもかえって晒されているような気分だ。アビーの気持ちを読んだようにザンの手が伸びてきて、乳首を愛撫し、抑えきれない悦びをあおる。その感触は電気みたいにちりちりと体のなかを伝い、脚のあいだで熱く花開いた。ザンは凝った布に包まれた腰をうやうやしく手で包みこんだ。「きみの体には見惚れる」

「ありがと」アビーははにかんだ。「あなたの体も特上よ。まだよく見せてもらってないけど」

ザンはあごを突きだして、両手をあげた。「どうぞ」

アビーはおなかの上からもっと下のほうに体をずらした。ザンが頭のうしろで腕を組み、伸びをする。アビーがあんぐりと口を開けっ放しにせずにいるのは、そうとうの意思の力が必要だった。

どこもかしこも言うことなし。引きしまって、豹を思わせるような、弾力のある筋肉。ザンの体には無駄がなく、強靭に見えた。

アビーは頑丈な胸板を手でなぞり、まっ平らで硬いおなかへ流れる黒い胸毛を指に絡めた。ジーンズは腰に引っかかっている。ペニスはへその上まで突きでている。巨大。口のなかでも体のなかでも受けとめたけれど、百聞は一見にしかずだ。よりあう紫色の静脈が、さおに浮きでるように広がっている。亀頭の細い切れ目から先走ったしずくがたれて、おなかの上にきらめく小さな水たまりを作っている。アビーは先端に手をふれ、指先でしずくのなかに渦を描き、それからザンの形とやわらかさと硬さをぬるぬるした手で味わった。

ザンはあえぎ、のけぞった。「アビー」

「だって。この大きな子を見て」アビーは小声で言った。「痛いのも無理ない」

ザンは顔をしかめた。「すまない。もっと時間をかければよかった」

アビーはぎゅっと手を握って、鼓動を感じるまで力をこめていった。「それはどうも。ねえ、コンドームはどこで買うの？」

ザンはアビーの手に手を重ね、荒い息を吐きながら文句をつけた。「やめてくれ。まるでおれがふつうじゃないみたいだ」

「あらら。感じやすいのね」

ザンはアビーの手の下でうめいた。「そうだ」

「もう回復してるなんて信じられない」とアビー。「わたしの人生で一番すごいセックスをし終わったのが、ええと、十分前？」

「ひと晩中でもしたい」ザンが言う。「ずっとしていたい」

「早すぎ」アビーは言った。「わたし、さっきのでまだ震えてるのよ」

「じゃあもてあそぶのをやめてくれ」とザン。「さもないと何をしても止められなくなるぞ。だいたいあと三秒で」

アビーはいきなりそれが黒焦げになったとでもいうように、ぱっと手を離した。

ザンはペニスをジーンズのなかにつめこんで、寝具の上から象牙色のコルセットを釣りあげた。「男の夢から抜けでてきたみたいだ」頬にすりつける。「清らかな花嫁。顔を赤らめ、震えている処女」

「当たり前でしょ。その野蛮な獣《けだもの》に花を散らされるなら」

ザンは両肘をついて体を起こし、ぎこちなく、頼りなさそうな表情を浮かべた。「おれの獣はそんなに野蛮だった？」

一瞬アビーは返答につまった。「最初はすこし驚いた」それからとりすまして言った。「でもだんだん仲良くなれたからよしとする」

ザンは目をすがめた。「はん。まあ、おれの野蛮な獣ともっとよく知りあいたいなら、こっちはいつでも準備万端だ」ザンはサテンの紐型下着を肩の下から引っぱりだして、また頬にすりつけた。「休んでいるあいだ、おれのために下着のファッションショーを見せてくれたらどうかな」

アビーは思わず甲高い笑いをもらした。「もうっ。無茶なこと言わないで。下着は全部きれいに洗ってあるのに、わたしがこんな……その、あなたが――」

「きみをぐしょぐしょに濡らしたあとで？」襲いかかるふりをするザンから逃れて、アビーはくすくす笑いながらベッドから飛びおりた。「下着はつけなくていい」ザンは言った。「ストッキングとこれを」花柄のシルクのボディスーツを掲げる。「セクシー。でも恥じらいがまったくないわけじゃない。もっといいのは……こっち」起きあがってつかんだのは、ワインレッドのベルベット地に黒いレースがふんだんにあしらわれたビスチェ。ザンはそれをアビーに放った。「セクシーで、恥じらいの時期からは一万光年も離れている。こっちも」レースの縁取りのストッキングもよこす。

アビーは吹きだしかけた。「これ？　やあね。これを着たら、わたし、まるで西部劇の娼婦じゃない」

「それでいい。ごっこは大好きだ」

笑いをこらえきれなかった。「これは着るためのものじゃないのよ、ザン。笑うためのもの。アトランタの女友だちがお別れパーティでジョークとしてくれたの」

「アトランタの女友だちに愛を感じるよ」とザン。「会ってみたいね。つけてくれたら、後悔はさせない。おれのわがままをきいてくれ」

アビーはまだ笑いながらザンを見あげた。あのえくぼがちらつき、白い歯がのぞいている。ああ、またこうやってふざけられるのが、すごく楽しい。

ぐずぐず言って、この魔法を解きたくなかった。酒場女の衣装を着ておどけてほしいなら、それくらいお安いご用。

「座ってご覧になる？　それともベッドに寝そべって？」アビーは尋ねた。

ザンは壁にもたれて、悪魔のような笑みをアビーに投げる。「全然疲れていないんだ。それになぜかジーンズがきつくて仕方がない。これじゃ傷がついてしまうかもしれないな」

アビーの視線は恥ずかしげもなく、股間のふくらみに張りついた。「すこし息抜きをして、楽になさったら？」アビーは言った。「この幻の売春宿のお客さまはあなた。このショーはあなたのためのもの」

笑みがはじけた。「そう言ってもらえるなら」ジーンズの前を開いた。抑えられていたものが飛びだし、重そうに揺れる。ザンはそれを手に取り、電球のようにふくらんだところを握った。油でも塗ったみたいにてらてらと光っている。「始めてくれ。待ちきれなくてよだれが出そうだ」

アビーは視線を引きはがして、厄介そうな下着を調べた。「面倒な代物ね」ぶつぶつとこぼす。「フックもレースもたっぷり。おまけに小さすぎるし、ちくちくしそうだし、息が苦しそうだし、胸はきっと上からはみだしちゃう」

ザンの目がぎらつく。「心が砕けそうだ」

「わかったわよ」アビーはぼやいた。アプリコット色のキャミソールを脱いで、ザンに放った。

ザンは片手でそれをつかんだ。アビーから目を離さずに。「ストップ」ザンが言う。「そこでまわって。できるだけゆっくり」

アビーはオルゴールのバレリーナ人形みたいに両手をあげて、回転した。「こう?」

「ものすごくきれいだ、アビー」

「あら。ええと、ありがと」今は妖婦《ようふ》のように謎めいた女のふりをしていてしかるべきだけど、アビーの上気した顔に浮かんだのはぼうっと惚《ほう》けた笑みだった。

おぼつかない手で、スナップやフックや安物のレースに取り組んだ。身につけるのは予想よりずっとたいへんだった。着るのに懸命で、汗ばんできた。レースと格闘しているようだ。

「ここのところは手伝ってもらわなきゃならないみたい」

「こっちは準備万端」ザンは股間のものに会釈させた。ぶらぶらと跳ねるように揺れる。

声にならない笑いでアビーの体から力が抜けた。「笑わせないでよ、ザン」

ザンは大げさに傷ついたような表情を作った。「おれの野蛮な獣がそんなにおもしろいなら、申し訳ない。おれの手に負えない性欲は自分でもどうしようもないんだ。からかうのは酷だよ」

「あー、ええと、そう。なるほど」アビーはザンに背を向けた。「うしろのレースの紐をぎゅっと引っぱって。それから結んでもらえる？」

ザンがレースを手に取り、強く引いたその勢いで、アビーはうしろによろめき、あっと思う間もなく、ザンのおなかに体を押しつける格好になった。「結ぶあいだ、こいつを股に挟んでいてくれ」

ふいに変わった口調に、アビーは息を呑んだ。硬いものがお尻に当たっている。それをぴったりとつけた腿のあいだに根元まで差し入れられた。

「びしょ濡れで、温かい」ザンの声はくぐもっている。「そのまま動かないで。もうすこし上のほうにあげて、下の唇を感じられるように……ああ。これでいい。もっと締めつけてくれ」ザンはアビーのお尻をつかみ、ペニスを前後に滑らせはじめた。アビーの陰唇をかすめながら。「もっと締めつけて」ザンが命じる。「力の加減は気にしなくていい。それが好きなんだ。腿でそいつを抱くように。もっと……そう。最高だ」

張りつめ、かすれた声。感じやすいところをからかうようにかすめ、なのにもっと感じやすいところには到達しない愛撫。甘い拷問だった。ザンはリズムに乗って動きはじめ、アビーは肩で息をして、自分の鼓動の音を聴きながら、言われるままにザンを締めつけた。体の火照りと震えと興奮が強すぎて、あえぎ声も立てられない。

それでもいくことはできなかった。もうすこしのところまで来ているのに、そのあとすこしを越えられない。まるでするりと逃げていくようだ。アビーはザンがわざとそうしているのだと気づいた。沸点までの目盛りはあがってはさがり、あがってはさがる。すこしずつ高さを増しながら。アビーの正気を奪いながら。アビーは自分の陰部に手を伸ばした。

「お願い、ザン」かぼそい声で言った。「お願い」

「わかってるよ」ザンはなだめた。「シーッ。きみはたいしたものだ。もうすぐだよ、アビー。おれを信じて。ちゃんとしてあげるから」

そしてようやくザンの手がおりてきて、しっとりとした毛をかき分け、二本の長くて器用な指がクリトリスを探り当て、指の腹を押しつける。やさしく、でも力をこめて、アビーがそうしてほしくてたまらないちょうどそのとおりの加減で愛撫する。

「もっときつくだ、アビー」ザンが指示する。「早く。今すぐ」

ザンの指先と言葉が最後のひと押しになって、極限まで昂っていたものがふたを突き破った。体の奥底で噴火が起こったようにアビーは砕け散り、すすり泣き、わななき、そして、広がるマグマみたいにとろとろと溶けていった。体から力が抜けて立っていられず、両手と両膝をついた。

背後のザンはかかんで、アビーをひざまずかせ、首筋に鼻をすりつけた。「だいじょうぶ？」小声で尋ねた。

アビーがうなずくと、ザンはわきの下に手を入れて、立ちあがらせた。壁に向かわせて、コルセットをきつく締めつける。

「ちょっと、ザン」アビーは訴えた。「それじゃちっとも息ができない！」

ザンは紐を大きなちょう結びにした。「できた」いかにも満足そうな口調だ。「さあ、ショーを続けてくれ」

アビーはあっけに取られた。「でもたった今ゼリーみたいにされたばかりなのに！」

「そりゃまずい」いたずらな笑みを浮かべる。「おれはまだ達していない。もうしばらくいくつもりはない。終わりは見えないし、むしろまだ始めたばかりだ。だから、おしゃべりはやめて残りを身につけてくれ」

ザンは手を前にまわしてアビーの胸を大切にビスチェのカップにしまったけれど、収まったのは乳房の下半分だけで、硬くなった乳首は黒いレースのフリルからぴんと飛びだしている。「おれはこの夢の売春宿の客だろ？」ザンは言った。「ならおれの望みどおりになるはず」

アビーはまばたきした。「また支配的な男の役？」

「効き目があるならどんな役でも。おれは、きみがとろとろに溶けて、叫び、爪を立て、いきまくるようにしているだけ。今のところ——もちろん今夜だけで数えて、三度」身をかがめて、飛びでた乳首を口に含みながら、腿を撫であげる。「おれにいかされるのが好きだろう?」

言葉が喉につかえ、アビーは黙ってうなずいた。

「じゃあそのストッキングをつけてくれ。まだまだこれからだ」

アビーはしばらくザンを見つめた。「わたしをたきつけるためだけじゃないでしょ? 支配的な態度を取ればあなたも熱くなる。それもすごく。でしょ? 傲慢ないばり屋さん」

「おっと」ザンは口笛を鳴らした。「勘がいいな。オーケー、認めるよ。さてと、正体がばれたからには、きみを服従させてストッキングをつけさせるために、今すぐうしろから襲いかかったほうがいいのかな?」

視線をそらすにはそうとうの胆力《たんりょく》が必要だった。アビーは部屋の真ん中に歩いていった。ステージの真ん中に立っている気分。ザンのまなざしがスポットライトだ。興奮が体中を駆けめぐる。昂りのあまり、両脚をすりあわせるだけで絶頂を迎えてしまいそうだ。しかも、気を失うほど強烈なものを。それだけは避けたい。

アビーはできるだけエレガントに見えるよう気をつけながら、かがんで床からストッキングを拾った。脚から骨が抜けているような今の状態で、片足で立てるはずはないので、化粧台の前のスツールを引きだしてきた。そこに浅く腰かけて、ザンに不安げな視線を送る。

「この下着なら、娼婦らしくこってりお化粧をしてなきゃならないんじゃないかしら」

「言っただろ。素顔のほうが好きだ」ザンの顔からユーモアのきらめきは消えていた。ひたいには汗が光り、表情は張りつめている。ザンは自分のものを握った。「髪をおろして」

クリップをはずして、一日中三つ編みにしたまま無造作に上にまとめあげていた髪をおろした。「わたしの閨《ねや》に、ええと、注文の多いお客さまをお迎えするってわかっていたら、もっとちゃんと準備をしておけたのに」アビーは言った。「髪をブローしたり、カーラーを巻いたり、つやを出したり、ほかにもあれこれ」三つ編みをほどいて、髪を肩に広げた。

「そのままでいい」とザン。「むしろ理想的。それで申し分ない」

アビーはスツールに座ったまま、たおやかに片脚をあげて、ストッキングを両手に持った。

「こっちを向いて」ザンが言った。「それから脚を開いて。すべてを見たい。その重なりあったピンクの花びらがおれのためにほころぶところを見たい」

スツールを回転させて、おもむろに膝を開いた。顔が燃えあがりそうだ。熱いはちみつのなかで泳いでいるような気分だった。

ザンはアビーの前でひざまずき、股間のものをしごきはじめた。「もっと広く」

言われたとおり、さらに広く開いて、高く掲げた脚にストッキングをつけていった。

「その脚をおれの肩に載せるんだ」ザンが命じる。

ためらっていると、ザンが大きくて温かい手で脚をつかみ、腿の内側の感じやすいところに熱く飢えたようなキスの雨を降らせた。くすぐったくて、吐息まじりの笑いをもらしているうちに、たくましい肩に脚を載せられた。薄いナイロンの布越しにも、ザンが汗ばんでいるのがわかる。ザンはつぼんだ花びらを指で開き、それから充血してふくらんだクリトリスの上にずらして、指の腹で円を描く。何度も何度も。

アビーは頭をのけぞらせてあえいだ。ザンの指が一本奥まで入ってくる。そしてもう一本。指のつけ根のところまで深く出し入れしながら、親指でクリトリスを愛撫する。アビーは濡れて光った指が、自分のなかから出ては入るところをじっと見おろした。

アビーはめまいを感じた。頭は熱っぽくぼんやりして、意識が薄れそうだ。「これ以上は無理」放心したように言った。「体が崩れおちそう。気を失っちゃう」

「無理じゃない」ザンは言って、また指を深く突く。「崩れおちもしない。爆発するんだ」

のたうち、身もだえしたくて、頭をうしろに振ったけれど、アビーは罠にかかっていた。脚をザンの肩に載せ、スツールの上でバランスを取り、体の中心を指で貫かれている。天井と床の区別がつかなくなってきて、ザンの肩をつかんだ。重力が消えていくみたいだ。どちらを向いても落ちていくような感覚。もし手を離したら、どこまでも落下していきそうだった。「ああ、お願い、ザン」

「ストッキングをつけるんだ、アビー」

ザンの声が遠く聞こえた。また頭をのけぞらせて、そろそろとストッキングを腿まであげるあいだに、ふたたび沸点が近づいてくる。おぼつかない手つきで、ガーターを留めようとした。ザンがさっと手を伸ばし、かわりに留めてくれた。指は愛液できらめいている。

アビーはもう片方のストッキングを探して部屋を見まわした。ザンも目を走らせる。「ベッドの上かもしれないな」

「わたしに歩けって言ってるの？」アビーは笑おうとしたけれど、息が苦しくて笑うどころではない。「歩けないわよ。息もできないのに」

ザンはアビーを持ちあげ、うつぶせでベッドに放った。「四つん這いになって。背をそらして、尻を高くあげるんだ。その格好でストッキングを探すといい。たっぷり時間をかけてかまわない」

わななきながら両手と両膝をつくと、ザンの影が近づいてきて、手をお尻にそえ、もっと広く脚を開かせた。

「じらすのはやめて」アビーは懇願した。「わたしはもうその気になっているし、受け入れる準備もできてる。早く抱いて。どんなやり方でも好きなようにしていいから。早く」

「まだだ。いつするかはおれが決める。ああ、すごい。あそこが光っている。きれいなピンクで、熱帯の花みたいだ。ピンクと深紅の花びらがのぞいているところを見るのは大好きなんだ。舐めまわしたい。さあ、ストッキングを探せよ、アビー」

「もうっ、ひどい人」語気を荒らげた。

ザンは歯でお尻を引っ掻き、すこし痛む程度に嚙みついてから、ひりひりするところを舐めた。「わかってる。おれはひどい男だ。皆がそう言う」

アビーはもう手をついていられなかった。くずおれ、顔と胸をベッドにつけて、手探りで下着の山をかきまわし、ようやく黒いストッキングを見つけた。ザンの指がアビーを開き、突き刺し、掘りさげる。巧みな指使いで愛撫されるあいだ、アビーはストッキングを握りしめ、すすり泣き、あえいでいた。頭のなかが真っ白になった頃、あおむけにされた。

「かわいいよ」ささやき声。「それにその瞳。瞳孔が大きい。永遠の闇夜の色。きれいだ。おれがこれからとろけさせてやる」

「もうとろけてる」

ザンは膝をついて、アビーの脚をあげ、焦る様子もなくストッキングをはかせ、ガーターのフックを留めた。

ふたりはしばらく無言のまま見つめあった。ザンのあごの筋肉がひくつく。

「何がほしいの?」アビーが沈黙を破った。

「すべて」

ザンは立ちあがった。ペニスがアビーの顔の前で跳ねた。ものほしげにしずくをたらしている。どうしてほしいか言葉で聞く必要はなかった。アビーもザンの望みどおりのことをしたかったから。アビーはベッドから滑りおり、酔っぱらったような、ふわふわと浮かんでいるような気分でひざまずいた。ザンに手を伸ばす。

むさぼるように口にふくみ、唇と舌とザンに引火された情熱で愛した。心のなかは高揚と憤慨で入り乱れている。じらされたものを解放したくてたまらなかった。ザンの暴君のような傲慢さに腹が立った。

ザンにも膝をつかせたい。

震える脚をぎゅっと閉じた。ザンを喜ばせるあいだにもう一度いってしまいそうだけれど、アビーはどうにか頂点の手前でとどまった。ザンは荒い息を吐き、むせぶような声をあげている。叫ばせ、腰を振らせ、口のなかでいかせて、ぐったりとくずおれるザンを腕に受けとめたい。睾丸がこわばり、表面が張りつめて、塩気が増すのがわかった。筋肉が脈動して、快感にはずむ息を感じた――なのにザンは射精しない。

ザンは髪に指を入れて、アビーを引き離した。「待て」

歯がゆさで涙がこぼれそうだった。「どうして? ザン、いいかげんにして! もういいでしょ! なんでいやがるの?」

「まだだ」ザンはアビーを立たせ、またベッドに放って、両方の脚をつかみ、高くあげた。アビーはあおむけに転がった。ザンはナイトテーブルからコンドームを引っつかみ、すばやく装着した。「なかで」そして一気に貫いた。

まだきつかったけれど、アビーは至福の泉に浸っていた。ザンのひと突きがその至福の気分を最高潮までかきたてる。寄せては引く波のようにリズミカルに突かれるたび、水位はさらにあがり、波はさらに高くなって、全身に快楽のうねりが広がる。アビーは脚を巻きつけ、お尻に爪を立て、腰を腰で迎えて、もっと奥までザンをいざなった。ザンのすべてを求めて。

ザンがしぶとくしがみついていた自制心からついに手を離すと、アビーの心で勝利の悦びがはじけた。ザンにかき抱かれ、鋼《はがね》のような体を激しくどう猛に打ちつけられる。体が溶けて、野生に返ったような気分だ。情熱によって湧きでた強さと無謀な勇気に酔いしれた。荒れくるう嵐を腕のなかに包み、それを自分のものにしたのだ。アビーの強さと勇気の証《あかし》だ。これはわたしのもの。ザンはわたしのもの。

ザンはしゃがれた叫び声をあげて爆発した。さらに何度か強く腰を振り、アビーの体をヘッドボードの手前まで押しあげる。そこでくずおれ、息を切らしてアビーの上に倒れた。

数分後、頭をあげてひと言。「もう一回きみをいかせられなかった」

その口調があまりに哀れで、アビーは思わず吹きだし、ザンの体重で胸を押しつぶされている状態で可能なかぎり大声で笑った。「たしかに、そうね」ものうそうに言った。「がっかりよ、身勝手なわがまま男」

「ちょっと待ってくれよ」ザンは悲しげに言う。「雰囲気をぶち壊しにしたのは本当だが。あれだけ一所懸命、念入りに積みあげたものをおれが吹き飛ばしてしまった」

アビーは両腕と両脚をザンに巻きつけてぎゅっと抱きしめた。「ばかね、ぶち壊しになんてしてない。でももっとうまくできるって言うなら、再戦はいつでも可能よ」

ザンはぱっと頭をあげた。「本当に？」

「今はだめ」訂正した。「もうくたくただから、今夜はこれ以上がんばらないで」

「それにしても下着の数はすごいな」出し抜けにザンが言った。

アビーはいぶかしむように横目でザンを見た。「そうね。それで？」

「ひととおり網羅するのは大仕事だ。それぞれの幻想でまったくちがった役を演じるとなると」

「あら、ええ」アビーは口ごもった。

「つまり、二度めまであんまり待たないほうがいいんじゃないかってこと」様子をうかがうように間を置いたあと、ザンは言い足した。

アビーは顔をほころばせ、くすくすと笑った。ふたりはぐったりと体をよせあったまま、幸せな気分で、散らばった下着の上に横たわっている。ふいにまたザンが頭をあげた。「腹ぺこだ」

「じゃあこうしましょ」アビーは言った。「下着の紐をほどいて、それからお風呂を沸かしてくれるなら、そのあいだにサンドウィッチとワインを用意しておいてあげる」

「了解」ザンはそう言って、アビーに覆いかぶせていた体をのろのろとどかしたものの、まだ力が入らず、床に膝をついた。「サンドウィッチはふたつ作ってもらえるかな?」

「いいわよ。サワードーのパンにハムとチーズでどう?」

「最高」とザン。

アビーは裸でサンドウィッチを作った。そうしたくなるくらい親密な気持ちを感じていた。〝うれしはずかし〟の気分でいてはならないことはわかっている。それくらいはわきまえているつもり。でも、気持ちは抑えられなかった。うきうきして、鼻歌まじり。まだぞくぞくとうずいている股間を手でふれてみた。よく知っているはずの自分の体にここまでの快楽が潜《ひそ》んでいたとは驚きだ。胸がいっぱいで、息苦しいほどだった。

ワインのボトル、グラスふたつ、山盛りのサンドウィッチと果物の皿で両手をふさぎ、浴室までいっぺんに運んだ。ザンも一糸まとわぬ姿で浴槽のふちに腰かけていた。湯船は香りのいい泡が立っている。ザンは電気を消して、アビーが浴室に備えていたろうそくすべてに火を灯していた。

「まあ、すてき」アビーは言った。「ありがとう。ムード満点ね」

「西部の売春宿から舞台を変えよう」ザンが言う。「今のきみは全世界に君臨するわがままな女王、おれはきみをあがめ、奉仕するしもべ。きみのためにぶどうの皮をむき、石鹸で体を洗い、手の届きづらいところは舌できれいにしようと待ちかまえているところだ」

アビーは皿を置いて、ワインのグラスをザンに手渡した。「その仕事はすごくおなかがすきそう」努めて冷静に応じた。「まずサンドウィッチを食べたら？」

「いいね」ザンがひとつつまんでかぶりつくあいだに、アビーは髪をあげてまとめた。湯船に足を入れ、お湯に浸かってほうっと息をついた。

ザンは眉をよせた。「食べないのか？」

「食べられると思う」アビーはためらった。「これまで食べられなかったの。エレインが……その、あの夜から。胃だったところがレンガの壁になったみたいで。でも今はだいじょうぶかも」

ザンは浴槽のそばにひざまずき、食べかけのサンドウィッチをアビーの口元にあげた。

「ひと口だけでも。食べたほうがいい」

アビーはほほ笑んで、おとなしくサンドウィッチを口にした。こうして甘やかされると、胸のなかの何かがやわらぎ、はためくようだった。ザンはオレンジをむき、アビーに手で食べさせた。みずみずしい果肉を口に広がる。次にザンはぶどうの皮をむいた。アビーの心ははずんだ。皮つきのままでもおいしく食べられるけれど、むいてくれたこと自体が嬉しかった。ワインをひと口飲んで、手招きした。「いっしょに入らない？　まだ余裕がある。浴槽は大きいから」

「ありがたい」ザンは浴槽に入って、アビーと向きあい、うしろにもたれた。ザンの巨体はヒマラヤ山脈みたいに泡の水面からそびえている。ザンは身じろぎして、アビーの脚に脚を絡ませた。かぐわしい湯気、気持ちのよい泡、体を包むお湯、ちらちらと光るろうそくのやわらかな明かり、浴槽のふちを洗うような静かなしぶきが、温かく、むつまやかな繭《まゆ》のような雰囲気を作りだしている。

アビーは浴槽にもたれるザンの顔をつぶさにながめた。黒髪が磁器のような肌にかかっている。この体勢だと、ケルト十字のタトゥーの模様がよくわかった。

好奇心で胸がうずいたけれど、質問は許されない。過去もなく未来もないのがふたりのルールだ。それでも、言葉は口をついて出ていた。「そのタトゥーには何か特別な意味があるの？」

ザンは首に手を走らせた。「ああ、これか。無茶ばかりしていた若い頃の名残りだよ。入れたのは二十三のとき。親父を偲んで」

アビーの笑みがしぼんだ。「まあ、ならお父さまは……」

「死んだ」ザンは言葉を継いだ。「何年も前のことだ。弟のクリスとおなじで、親父も警官だった。ある夫婦のいざこざで呼びだされた。旦那のほうは奥さんを撃つと脅していた。が、実際には奥さんじゃなくておれの親父を撃った」

「ひどい」アビーは小声で言った。「お気の毒に」

ザンは肩をすくめる。「うん。タトゥーの話に戻そう。当時おれはやけくそになっていた。理由は多々あるが、どれもこれもくだらないものだ。ちょうどその頃、友だちとバイクで大陸横断の旅に出て、途中でニュー・メキシコのタトゥー・ショップによったとき、お互いをけしかけたんだ。そいつはケツに彼女の名前を彫ったよ」

アビーはくすっと笑ってワインをすすった。「あらあら。軽はずみね」

「同感だ。おれは店のカタログからこのデザインを選んだ。親父がおれたち家族をスコットランドに連れて行って、先祖の土地を案内してくれたときのことを思いだしたんだ。だからこれは……」タトゥーを撫でる。「……親父への敬意だ。それと、その旅の思い出だな」ふと情けなさそうな面持ちがよぎった。「お袋にもそう説明したんだが。ひどい取り乱しようだった」

アビーはその光景を思い浮かべ、ザンの母親はどんな人だろうかと想像して、口元をゆるめた。ワイングラスの足をつまんでいるザンの手に視線を落とした。

「そっちのタトゥーは？」アビーは尋ねた。

ザンは交差した短剣のタトゥーにちらりと目をやり、表情をこわばらせる。一瞬、答えを拒みそうな顔つきを見せた。

「これは初めて入れたタトゥーだ」しばらくして、ようやく口を開く。「マティ・ボイルといっしょに十三のときに入れた。遊びの延長のようなものだ。ガキの頃、海賊ごっこをするときにこのマークを旗じるしに使っていたんだ。暗号で書いた手紙にはこのマークをもって署名とするとかなんとか」

「マティ・ボイルってセキュリティ会社の？」

ザンはうなずいた。「幼なじみだ。昔、あいつの親父とおれの親父が警察でコンビを組んでいた」

アビーはマティ・ボイルの手にタトゥーがあったかどうか思いだそうとしたけれど、あの男はどうにも印象が薄い。すぐ頭に浮かぶのは、強いて顔に張りつけたような笑みだけだ。

「マティの手にタトゥーなんてあったかしら」

「わからなくて当然だ」とザン。「あいつはレーザー手術でタトゥーを消したんだ」

「あら。でも、あなたは……」アビーは言葉をにごした。ザンから張りつめたものを感じて、ふれてはならない話題を出してしまったのかと思ったからだ。

「消していない」ザンは言葉を引き取った。「どちらも残した。正直に言えば、もう一度おなじ状況になったら、首にタトゥーを入れようとは思わない。面倒なことのほうが多いからね。人に警戒心を起こさせる。きみもそうだろ」

アビーはたじろいだ。「わたしはべつに――」

「だが、あえて消すつもりもない」断固たる口調だ。「現在は過去の積み重ねでできたものだ。過去を恥じたり、否定したりしようとすれば、土台を失ってもろく崩れる」

アビーの頬が紅潮した。喜んで否定したい過去のあれこれを思いだした。ザンの言葉で裁かれているような気がした。

でも、そんなふうに感じるのは身勝手だろう。ザンはアビーの過去などほとんど知らない。アビーはあれやこれやの一部を話したに過ぎない。ザンは自分のことを言っているのであって、そこに自己投影するのは浅はかで神経質だ。

アビーはワインの残りをぐっとあおって、立ちあがった。肌にお湯が伝う体を、ザンが上から下までじっとながめている。「それもひとつの生き方だけど、過去のことなんて人に立ち入られたくない場合もあるでしょ」アビーは言った。「だって、それで今の自分を判断されたら?」

ザンは意に介さない様子で肩をすくめる。「判断されたらどうなんだ?」

「気にならないの?」アビーはたたみかけるように言った。

ザンは首を振った。「まるっきり」

そういえば、ザンは自己顕示欲のかけらも見せずにブリジットの失礼な態度を軽くいなしていた。「そういうのってきっと自由な気分でしょうね」

ザンは笑みを作ることもなくグラスを掲げた。「鳥のように」

ワインを飲み干し、グラスを置く。ザンの口調は決然としていた。そのせいで、アビーははねつけられたような気分になった。「たいしたものね」

そう言い残して浴槽からあがり、ベッドルームに駆けこんだ。

ザンは裸で水をしたたらせたまま、すぐにあとを追ってきた。うしろからアビーをつかみ、ぐいと引いて、自分の体に押しつけた。

「どうしたんだ?」強い調子で言う。「何かまずいこと言ったか?」

すがりつくように耳元で何度もキスをされて、アビーの意気はくじけた。「ごめんなさい。わたし、ただ……もう遅いから。それだけ。すこし寝なきゃ」

ザンは身をこわばらせた。両腕を落とす。「もう帰れってこと?」

「ちがう!」考える間もなく振り返り、腰に抱きついていた。

ザンの腕がまたアビーを抱く。「じゃあ泊まってもいいのかな? 朝、目が覚めたとき、となりにおれがいてもいい? 本当に?」

ほらまた。気づけばあと戻りのできない地点を越えている。

でも、もうどうでもいい。アビーはこの〝地点〟を何度も何度も越えてきて、見慣れてしまったせいか、今ではそのしるしを見過ごすほどだ。アビーはうなずき、濡れた肩にもたれて顔を隠した。ザンの髪から落ちるしずくが、アビーの体を伝う。どうしても抗えない。誰に何を言われようと。ザンの体は大きくて、温かくて、がっしりしていて、腕は力強い。しっかり抱きとめられていたら、このまま眠ってしまいそう。勃起したものが腿に当たった。

ううん、やっぱり、眠れないかも。

アビーはタオルを取ってザンの髪が四方に逆だつまで乾かし、体のほうは撫でおろすようにじっくりとふいた。

「気持ちいいな」ザンは夢心地になっている。「大きな舌で舐められているみたいだ」

それからタオルをもぎ取って放り投げた。腕のひとなぎで下着をマットレスから床に払い落とし、電気を消した。アビーを抱きあげ、ベッドに寝かせる。頭からクリップをはずして、髪をほどき、枕に広げる。

ビニールの包みを破く音が、ザンの意図をアビーに告げた。

アビーは両肘をついて体を起こした。「ザン。だめよ。夜明けまであと二時間くらいしかないし、明日は仕事が山積みなのよ!」

ザンはアビーの脚を広げ、そのあいだに身を落ちつけた。「手遅れだ。こうなるってわかってただろ? 泊まるのを許してもらえたなら、ひと晩中でも抱きたい。ルールはないし、限度もない。警告したはずだ」

アビーの体を滑りおり、股間に口をつける。

アビーは笑みをこぼした。「休むってことがないの? わたし、どうなっちゃうのかしら?」

「めちゃくちゃになる」舌で舐められ、つつかれて、アビーは身もだえした。「火遊びするなら、それなりの代償を払わないと」

火遊びの代償について、アビーは誰よりもよく知っている。笑い飛ばしたかったけれど、口から出るのはあえぎ声だけだった。

執拗に攻め入るような舌の動きで解きほぐされ、潤滑液をたっぷりと引きだされたところで、ザンがゆっくりとなかに入ってきた。アビーはザンの両肩にしがみつき、とろとろになった体の中心を貫くものの感覚に身をまかせた。そしてザンのキスに。ゆうゆうと、飽きる様子もなく、アビーを味わう唇に。代償のことはあとで考えればいい。自分から求める必要はない。どの道、払うはめになるのだから。

しばらくは、考えずにいよう。頭を使っても無駄。

ザンに満たされているあいだ、頭のなかは真っ白なのだから。

14

ザンはシャワーの音で目が覚めた。目を開けなくても自分がどこにいるかわかった。さわやかな森のようなアビーの香りが体中についているし、シーツにはアビーの香水の香りが残っている。

体を伸ばすと、背中に温かい毛むくじゃらの玉が当たった。シバは爪を引っこめたまま前脚でザンを叩き、姿勢を変えて、尾をザンの喉に広げた。長い毛が鼻をくすぐる。

ベッドルームのドアが開いて、アビーが入ってきた。みずみずしく上気して、厚いタオル地のローブに身を包んでいる。緊張がみなぎっていた。

「おはよう」ザンは遠慮がちに声をかけた。

「おはよう」アビーはザンに目を向けず、せかせかと化粧台の前まで行って、焦った様子で引き出しのなかをかきまわした。「目覚ましが鳴らなかったみたいで、ものすごく遅れているの。悪いけど、気がふれたみたいに急がなくちゃ」

ザンは猫の尾をそっと首からどかして、上半身を起こし、時計に目をやった。午前七時十六分。「何時に行く予定だった？」

「本当なら何時間も前に着いてなきゃいけないの。というよりも、職場で徹夜しているはずだった。ええと……棚にタオルが入っているし、冷蔵庫には食材もある。適当に使って。よければ、コーヒーも自分で淹れてね。わたしは途中で買うから」アビーはバスローブで体を隠すようにしてレースの下着を穿《は》き、ストッキングをつけはじめた。頬を紅潮させ、ザンの視線を避けている。

「アビー？」ザンは言った。「ゆうべふたりであれだけのことをしたあとで、まだ照れている？」

アビーはうろたえたそぶりを見せた。「ごめんなさい、ザン。もう七時過ぎで、ブリジットはきっとわたしの頭をちぎり取ろうと待ちかまえている。ゆうべは携帯の電源を切って、家の電話の呼出音もオフにしていたの。血でつぐなわなきゃならなそうな予感がする。現実の世界が襲いかかってきているだけ。悪く思わないで」

アビーは化粧台から凝ったフリルの白いブラジャーを取りだした。一瞬ためらってから、バスローブを肩から滑らせ、床に落とす。フレンチカットの下着とレースで縁取られた腿までのストッキングだけの姿で、伏目がちに恥じらいながらも、ザンに向きあう。「これでいい？」

ザンはあらわになった胸を目でたっぷりと味わった。乳首はつんと上を向き、乳房はふくふくとして、大きなピンクの真珠みたいに丸く、輝きを放つようだ。下半身に血がたぎり、ブランケットの一部がテントのように盛りあがった。「ああ、ずっといい」

アビーは自分の姿がもたらした効果から目をそらすように、視線を泳がせた。気ぜわしくブラジャーをつけて、クローゼットへ急ぐ。

ザンはブランケットの下に手を入れ、いきり立ったものを握って、アビーがその悩ましい体を、きっちりしたビジネス・スーツに手際よく収めていくところを鑑賞した。いやらしい目で見られていると本人が意識していないぶん、余計に生々しい。体を小刻みに揺らしてブラウスに袖を通し、茶色のタイトスカートを引きあげるさまが、ザンにどれほどのインパクトを与えているのか、本人はちっとも気づいていない。急いでいて気づかないのか、それとも、気にもならないのか。

茶色のスウェードのパンプスに足を入れ、濡れた髪を猛然とくしでとかす。それからザンをちらりと見て、肉感的な唇を嚙んだ。「わたし、幽霊みたいな顔色よね。すこしくらいはお化粧をしないと。ごめんなさいね」

アビーはドアから出ていった。無情な沈黙だけが残った。

そばかすが散り、まばゆいばかりの肌をしたあのかわいらしい顔を、仕事用の仮面に隠そうとしている。たった今ザンから体を隠したのとおなじだ。

仮面をかぶってしまう前に、ひと目でも素顔を見たくて、居ても立ってもいられなくなった。パニック寸前の衝動だ。ザンはベッドから飛びおりてアビーのあとを追い、バスルームのドアを勢いよく開いた。

アビーははっと息を吞み、まつげにつけていたマスカラで目元を汚した。「やだ。脅かさないでよ！」

「悪い」戸口に立って、顔を観察する。化粧はまだそれほど進んでいなかった。マスカラだけだ。アビーは目じりの汚れを落とし、眉をひそめた。「ザン？　どうしたの？」精神の安定を欠き、病的に不安そうな声を出さずに答えられそうなセリフは何もなかったので、ザンはただ肩をすくめ、ひと言だけ返した。「見ていたい」

「見ていいか訊いたら？」

「性にあわない」つい口を滑らせていた。

アビーは鼻を鳴らした。「そうだったわね。そういう性格だってことはいやでもわかった」そんなふうに言われるのも自業自得だ。アビーがザンの手から滑り抜けていく。ザンはぞっとした。ゆうべは激しすぎた。やりすぎたのか。怖がらせたのか。アビーの仮面を剝ぎ取って、仕事用のよろいの下にもう一回ふれたかった。早く、分厚い壁ではねつけられる前にそうしなければ、二度とアビーを見つけられなくなってしまうだろう。

愛らしく、なまめかしい、おれのアビー。あのアビーを取り戻したい。今すぐに。

鏡のなかでふたりの目があった。アビーはザンのまなざしから心の内を読み、罠にかかったことを悟り、本能的に警戒して目を見開いた。ザンは手を伸ばしてアビーをこちらに向きあわせた。

アビーはザンの腕のなかで縮こまった。「ねえ、ザン、何度も言うようだけど、遅刻していて――」

「キスだけ」ザンは口調をやわらげて懇願した。「口紅をつける前に、心をこめたキスを一回だけ。そしたらあとはいい子にしている」

アビーは腿に当たった勃起を見おろして、笑い声を立てた。「悪いけど、あなた、キス一回だけじゃとても満足しなさそうよ」

「どうなるか、やってみよう」ザンはアビーを抱きよせ、キスをした。

アビーの唇の震えを唇で感じた。すぐに魔法がかかって、ふたりはひとつに溶けあい、情熱のかたまりと化した。ザンの頭の片すみに何か作戦があったとしても、もう思いだせなかった。濡れた髪に手を差し入れ、口のなかのミントの香りをむさぼり、それからシルクのブラウスを引き裂いた。真珠のようなボタンがタイルの床に散らばり、ふんだんにレースをあしらった貝殻みたいなブラジャーが現われる。ザンはブラを悩ましく盛りあげている乳房に顔をうずめた。

スカートを腰まで引きあげ、丸い尻を両手で揉みしだいてから、下着の前の三角の部分をぎゅっと握った。そうしてひとまとめにしたレースを使って、クリトリスを愛撫する。アビーは甘い声をあげて、しがみついてきた。ザンの望みは叶った。アビーはもう抵抗できない。濡れた下着に手を入れて、秘密の割れ目を探り当て、奥に指を滑りこませると、アビーは花のように開いた。ザンはアビーを咲かせることができる。少なくともこれだけは、思うままにできる。

ああ、アビーをいかせることはこの世の極みだ。ザンの手のなかであそこがひくつき、痙攣するたびに、半開きの口からむせぶような声がもれる。神にでもなったような気分だった。たとえ大地震が起こったとしても、もうザンは止められなかった。昨晩ラジエーターの上にこっそり置いておいたコンドームがまだそこにあった。ザンはそれを歯で開けてつけた。アビーの顔を鏡に向かせる。「おれを見るんだ、アビー」

アビーは頭をあげた。顔は汗ばみ、マスカラはもうにじんで、髪がほつれ落ちている。ザンはアビーを洗面台にかがませ、下着をおろして、上品なスウェードの靴を履《は》いた足を片方だけあげさせた。脚で脚を開かせながら、洗面台の両端に手を置かせる。「しっかりつかまって」

「ザン」アビーがうめく。「いきすぎよ」

さらに脚を開かせて、下の唇のあいだにペニスを当て、狭い入口にこじ入れた。「おれの目を見て」ザンは言った。「目をそらすな」

ゆっくりと奥まで押しこむと、アビーは叫び声をあげたけれど、目は離さなかった。先にアビーをいかせられてよかった。とても長持ちしそうにない。気持ちよすぎる。この惚れ惚れするようないい女が、かかとに下着をぶらさげ、乱れた姿で、ザンのために尻を突きだし、しどけなく濡れて、深く貫かれるたび、せがむように声をあげているのだ。

ザンは果てた。われを失っていた。

快感が駆けめぐるあいだ、アビーをわしづかみにして、肩甲骨のあいだに顔を押しつけ、腰に指をくいこませていた。

やがて、力をこめすぎていたことに気づいた。アビーはヒールの上でぐらぐらと揺れている。ザンはひとつになった体から心ならずもペニスを抜いて、一歩退き、コンドームを処理した。アビーが顔をあげて、鏡のなかの自分を見た。

目を丸くする。「やだ、たいへん。この姿を見てよ」

ザンはアビーのよろいを壊すことに成功した。ところが、そうしたあとでアビーがどう思うかまでには考えが及ばなかった。まずい。

「色っぽい」あえて口に出してみた。が、ほぼ同時に、一番まずいことを言ったと悟った。

アビーは跳ね起きた。「さわらないで」嚙みつくように言う。「こんなひどいありさまにして！　おまけにブラウスを破いて……この、この豚！　おかげでこれからもう一度シャワーを浴びて、着替えて、髪を直して、化粧をするのを十秒でやってのけなきゃならないし、あんたは」――ザンがすごすごとバスルームのドアからベッドルームへ退却する前に、指を突きつけて糾弾《きゅうだん》する。「今から、わたしをそのかしたり、困らせたり、襲ったりすることはすべて禁止よ。いいわね？」

「はい、先生」ザンはおとなしく引きさがり、ベッドにどさりと腰をおろした。

アビーは靴を脱ぎ捨て、かかとの下着をもぎ取った。「仕度するあいだに言っておく。あなたの支配者ごっこは、ゲームの戯《たわむ》れとしては楽しいけれど、それは寝室でふたりきりのときの話で、日常生活でもそんなそぶりをちょっとでも見せたら、ひねりつぶしてやるから。わかった？」

アビーが身をよじってブラウスを脱ぎ、なくなったボタンを数え、怒りの声をあげてブラウスを床にかなぐり捨てるさまに、ザンは見とれていた。

「え?」はっとして言った。「ひねりつぶすってまさかおれの……」

「そうよ!」スカートから足を抜き、それをザンに投げつける。顔に命中した。「あなたの、その、それ! だいたいそれは……」アビーはザンの股間をにらみつけた。ストリップショーの効果で元気を取り戻し、ものほしげに揺れて、怒りのお説教を完全に無視している。「もうっ、いいかげんにして」床からジーンズを拾い、ザンの頭の上に放り投げる。「痛めつけられたくなかったら、それをしまってちょうだい」

ストッキングとブラジャーをむしり取って、激怒のあまり恥じらいも何もなく、素っ裸でバスルームに突進していく。

数分後、バスルームのドアが開いたとき、ザンはまだジーンズと格闘していた。アビーはドアから飛びだしてきて、ザンに射るようなまなざしを向ける。「外に出ていなさい」きっぱりと言う。「観客はいらない」

ザンはしっぽを巻いてキッチンに逃げだした。

二分で、アビーは新しい服を着て出てきた。ぴっちりとしてセクシーな赤の装いに、お揃いの赤いパンプス。非の打ちどころがなく、手出しを完全に拒んでいる。バッグを肩にかけた。「もう出かける」

ふたたびふたりの目があって、ザンは何か慈悲を与えてもらえないかと期待した。もしくは、また来ていいとほのめかすような言葉を。

何もなし。アビーは両手を腰に当てて、厳しい顔つきを崩さない。

「職場まで車で送ろうか?」ザンは切りだした。道すがら、夕食に誘う突破口を開けるかもしれない。

「やめて。ザン、あなたは仕事の遅れにもう充分貢献してくれた」とアビー。「バスで行くから、けっこうよ」

ザンは耳をふさぎたくなった。

アビーはドアに向かい、ふと振り返った。「ザン? あんたはふしだらな好色漢よ」

「それと?」ザンはおそるおそる尋ねた。「まだ続きがありそうな口ぶりだ」

アビーはためらった。「それと、ゆうべは最高だった」身をひるがえし、ドアから出ていった。階段をおりるヒールの音が高く響いた。

ザンは開けっ放しの戸口を呆然と見つめた。望みどおりとはいかなかったが、二度と顔を見せるなと言われなかっただけましか。

ちくちくするあごを撫で、秘密の恋人はひげ剃りと歯ブラシをバスルームに置いておくことを許されるのだろうかと考えた。運試しはやめたほうがいいだろう。もうすでに限界までチャレンジしている。

携帯電話を確認してから、アパートメントのなかを見まわした。調度品は垢抜けているが、華美ではない。部屋は色とりどりの壁掛けや、現代的な美術品で飾られている。中くらいのテレビ、手ごろなDVDプレイヤー。ハイクラスのステレオ。相当数のCDコレクション。机の上はごちゃごちゃの山になっている。盗み見はしなかった。この関係を大切にしたいと思っているのに、悪いことをして運にケチをつけたくはない。そうでなくとも、エレインの不審な死で、おかしな成り行きになっている。

慎重にことを進めなければ。アビーこそ運命の女性だ。今回はいつもの気づまりがまったくない。ザンは関係を持った女に一歩引いて接するのが常だった。どんなにいい女とつきあっても、いずれは人を絡め取ろうとするような態度に苛だち、息苦しくなってしまう。しまいには、罠を噛みちぎって逃げだすのが毎度のことだ。
絡め取られるような気分にならないのも当たり前だろう、このとんま。今回は未来の夫候補として狙われているわけじゃないんだ。口うるさい悪魔が、ザンの心の内を代弁した。ザンはただのセックス相手。闇の恋人だ。未来の夫の地位に納まるようあやつる必要もないし、この関係の先行きを尋ねる必要もない。アビーはもう答えを知っている。

どこにも行きつかない。

胸をえぐられるようだ。ザンは気をまぎらわそうとして、ベッドルームに戻った。嵐に見舞われたようなありさまだった。クローゼットをのぞいた。やっぱり思ったとおりだ。あのお嬢さんは稼いだ金を残らず洋服につぎこんでいる。ロミオ騒動の日にアビーが着ていたドレスに鼻先をうずめた。香水の残り香を吸った。とたんに股間が硬くなる。

ミャオという鳴き声を聞いて、クローゼットから首を抜いた。シバが前脚を揃えて座り、非難するような目でザンを見つめていた。

「アビーのクローゼットに鼻を突っこんでいたって告げ口する気かい？」

猫は尾を上下に振った。高飛車《たかびしゃ》に鳴き、速足でドアによって、そこでもう一度鳴いた。ザンがあとを追ってキッチンに入ると、シバは餌の皿の横でかしこまり、期待のまなざしでザンを見あげた。

「賭けてもいいが、おれが起きる前にご主人さまから餌をもらってるだろ」ザンは食器棚のなかをあさりながら言った。「これは脅迫だな。目を見ればわかる」

シバは尾を自分の体に巻きつけて、ブーッと言った。

ザンはドライフードを見つけて、皿のなかに入れてやり、それからコーヒーを淹れる作業に取りかかった。必要以上に複雑な仕事だ。任務その一、六種類のコーヒー豆からひとつを選べ。

フレンチ・ローストに決めて、豆を挽《ひ》き、ガラスのポットにセットし、アビーがしていたのを思いだしながら、沸騰した湯をそそいだ。

夫にふさわしい人間だということをアビーに納得させなければならない。ザンは活気に満ちあふれ、生き生きとした気分だった。全能の神に生まれ変わったのだ。セックスにかぎっては。いや、アビーこそが女神。ザンは女神にひれ伏し、その聖域を手と舌とペニスを使って何時間でもあがめたかった。

毎晩でも、一生かけて。

アビーを笑わせてあげたい。髪をすいてあげたい。恋に浮かれた者の常套句《じょうとうく》だが、いつまでもいっしょにいたかった。海辺ではしゃぎあう。ふたりの飼い犬に棒をなげてやる。ソファでよりそって、おセンチな映画を観る。いっしょに熱い風呂につかる。いっしょに旅をする。ベッドまで朝食を運んであげる。子どもの頃の夢や、子ども時代の思い出を聞く。顔の前からベールが取れたような気分だった。世界は光で満ちている。あまりに長いあいだベールをかぶっていたせいで、代わりばえのしない退屈な毎日が当たり前になっていた。あのポルシェの事故以来ずっとだ。あの事件から、本当の意味では立ち直れていなかったのだ。

ザンはコーヒーをカップについで、ひと口飲んだ。ワオ。うまい。この味にはすぐ慣れるだろう。これじゃなきゃと思うようになるかも。すでに、アビーの切れのいいユーモアのセンスや、顔のそばかすや、ザンに愛されているときのうっとりとしたまなざしのとりこだ。アビーの笑い声。欲望のおもむくままに乱れるセックス。

ザンはもはや自分がどんな男かすらわからなくなっていた。数日前なら、躊躇《ちゅうちょ》なくこうと言えた。自由な男、罪をつぐない、義務をまっとうした男だった。誰からも命令を受けない。そういう自分が誇らしかった。人に干渉されたり、支配されたりしないことが何よりも重要だと思っていた。

夜明けに空が白むように、ぼんやりとした考えが次第に形を取り、姿を現わしはじめた。アビーに歩みよればいいじゃないか。なあ？

考えれば考えるほど、はっきりとしてきた。おれはアビーがほしい。そしてアビーは品のいい生活を楽しむエレガントな女性だ。そういう生活をザンがアビーに差しだすことは、筋のとおった考えだ。金銭的にはそれだけの余裕がたっぷりある。今までは、そういう力を誇示したいと思うだけの女性とめぐりあわなかっただけだ。

金は使うためにある。女性のために使うなら何よりだろう？

アビーの希望があれば、見た目に気を配ってもいい。たとえば、この長い髪。個人主義の表明などではなく、単なるものぐさと惰性のたまものだ。髪が伸びるのが早くて面倒なだけ。ひげを剃ることもいとわない。もっとかっちりした服を買おう。高尚な趣味を養おう。高級なコーヒー、ワイン。外国産のチーズ。問題ない。

グルメなディナーをごちそうすることから始めるのもいいだろう。弟のジェイミーやクリスなら的確な助言をしてくれる。ザンがふたりのからかいをかわせればだが。

うーん。やっぱり、親切そうな女性の店員を見つけて、愛想を振りまき、あれこれアドバイスをしてもらったほうがいいか。食べ物とワイン。ろうそく、デザート、フルーツ。シャンパン。

携帯電話が鳴った。液晶画面を確認する。マティだ。ザンはご機嫌で、文句をたれることもなく通話ボタンを押した。

「よお、マティ。こんなに朝早くからなんだい？」

マティはザンの陽気な口調にとまどって、口をつぐんだ。「ザン？　おまえか？」

「ああ、そりゃそうだよ。ほかに誰がおれの携帯に出る?」

「あー、まあ、その、ただちょっと、先週話したコンサルティングの仕事のことを考えてくれたかなと思ってさ。覚えてる?」

ほかを当たってくれと断わるつもりで口を開いたとき、これが口実になることに気づいた。アビーに会える。今日。

いいじゃないか、ちょっとセキュリティの仕組みを見るくらい。美術館の警備のことなど何ひとつ知らないのだから、もちろん、マティには料金を請求しない。それでも、この重要な日を、許しと和解で彩るのは正しいことのように思えた。

「オーケー」ザンは言った。「よければ、今日中に行って見てみるよ」

「いいのかい? 本当に?」マティは仰天している。

「ああ、ただちょっと遅くなるけどな」ザンは言い足した。「まずは恋人を驚かせるために、ディナーを注文しなくちゃならないんだ」私的な事情をマティにもらすなど正気の沙汰ではないが、声に出して言えば現実味が増すような気がした。

「恋人? 誰だい? ぼくの知っている人?」

「まあね。美術館で働いている人だ。アビー・メイトランドだよ」

マティはかなり長いあいだ無言でいた。「ああ、うん」しばらくしてようやく口を開く。

「よかったな。彼女は、あー……いい女だ。いつからつきあってるのかな?」

「つきあいはじめたばかりなんだ」ザンは正直に答えた。「ほんの数日前。最高の女性だよ」

マティはうなるように言う。「ああ。だろうね」

「さてと。急がないとな。大忙しだ」ザンは言った。「あとでまたかける」電話を切って、コーヒーを一気に飲み、携帯の電源を落とした。

今日は集中力がいる。鍵の仕事にも、マティの仕事にも邪魔をされたくなかった。いつものようにクリスやジェイミーやじいさまに手こずらされるのもごめんだ。

ザンは思案をめぐらした。男が女に対して本気だと示すものとしては、宝石が定番だろう。指輪にはまだ早いが、イヤリングでもブレスレットでもネックレスでもいい。ははは。宝石店に足を踏み入れるのは生まれて初めてだ。しかし、今日が新しい体験をする日だ。

マティは震える脚を引きずるようにして砂の丘をのぼった。傾斜がきついわけではない。単純に飲みすぎだった。エレインのことを聞いて以来、最低でもある程度は酔っぱらっているのが常だ。完全に酔っているときは、皆が言うようにエレインは自殺したのだと思いこめた。マティ自身も本気で自殺を考えることはしょっちゅうだ。実行する勇気がないだけで。しかし、半分酔いが醒めた状態だと、胃に開いた穴が、自殺説はまるっきりのでたらめだと告げる。

酩酊《めいてい》が望ましい。たとえそれが対等な関係のためにならなくても。マティの風向きを悪くしても。

肩で息をして、よろめきながら砂の丘の頂上を越えた。いた。砂地に生えた草と途切れ途切れに漂う霧の真ん中で、マティを待っている。ルシアンと、筋肉だらけの用心棒のひとり、ルイス。黒髪で、筋骨隆々、卑しい目つきをしたろくでなしだ。

ルイスはマティに気づいて、ルシアンを小突いた。「よお、ボス、見なよ。人間のクズがやっと現われたぜ」

マティはつかの間ではあるものの鮮明に、ルイスを殺す場面を思い描いた。じっくりと時間をかけて苦しめ、命乞いをさせてから、残虐な一撃でとどめを刺す。

ルシアンがマティを見やった。髪を短くしていて顔の印象は変わったが、あの目はいつもどおり背筋を凍らせる。「ひどい顔だ、ボイル。それに遅刻だ。おまけに酔っている。それでまともにやれるのか？」

マティはうなずいた。「もちろん。例の写真を現像した」ポケットから写真を取りだした。

「首のタトゥーも――」

「よこせ」ルシアンが手を差しだす。

「写真に撮れなかったのは、手の甲にある短剣のタトゥーだけだ」マティはしゃべりつづけた。「ザンの手を撮りたいなんて言うのはおかしい。でもどんな模様かよく知っているから、そっくりそのままに絵を――」

「黙れ、ボイル。手はどうでもいい」

マティはルシアンを見つめ、口を開き、言葉を失ってまた閉じた。

ルシアンの口元にうっすらと笑みがよぎる。「手袋」ルシアンが言った。「手袋をはめる」

「だな」ルイスもつぶやいて、くつくつと笑った。「手袋。脳足りんめ」

マティはつばを呑んだ。「うん。手袋。そりゃそうだ」

「そうだ」ルシアンはやんわりと繰り返した。「で？　電話では、鍵屋の友だちがとうとう罠にかかったと言っていたが？　いい知らせだ」

「あいつは今日のうちに美術館に行って、セキュリティの概容を見てまわる」マティは答えた。「調査して、ぼくに報告書を書くことになっている」

ルシアンはうなずいた。「よろしい。強奪の晩、そいつが美術館の近くの防犯ビデオに映るように仕組め。通りの反対側のＡＴＭが手ごろだろう。金をおろさせるように仕向けろ」

「でも泥棒が盗みの直前にＡＴＭによるのはおかしくないかな」マティは疑わしそうに言った。

「だから？　警察はばかな泥棒だと思うだけだ。それでかまわない」

「いや、それは、なんて言うか、らしくない。ばかなのはザンらしくないってことだけど。あいつを知る人間は、誰もザンがそんなばかなことを――」

「その男は天才ではない」ルシアンは噛んで含めるように言った。「夜間に車の鍵をこじ開ける仕事をしている男だ。ふつうの人間はミスを犯す。とりわけ、法を破ろうというときには。このことに関してはわたしを信じろ。悲しいことに、愚かしさは必至のもので、例外ではないのだよ、ボイル。おまえは誰よりもよく知っているはずだろう」

ルイスがまた鼻から抜けるような笑い声を立てた。両手で顔を覆い、肩を震わせている。

いけ好かない野郎だ。「どうでもいいさ」マティはつぶやいた。

ルシアンは腰をあげた。「早朝の会合は楽しいものだが、時間切れだ。アビー・メイトランドと会う前に、身づくろいしないと。彼女が自発的に鍵屋と関わってくれたのは好都合だった。エレインよりも悪女役にふさわしい」

ルイスが下品な豚のような声をあげた。「んんん、そのとおり」

マティは首を大きく振ってふたりを見比べた。「どういう意味だ？　どうしてアビーが絡まなくちゃならない？」

ルシアンはまばたいた。「新しいシナリオを考えついた」

「アビーは関係ない！」マティは怒鳴った。「あの人には手を出さないでくれ！」

ルシアンはまじまじとマティを見つめ、ふいに笑いだした。「あの女に想いをよせているのだな？　おもしろい」マティの背中をばんと叩き、よろめかせる。「女というのは皆、穢《けが》れた売春婦だよ、ボイル。アビー・メイトランドはその筆頭だ」

「こんなことに巻きこみたくない！　彼女は潔白だ！」

「潔白？」ルシアンは喉の奥で笑った。「ゆうべ窓の外の木からルイスが見た光景を目にすれば、おまえもそうは言えなくなる。ルイス、ゆうべの写真をボイルに見せてやれ。鍵屋のペニスをしゃぶっているところがわたしの好みだ。ＰＤＡにも転送してもらった。ほら、見てみろ」

「いやだ」マティはあとずさってよろけ、足を滑らせて、湿った砂に尻もちをついた。「ふざけんな。そんなもの見たくない。さっさとしまってくれ」

「おやおや。よく撮れているのに」ルイスは引きさがらず、写真を掲げて見せる。「ルイスにはアマチュア写真家としての才能がある。何枚かは芸術作品と見まがうほどだ。見てみろ。これで腹も括《くく》れるだろう。昨晩あのふたりが遅くまでしていたことには目を見張るばかりだ。事実、何時間も休みなしだったらしい。おまえの友だちはセックスの世界チャンピオンだな」

マティはフラスコを取りだして、バーボンをあおった。わななく唇をぬぐう。「あんなやつは友だちじゃない」

15

バス停まで全速力で走ったせいで、アビーの足首の腱は完全に裂けてしまったにちがいない。ポリーニのパンプスはすばらしいけれど、全力疾走には向かない。

目覚ましが鳴らなかったのは、セットし忘れたからではない。ゆうべ、灼熱の情事の最終回が終わったあと、アビーは翌朝のことを考えずに眠ってしまった。九時まで目が覚めなくてもおかしくなかった。お昼まででも。そんな自分にぞっとする。言語道断なほど無責任だ。

そして怖れていたとおり、職場に着いたとたんに今日という一日は不吉に始まった。トリッシュは受付から顔をあげ、わざとらしく目を見開いた。「あらやだ、まだ不興《ふきょう》を買い足りないの、アビー！」あからさまにおもしろがっている。

アビーは強いて冷静な笑みを作った。「朝の挨拶をありがとう、トリッシュ」

「ブリジットがすぐにオフィスに来てほしいって」うしろからトリッシュの声が追ってきた。

ブリジットは青筋を立てて怒っていた。「アビー。わたしたちの前に姿を現わしてくださって嬉しいわ。かけなくてけっこうよ。時間がないから」

アビーは座りかけた体勢でぴたりと動きを止め、おずおずと体を起こした。

「昨晩はのんびりくつろぐことを選んだようね」ブリジットは続けた。「わたしが出たすぐあとにあなたも帰るところをキャシーが見たそうよ。髪をだらしなく伸ばしたあの危ない男といっしょに。楽しい晩を過ごしたんでしょうね？」

アビーは不相応な怒りを押しこめた。「ザンは家まで車で送ってくれたんです」

「車で送る」ブリジットは小声で言った。「ふうん。ああそう」

口をつぐんで、アビーはこの女の顔を真っ向から見つめた。ブリジットはアビーが謝罪の言葉を口にしないと見て取り、鼻を鳴らした。「ともかく、わたしは六時半に来たわ。あなたがいるものと思って。展示品の荷解きもだいぶ進んだだろうと期待して。家に電話をかけても応えない。携帯のほうは電源が入っていない。おまけに今年最大の資金集めの催しがあと数日に迫っているというのに、あなたはあつかましくも――」腕時計に目を落とす。「八時十九分にお出まし。どれほどがっかりさせられたか、とても言葉にできないわ」

「すみません、ブリジット。わたし――」

「今まで、あなたは仕事に打ちこんでいるものと思っていたけれど」アビーをさえぎる。「今からは、いやでもその評価を考え直さなければならないわね」

「もう二度としません」アビーはこわばった声で言った。

「ええ、二度とあっては困るわ。というよりも、困るのはあなたのほう。今後はちょっとしたミスも許されないわよ。おわかりいただけて？」

「はい」アビーは歯をくいしばるように答えた。

「いいわ。ならさっさと行って、ドヴィと打ちあわせをすませておきなさい。ハーバートン・ホワイト財団の代表者をお迎えして、きわめて重要な緊急会議を開くことになったから。詳細はドヴィに聞くこと」ブリジットはまた時計に目をやった。「ぎりぎりで間にあったわね」氷のようなまなざしでアビーをにらむ。「あなたも興味があるかもしれないから言っておくと、大金を寄付してくださるそうよ」

「まあ。あの、それは……ありがたいです」アビーは口ごもった。

「ええ、そうでしょう？　関心を持ってもらえてよかった。さあ、行きなさい」ブリジットは椅子を回転させてパソコンに向きあった。アビーは解放された。

まっすぐドヴィの机を目指した。自分を哀れむのはまちがっている。この状況はばかな選択を何度となく重ねた結果だ。始まりはあの夜、ザンを家に入れ、口づけを交わしたこと。甘く心がとろけるような、人生で最高のキス。思いだしただけで胸が焦げつき、せつなさに締めつけられ、喉がつかえるけれど。それから、無意識とはいえ、目覚ましをセットしないという選択をした。おまけに、心の底から正直になれば、今朝バスルームでザンに襲いかかられたとき、アビーはそれほど真剣に止めようとはしなかった。あっという間にその気になって、エッジモント通りの角に停まる七時四十二分のバスに乗り遅れることなど、そっちのけにしてしまった。そもそも、ゆうべの選択の数々ときたら。その選択のおかげで、神がかり的な、人生で最高のセックスを経験できたにしても。

アビーの体が震えた。あの男の性的魅力は膝にくる。

文字どおりに。アビーはかがんで、ひりひりする膝に手をふれた。ああ、たいへん。すりむけている。ドヴィのブースの外でしゃがみ、傷の程度を調べた。

あんな夜のあと、ミニスカートを穿いてくるなんて大ぼけだけど、急いでいて気がまわらなかった。薄いストッキング越しに、赤いあとはひどく目だった。今日は誰にも膝を見られませんようにと祈るしかない。

アビーは解雇の危機に陥っている。せめてそのプレッシャーを感じる程度のたしなみはあってしかるべきだ。なのに心はおののきと悦びを求めて泣き叫んでいる。なぜなら、恋をしているから。

恋。足をすくわれたようだ。幸福感で胸がいっぱいだった。トイレに隠れてザンに電話をかけ、耳元でいやらしい言葉をささやいてもらうあいだ、あふれる笑みを噛み殺していたい。

「アビー！　やっと来た！」ドヴィの丸顔がブースの仕切りの上からのぞいた。「ゆうべからずっとつかまえようとしていたのに！　よりによって今日、携帯の電源を切ってるなんて何があったの？」

「もうっ、やめて、ドヴィ、まさかあなたまで――」

「ぼく、興奮しちゃって」ドヴィはしゃべりたてた。「どでかい寄付金集めに成功したのはもちろんだけど、本物の賞品は彼本人のほう！」

「ええ？」アビーはとまどって首をかしげた。「誰？」

「あんたの未来の夫に決まってるでしょ、おばかさん！　ハンサムで、教養があって、腐るほど金を持っていて、独身で……しかももうすでに会議室であんたを待ってる！」

アビーは呆然とまばたきした。「ちょっと……誰がわたしを待ってるの？」

「ルシアン・ハーバートン！　まさに夢の男！　これからぼくがあんたをおめかしさせて、そしたらすぐに運命の出会いに導いてあげるからね！　ほら、彼は早くからここに来ていて、今度のパーティのパートナー探しをぼくがまかされたんだ。誰を推薦したと思う？　当ててみて」

「まさか」アビーはぎょっとしてドヴィを見つめた。「やめてよね。下品で不適切よ、ドヴィ！　大金が絡んでいるのに！」

「でも一生に一度のチャンスだよ！」ドヴィはアビーを廊下に引きずっていった。「期待で胸がふくらんで、シャツのボタンがはじけそう！」

この言葉は、当然ながら、今朝のうちに大災難にあったブラウスを思い起こさせた。顔から火が出そうだ。「わたしのために一所懸命になってくれるのは嬉しいけど、その人は大金の寄付者で、そういう人とどうこうするのは本当に――」

「おやおや、いつもどおりの場面を演じないと気がすまないわけ」ドヴィはアビーの肩に手をまわし、ぎゅっと握った。「つつしみ深く遠慮してみせるのは、あんたのいいところだけど、今は時間がない。薔薇色の未来が待ってる」アビーを女子トイレに押しこんで、バッグを奪い取る。「どんな色の口紅を持っているか見せて」

「ドヴィ、ここは女子トイレで、あなたは入っちゃいけないのよ」

ドヴィは哀れむようなまなざしを向けた。「まったく、まだまだネンネちゃんなんだから」バッグから口紅を一本取りだして、筒のなかをのぞきこむ。「深紅。淫らで、扇情的。その赤いスーツにぴったり。本職の娼婦も顔負けなほどセクシー。これをつければ、まるでボンド・ガールだよ。あと必要なのは、ジャガーの真っ赤なコンバーチブルと小ぶりの拳銃だけ」

手のなかに口紅を押しつけられ、アビーは唇を毒々しい赤に塗りながら、逃げ道を考えた。吐き気に襲われたふり？　痙攣の発作は？　いかにおあつらえむきの男だろうと、まったくほしくなかった。ほしいのはザン。朝も、昼も、夜も。アビーは恋をしている。恋に落ちてしまった。どんなに金持ちで、ハンサムで、夫にふさわしい男だろうと、黙って引きさがってもらうしかない。

アビーは深く息を吸った。「ドヴィ、わたしは——」

「遅れる」ドヴィは聞く耳を持たなかった。「運命の出会いに遅れる！　さあ、肩を張って、あごをあげて、胸を突きだして！　そうそう！」ドヴィは会議室へと続くドアを開けて、アビーを押し入れた。

いたっ。ドヴィにテーブルの下で蹴られた。アビーは受難の足首をさすった。ドヴィは必死の形相でこちらをにらみつける。アビーはまっすぐに座り直し、全身全霊をかけて会議に集中しようとした。

「……そこで、今回の展覧会の革新的な企画に感銘を受けました」ルシアン・ハーバートンが話している。「わが財団は革新的な発案を支援するという伝統がありまして、今回はその伝統に適ったのです。洗練された巡回展の開催地としてこの土地は理想的です。わが財団は革新的な発案を支援するという伝統がありまして、今回はその伝統に適ったのです」

ずいぶんおだてられているみたい。本来なら、大喜びで、鼻高々に感じるべきだろう。それなら会話にも貢献できたかもしれない。

ところが、アビーはこの場面から取り残されていた。どうしても現実に思えない。この男は、録音された言葉を口から流すロボットのようだ。薄気味悪かった。アビーにできるのは、ありったけの気力で顔に笑みを張りつけ、あとどれくらいで叫びながら走って逃げられるのか、時間を数えることだけ。

館長のピーターが同席していることも、助けにはならなかった。ピーターはいつもステッキを持ち、白いひげをたくわえた威厳のある老紳士で、ふだんならアビーに寛大な計らいを授けてくれる。ところが今日はとがめるような視線を繰り返しよこしていた。ブリジットは目を丸くしてこちらを見ている。アビーはまたも、この男のケツにキスをする番だという合図を見逃したらしい。

「こうした形でご援助いただけて、たいへん光栄です」ブリジットが大げさにまくしたてた。「ドヴィから連絡を受けたときは、飛びあがって喜びましたわ。そちらさまの財団はすばらしいことに――」

またすべてが遠くかすんでいった。アビーはマホガニー材のテーブルの渦を巻くような木目をぼうっと見つめた。この部屋は新しく、塗りたてのペンキの匂いがまだきつく残っている。その匂いのせいで頭痛がしてきた。

ルシアン・ハーバートンをそっとうかがった。何もかもドヴィが描写したとおり。長身で、よく鍛えた体は引きしまっている。古風な美しい顔だち、教養を感じさせる話し方、魅力的な声、上品な骨格。〝心得〟の条件を元に、理想の男を絵に描いたら、きっとルシアン・ハーバートンの姿になるだろう。

茶色の髪は、どう見ても禿げていない男性にしては、極端に短く刈られているけれど、ストイックな髪型がよく似あっている。アビーの給料三カ月分が吹き飛びそうなスーツを着ているばかりか、颯爽《さっそう》と着こなしている。

どうでもいいことばかりだ。ザンに出会ったあとは、どんな男も退屈に見えた。ザンのトパーズの瞳で肌を焦がされたあとは、ルシアン・ハーバートンの輝く青い目が、冷たく、計算高そうに見えた。それに、目と目の間隔が狭すぎる。

「……そのうえ、パーティにご参加いただけるとは感激ですわ！　とりわけ今回のご寄付のおかげで、今期の資金集めはあとすこしで目標額に達するところですから！」

「おや、そうなんですか？　いくら足りないのでしょう？」ルシアンが尋ねた。

ブリジットが視線でアビーをうながす。アビーは正確には何を聞かれたのか思いだそうと、記憶の箱の表面を探った。「ええと……」

「おおよそで一万五千ドルです」ドヴィがよどみない口調で言葉を継いだ。「期待どおりにパーティが成功すれば、ちょうどその金額になります」

「なるほど、それなら」ルシアンはおだやかな声で言った。「ハーバートン・ホワイト財団の職員十人分のテーブル席のチケットを、わたしが二万ドルで買いましょう」驚きで声も出せない面々を見渡す。「もちろん皆さんが賛成してくだされればですが」続けて言った。「これはハーバートン・ホワイト財団からの援助ではありません。わたしの個人的な寄付です」

「まあ……あらまあ」ブリジットの声は消え入りそうだ。

「じつにご寛大でいらっしゃいますな、ハーバートンさん」ピーターが言った。「胸を打たれております」

「ただし、こちらの愛らしいメイトランド嬢がダンスの約束をしてくれたらですよ」ハーバートンは言って、派手にウィンクしてみせた。

ドヴィは期待に満ちたまなざしをアビーに投げた。ブリジットはまたたき、顔を引きつらせ、それからそれなりに表情を取りつくろった。ピーターは慈悲深い笑みを浮かべている。アビーはひとりひとりの顔を見まわした。おかしい。この男の申し出がいかに不気味で、操作的で、不適切か、アビー以外は誰も気づいていない。

皆がアビーのお尻をひんむいて、風にさらそうとしている。ひどい。

アビーは激しく咳きこみ、お盆に載った水のピッチャーを引っつかんだ。グラスについだひょうしに、テーブルに水をこぼした。「すみません」小声でつぶやいた。「喉に何かつまったみたいで」

ハーバートンはあごをさすった。「すみません。あなたを追いつめるつもりはなかったのです、メイトランドさん。ぶしつけだったようですね。さっき言ったことは忘れてください」

「あら、いいえ!」アビーは笑顔を作った。「ダンスは、その、すてきです!」

その後のぎこちない沈黙は、ドヴィとブリジットががむしゃらに埋めていった。アビーはしゃべり声を頭から締めだして、水をつぎ足した。注意を引き戻されたのは、エレインの名前があがったからだ。

「……エレイン・クレイボーンはうちのキュレーターでした。かわいそうに。いやはやまったく、悲劇としか言いようがありませんな」ピーターが厳《おごそ》かな口調で話している。

「お気の毒に」ルシアンも話題にふさわしく控えめな声で応じた。「まだ若い女性だったと聞いています。自殺は受け入れがたいものです」

「自殺じゃない!」礼儀正しく小声で交わされていた会話を、アビーの声が切り裂いた。張りつめた間があく。ルシアンの眉があがった。「なんとおっしゃいました?」

「エレインは殺されたんです」アビーは言った。「自殺じゃありません。ほんの一瞬でも勘ちがいしないでください」

ルシアンはとまどったように横目でドヴィを見やり、ドヴィはそれに気づいて咳払いをした。「アビー? 悲しい話題はやめよう。今日の議題とはなんの関係も——」

「エレインが自殺したって言っているのを聞くと頭にくるの! わたしはエレインと最後に

しゃべった人間で、サディストで人殺しの恋人はエレインが死ぬ直前にあの家の戸口まで来ていた！　そいつがエレインを殺したのよ！」

「アビー！」ブリジットは大声を出した。「落ちつきなさい！　叫ぶのはやめて！」

アビーは皆の顔を見た。怒りのあまり顔面蒼白のブリジット、顔を引きつらせながらも詫《わ》びるような笑みを浮かべたドヴィ、恐怖の面持ちのピーター、当たり障りのない程度に困惑の表情を見せるルシアン・ハーバートン。

アビーはふいに、いくら叫んでもいくら言葉を紡《つむ》いでも無駄だと悟った。この人たちは真実など気にしていないし、気にするよう強制することもできない。「すみません」力なくつぶやいた。「脱線しました」

「こちらこそ申し訳ありません」ルシアンが言った。「お気に障ることを言ったようです。それは何よりも避けたいことなのに。失言続きで、決まりの悪い思いです」

「とんでもありません！」ブリジットはルシアンの手をそっと叩いた。「お恥ずかしいところをお見せしてしまって、深くお詫びいたしますわ」不快感もあらわにアビーをにらむ。

「アビー、ちょっといいかしら？」

そらきた。公開処刑の時間。アビーは立ちあがり、ドヴィの悲痛な視線をあえて避け、ブリジットのあとについて部屋を出た。

ブリジットはドアの外でくるりと振り返った。「いいかげんにしなさい！　ハーバートン・ホワイト財団がいくらくれるかわからないの？」

「当然、わかります。寄付の申請をしたのはわたしですから。今回の寄付金は、全部わたしが集めたんです。一セント残らず。わかります?」

「皮肉はやめなさい!」ブリジットは声を張りあげた。

「皮肉じゃありません」アビーはそっけなく言い返した。「ただの事実です」

「あらそう? それで、泣き虫の駄々っ子のようにふるまう資格ができたと言いたいの? 大人として責任ある態度を取ってほしかったわ!」

視界に赤いもやがかかった。「エレインが殺されたかどうか、まったく気にならないですか? 不都合だというだけ?」

ブリジットは怒りに息を切らしている。「またそんな話を持ちだして、どういうつもり?」

アビーは肩をすくめた。「不思議に思っただけです」

ブリジットの顔が赤いまだらに染まる。「アビー、そろそろ新しい履歴書を用意しておいたほうがいいわ。シルバーフォーク美術館にあなたの労力が必要だとは思えないから」

「今回の企画を立てたのが本当は誰か、ピーターが気づくまでどれくらいかかるかしら?」アビーは問いかけた。「あなたが手柄を横取りしていたことが明らかになるまでどれくらい?」

ブリジットの鼻孔が広がった。「出て行きなさい」

アビーは表に出て涙をぬぐい、癇癪を恥じた。短気を起こしてもエレインのためにはならない。しかも自制心を失ったつけを職そのもので払うことになりそうだ。

目がかすんでいたため、通りで人にぶつかってしまった。わきへどいて、小声で謝ったとき、それがルシアンだと気づいた。

心配そうな顔に向かって吹きだしそうになった。「平気とは言えませんけど。誰にもどうにもできないことですから、どうかご心配なく」

ルシアンはアビーの肩を強く握る。「メイトランドさん？　だいじょうぶですか？」

「先ほどは申し訳ないことをしました」ルシアンが言った。「同僚の皆さんとの関係をぎくしゃくさせるつもりはまったくなかったのですが」

「いいんです。たいしたことじゃないから」アビーはティッシュを探してポケットに手を入れた。ルシアンがすっと差しだしたのは、糊《のり》が利いて、きっちりたたまれ、角にLHのイニシャルがほどこされたハンカチだ。アビーはそれで目元を拭いた。「あなたのせいじゃありませんし」

「ご友人を亡くされたことには心からお悔やみ申しあげます」とルシアン。「皆に自殺だと言いたてられるのは、さぞお辛いでしょう」

ことさらに同情されて、アビーはどことなくばつの悪い思いがした。「どうも」小声でつぶやく。「おっしゃるとおり、辛いことです」

「朝食をごちそうさせてもらえませんか？　失言のお詫びとして」

心が乱れていて、すぐにはうまい言い訳が浮かんでこなかった。「ええと……」

「すこし先にしゃれたカフェがありますよ」

アビーは気力をかきたてて、言葉を振りしぼった。「すみません、ハーバートンさん、でも今日は大忙しで、時間がないんです」

「なら、コーヒーは？　すぐそこに手ごろな店があります」ルシアンは誘いに微調整を加えた。「いかがでしょう？　話せば落ちつくかもしれません。わたしは聞き上手です。それから、わたしのことはどうかルシアンと呼んでください」

アビーはためらった。この人は好意を見せてくれている。財団が美術館に大金を落としてくれたことは言うまでもない。この人に感じよく接するのは仕事のうちだ。

同意してうなずいた。「ありがとうございます。ご親切に」

腕を取られたので、まるで恋人同士のように通りを歩くはめになった。いい気分ではない。こんなところをザンに見られたら勘ちがいされるという不安で、胃の上のあたりがもやもやした。

もうっ、ばかみたい。妄想じみている。ザンとは正式につきあっているわけでもない。とりあえず、今はまだ。それにもし正式な恋人だとしても、これは仕事の一環だ。大切な寄付者とコーヒーを飲んで、おしゃべりする。たいしたことじゃない。

いつものを注文し、気前よくココアパウダーを振りかけてから、窓際の小さな席についた。ルシアンはブラックコーヒーを飲みながら、眉根がむずむずするほど甘そうなアビーの飲み物を見つめた。

「ほう。おいしそうですね。何を注文したのですか？」

アビーはひと口すすって、顔を赤らめた。「エスプレッソのトリプルに、ホイップクリームとバニラシロップ。浮ついた飲み物なのはわかってますけど、今日は朝も昼も抜きになりそうですから、そのぶんだと思うことにしました」

げんなりすることに、ルシアンはテーブルの向こうから手を伸ばしてきてアビーの手を取った。「例の晩に起こったことを話してください」ルシアンが言った。「彼女が死ぬ直前に話をしたと言っていましたね？」

アビーは手を引き抜き、ごまかすために砂糖を取った。エスプレッソはバニラシロップでもう充分すぎるほど甘いけれど。「ええ、話しました。エレインはサディストのろくでなしの恋人と別れたばかりで、わたしが電話したとき、その恋人がエレインを脅すために家に入ってこようとしていたんです。わたしもそれから二十分後にはエレインの家に着いたんですけど、もう死んでいました」

ルシアンははっと息を呑んだ。「ああ、それはむごい。あなたが第一発見者だとは知りませんでした。さぞかし辛い思いをされたことでしょう」

「ええ」アビーは静かに言った。「そのとおりです」

くい入るように顔を見つめられて、アビーは明るい青い瞳からそわそわと視線を離した。

「それで警察は？　恋人のことを調べてくれているのですか？　あなたはその彼が第一容疑者だと考えているのでしょう？」

「そうです」アビーは疲れきった声で答えた。「でも警察は彼の正体を知りません。わたしもです。実際、わたし以外は誰も恋人がいたということすら知りませんでした」

「なるほど。そしてあなたも、恋人が存在した証拠はつかんでいない？　まったく？」

「今のところは」苦い思いを嚙みしめて言った。

ルシアンは驚いたように両方の眉をあげた。「おや。つまり何か計画があると？」

アビーはぐるりと目をまわした。「計画と呼べるほどのものではありません。ただ、親友を殺した人でなしの犯人をこのまま逃がすつもりもありません」

感嘆のまなざしでながめられ、アビーはもじもじした。「とても勇敢ですね、アビー。危険だとは思わないのですか？」

「危険かどうかは考えられません」アビーは答えた。「頭がちゃんと働きはじめたら怖くなるかもしれませんけど」

ルシアンは同意するように小さく笑った。「わたしにもお手伝いできますか？」

アビーは面くらった。「どんなことを？　どうやって？」

ルシアンはわずかに肩をすくめる。「費用でも人脈でも、わたしにご提供できるものならなんでもお好きに使ってください。ひとりで立ち向かうべきではありません」

い、い、い、い、い、い、い。わたしにはザンがいる。アビーは大声で反論したくなった。「ええと
ひとりじゃない。

……」

「その男の外見もわかりませんか？」ルシアンが尋ねた。

アビーは首を振った。「見た目がいいということしか」

ルシアンの唇がゆがむ。「なるほど、多少は範囲が狭まりますね」

「そうですね」コーヒーを飲み干して、腰をあげた。「白馬の王子さま役を買ってでてくださったのはご親切ですけど、ハーバートンさん、でも知りあったばかりですから」

「喜んでもっとよく知りあいたいと思いますよ。それから、どうかわたしのことはルシアンと呼んでください」

あら、すてき。ちょうどそう言ってもらいたかったの。「では、ルシアン」アビーはしぶしぶ言った。「お申し出はありがたいのですが、今はタイミングがよくありません。それにそろそろ仕事に戻らないと」

ルシアンも立ちあがった。「わかりました。美術館までお送りしましょう」

もうっ。アビーは髪をかきむしりたくなった。このままじゃ追い払えそうにないけれど、この男に失礼な態度を取れば職業生命の終わりだ。

「そんな必要はありませんけど、ご親切にどうも」アビーはぼそぼそとつぶやいた。

通りに出たあと、アビーは安全な距離を保とうとしたものの、予想どおり、ルシアンはこちらによってきて腕をつかんだ。アビーは歯をくいしばった。一区画だけ。美術館までの一区画だけなら、感じよくふるまえる。

「来週いっぱいはこの街に滞在しています」ルシアンは言った。「パーティのエスコート役に立候補するには時機が悪いと承知していますが、次のチャンスがあるかどうか疑わしいので」無邪気なほほ笑みを投げる。「いかがでしょう？　わたしの望みはダンスをしたりお話ししたりすることだけです」

ふたりは美術館の階段の前で立ちどまった。アビーはいたたまれない気持ちでルシアンを見つめ、言葉を探した。「わたし、あの……その……」

「名刺をいただけますか？」ルシアンはひるまずに言った。

「ええ」アビーはバッグから一枚取りだした。ルシアンはPDAを出して、アビーの番号を打ちこみ、その機械をアビーの顔の前に掲げた。ルシアンがボタンを押すと、機械はぴかっと光り、アビーの目をくらませた。

アビーは甲高い声をあげて飛びのいた。「写真を撮ったんですか？」

ルシアンはにっと笑った。「そのとおりです。あなたが電話をくだされば、今の写真が表示されます」

今世紀いっぱいかけてもアビーにはおなじことができそうにない。「あら、まあ。すごいですね」弱々しく言った。「テクノロジーの進歩についていけたら楽しいでしょうね？」

「ご覧なさい」ルシアンは機械を差しだした。「よく撮れている」

アビーは写真をのぞいてみた。気に入らない。目を見開き、驚いた顔をしているし、おしゃべり好きのばかな女みたいに口を開いているし、口紅の赤い色はどぎつく、ぎらぎらと光っている。「ええと、その……すてき」もごもごと言った。

「パーティの誘いのことを考えてみてください」ルシアンはポケットから名刺を引きだし、アビーの手に押しつけた。「それから、もし誰かと話したくなったら、どうかわたしに電話を。昼でも夜でも」アビーの手を取り、唇のほうへ持っていく。

「どうも」アビーはつぶやいた。「でも今の状況を考えると――あっ」

手の甲にキスをされた。ゆっくりと、たぶらかすように。

アビーは手を引っこ抜き、あとずさりして、危うく階段でつまずきかけた。「行かなくちゃ」あわてて言った。「コーヒーをどうも。それじゃ」

ロビーを駆け抜けながら携帯を取りだして、ザンの電話番号を必死で打ちこんだ。どうしても声が聞きたい。

機械の声が応え、おかけになった電話は電源が切ってあるか電波の届かないところにあると告げた。

悲運の知らせを聞いてすぐさまアビーの目から涙がこぼれた。

「つまりここでわれわれが築いたのは、基本的には、電磁エネルギーを利用した探知センサーと感知センサーのシステムで、それが目に見えない繭《まゆ》のようにそれぞれの展示品を包むわけですよ」エンジニアのチャック・ジャミソンは説明を続けた。厚い眼鏡の奥で、この男の目は興奮にきらめいている。

ザンはうなずいて、宝石を散りばめた金の燭台《しょくだい》を見つめた。ジャミソンはこの品の展示台に警備装置をセットしているところだ。ザンは計らずもそのテクノロジーに魅了されていた。「マティは赤外線のことも言っていた」話をうながした。

「ああ、うん、そうそう。ほこりや風や調整不良に強い赤外線装置を取りつけます。それに圧電性のセンサーはほんのわずかな振動や傾斜、接触も感知するし、重量測定装置はちょっとした重さの変化も計測します」チャックはザンのほうに体をよせた。「セキュリティの予算はたいしたものでね。どんなものでも揃えられるんですよ」耳打ちするように言う。

「だろうね」ザンは言った。「たしかにたいしたもんだ。ソフトウェアのほうも見せてもらえるかな？」

「もちろん」チャックは嬉しそうだ。「じゃあこっちへ――」

「そこで何をしてらっしゃるの？　そこの……名前は……」とげとげしい声が飛びこんできた。

「ダンカン」ザンは名乗って、立ちあがった。アビーの嫌味ったらしい女上司、ブリジットが尖った鼻の先をザンに向けて見おろしている。ザンは名前のほうで呼んでくれと言いそうになったが、ブリジットの顔に浮かんだ蔑みの表情を見て気を変えた。ダンカンでもなんでも勝手に呼べばいい。ザンは肩をすくめた。「べつに」

ブリジットは露骨に顔をしかめた。「どんな理由で興味を持っているのか知りませんけど、この展覧会はまだオープンしていません、ダンカンさん。あなたにはここに入る資格がないということです。お引き取りを」とっとと失せろと言いたそうな笑みを顔に張りつける。

ザンはマティに警備の確認を頼まれたことを説明しようかと考えたが、ザン本人ですらへんだと思っている話を、この意地悪な怪物のような女に信じてもらえるとは思えなかった。

それに、マティは内緒でと言っていた。つまり、もう一度このおかしな仕事を頼んでくるなら、やりやすいように道をならすのはマティの役目だ。「オーケー」ザンは屈託なく応じた。「ところで、アビーはどこかにいるかな?」

ブリジットは口をきつく結び、それからしなびたりんごみたいに唇をすぼめた。「見当もつかないわ」冷たく言い放つ。「皆には秘密の予定でどこかに出かけているんでしょうよ」

うわ。どうやら厄介なことになっているようだ。ザンは慇懃《いんぎん》に会釈し、チャック・ジャミソンにほほ笑みかけてから、展示ホールを出た。

アビーのオフィスに忍びこんで待っていようかという考えがよぎったが、まわりの人たちが好奇の目でちらちらとこちらを見ている。気づかれずにもぐりこむのはむずかしいだろう。職場でアビーを面倒な立場に追いこんでも、ザンの目的は達成されない。

気まぐれで美術館の旧館のなかを通った。シルバーフォークの歴史を紹介する展示ブースはなじみ深く、黄色いカードに書かれた説明文は、ザンが中学の社会科見学で来た頃から変わっていない。それを横目で見ながら、ザンはポケットのベルベットの箱に手をふれた。

ぴったりの品を見つけたことが嬉しくてたまらなかった。今すぐにでも渡したいが、たぶんディナーのあとまで待ったほうがいい。これでアビーの見解も百八十度変わるだろうし、おまけにこの品自体、個性的で、高価で、ふたりにとって特別な意味を持つものだ。ザンはこれをショーウィンドーで見つけ、その場で店が開くまで四十分も待った。

目にしたとたんこれだと思った。アンティーク風の鍵の形をした金のペンダントだ。鍵の頭は精巧な細工がほどこされたクローバーに似た十字で、ザンのケルト十字によく似ている。そしてクローバーの葉一枚一枚に小さなルビーが光っている。工場で作ったようなものではなく、本物のルビーだ。血のしずくが輝いているように見えた。

値段を聞いたときは手に汗をかいたが、それがなんだ? 求愛には金がかかるものだ。自然な選択にともなう当然の手法のひとつだ。けちけちしている場合じゃない。鮮やかな赤がザンの視界をよぎった。心臓が高鳴り、胸が締めつけられる。ザンは出口に駆けより、そこで急停止した。

誰だ、あの野郎は。アビーを丸呑みしそうなほどべたべたとくっついてる男がいる。長身、お育ちのいい坊ちゃんタイプの色男、高そうなスーツ、へどが出るほどきざな笑顔。アビーの腕にしっかりと腕を絡めている。ケツとケツがつきそうなほど強くアビーを引きよせている。

そしてアビーはそいつを押しのけていない。

その光景はスローモーションのように見え、ちょっとしたしぐさまでが鮮明に目に飛びこんできた。男はアビーの耳元でささやく。アビーは赤面する。名刺を出した。お坊ちゃんは電話に番号を入力し、写真を撮る。にやにや、いちゃいちゃ。男はアビーに写真を見せた。かわいく撮れた。ははは。男も名刺を渡す。アビーはそれをいそいそとバッグにしまいこむ。

音も空気も光も熱もしぼんで消えていき、冷たい真空の世界に取り残されたザンは、一点の曇りもないガラス張りのような透明の氷の壁越しに、アビーと男が笑いあい、いちゃつきあう姿を見つめていた。

決めつけるのはまだ早い。アビーは美人だ。出会った男全員に言いよられるにちがいない。それはアビーの責任では——

お坊ちゃんがアビーの手を取り、熱烈にキスをした。口のなかに吸いこもうとしているみたいだ。ザンのなかで血が煮えくり返った。アビーは身を離し、笑い、ドアのほうに走ってきた。頬を上気させて。

自分でもなぜかわからないが、ザンはアビーがドアを開ける前に、観賞用の植木のうしろに隠れた。アビーはザンに気づかず、急ぎ足で通りすぎる。

ザンは一瞬、体を折り曲げ、目をぎゅっと閉じて、肺に空気を入れようとした。動けるようになると、すぐに植木のうしろから忍びでた。

ヴァンに戻ってからはかなり長いあいだ、ハンドルにもたれてじっと座ったままでいた。これはおれの落ち度だ。ザンが恋に焦がれるよう自分のケツをたきつけているあいだ、アビーのほうは虎視眈々《こしたんたん》と理想の夫探しにいそしんでいる。ひどく胸が痛んだ。

ゆうべは最高だった。アビーは言葉どおりの意味で言ったのだろう。

なのに、おれときたら、意味をはきちがえてはしゃいだ。まるで、愛している、と告げられたように。

16

アビーがその封筒に気づいたのは、もう夜も遅く、バッグを取りにオフィスに立ちよったときだった。無地の白い封筒で、表面にアビーの名前がタイプで打ってある。その飾り気のなさと、コーヒーカップに立てかけてあるわざとらしさに、不吉な予感がした。

警戒しながら封を開けた。中身は太い文字で印刷された手紙だった。

ザン・ダンカンの真実を知りたいなら、下記の番号に電話をかけて、ジョン・サージェントに話を聞きなさい。友だちより。

足から力が抜けて、アビーは椅子にどさりと腰をおろした。同僚はザンのことを知らない。ブリジットは疑っているものの、ザン本人については何も知らないし、ブリジットの性格からすれば、自分が書いた手紙に署名をつけないなんてことはできそうもない。ドヴィは勘が鋭いけれど、何か大切なことを伝えるのにこんな遠まわしな方法を取ったことはない。

真実？　いったいどんなこと？　やきもち焼きの元恋人？　隠し子に養育費を払っているとか？　それとも奥さん？　アビーは毒物を見るような目で手紙をにらんだ。今日一日、胸のなかで温かい希望に満ちた想いがつのるばかりだった。ジョン・サージェントの話がその想いを殺すものなら、そんなのは聞きたくない。

それでも、もし電話をしなければ、この手紙の存在はどんどん大きくなって、アビーは何も手につかなくなってしまうだろう。アビーは歯をくいしばって、電話をかけた。

「サージェントです」老女の声が答えた。

「もしもし、ジョン・サージェントさんをお願いできますか」アビーは尋ねた。

「どんなご用件かうかがっても？」

そんな質問をされるとは想定していなかった。「わたし……わたしは、インタビューの仕事をしている者です。これから面談する人物の情報を、サージェントさんがお持ちだと聞いたもので」とっさに嘘をついた。「ザン・ダンカンという人物です。サージェントさんにこの名前を伝えていただけませんか？」

「聞いてみます」老女は疑わしそうに言った。「お待ちください」

待つあいだに胃が凍りついていくようだった。

「ザン・ダンカンのことを知りたいというのは誰だ？」

ぶっきらぼうな声にアビーは飛びあがった。「あの、こんばんは。わたしはアビー・メイトランドといいます。人からあなたの名前を教えてもらって、ある人物の情報を――」

「ああ、ああ、女房から聞いたよ。ザン・ダンカンだな？　何年も聞かなかった名前だ。まだ生きているとは驚きだな。どこから話せばいい？　車の窃盗？　飲酒運転？　麻薬所持？過失致死？」

「過失致死？」アビーは弱々しく繰り返した。

「よし、そこから聞きたいんだな？　やつは車で人をはねた。もっと正確に言えば、わしの車ではねた。相手は死んだ。警察はやつをしょっぴいて、車のトランクにコカインを発見した。それでいてあのくそガキは服役すらしとらん。やつの父親は殉職した警官でちょっとした英雄だ。父のない子に情けがかけられたんだろう。しかし本当は刑務所で泣かされるべきだった」

「ああ、どうしよう」アビーはつぶやいていた。

ジョン・サージェントは言葉を切った。「お嬢さん？　こりゃインタビューの仕事なんかじゃないな？　あんた、ザン・ダンカンと恋仲なんだな？」

アビーはためらったけれど、もう嘘をつく理由もなかった。「ええ」

サージェントは口調をやわらげた。「あんたはまっとうなお嬢さんのようだ。あんたのことは知らないが、あんな負け犬と関わりあっちゃいかんぞ。誰にせよ、わしに電話をしろと言ったやつは、あんたのためを思ったんだろう。感謝するんだね」

「あの、どうも」アビーは電話を切って、椅子に身を沈めた。

信じられない。たちの悪い冗談みたい。アビーは恋人として避けるべき人の条件をあげて

〝心得〟を作った。ザンはそのすべてに引っかかる。

運命はまたもアビーを徹底的にばかにしようとしているらしい。

現在は、過去の積み重ねでできたものだ。過去を恥じたり、否定したりしようとすれば、土台を失ってもろく崩れる。

ザンの言葉が宇宙の真理の響きを持って、頭のなかでこだまする。

いずれにせよ、アビーの過去も褒められたものではない。何年も前のことでザンを裁くのは偽善的だ。

どうでもいいじゃない。その気持ちを抑えられなかった。世界は、なるようにしかならないという事実をアビーの鼻先に突きつけてくる。どの道、ザンをほしい気持ちは変わらない。ザンの番号にかけてみた。今日もう二十回めだ。まだ電源が入っていない。最終バスぎりぎりで職場を出て、バス停まで急ぐあいだ、アビーは期待の目で何度もあたりを見まわした。鍵屋のヴァンはどこにも見当たらない。甘やかされることに慣れてしまったようだ。唐突に現われるヴァンに送ってもらうことに。家に着いたあと、おいしくて、淫らで、セクシーなおまけがついてくることにも。

アパートメントの階段をのぼっているとき、家に明かりがついていることに気づいた。ザンが点けっ放しにしていったのかも。新しい鍵を差しこんだとたん、家のなかで電話が鳴った。留守番電話が応答する。アビーはキッチンに立ったまま、メッセージが録音されるのを聞いた。ドヴィだ。耳障りなほど声が明るい。

「アビー？　いないの？　今日ひとりのときをつかまえて、おっきな財布を首からぶらさげたミスター・パーフェクトについておしゃべりしたかったんだけど、ブリジットにずっと張りつかれてて。二万ドル分のチケットを買ったのはあんたのためだってわかってるよね？　男が女の気を惹こうとしているのはすぐにぴんとくるんだ！　おまけに、皆の目の前であんたをダンスに誘って！　ウー・ラ・ラ！　とにかく、電話して！　とうとう本命の相手とデートするんだから、パーティで何を着るか相談しなくちゃ。チャオ！」

アビーはキッチンの椅子のひとつにぐったりと腰をおろし、ジャケットを脱ぎ、靴を振り落とした。点滅する留守番電話のランプを見やり、もっとましな伝言はないかとボタンを押した。ない。ドヴィの声がまた流れはじめる。

ルシアンの大きな財布のくだりで消去ボタンを押した。がっかり。ザンからのメッセージを期待していたわけじゃないけど。一度も電話をくれたことはない。番号すら訊かれていない。

「さてと、大きな財布をぶらさげた男について話してもらおうか」ザンのおだやかな声が、薄気味悪い霧のように、暗いリヴィングから漂ってきた。

アビーの心臓は飛びだしそうになった。

ザンがソファに体を伸ばし、その胸の上でシバが寝そべっていた。

膝ががくがくして立っていられず、アビーは壁に背をつけてそのまま滑り落ち、床にお尻をついた。「死ぬほど驚いた。ここで何をしているの？」恐怖はすぐに怒りに変わった。

ザンはシバをそっと絨毯におろした。「猫と遊んでいる」

アビーはあごを落とした。「一日中ここにいたの?」

「出たり入ったりだ」とザン。

「出たり入ったり?」怒りに声を荒らげる。「ここはわたしの家よ、ザン! わたしの! わたしが家賃を払っているの! だいたい合鍵なんて渡してないでしょ!」

ザンは肩をすくめた。「おれがここの家の鍵を取りつけた。だろ?」

「自分用の合鍵を作ったってこと?」憤然として、どうにか立ちあがった。「ずうずうしいにもほどがある!」

ザンもソファから立ちあがった。目にはアビーが見たことのない表情が浮かんでいた。冷酷な光がぎらついている。「首から大きな財布をぶらさげた男について、洗いざらい聞かせてもらおうか。そのあとで、おれがどれだけずうずうしいか話しあおう」

「彼はなんでもない!」アビーは叫んだ。「職場の同僚が軽い気持ちで、わたしとくっつけようとしているだけ。でもわたしにとってはまったくなんでもない人よ!」

ザンはものうそうにキッチンに歩いてくる。「へえ? 本当? 二万ドルのチケット? いったいなんの話だ?」

「パーティのチケット。新棟の建設費と次の展覧会の開催費を集めるために、美術館でパーティを開くの」アビーは言い訳でもしているようにまくしたてた。「彼は自分のところの職員のために、テーブル席を買い取ってくれた。それだけ」

「それだけ」ザンは言葉をなぞった。「二万ドルに対して『それだけ』？　へえ。きみの気を惹くにはどれだけの金がかかるんだろうな」

アビーは手を伸ばしてザンの顔にふれようとしたけれど、届く前に手首をつかまれた。

「あなた自身に惹かれているのよ」

「そう？　そりゃよかった」さらに近よられて、アビーはザンを高く見あげる格好になった。

「嬉しいよ、アビー。大きな財布と電話番号を交換したとき、今朝のおれにどれだけ惹かれたか考えた？」

アビーはとまどい、身をよじってザンの手から逃れた。「どういう意味？」

「あの男に指を舐められていたときは？」

アビーの背が壁についた。胸元で腕を組んだ。喉がからからでつばを呑むこともできない。

「見ていたの？　あとをつけたの？　監視していたの？　やめてよ、ザン。どうして？」

ザンの瞳はひどく冷たかった。本気で怒っていることが、アビーにも次第につかめてきた。

「それで、大きな財布の名前は？」表面的には平然とした口調だ。

「あなたには関係ないでしょ。わたしを監視なんてしないで！　ストーカーみたいに気持ちの悪いことをされるのは我慢できない！」

「そうか」ザンはバッグをつかんで、なかをかきまわし、浮き彫り模様の入った名刺を取りだした。「ルシアン・ハーバートン。ハーバートン・ホワイト財団」

アビーは奪い返そうとしたけれど、ザンは手の届かない高さまで掲げた。「返してよ！」

「取締役」ザンは言葉を続けた。「はん。服の乱れを確認したほうがいい。おいしそうな男だ。きみはことの途中でやめるような女じゃないだろ?」

「皮肉っぽいあなたは大嫌い!」アビーは今にもわっと泣きだしそうだった。「怖いからやめて!」

ザンは名刺を差しだした。「ほら。そんなにだいじなら持っていればいい」

アビーは名刺をつかみ取り、床に叩きつけた。「どうしてこんなことをするの?」アビーは金切り声をあげた。「無意味よ! その人はなんでもないのに!」

ザンは小刻みに震える手を顔に当てた。「やめてくれ、アビー。きみを公然と金で買おうとした男とフォーマルなパーティでデートするのに、それがなんでもないって言うのか?」

「あなたには何も〝言って〟ない! 留守電のメッセージを聞いただけでしょ!」

「じゃあこの本命のデートのことはおれに内緒にしておくつもりだったのか?」

「ルールを作ったのはあなたよ、ザン!」アビーは言葉を投げつけた。「約束も期待も後悔もなし。覚えてる?」

「ああ、そうか」ザンは怒鳴った。「ばかとでもまぬけとでも呼んでくれてかまわないが、おれはそういう計算じみたたわ言はくつがえせたもんだと思ってたよ!」

「わたしだってそう思ってた!」アビーも怒鳴り返す。「でもあなたが勝手に合鍵を作ったり、招かれてもいないのに家にあがりこんだりするのは予想外よ! おまけに職場まで監視しに来るなんて! やめて! ルールを無効にした結果、そういうことが起こるなら、考え直しましょうよ！」

アビーはバッグを取り返し、テーブルの上に放った。大またでリヴィングに入り、電気を点けた。振り返らなくても、ザンの大きな体が猫のような動きで、しんとした部屋へとついてきているのがわかる。

「つまりおれは元の立場に戻るってことだな」ザンが言った。

アビーは肩をすくめた。「そう解釈したいなら、好きにすればいいでしょ」

「それできみはパーティに行って、大きな財布といちゃつき、二万ドルの席で食事をして、手にキスをさせる。それから家に帰ってきて、化粧を落とし、おれが忍びこんでくるのを待ち、叫ぶくらい激しいセックスをする。そういう計画か？」

アビーはわななく唇を手で覆った。「帰って」声を絞りだす。「安心してつきあえる境界線を越えてる」

ザンは髪に手を差し入れて、頭蓋骨を握った。「安心できるかどうかはおれには関係ない。きみを安心させることはおれの得意分野じゃない」

「くだらない支配者ごっこはやめて。今はそういう気分じゃ――」

アビーの言葉は所有欲と無慈悲な欲望に満ちた口づけでさえぎられた。「気分がどうとか言っても無駄だ。きみはもうおれの手の内にある」ザンは言った。「どうしたら熱くなるのか、どうしたら乱れるのか、どうしたらいくのか、おれにはよくわかっている。本当は帰ってほしくないと思っていることも。どんなに怒っていようとね」

「うぬぼれないで。そういう傲慢な態度には――」

「おれはお上品なパーティには誘ってもらえなかった。なら、いい子にしている意味がない。それじゃきみをその気にさせることもできない」ブラウスのなかに手を忍びこませる。「羽目をはずしたくらいが好きだろ？　認めろよ」

アビーはザンの手をつかんだ。「このブラウスまで破いたら許さない！」威嚇した。「百八十五ドルもしたんだから！」

「ブラウスはどうでもいい。興味があるのはその中身だ」ザンが言った。「破れたシルクに包まれている姿は最高だろうな」

「やめて」アビーは息を巻いてザンの手をブラウスから引きだした。「今日はすでに一枚だめにされてるのよ！」

「破かれるのがいやなら、脱いだらいい」

「あなたのためにストリップショーを演じて、そういう態度を助長するつもりはない！」

「でも、悪い狼はきみをびしょびしょに濡らす」ザンは言って、ブラウスを握り、薄手の布が本当に破けそうなほど強く力をこめて引っぱった。

アビーはあわてて袖口のカフスをはずした。「やめておいたほうがいいんでしょうけど、服をまたあなたの豚みたいな行為の犠牲にするのもいや」アビーは不満たっぷりに言った。

「本当なら、ここで平手打ちするのが正解よね。悪ふざけがすぎる男には」

ザンは肩からブラウスを脱がせ、放り投げた。涼しい空気を受けて、乳首が硬くなる。象牙色のサテンのブラジャーは前でフックを留めるタイプのものだ。ザンは手早くはずし、ブラウスの上に投げた。

アビーは腕を組んでむきだしの乳房を隠し、頭を振って髪を広げた。冷えた肩にかかった髪は温かく、くすぐったく感じる。股上《またがみ》の浅いミニスカートとストッキングだけの姿は、何も身につけていないよりもかえって挑発的だ。

ザンは顔を上気させて、アビーの体をながめた。首を振る。

「何よ？」アビーは切りつけるように言った。

ザンはスカートのなかに手を入れ、下着に指をかけて引きずりおろした。「豚みたいな行為をどう進めようか考えていたんだ」そう言って、アビーをソファに座らせる。「脚を開いて。おれが何を考えていたか実行してみせよう」

股を押し開き、アビーの中心を見おろす。静かな部屋で、ザンの荒い息はやけにはっきりと聞こえた。手をあげて、渦を巻くような巻き毛と、ふくらんだ花びらをなぞる。そしてその真ん中に指を入れる。深く、ゆっくりと、すべらかに、指のつけ根まで。

アビーはうめき、ザンの指を締めつけた。

「わかっていたよ」ザンは勝ち誇ったように言う。「もうおれを受け入れられる。今すぐにでも。豚みたいな行為が好きなんだよな？」

ちがう、わたしが好きなのはそんな行為じゃない。好きなのはあなた！　この言葉を大声で聞かせてやりたかったけれど、今のザンはきっと信じてくれない。拒絶されたらと思うと怖くてたまらなかった。

ザンは立ちあがってシャツを剝ぎ取り、ジーンズを脱いで、裸になった。アビーの前で膝をつき、腿の内側を上へ上へとキスしていく。

アビーはザンの顔を押しのけた。「待って」切れ切れの息のあい間に言う。「おかしくないかしら。わたし……わたし、あなたは怒っているんだと思ってた」

「なんにしてもきみを味わわずにいられない。〝アビーのジュース〟は麻薬みたいなもんだ。つややかな花、その奥に隠されたピンクの宝石、シルクのような舌ざわり、海の塩と蜜の味。舐めずにはいられないんだ。それにクリトリス。真珠みたいにふくらんで、まるでおれを待って――」

ザンはふいに言葉を切って、温かい唇でクリトリスを包み、上へ下へと舐めた。すでに体を知りつくされ、あっという間にその気にさせられていたせいで、アビーは早くも粉々に砕け、一回めの絶頂を迎えようとしていた。ザンは腿のあいだに顔をうずめたまま笑った。唇がどこよりもやわらかなところをくすぐり、体中にさざめきを起こし、アビーはもう座っていることもできず横向きにソファにくずおれた。

ザンは上半身を起こして、アビーの顔の前に振りあげた。「口で、アビー」

命令ではなく、頼みこむような口調だった。アビーは手を伸ばし、喜んで口に含んだ。ザンの情熱を吸収し、昨晩ひとつになったときの親密さをもう一度取り戻せると思うと嬉しかった。

ザンはアビーの髪をつかみ、頭をのけぞらせ、目を閉じている。自分を抑えられないその様子が愛しい。口のなかのものが石のように硬く熱くなり、三度、ザンはいきそうになった。けれどもそのたびに、アビーの頭を押さえてうしろに引いてしまう。嚢《ふくろ》の下がどくどくと脈打っているのを、アビーは指の先で感じた。

アビー自身も快感の頂点を越えようとしていて、その頂の向こうにいざなわれるように両脚をすりあわせていると、脚のあいだにザンの手がもぐりこんできた。「この手を締めつけて」ザンが言った。「しゃぶりながら」

アビーはぱちぱちとまたたきした。「でもあなたは口では――」

「まだだ」

「わたしもあなたをいかせたいのに、一度もそうさせてくれないのね」アビーは不満をもらした。「自制心の権化《ごんげ》。そろそろ気を楽にすれば？」

ザンは声を殺した笑いで体を揺らし、それからまたペニスをアビーの口にそっと押しつけた。「シーッ。手を締めつけて。できるだけ速く筋肉を収縮させて。もっと強く……そう、それだ……」

ぞくぞくする悦びがこみあげ、アビーを打ち崩した。

身じろぎできるようになったとき、ザンはもうコンドームをつけて、勃起したものをしごいていた。アビーの目が開いているのに気づき、体の位置を変えさせる。アビーは逆らわず、黙ってザンの好きな体勢に整えさせた。ザンはクッションをアビーの背に当て、お尻がちょうどソファのふちにくるようにした。それから脚を大きく押し広げ、高くあげさせる。

「おれを見て」ザンが言った。

どんなに疲れていても、ザンとひとつになれば、アビーの体は電気が通ったように目覚め、せつないほどの欲求を呼び起こす。ザンはアビーのなかに押し入り、たわむれるように突いていく。円を描いて、快楽の発火点に残らず火を点け、巧みに腰を振るたびにますます熱くとろけさせる。アビーは命を吹き返し、腰をあげて、ザンに自分を与えた。

ザンの動きが速くなった。ふたりとも、ひとつに繫がったところを見おろし、そのリズミカルな脈動に魅入られた。太く光るものがアビーの体の奥に消えて甘い悦びを与え、引きでてくるときにはまた次の快感を引き起こす。

そうして体の芯を揺すられるたびにアビーはあえぎ声をもらした。ふたたび歓喜の瞬間が近づいてきている。押しよせるように、容赦なく。

ザンは手をおろしてクリトリスを愛撫しはじめた。アビーはザンの目を見つめたけれど、すぐに顔をさげさせられてしまった。「おれたちを見るんだ」ザンが言った。「大きな財布と踊っているあいだ、おれがきみのなかにいるときの感覚を思いだせ」

「いや！」アビーはザンを押しのけようとしたけれど、もう手遅れだった。気が遠くなりそう。こんなふうに絶頂を迎えたくなかった。ザンが冷たい色を瞳に浮かべて見ている前では砕け散りたくなかった。

「あいつにふれられるたびに」ザンがささやく。「あいつに見られるたびに。この……感覚を……思いだせ」言葉の区切りにあわせて、大きく腰を振って貫いた。

絶頂を押しとどめることはできなかった。アビーは放心状態に陥った。ようやく目を開いたとき、ザンはまだこちらを見つめていた。あの冷たい瞳で。

「最低」乾いた唇を舐めた。「どうしてこんなことをするの?」

「体で覚えさせたかったから」ザンは答えた。「これで忘れられないだろ?」

大きく腕を振りかぶり、ザンの顔を平手で打った。

ザンは避けようともしなかった。無言で繋がっていたものを引き抜き、まだ硬いペニスからコンドームをはずした。暗いキッチンに入ってガサガサと音を立て、使用済みのゴムを始末する。

アビーはソファから滑りおりたけれど、立ちあがろうとする努力は無駄に終わった。その場でうずくまり、涙に濡れた顔をクッションに強く押し当てた。ザンが戻ってきて、ジーンズを穿きはじめる。

「さっきのはひどい」アビーはつぶやいた。「陰険よ、ザン」

「まあ、そうかな。でもきみはいった。あられもなく。ああいうのは好きだろう? ひと筋縄ではいかない女。きみと関わる男は気をつけなくちゃな」

この言葉には心底傷ついた。肺の空気が固まって何か重いものに変わったみたいに、息ができない。「あなたが押しやったのよ」ザンを非難した。「ぎりぎりのところまで追いこんで、もう止められなくなったときに、わたしの心をずたずたにした。それでわたしに自分が醜いように感じさせるなんて不公平よ」

ザンは肩をすくめた。「なあ、人生は不公平なものだ。おれもそのことについてはよくよく考えさせられたよ。今日の午後はずっと」

アビーは立ちあがり、できるだけ背筋を伸ばした。ドヴィに言われたように、肩を張って、あごをあげて、胸を突きだして。恥じることなんて何もない。「帰って」アビーは言い放った。「合鍵は置いていってよ。二度と来ないで」

ザンはポケットを手探りした。ステレオのそばの棚に鍵を二本載せる。

アビーがそちらのほうに視線を向けたのはこれが初めてだった。テーブルにすら気づかなかった。何本もの長いろうそくが、ゆらめく光で盛大なごちそうを照らしていた。フルーツの盛りあわせ、チーズ、肉のオーブン焼き、パスタ、サラダ。ワインはデカンタに移され、いつでもグラスにつげるよう準備されている。ホイップクリームの山にチョコレートがかかったデザートもあった。

「これ……」アビーはつぶやいた。

「気にしないでいい」ザンはジャケットに袖を通す。「ゴミ箱に捨ててくれ」そう言い残して出て行った。

ドアの閉まる重い音が聞こえると、アビーを支えていた力は流れでていった。絨毯の上にへたりこみ、膝を抱え、体を丸めてその場に横になった。どれくらい時間がたったのか、やがてぺちゃぺちゃいう音が聞こえてきた。ちゃっかり屋の飼い猫がテーブルに跳び乗ってザンのごちそうを味見している音。

シバを叱る気力はなかった。絨毯の上に横になったまま、壁で踊る影を見つめていた。ろうそくが燃えつき、溶けた蠟《ろう》のかたまりに成り果てるまで。

17

「……は土曜の午後、セント・メアリーズ教会で営まれるから、皆ですこしずつお金を出しあって……アビー？　アビー、聞いてる？」

アビーは目をこすり、視界にちらつくものがキャシーの顔だとわかるようになるまでまばたきをした。「ええ？」ぼんやりと訊いた。「なんて言ったの？　ごめんなさい。ちょっと疲れていて」

「まさか何かの病気？」キャシーは心配そうに尋ねた。「お願いだからやめてよね、パーティの前日なのに！　ブリジットがかんかんになるわよ」

アビーは首を振った。「よく眠れないだけ」

キャシーはアビーの机のふちにちょこんと腰かけた。「ならいいけど」疑わしそうな口ぶりだ。「ともかく、話を戻すわね。クレイボーンさんの秘書のグウェンから電話があったの。エレインの葬儀は月曜の午後五時から。わたしが皆に知らせてまわって、お花代としてひとり十ドルを集めている。今、徴収するわ」

アビーはバッグから小切手帳を出した。ペンを走らせる。「はい、どうぞ。月曜の午後ね？」アビーははっとして座り直した。「やだ、ちょっと待って。警察が遺体を返してくれたってことは、検死解剖が終わったのね。もしかしたら、エレインを殺した犯人について何かわかったかも！」

キャシーはたじろいだ。「あー……そうかも」

答えがわかっているのにあえて質問しようと思ったのは、へそ曲がりな衝動のせいだ。

「エレインは自殺したと思っているの？」

キャシーは目をそらした。ふいにここ最近の皆のひそひそ話の内容がわかった。アビーが通りかかると唐突におしゃべりが止まって、おかしな沈黙が落ちるのも当然だ。かわいそうなアビー、すっかり思いつめちゃって。

「忘れて」アビーは言った。「困らせる気はなかったの」

「アビー、皆があなたを信じていないわけじゃないのよ」キャシーは熱を入れて話しはじめた。「あなたが本気で信じているのはわかる。そうよね？　でも事実は事実。エレインは昼の休憩をたっぷり取っていたし、遅刻は多かったし、体重は減っていたし、集中力がなくなっていた。そのぶんの仕事を負担するのはたいへんだったわ。ともかく、それがうつ病の徴候のひとつなの。仕事をおろそかにして、日常生活に興味を失ってしまうのね。かかりつけのセラピストの診療所で、そういう症状のリストが載っているパンフレットを読んだわ。エレインは全部に当てはまっていた」

不倫関係で激しい恋をしている女性の徴候もまったくおなじ。アビーは心のなかで言った。

こんな寒々とした皮肉はちっともおもしろくない。うつ病の症状を説明してもらう必要なんかまるっきりない。

「わたしもそのパンフレットを読んでみたらいいかも」声に出してはそうつぶやいた。アビーが大多数の支持する意見に歩みよったと見て、キャシーはほっとしたようだ。「さて、急がなきゃ。皆に月曜のことを伝えて、花屋に注文の電話をしないと。何かわたしで役に立てることがあったら言ってね、アビー。なんでも。本当よ」

「ありがとう、キャシー」アビーは言った。

キャシーが出て行ったあと、閉じたドアを見つめた。ひどく疲れていた。心身ともにくたくた。ザンとの悪夢のような一幕が致命傷になった。

もちろん、これでよかったのだ。恋人として情熱的な関係を持ちたいなんて、考えるほうがどうかしている。自滅的もいいところ。やきもち焼きで、疑い深くて、支配欲が強くて、犯罪歴を隠している男。好き勝手にアパートメントに侵入できる技能については言うまでもない。すごく怖い能力だ。

それでもあの顔はまぶたの裏に焼きついている。うっとりするような笑みも。体をまさぐる手も。電話の音にはっとして、救いようのない夢想から醒めた。受話器をつかむ。「アビー・メイトランドです」

「もしもし、アビー。ルシアンです」

「まあ！」ザンのことを考えていると頭の芯まで溶けてしまうので、大急ぎで思考のスイッチを切り替えなければならない。「ええと、こんにちは。お元気ですか？」

「ああ、ありがとう。わたしの誘いのことを考えてもらえたかと思ってね」

考えていません。もっと重要な考えごとがいくつもあったので。あらためて検討してみた。ほかに相手がいると断わっておいて、当日ひとりで出席したら、ばつの悪いことになる。誘いを受ければ、上司たちからご機嫌取りに貢献したとみなしてもらえて、首にならずにすむかも。どこか妙だし、不適切だけど、それが何？ どうにかなる。この男と結婚する必要も、寝る必要もないんだから。

ディナーとダンスとおしゃべりだけ。それなら耐えられる。

あいつにふれられるたびに。あいつに見られるたびに。この……感覚を……思いだせ。

背筋がぞくりとして、アビーは跳ぶように立ちあがった。もうっ。ザンに呪いをかけられたみたい。「ええ！」電話の向こうに言った。「お受けします」

「よかった！ 迎えはどこに何時頃行けばいいでしょう？」

「美術館でお目にかかります」アビーは答えた。「一日中いますから」

「けっこう。ところで、殺人事件の捜査のほうは進んでいますか？」

アビーの胃がよじれた。「今のところ、何も」ぼそりと言う。「この話はやめましょう。他意はありません。ただ、辛くて」

「わかります」ルシアンが言った。「では、また明日」

アビーは受話器を置いた。自分のばかみたいな恋愛に気をとられて〝捜査〟のことをほとんど考えていなかった。

罪悪感が心に刺さる。なんて自分勝手なんだろう。

アビーはパーティの座席表を見おろした。席順に折りあいをつけようとして数時間がたつ。下手なパズルよりもよほど複雑だ。しかし、まだ完璧ではないものの、捨てられた元妻たちと、元夫が再婚した若くて美しい現妻たちの席は比較的遠くにすることができたし、熾烈《しれつ》なライバル争いを繰り広げている企業同士には安全な距離を設けることができた。仕出屋に電話をかけて明日の最終的な出席者数を伝え、テーブルセットの確認もした。おみやげ袋の準備はすんでいるし、装飾も終わっているし、スピーチの原稿も順番決めもできている。

そのほかの仕事は多少遅れてもだいじょうぶ。

アビーはオフィスから出て、廊下に視線を走らせた。誰も見ていない。エレインのオフィスに忍びこんだ。ブリジットとピーターはエレインの後任者の面接をもう始めているけれど、このオフィスの片づけに名乗りをあげる者は誰もいない。どことはなしに、ひどいことのように思えた。本来なら美術館のほうで責任を持ってエレインの私物をまとめ、それを……誰に渡す？　母親？　とにかく何かするべきだ。

それに、小さなことでも、象徴的なことでも、何かできることがあれば、アビーの気持ちも楽になるかもしれない。結果はわからない。以前見逃されていたことを発見しないともかぎらない。

机の引き出しはどれもきっちりと分類された文房具でいっぱいだった。本棚は大量の専門書でたわんでいる。銀のフレームの写真立てが机の一番いい場所に飾ってあった。去年の寄付金集めのパーティで写したエレインとアビーの写真だ。よく撮れている。ふたりともセクシーなイヴニングドレスを着て、お互いの肩に腕をまわし、シャンパンで顔を赤らめている。あの晩は本当に楽しかった。

涙がこみあげ、喉をつまらせた。涙を抑えて、引き出しのなかをあらためていった。一番下の段に紫色のジム用のバッグがあった。きちんとたたまれた運動着が入っている。アビーとエレインは週に二回いっしょにジムに通っていた。自分に厳しくなれたときには週に三回。

感傷に浸っている場合じゃない。袖で顔をぬぐった。何を捜しているのかわからないけれど、誰かが捜すべきだし、誰も立候補しないなら、自分で捜すまでだ。携帯電話？　システム手帳？　そういうものはエレインのバッグに入っていたはず。警察が預かっているのだろう。マークが持っているのでなければ。

引き出しにも本が数冊あった。〝内なる力を解放し、人生を変えられる〟ことを売り物にしている自己啓発書。スペイン語の会話例文集。レシートがまだ挟まっていた。エレインが死ぬ一週間前の日付だ。

おかしい。スペイン語に興味を持っていたとはまったく知らなかった。

ジム用のバッグを開けて、そのなかに私物をしまいはじめた。本、写真、万年筆、こっそり隠していたゴディバのチョコ。金のイヤリングふたセット、カシミアのカーデガン。

泣いいちゃだめ。長いあいだ泣きとおしているせいで、頭のなかはがらんどうになったようで、おなかの筋肉は痛み、鼻はひりひりしている。去年のパーティのエレインとアビーの写真は自分のポケットに入れた。

廊下からブリジットの声が聞こえた。こちらに近づいてくるらしく、声がどんどん大きくなっていく。アビーは慌ててドアのうしろに隠れた。「……辛い時かどうかなんて関係ないわ！　仕事をまっとうできないなら、もっと負担の軽い職を探すべきでしょう。きついことは言いたくないけれど、この前の強烈なヒステリーのあとでは、ピーターでさえこのままあの人を雇っていては……」

ブリジットが廊下の角を曲がって自分のオフィスに入ると、声も消えた。

つまり、もう周知の事実ってわけか。アビーは首になる。

腕時計に目を落とした。もうすぐ七時。アビーは今朝六時から働いている。前の晩はやる気を見せようとして午前三時まで残った。

そんな努力も水の泡になるらしい。

もうどうでもいい。今夜はあまりに疲れていて、落ちこんでいて、首になるという事実に立ち向かえない。どうせ上がその気になれば、明日にでも首にすることができる。

どうあってもお払い箱なら、オフィスを留守にする言い訳であれこれ気を揉む理由もないだろう。アビーはエレインのバッグを持ちあげ、あえてこそこそせずに、表玄関から美術館を出た。

雲が厚く立ちこめ、今にも降りだしそうだ。日はとうに落ちている。アビーは階段の上に立ち、次の行動をじっくりと考えた。

エレインの母親のところに私物を持って行こう。母親なら検死の結果についても詳しく知っているだろう。結果を知りたいという欲求はせっぱつまったものになっていた。

エレインの母親は海辺に建つ高級コンドミニアムの最上階で暮らしていて、そこに着く頃にはアビーはタクシーに乗らなかったことを後悔していた。バッグは重く、綿のブラウスでは外は肌寒く、大粒の雨が降りだしていた。吹き荒れる風が、きれいに巻いた髪をぐしゃぐしゃにねじれたかたまりに変えた。これじゃまるで浮浪者だ。

だから何？　いい印象を与えようと努力するつもりはない。

ロビーでずいぶん待たされたあと、ようやくエレベーターに乗る許可をドアマンから与えられた。驚いたのは、エレベーターのドアの外がすぐに住居だったことだ。エレベーター内の鏡に向かって髪を整えたものの、ドアが開いたとたんにグロリア・クレイボーンと対峙《たいじ》する心の準備はできていなかった。

グロリアは儚《はかな》げで美しい女性だった。顔にはかすかに受難の表情が浮かんでいる。「アビー・メイトランドさん？　エレインのかわいいお友だちで、美術館にお勤めのかたね？　警察に通報してくださったのもあなたでしょう？　まだお礼をしていませんでしたわね」

「いいんです」アビーはすっかりまごついて言った。

「お目にかかれて嬉しいわ」グロリアはまったく肌にふれずに抱擁するという不思議な技でアビーに腕をまわした。「エレインはあなたのことをとてもすてきな人だと褒めていたわ」

「わたしもエレインはとてもすてきな人だったと思っています」アビーは言った。「心からお悔やみします。ずっとそうお伝えしたかったんです。エレインはとびきりの女性でしたから」

グロリアは心ここにあらずといった目つきを見せた。「ご親切にありがとう」

そのやりとりのあとは、とっかかりのない、時間が止まったような沈黙が続いた。アビーは目上の女性のしとやかな苦悩を目の当たりにして、慰めの言葉ひとつも出せない自分にぞっとした。「あの、わたし、エレインの物を持ってきました」出し抜けに言った。「オフィスから。エレインの私物です。写真とかアクセサリーとか」

グロリアのまつげがはためいた。「今ここに？　思いやりのあるかたですこと。ありがとう。こちらにしまっていただけるかしら」引き戸式で縦長の鏡張りのドアを開き、コートがぎっしりとかけられたクローゼットをあらわにする。「あとで見ますから」

アビーはバッグをクローゼットのなかに置いた。どこに置いてもコートの影に隠れて見えなくなってしまう。グロリアはさっさとドアを閉めた。

ばかげた衝動にかられた。もう一度ドアを開けて、あの明るい紫色のバッグを助けだしたい。死ぬ直前までエレインが愛用していた品が、古いコートの山に埋もれようとしている。

とはいえ、ジム用バッグひとつで色めきだつのも大人げない。この女性が嘆きの種を避けようとすることを誰が責められる？

「そろそろ、おいとまします」アビーはあわただしく言った。「お邪魔しました」

「いいえ、お入りなさい。お紅茶をごちそうしますわ」グロリアは言った。先に立ってアパートメントの奥に入っていく。内装は白。壁も、家具も、活けてある薔薇の花さえ白。冷たい印象を与え、死を連想させる。

逃げ場も隠れ場もなかった。グロリア・クレイボーンは折り目を正すためにはどんな犠牲もいとわない人間だ。ぐずるのはやめなさい。アビーは自分を叱りつけた。ここに来たのはほかでもない自分の意思だ。

「ありがとうございます」アビーは無理に笑顔を作った。

数分後、バタークッキーを片手に、紅茶のカップをもう片方の手に持ち、アビーはまたも舌を凍りつかせていた。話題を見つけるのは得意なはずなのに、グロリア・クレイボーンの悲しげで受難者じみた瞳はその能力をショートさせた。アビーはブレザーのポケットに手を入れ、魔よけのお札にすがりつくように、エレインと自分の写真をつかんだ。

しばらくしてグロリアはアビーを哀れんでくれた。「とくに何かおっしゃりたいことがあるのかしら？」

アビーはこのきっかけに飛びついた。「はい」話を切りだす。「クレランド刑事から捜査の進展について何かお聞きじゃないかと思いまして」

グロリアはうつろな表情を浮かべる。「捜査？」

「殺人事件の捜査です」アビーはひるまなかった。「葬儀が土曜に決まったのなら、検死は終わっていますよね？」

グロリアは首を振った。「わたくしはことの真相を疑っていません。警察も疑っていないでしょう」

ありがたい。やっと光明が見えた。「当然です」アビーは言った。「マークが犯人なのは疑いありません。そうおっしゃっていただけて嬉しく思います。警察はわたしの話を真剣に受けとめてないんじゃないかと……なんです？」

グロリアは左右にゆっくりと首を振りつづけていた。「ちがいますわ、アビー」あやすように言う。「殺人事件など存在しないのです」

知らず知らずにこぶしを握りしめていた。クッキーがべたべたしたくずに砕けて、膝の上に落ちる。「はい？　どういう意味ですか？」

美容整形で修正をほどこされた女の顔は磁器のようになめらかだ。「あなたは娘とどの程度親しかったのかしら」

アビーはナプキンで口元を覆った。「とても親しくしていました」アビーは言った。「三年前にここに越してきたとき、エレインは人一倍親切にしてくれました。友人たちにわたしを紹介して、何かあればわたしにも声をかけて、この土地に受け入れられたと思わせてくれたんです。エレインは……エレインは誰よりもやさしい人でした」

「やさしいのは本当ね」グロリアの笑みは皮肉にゆがんでいる。「でも強くはなかった。素顔のエレインがどれほどもろかったか、あなたには想像もつかないでしょうね、アビー」

これ以上何かエレインの不利になることを言いださないうちに、この女性の頭をちょん切りたくなった。エレインはもう自分を弁護できないのだから。

「子どもの頃からとても感受性が強くて」グロリアは話しつづけた。「途方もなく想像力に富んでいて。想像のお友だちがたくさんいましたわ。子どもにはよくあることですが、あの子はそれを十代になっても続けていました。想像のお友だちを手放せなかったのですよ、アビー」

「ええと、あの」アビーは言った。「でもそれが必ずしも――」

「高校のときには、自分で自分に手紙を書きました。想像のボーイフレンドからだとして、何通も。自分宛てに郵便にまで出して。想像の友だちのほうが現実の友だちより安心できたのでしょう。問題も少なく、要求も少なく」

「わたしとは現実につきあっていました」アビーは言った。「エレインはすばらしい友だちでした。わたしにだけじゃなく、誰にでも親切でした」

エレインの母親は身を乗りだして、そっとアビーの手を叩いた。手を引きはがさないようにするにはかなりの気力が必要だった。「エレインにこれほど親身になってくれる友だちがいたことには感謝します」グロリアは言った。「でもあなたも真実を認めなくてはね。そうすれば、あきらめもつくでしょう」

「あきらめる？」アビーはやけになってきた。「クレイボーンさん、エレインが本当に首を吊ったなどとお考えになってはいけません。エレインはふさぎこんでもいませんでしたし、自殺願望もありませんでした。その反対です。ようやく男性と――」

「あの子はこれまでに二度、自殺を図っています」グロリアは言った。

アビーの口が開き、また閉じる。

「一度めは十三歳のとき」グロリアは話を進めた。「睡眠薬を一瓶ぶん飲みました。次は十七歳のとき。二度めも睡眠薬です。思春期の大半を精神病院で過ごしているのです。あの子があなたにお話ししていなかったのは驚きですわ。おっしゃるようにそれほど仲のよい友だちだったなら」

アビーは下唇を噛んで、見苦しく無礼な言葉を吐かないようぐっとこらえた。白ずくめの無菌室のような、グロリア・クレイボーンの完璧なアパートメントを、にらみつけるような目で見まわした。

「自分を恥じていたんだと思います」アビーは言った。「完璧ではないことに対して」

グロリアの目つきがけわしくなる。「この十八年間、娘は深刻なうつ病の治療を受けてきました。お金で買えるかぎりでは最上の治療です。一流の医師、立派な病院。何もかもが最高水準。娘の助けになると思うことはなんでもしました」

素顔のエレインを受け入れること以外はね。冷淡で浅はかな性悪女。

アビーはこの言葉は必死に呑みこんだ。「殺された日、エレインはつきあっていた男性の身辺調査を探偵に依頼したことを話してくれました。探偵の調査で、マークというのが偽名だったことがわかったそうです。マークという人物は存在しないようだと」

グロリアは細い眉をあげた。「ええ。わたくしが言ったとおりですわ」

「そういう意味じゃありません！　エレインは嘘をつかれたことでたいへんなショックを受けていました。本人に立ち向かうつもりだったんです。わたしが電話をかけたとき、あの男は家のドアから入ってくるところでした！　エレインは身元詐称《さしょう》を問いただして、あいつに殺されたんです！　おわかりになります？」

グロリアは悲しげに首を振った。「アビー。なるべくあなたを傷つけずに伝えるにはどうしたらいいのかしら。身辺調査が何も実を結ばなかったのは、単純な理由。その男性が存在していなかったから。マークなどという男はいません。もともといなかったのよ。エレインの願望が生みだした空想の産物」

「でも、わたし……彼は……」

「アビー、その男性に会ったことがあるかしら？」

「いいえ、でも……」アビーは猛然と頭を働かせた。「待って。エレインに電話をしたとき、電話越しにその男の声を聞いたことがあります。それに、エレインが彼とふたりで食べるためにディナーを注文しているところも見ました」

「わたくしのつけにしたディナーのことね。ええ、そのことならよく知っています」そっけない口調。「そしてあなたが聞いたという声は、録音されたものだったのでしょう」

「いいえ！　ばかげてますよ、クレイボーンさん。エレインはそんなでっちあげはしません！　そこまで手のこんだことをするなんて……狂ってる！」

「ええ」グロリアはひどくおだやかに、ひどく悲しそうに言った。「わかっています」

アビーはこの女の哀れむような表情をはたき落としてやりたかった。

「マークは存在しません」グロリアの声がけわしくなった。「すべてが念入りに作られた虚構。なぜあの子がそういうことをしたのか、理解できるふりはしません。あなたを感心させたかったのかもしれませんわね。父親の不在が長すぎたことが原因とも考えられます。今となっては想像することしかできません」一瞬、言葉を切る。「とても、とても、悲しく思います」わざとらしく言い足した。

口のなかで鉄のような苦い味がした。「そうでしょうとも。警察にもおなじ話をしたんですね？　自殺未遂と想像のボーイフレンドのことを」

「もちろんお話ししましたわ」グロリアの顔はまたも無表情なやんごとなき仮面に戻っていた。苦悩する聖母の石膏像。

アビーは立ちあがった。「納得できません」

グロリアは小さくすくめるように華奢な肩をあげた。「それではいたずらに苦しむだけですよ」

「かまいません」アビーは言った。「帰ります」エレベーターに向かった。顔面が麻痺したように感じたけれども、気にすることはない。この女にほほ笑んで見せる必要はもうまったくないのだから。

グロリアはうしろから追ってきた。「お待ちなさい。エレベーターを呼びますから」グロリアは言った。「鍵がなければ動きません」

アビーはエレベーターに乗りこみ、くるりと振り返って、グロリア・クレイボーンに向きあった。「エレインは殺されました」抑揚のない声で言った。「誰に殺されたのか、わたしが突きとめます。犯人がわかったとき、あなたは娘に背を向けたことを負い目に感じるでしょう。もっとも、背を向けたのはこれが最初ではなさそうですが」

グロリアの仮面がぐしゃりと崩れたちょうどそのとき、エレベーターのドアが閉じた。

下降するあいだ、アビーは自分のぐしゃぐしゃの顔を両手で覆っていた。あの女をののしったところで溜飲《りゅういん》はさがらない。なんの意味がある？　どの道、偉そうに表明したことを実行できやしない。殺人事件の捜査方法など見当もつかなかった。自分の仕事にしがみつくことすらできないのに。

エレインがどう感じていたか想像すると胸が痛んだ。娘を恥じるような母親を持つなんて。最期までずっと。アビーは表に出て、舗道をふらふらと歩きはじめた。闘いに疲れ、途方に暮れた気分だ。そのとき、名前を呼ぶ声がして、振り返った。

「アビー？　ねえ！　アビー！」

ナネットだ。コーヒーワゴンの女の子。今日の装いはプラチナ・ブロンドの髪に、きらめくまつげ、銀のボディスーツ、そしてつやつやの黒い口紅。

「ナネット！　しばらく見なかったけどどこにいたの？　ここはいつもの場所じゃないでしょ」

「移ったの」ナネットは明るく答えた。「ここのほうが稼げるから。観光客が多いんだ。それに稽古で何日かお休みしてて。これから最後のリハーサルに行くところ。最終的な衣装あわせも。明日が初日なの。わくわくする。ご注文はいつもの?」

「なんの話?」アビーは言った。「リハーサルって?」

ナネットはエスプレッソを機械にセットして、嬉しそうにはにかんだ。「ロミオとジュリエット」

「あら、本当? ストレイ・キャット劇場の今年の催しだって聞いたけど。なんの役?」アビーはナネットが顔の装飾を取って、ルネサンス風のドレスで着飾っている姿を思い浮かべようとした。想像の域を超えている。

「ジュリエット」ナネットは答えて、輝くまつげを慎《つつし》み深く伏せた。

予想外の返答に、アビーは一瞬あんぐりと口を開けた。「ナネット、それは……それは、すごいじゃない! ほんと、わくわくするわね!」

「うん、そうなの。とにかくかっこいい演出なんだ。すっごいクールで」ナネットは言った。

「観に来る?」鋲を刺した眉の下で、期待に輝いた大きな目でアビーを見つめる。

アビーはまばたきした。「え……あの……喜んで」自分の声がそう言っているのが聞こえた。

「ほんとに? すっごい嬉しい! いい席を用意するから! 金曜の夜、土曜の夜、それか日曜のマチネー?」

「日曜なら」アビーは言った。「土曜の夜は美術館でパーティがあるの」

「問題なし！　よかったあ！　劇場で最高の席を確保しておくね！」

「楽しみにしてる」アビーは心から言った。

「そうそう、ひとつお願いをしてもいいかな？　前にエレインに話したとき、来たいって言ってもらえたから、マチネーのチケットを用意したんだ。渡すつもりで持ち歩いてるんだけど、エレインったら、なんていうか地上から消えちゃったみたいで。代わりにチケットを渡して、今度の日曜だって念を押してもらえる？」

アビーは一瞬のうちに砕け散った。

数秒後、ようやくナネットの心配そうな声が耳に入る程度には意識が戻った。「……アビー？　だいじょうぶ？　誰か呼んだほうがいい？」

「いいえ」アビーはかぶりを振って、目をぬぐった。ナネットが差しだしたカップを受け取り、ひと口飲んだ。やけどしそうなほど熱い。アビーは咳きこんだ。「ごめんなさい、ナネット。ただ……エレインは亡くなったの」

ナネットはまぶたを塗りたくった目をきょとんとさせ、それから数秒後、大きく見開き、曇らせた。口を開き、また閉じる。

アビーの手を取って近くのベンチに連れて行き、先に座らせてから自分もとなりに腰をおろした。アビーの手を強く握り、もう片方の手でそっと撫でる。

アビーの目に涙があふれだした。この数日、誰かがアビーにしてくれたことのなかで、一番やさしく、一番現実的な行為だった。染料で複雑な模様が描かれた手を見おろした。黒く塗られた爪それぞれの真ん中にラインストーンが光っている。

「どうして？」ナネットは小さな声で尋ねた。

「殺されたの」アビーは答えた。「皆は自殺だって言っているけど、大まちがいよ。エレインは自分で首を吊ったりしない！」

「首吊り？　なんてこと」ナネットの手に力がこもる。「ひどい話。なのにあたしときたら、とうとうエレインにも運が向いてきたと思ってたなんて」

「どうしてそう思ったの？」アビーはおそるおそるもうひと口コーヒーを飲んだ。

「ミスター・パーフェクトとホテルから出て来るところを見かけたんだ。それで、よかったなあと思ったの。エレインもついに午後のお楽しみの相手を見つけたんだなって。思いやりのある女の子にそういうことが起こるのってめずらしいよね？」

「ミスター・パーフェクト？　ちょっと待って、マークを見たの？　その目で？　本当に？」胸が高鳴った。「そこのホテル？　シーズウィック・ホテル？」

アビーの勢いにナネットは目をぱちくりさせた。「うん。その人がどうしたの？」

「見た目のいい男だった？」

「うん、そりゃもう。エレインもやるなあって思ったの、覚えてるもん。でもそのあとで、あの男は厄介ごとの種になりそうだなって気がした」

「どんな厄介ごと？」アビーは詰問するように尋ねた。

「えっと、現実にはいそうもないほど外見がよかった。背が高くて、たくましくて、高級美容院でカットしたようなブロンドの髪。ああいう男は隠れゲイか、そうじゃなければ、自分は神の恵みを受けていると思っているか。服をきめすぎた男には落とし穴があるもんだよ」ふと言葉を切り、口を大きなOの字に開ける。「まさかあの男がエレインを……」声がしぼんでいった。「たいへん」

「もし警察の面どおしで見たら、その男だってわかるかしら?」

ナネットは思案顔になった。「そうだね、人類の九十九・九パーセントは除外できると思う。それは確実」

「ふたりがホテルに行ったのはいつ?」アビーは尋ねた。「時間は?」

ナネットは頭をめぐらせた。「たしか水曜日。お昼のあと。あの日は緑のレオタードを着ていたんだ。あの男の革のコートがうらやましくって、もっとあったかい格好をしてくればよかったと思った」

アビーはナネットのほっそりした体を引きよせ、感謝の気持ちをこめて強く抱きしめた。

「どうもありがとう」熱い口調で言った。

「気にしないで」ナネットは面くらい、そして嬉しそうに言った。「ちょっと待ってて、アビー。渡したいものがある」

コーヒーワゴンのところに行って、背面の大きな黒いバッグを探り、小さな封筒を手に戻ってきた。

「これ、あの……エレインのチケット」おずおずと切りだす。「もらってくれないかな?

あたし、日曜のマチネーはエレインに捧げるつもりで演じる」

アビーはまたナネットを抱きしめ、そしてふたりで泣きじゃくった。

気持ちが落ちついたあと、アビーはくだんのホテルに向かい、その途中、窓ガラスに映った自分の姿が目に入って足を止めた。うわ。バッグから口紅を出し、塗りはじめてからそれが深紅だと気づいた。賢明な色とは言えない。顔色を吸血鬼みたいに白く見せ、目元の赤い色を目だたせる。仕方ない。手遅れだ。ほつれた髪をできるだけしまいこみ、ロビーに入った。従業員を観察し、えじきを選んだ。若い、男性、気が弱そう。

ブラウスのボタンを上からふたつはずして、大きく息を吸い、残りのボタンをはじき飛ばすつもりで胸を張った。誘惑するようにほほ笑みながら、えじきの男に近づいた。男はきょとんとして、背後を振り返る。名札は〝ブレット〟。

「何かお手伝いしましょうか？」こわごわと口にする。

「ハーイ、ブレット。ええ、手伝ってもらえると嬉しいわ」おっとりとやわらかい声を出し、南部のアクセントを強調した。「いくつか訊きたいことがあるの。じつは友だちを捜していて、彼女が立ちよった場所をたどっているところ。最近ここにも来たんじゃないかと思うの。この女性を見たことない？」

ポケットから写真を出して、見せた。

ブレットはにきびの散ったひたいにしわをよせ、写真に目を凝らした。驚きが顔に広がる。

「はい。覚えています。この前ここにいらっしゃいましたよ。お昼休憩の直前に、ぼくがおふたりのチェックインを受けつけましたから」

興奮で胸がはためいた。「じゃあ、彼女は誰かといっしょだったのね？」

「ええ」ブレットは勢いこんで答えた。「男性です」

アビーはもう一度、まばゆい笑みを放ってブレットの目をくらませ、さらに追及の手を強めた。「どんな男だった？　説明できる？」

「背が高くて」ブレットが答えを差しだす。「髪が長かったと思います。大きな男でしたね」

アビーはめまいを感じた。「チェックインは彼の名前で？　それとも彼女？」

ブレットが記憶をたぐって答えようとしたとき、体格がよく暗い灰色の髪をした年かさの女がずかずかと歩いてきた。名札には〝フランシス〟、そしてその下に、〝支配人〟。「ご用件は？」

「用件はブレットに聞いてもらっているところです」

「どういったご用件でしょう？」フランシスは目をすがめた。

「ここを利用したことのある人の情報を――」

「お客さまの情報はお教えできません」フランシスはきっぱりと言う。「どんなご事情でも」とがめるような目でブレットを一瞥する。ブレットは身をすくめ、写真をアビーに押し返した。

「すみません」ふたりの女性に向かってしょんぼりとつぶやいた。

「ブレット、オフィスに来なさい」フランシスは叱りつけるように言った。

ブレットは青ざめた。アビーは罪悪感に胸を刺されたけれど、せっぱつまった思いのほうが強かった。「フランシスさん!」大声で呼びとめた。

振り返った顔はまだしかめ面だ。「はい?」

「このホテルのロビーに防犯カメラはつけてありますか?」

フランシスはあごを突きだした。「わたくしどもがお客さまの情報をもらすことはありません。それぞれのお客さまにご用途があり、当ホテルはプライバシーを尊重します」

「お客について訊いているんじゃないわ。防犯について尋ねているの」アビーは言った。「カメラはあるんですか? ないんですか?」

フランシスはいらいらしたように肩をすくめた。「あります! だからなんです?」

アビーは胸に手を当てて、安堵の息を吐いた。また涙がにじんでくる。こうしてめそめそと泣くのはもう何度めだろう。

「ありがとう」アビーはささやいた。心からの気持ちだった。

アビーは通りに出た。達成感で頭がぼうっとする。アビーには見せてもらえなくても、警察ならホテルにビデオテープを提出させる権限がある。テープを見れば、きっとマークがそこらじゅうに映っているはず。ビンゴ。

バッグから携帯電話を、財布からあの刑事の名刺を出した。興奮に震える指で番号を打ちこんだ。

「クレランドだ」電話に出た男の口調はそっけなかった。「誰だ?」

「こんばんは、刑事さん。アビー・メイトランドです」

「ああ、あんたか。どんなご用件かな、メイトランドさん」

「手がかりを見つけました」アビーは告げた。

刑事は返答ともつかないあいまいな音を立てた。「ふむ。それは事実の手がかり？」

「ええ。例のマークと名乗る男が実在したというたしかな証拠です」アビーは答えた。「あの男を見たという目撃者がいます。先週の水曜日、エレインといっしょにシーズウィック・ホテルにチェックインしています。ホテルには防犯カメラがあります。正確な時間までつかみました。これで、あの男がどんな外見かはっきりわかります」

「メイトランドさん」クレランドの声はていねいで、落ちついていた。駄々っ子に噛んで含めるように言う。「わかるとは思うが、女とホテルにチェックインするのは犯罪じゃない」

「ええ、それくらいはわかります！」アビーはぴしりと返した。「でも、あなたがあの男を容疑者とみなさないのは、エレインの母親からそんな男は存在しないと聞かされたせいでしょうから、実在するという事実はお役に立つかと思いまして」

「皮肉はけっこう」クレランドは声を尖らせた。「仮に実在したとしても、そいつは殺人の容疑者にはならない。なぜなら、殺人事件が存在しないから。エレイン・クレイボーンは自分で首を吊った。悲劇だが、事実。犯罪行為はなかった。地方検事も自殺と裁定するだろう。それでこの件は幕を閉じる」

アビーはもどかしさで悲鳴をあげたくなった。「そんなはずないでしょう！　前にもお話ししたように、わたしが電話をしているときにあの男がエレインの家に――」

「鑑識は現場を調べつくした。検死解剖でも暴力の痕跡はまったく見つからなかった。切り傷もあざもなく、擦り傷すらない。体内に薬物はなく、爪のあいだには血も皮膚も髪の毛もなかった。両目には窒息を示すような血管の破損がなかった。首のあとはロープの位置と符号する。血液が足に溜まりはじめていたことは、死亡後に遺体が動かされなかったしるしだ。ドアにも窓にも押し入られた証拠は――」

「あの男は鍵を持っていたって言ったでしょう！　わたしの鍵を！」

「その鍵にはプラスチックの黄色い鮫のキーホルダーがついていた？」

アビーは一瞬言葉を切り、あんぐりと口を開けた。「鍵を見つけたんですか？」

「クレイボーンさんのバッグのなかにね」刑事は歯切れよく言う。

アビーはあごを落としたけれど、すぐに立ち直った。「あの男がバッグに入れたのかもしれません」反論した。「捜査を脱線させるために」

クレランドはうめいた。「おまけに、殺人の動機がない。クレイボーンさんには敵もいないし、彼女の死で金銭的に得をする人物もいないし――」

「動機のことも話したでしょう！」アビーは泣き叫ばんばかりだった。「わたしがあなたにはっきりと！　エレインが嘘の身元を暴いたから、あいつは口封じのために殺した！」

「クレイボーンさんが誰かと男女の関係にあったという可能性はおおいにある」クレランドは忍耐強く説明するように言った。「しかしだからといって、偽名の恋人が彼女を殺して、完璧に自分の痕跡を消し、自殺に見せかけたということにはならない。証拠がまるっきりない」

「エレインから電話でわたしが聞いた話は証拠にならないってことね！」

クレランドはしばらくのあいだ無言だった。「こんなことを言うのは気が引けるが、あんたの友だちはひどく精神の不安定な女性だった」

「念入りな嘘を山ほどついて、わたしを家におびきよせたうえで首を吊ったっていうの？　わたしを苦しめるために？　それじゃ病んでるみたい！」

「そう」クレランドは言った。「病んでいる。そこが要点だ。鑑識の捜査結果と自殺未遂の過去、それに精神疾患の病歴を考えれば――」

「ちょっと待って。母親の話では、エレインは過去の自殺未遂に睡眠薬を使ったとか」アビーは割って入った。「もしまた自殺しようとするなら、方法は変えないはず。話を進めるために、自殺だったと仮定して、万が一方法を変えたとしても、ロープは絶対に使わない！　刑事さんももしエレインを知っていたら、わかってもらえると思います。醜いものは大嫌いだったから。エレインは何があっても――」

「ロープは本人が購入した」

アビーははっと息を呑んだ。「本人が……なんですって？」

「警察は床にビニール袋が落ちているのを見つけた。袋は本人の指紋だらけだった。レシートがなかに入っていた。おれがその店の防犯カメラを確認した。あんたの友だちがロープを買うために、レジの列に並んでいるところが三分間映っていた」

「でも――それは証拠にはならないでしょう？」アビーは口ごもりながらも言った。「ほかにも理由はたくさんあるはず……その、ロープを買う理由は」

アビーの声は絶望の沈黙に吸いこまれた。ほかの理由なんて、ほとんどない。

「これだけは言っておこう。われわれはきちんと仕事をしている」クレランドは重々しく言った。「素人の探偵ごっこをこれ以上続けないでほしい。時間の無駄だ」一瞬返答を待ち、またうめいた。「おやすみ、メイトランドさん」電話を切った。

電話を持った手がわきに落ちた。雨は舗道に降りそそいでいる。冷たい雨粒が襟首から背に這いおりて、アビーは身を震わせた。

18

偏執的。

ザンは自分をそんなふうに思ったことはなかった。地に足のついた男のはずだ。偏執的といえるほどの欲望や怒りに押し流されることはなかった。

ともかくも、今この瞬間までは。

胸の筋肉を動かせるなら、きっと笑いだしていただろう。ごたごたから抜けだして、仕事に集中できるようになることと、ベッドでふてくされ、傷を舐めずにすむようになることを祝って。

パソコン用品の店を出たところで、彼女の姿が目に入った。ベンチに座って、とっぴな風貌のコーヒー売りの女の子と何やら熱心に話しこんでいる。ずいぶん痩せて、目は大きく、くぼんでいるように見えた。ブラウスは雨で肌に張りつき、いつものように完璧な乳房の形をあらわにしている。

強烈なパンチをくらったようだった。体が反応した。胃のなかがはためき、胸は高鳴り、汗が噴きだす。大量のアドレナリンによって、何百万年の人類の進化を経てもなお生き残る無分別な衝動が湧きあがる。彼女を追いかけ、つかまえ、ねぐらに連れ去りたい。

そこで何をしたいかは言うまでもない。

ザンのホルモンにとって不運なことに、そういった行動は現代社会にそぐわない。二度とツラを見せるなとはっきり告げられたあと、その女を追いまわすのは、薄気味悪い犯罪行為だ。ザンにひとかけらでも尊厳があるなら、後悔するようなことをしでかす前に、そっとこの場を去るべきだ。

アビーは立ちあがり、通りの向こうに駆けだした。胸が揺れている。銀行の前で足を止めて、ショーウィンドーを鏡がわりに口紅を直し、濡れた髪を撫でつけ、そしてシーズウィック・ホテルに入っていった。

夜の七時半に。ザンの体は怒りで煮えくり返った。自分の住まいがある街で、女がホテルに行く理由はひとつしかない。

大きな財布との逢引き。

だ、だったらなんだ？　理性の声が問いただす。アビーは自由な女性だ。誰とでも、いつどこででも、好きに会うことができる。ザンに腹を立てる権利はない。それを言うなら、非難する資格もない。

ザンは動けなかった。入口に立ちすくみ、ほかの客の出入りをさまたげながらも、彫像のように指先一本動かすことができなかった。シーズウィック・ホテルの玄関を見つめつづけ、想像した。おれのアビーがあのきざな男とホテルの部屋にいるところを。尊厳がなんだ。この場で吐かずにいるのが精一杯だった。

数分後にアビーがそわそわと落ちつかない様子で飛びだしてきたときは、とまどいと強い安堵が胸に広がった。ブラウスの胸元は大きく開き、深い谷間を見せている。アビーは携帯電話を取りだした。待たせるとは何ごとだとあの男をなじっているのだろうか。言い争いでもしているような顔つきだ。

それから、アビーは呆然としたように目を見開いて、ずいぶん長いあいだそこに立ちつくしていた。新しい恋愛はそれほど順調ではないということか。

大いなる救いだ。

アビーは手をあげてタクシーを停めた。ザンはヴァンに向かって走りだした。自分でも何をしているのかわからないうちに、エンジンをかけ、タクシーを追跡していた。

どうせストーカーだと思われているし、最後に会ったときは失態を演じて、その誤解をとくどころではなかった。

今の自分はまさにそのレッテルどおりだが、だからなんだ？　アビーが知ることはない。

これは不健全な好奇心を満たすための行動だ。

逢引きを仕切りなおしたのかどうかたしかめずにいられない。あの野郎がどんな高級車に乗っているのか、この目で見たい。

その車を勝手に動かし、崖から落とすために。

とはいえ、子どもじみた妄想はできても、それが限界だった。アレックス・ダンカンの息子として、父の名を汚すわけにはいかない。

次第に濃くなる闇のなか、ザンは燃える目をタクシーのテールランプから離さなかった。行き先に気づいたのは、目的地に着く直前だった。

エレインの家。

ザンはマーゴリーズ通りに曲がる前に車を停めた。あとは歩いて、家並みに沿って植えられたしゃくなげの生け垣に身を隠した。タクシーは袋小路で方向転換して、ザンのそばを走り去っていった。

アビーは通りに立ち、死んだ友だちの家を見あげていた。

雨脚は強くなっていた。アビーは家が何か語りかけてくるのを待つように、じっと見つめている。振り返りもせず、ザンの存在に気づくこともなく。ザンのことなど考えていない。大きな財布と会うことなど考えていない。男のことなど胸に浮かぶ余地もない。

友の死を悼《いた》んでいるのだ。

ザンの喉は締めつけられるようだった。先ほどまでの怒りと、自分勝手な考えが恥ずかしかった。この家で起こったことと比べれば、ザンの欲望と傷ついた感情など、ものの数にも入らないように思えた。

アビーに声をかけたかったが、怖がらせたくはない。最近のできごとを考えれば、アビーにこれ以上の驚きは必要ないだろう。ザンは携帯電話からアビーの番号を呼びだした。アビーはわずかに身じろぎして、バッグのなかをあさり、携帯の画面に映ったザンの名前を見つめる。

電話は鳴りつづけた。アビーはまだ画面を凝視している。三——四——五——六回。十回鳴ったら、電話を切って、このしゃくなげのなかに消えよう。永遠に。

七回。八回。アビーはボタンを押して、携帯を耳に当てた。

「もしもし」おだやかな声が応える。

まさか出てもらえるとは思っていなかったので、ザンはしばらくのあいだ言葉を失った。

「あ……もしもし」どうにか声を出す。「ええと、おれだよ」

「わかってる」

ほかに何を言っていいかわからなかった。「だいじょうぶ？」

小さな声でくすりと笑う。「いつもそう訊くのね」

「ああ。きみはいつでもトラブルに巻きこまれているからね」ザンは言った。「ドラマのような人生だ。はらはらどきどき。ほかにどんな言葉を期待しているのかな？」

「あなたから何を期待していいのか、さっぱりわからない」アビーはたった今、雨に気づいたというように空を見あげた。

ザンはこそこそ隠れていることに罪悪感を覚えた。「どこにいるんだい？」

アビーは家に目を戻した。「エレインのところ」

悲しげで、どこかうつろな声が、ザンの胸に不安をつのらせた。「そこでいったい何をしてるんだ？」思ったよりもきつい口調になってしまった。

「考えごと」

「どうしてもっと暖かくて、安全で、屋根のあるところで考えごとをしないのかな？」

またあのくすりという笑い声が聞こえた。「なぜそんなことを訊かれるのか知らないけど、あなたに説明してもしょうがない」

「びしょ濡れになるよ」

「どうして外にいると思うの？」

「鍵を開ける係のおれがいないんだから、なかに入れないだろ」

アビーは袖でひたいから雨をぬぐった。「あら、でも濡れてないわよ」白々しい嘘をつく。「木の下にいるから。だいじょうぶ」

ああ、そうかい。木も、コートも、車も、かかとの丈夫な靴もなしで、雨の降る暗やみのなかに立っているくせに。タクシーはとっくに去っていったし、この家はホラー映画から抜けでてきたみたいだ。そしてなぜか、ザンはそのすべてが自分の責任であるように感じていた。

「あー、くそっ」ザンはつぶやいた。「そのままそこにいろ、アビー」

ザンはヴァンに駆け戻り、袋小路まで車をまわした。車が急停車すると、アビーは息を呑んだ。ザンはおりて、ジャケットを脱いだ。

「つけてたのね」責める口調だ。

「だから？」ザンはアビーの肩にジャケットをかけた。「それがどうした？」

「それがどうしたですって？　そういうのはストーキングって言うの」解説するように言う。「犯罪行為よ、ザン。気持ち悪いし、魅力的でもない。そろそろ気づいてほしい」

先ほどまでの途方に暮れてぼんやりした表情よりも、憤りに頬を上気させた今の顔のほうが何倍もよかった。「暗くなってから、雨のなか、上着も車もない状態で、ひと気のない通りをふらついてちゃだめだ」ザンは言い返した。

「それは関係ないでしょ。犯罪行為じゃありません！」

「ああ、愚かなだけだ」ザンは言った。「何を考えていたんだ？」

「エレインのこと」アビーはぽつりと答えた。

このひと言が、これから長々と説教してやろうというザンの意気ごみをくじいた。ザンは家をちらりと見た。ここで目撃したことの記憶が、胃のむかつきと悲しみを引き起こした。

「それは賢明なことかな？」

アビーの顔に皮肉な笑みがよぎる。「そうは言えないでしょうね」

肩にかけたジャケットをしっかりと手繰《たぐ》りよせる。「凍えかけてる。ヴァンに戻ろう」

アビーは心配そうな顔つきを見せた。「ザン。お願い。もうやめましょう。わたしたちはぶつかって、燃えつきたの。わたしにはもう一度繰り返せない。この前はひどい思いをした」

「いいから車のなかに入ろう」ザンはなるべく声が尖らないように努めた。「震えている」肩を抱いてうながし、ヴァンに乗るのに手を貸した。自分も乗りこんで、エンジンをかけた。

ギアを入れたとき、その手をアビーにつかまれた。「ちょっと！　どこに行くの？」

「どこでも」発車させた。「きみはここにいちゃいけない」

「いけないかどうかは自分で決める！」アビーは助手席のドアを大きく開けた。

ザンは急停車して、アビーが飛びおりる前に腕をつかんだ。「アビー！　危ないじゃないか！」

「わたしを追いつめないでよ、ザン！」声がわなないている。「今日は本当にひどい一日だったの。さらにひどいことにしたくない。はっきり言っておく」

ザンはサイドブレーキを引き、苛だちに手を投げだした。「じゃあどうすりゃいいんだ、アビー。きみはここでふさぎこんでちゃいけない。辛いのはわかるが、どこかで区切りをつけないといつまでも前に進めないぞ！」

「区切りなんてつけられない！」アビーは叫んだ。「わたしの友だちだったの！　それにエレインが死んだことを、誰も、母親でさえ、たいして気にかけていない！　いつの間にか、皆がエレインは人生を悲観して自分で首を吊ったって決めつけてる！　しかもサディストの恋人のことは、わたしを困らせるためのエレインの作り話だなんて言うやつもいるのよ！　ばかじゃないの！　あの男はちゃんと存在して、エレインを殺して、その罪を逃れようとしている！　だから前に進めなんて言わないで！　もうたくさん！」

ザンはエンジンを切って、アビーの手を握った。すこし待ってから、次の質問を口にした。

「この雨のなかで立ちすくんで、これから何をしようと企んでいたんだ？」

アビーは黒いジャケットのなかで身を縮めた。「わからない」素直に認めた。「ちょっと探ってみたかったの。何か思いつくかもしれないでしょ」

「手がかりを探る？　少女探偵ナンシー・ドルーみたいに？」

アビーはザンをにらみつけた。「からかおうなんて思わないで」

「わかったよ」ザンは逆らわなかった。「それで、どうやってなかに入るつもりだった？」

擦り切れた袖口をもてあそぶ。「まだそこまで決めてなかった」アビーの声は小さかった。「どんな手があるか検討しているところだったの」

「押し入る？　ミニスカートにガーター付きのストッキングに七センチヒールの泥棒？　きみはいつも先のことを考えて行動するな、アビー」

「うるさいわね」アビーはむっつりと言った。「ひとつ、これはミニスカートじゃありません。裾は膝からほんのすこし上。ふたつ、このヒールは五センチよ。信じられないなら、測ってみれば。みっつ、今日はここに来る予定じゃなかった。そのつもりなら、ほかの服を着てきた。最後、わたしは押し入ることにはならない。ここにはもう誰も住んでいないもの。犯罪現場として扱われてすらいないのよ。悲しくて、古くて、空《から》っぽの家っていうだけ」

ザンは鼻を鳴らした。「それでも法に反する」

「ストーカー行為もね」アビーは言い返した。

「はん」ザンはエレインの家に目をやって、指をトトトンと打ち鳴らした。「で、計画は？　レンガで窓を割る？」

「計画なんてなかったの。でも運よくあなたが現われたのなら……」声をすぼませて、先をほのめかす。

「なるほどね」ザンは言った。「おれみたいな卑しいストーカーなら、法を破るのも平気だろうってわけだな?」

アビーはうんざりと顔をしかめた。「ぐちぐち言うのはやめて。面白半分のことじゃないのよ。気に入らないなら、帰ればいいでしょ。わたしにはわたしの理由があってここに立っていたら、あなたがどこからともなく現われて、あれこれと口を――」

「責めあうのは飛ばして本題に入ろう」ザンは言った。「鍵を開けたら、何をくれる?」

アビーは思案に顔を曇らせた。「通常の倍の料金?」考えながら言う。「法律違反のところはあまり心配していないけど。この家のことなんて誰も気にかけていないようだから」

ザンは首を振った。「金はほしくないよ、アビー」

アビーは目を吊りあげてザンをにらんだ。「そんな含みを持たせるなんて、神経を疑うわ、ザン。あの夜のあとで、まだわたしの下着のなかに入りこめるチャンスがあると思ったら――」

「すまなかった」ザンは自分の言葉に驚愕した。「おれが卑劣で、ばかだった。あんなことしなければよかったとずっと後悔している」

アビーは首をかしげ、ザンの表情を探っている。「ふうん」小さくつぶやく。「本気で言ってる?」

「ああ」認めたとたん、それが真実だと気づいた。言葉にするのは気分がよかった。「悪かったと思ってる。土下座しようか？　許しを乞うために。きみの足元にひれ伏して、泥のなかで転げまわってほしい？」

「ええ」ひるまずに言う。「ぜひそうして。さあどうぞ、ザン」

ひるんだのはザンのほうだ。「あー……」

「泥の水たまりなら、そこの庭の真ん中にできてる」

ザンはアビーの顔をとっくりとながめた。ぎゅっと結んだ口は、笑いをこらえて震えている。ザンの心に幸福感があふれ、ついには座席の上に浮いているような気分になった。「きみはおれに会って喜んでいる」ザンは言った。「認めろよ」

「それは〝ひれ伏す〟とは言わない」アビーはつんとした声を出した。「〝うぬぼれる〟って言うのよ」

「でも否定はしないじゃないか」

アビーは肩をすくめる。「この状況で鍵屋さんがいれば役に立つから」

ザンはアビーの髪を手に取り、指に絡めた。「役に立つと思われるのは嬉しいよ。しかし法を犯して、生活手段を危険にさらすんだから、それなりの報いがないと」

アビーは目をぐるりとまわした。「倒錯したゲームはもう充分」きっぱり言う。「何かほかの手段を考えることにする」

「オーケー。べつの鍵屋を呼べばいい。おなじことを頼んでみるんだね。おれはここに残って、その様子を見物させてもらうよ。楽しいだろうから」

「わざと怒らせようとしてるの？」

「もしかしたら」ザンは認めた。「きみの悲しくふさぎこんだ顔を見るよりはましだ。怒られるのは慣れているから、気楽なもんだ。悲しまれたり、沈みこまれたりすると、怖くなる」

アビーは批判的な音を立てた。「そんなものが怖いなら、やっぱりここを立ち去って、わたしの感情なんてほっとけばいいんじゃないかしら」

ザンは露骨にため息をついた。「ああ、そうだな。おれの下半身にそう言ってやってくれ」

アビーはちらりと股間に目を走らせた。「遠慮させていただくわ」上品ぶった口ぶり。「あなたの下半身は会話上手とは言えないもの」

「上手なことはほかにたくさんあるよ」期待をこめて言った。

アビーは口元に手を当てて笑いをこらえた。「どういうつもりかお見とおしよ、ザン。うまく取引きして報酬の値をあげているのよね。でも、無駄よ。そんなの、わたしが吹き飛ばしちゃうから」

笑わせられたことが嬉しくて、言葉はほとんど耳に入ってこなかった。手の甲にキスをした。「好きなだけおれを分析していいよ。下半身にはまったく影響ない」

「あなたのことはよくわかるの」アビーは重々しく言った。「心を見とおすようにね」

「ワオ」口笛を鳴らした。「怖いな」

「ええ、わたしは怖いわよ」今度はそっけない口ぶりだ。「だから今の状況をはっきりさせましょ。これからわたしはあの家に入って、なかを調べてみる。手を貸してくれるなら、すごく頼もしい。気が進まないなら、さよなら。べつに責めない。二度と会うことはないでしょうけど。わたしはひとりでもどうにかできるからご心配なく」

「でもおれは――」

「便宜を図ってもらったからといって、色っぽいお返しをするとは約束できない」アビーは言葉を続けた。「そうなるかもしれないし、ならないかもしれない。あなたの行動次第。わたしの気分次第。わたしの気分がころころ変わるのは、あなたもよく知ってるでしょ」

ザンはまた髪にふれようと手を伸ばしたけれど、途中で手をつかまれ、退けられてしまった。「わたしはいつでも手に入るわけじゃないの、ザン」ひと言ずつはっきりと宣言する。

「よく頭に叩きこんでおいてね」

ザンはうなずいた。「そんなふうに思ったことは一度もない」

アビーは肩を揺すってジャケットを脱ぎ、座席に置いた。「気持ちを奮いたたせてくれてありがとう」アビーは言った。「ちょうど活性剤が必要だった」

「うまくできることがひとつでもあって嬉しいよ」ザンは仏頂面《ぶっちょうづら》を見せた。

アビーの唇によぎったほほ笑みは、まったく底が知れない。「あら。あなたがうまくできることはたくさんあるでしょ、ザン」低い声は、さわり心地のいい毛皮のように、ザンの神経の先を撫でる。アビーは身を乗りだし、ほっそりした手をザンの肩に置いて、キスをした。

やわらかい唇がザンの唇に重なる。そそのかすようなキス。舌でちらりと舐められて、欲望が体中でうなりをあげた。

アビーの手が腿を撫で、脈打つ股間をあやすように、ぽんぽんと小さく叩く。「今は、いい子にしていなさい」小声で言った。「じゃあね」

車からおりて、芝生の向こうに歩いていく。お尻を揺らし、濡れた芝にヒールを沈めるたびによろめきながらも、優美に背筋を伸ばして。くそっ。手の内を読まれている。かたなしだ。

息を吐き散らすようにののしり声をあげて、ヴァンから飛びおり、走ってアビーのあとを追い、肩にジャケットをかけ直した。

「インフルエンザにかかる前にこれをはおっておけ」うなるように言う。

アビーのほほ笑みは目がくらくらするほど美しく、ザンは胸を貫かれた。

「よかった」アビーは言った。「残ることにしてくれてすごく嬉しい」

たしかにザンは間の抜けたぼんくらだが、それよりアビーがザンの手綱捌《たづなさば》きを心得ているというほうが大きい。アビーの巧妙な策略に抗うことはできなかった。

ザンはアビーの肩を抱き、叩きつける雨と家からにじむ重苦しい闇から守った。

19

しっかりしなさい、泣き虫の役たたず。感謝のあまりにわっと泣きだしたら、まったくのうわべだけとはいえ、せっかくの優位な立場がふいになってしてしまう。とはいえ、今この瞬間に二秒でもひとりの時間とティッシュをもらえるなら、何を投げ打っても惜しくなかった。

ザンが立ち去らずアビーをひとりにしなかったことが嬉しくて、感動すら覚えた。いつもよりいっそう強そうで、魅惑的で、おいしそうに見える。そばにいるだけで、アビーの体の細胞ひとつひとつが活気に満ちあふれるようだった。ザンと関わるのは賢いことではないけれど、今日はどうでもよかった。

わたしはひとりでもどうにかできるから、ご心配なく。ずぶ濡れで、がっくりと落ちこんで、職を失いそうだけど。〝ルールその一〟を常に意識していなくては。絶望した様子は色っぽくない。

残念ながら、絶望は近ごろのアビーの標準的な状態だ。

肩に腕をまわされて、アビーの体に喜びの波がさざめいた。雨がザンのTシャツの肩に染みこんでいく。「ジャケットを返しましょうか？　ずぶ濡れになっちゃう」

ザンは皮肉っぽいまなざしをちらりとよこした。「続けてくれ、アビー。言葉を選んでくれれば、あと二言三言で去勢される」

「やあね」アビーはつぶやいた。「あなたの男らしさがそんなにかよわいとは思わなかった」

ザンはドアの前にしゃがんで振り返り、にやっと笑って見せた。「上着は着てな。きみの服は布地の量が充分とは言えない」

小ぶりな革の包みを出して広げ、工具のなかからふたつ選んだ。その二本をすっと錠前に差し入れる。百万キロも遠くを見るような目つきをする。鍵は四分で屈服した。

「早い」アビーは言った。「この前より早いわね」

「この前は、びびっていた。こいつはメデコ社製で、四ピン構造のツイストタンブラー式だ。おれが開錠に四分かかるなら、しっかりした鍵だってことだな」

「こんなに簡単だなんて知らなかった」

「簡単じゃない。おれの腕がいいんだ。ふつうの泥棒はここまでのタイムを叩きだせるようにはならない。おれなら、窓ガラスを割るより早く開けられるが」

アビーは開いたドアの向こうに口を開ける暗やみを見つめた。ザンに肩をつかまれ、そっと引き戻された。「おれが先に行く」

「今はどっちでもいいでしょ」アビーは言った。「もう誰もいないんだから」

ザンはうめき声で答え、アビーの先に立って玄関に入った。アビーは電気を点けた。

「電気はやめたほうがよくないか？」ザンが言った。「不法侵入してるんだぞ」

「誰も気にしないもの」アビーの声はうつろだ。「エレインのことを思えば、文句を言う人がいるほうが嬉しいくらい」

「おれは嬉しくない」ザンはつぶやく。「ごたごたは避けたい」

鑑識の立ち入り禁止のテープはもうなかったけれど、やはり雰囲気はちがった。業務用洗剤のつんとした臭いが、エレインのポプリの香りに取って代わっている。ここはもう、あふれるような色彩と、陶器の置物と、こまごまとした装飾品でいっぱいだったエレインのかわいい家ではない。汚され、そして消毒された家。だいじなものが何もない、家の残骸だ。

アビーは途方に暮れてぐるりと見まわした。計画も何もなく衝動的に押し入っただけだ。エレインの霊が正しい方向に導いてくれるとでも思っていたのかもしれない。

気味の悪いことを考えたせいで、鳥肌が立った。

意を決して足を踏みだし、ゆっくりと系統的にダイニングルームを確認していく。ロープの姿はなく、部屋は整然と片づいていた。部屋の奥の鏡がアビーの青白い顔と、おびえた目を映している。

テーブルは元のシャンデリアの下の位置に戻されていた。アビーはシャンデリアを見あげた。「エレインがどうしてロープを買ったのかわかればいいのに」

「エレインが自分でロープを買った？」ザンは口をすぼめた。「そりゃまずい」

アビーはザンと目をあわせず、体のわきをすり抜けるようにして、玄関に戻った。ザンの目の表情を見たくなかった。アビーには探偵の才能などない。見過ごされた手がかりを発見して、クレランドの鼻をあかすことはできないだろう。それでも、エレインに残された希望はアビーだけだ。ならばアビーがやるしかない。

どこもかしこも不自然なほど片づけられているせいで、エレインの最後の瞬間からどんどん遠ざかるようだった。心をまっさらにするよう心がけて、アビーは一階の部屋を見まわった。ザンは何も言わずについてきている。

エレインの思い出が次々に頭によぎった。この前の誕生日にアビーが贈った絵画は、額に入れられて、廊下に飾ってある。メキシコ製の絨毯は、会議でサンタフェに行ったときにエレインが買ったものだ。

手がかりはない。あるのは胸を締めつける思い出ばかり。

数分間、古風なベッドルームをながめ、アンティークの人形が並んだ棚を見つめ、それからエレインが書斎として使っていた続き部屋に入った。よく整頓された引き出しを次々にあらためた。メモがひとまとめにしてあった。購入予定のプレゼント、覚え書き、未来の展覧会のアイデア、自己改善への取り組み方、前向きな言葉、啓示的な引用。すべてがエレインの古めかしい文字で書かれている。太ったしま猫の形をした陶磁器のティッシュ・ボックスが机の上に置いてあった。アビーはそこからティッシュを一枚取って鼻に押し当て、電気を消し、ザンを押しのけるようにして階下に急いだ。

あとはキッチンだけ。輝くばかりに磨かれ、形だけは完璧に整っている。エレインがここを使うことはなかった。ヨーグルトとフルーツとテイクアウトで生きていたのだから。

メニューの束がチョコレートサンデー型のマグネットで冷蔵庫に留めてあった。エレインは甘い物に目がなかった。アビーはメニューの束をざっとめくった。ギリシア料理、イタリア料理、インド料理、日本食、中華、それに……ちょっと待って。

メニューじゃないものがあった。クレジットカードの請求書。おそらく、支払い忘れのないよう冷蔵庫に貼って、その上をメニューで隠したのだろう。アビーは日付を確認した。数カ月分もある。

携帯電話を出した。もしかしたらまだ誰もエレインのカードを止めていないかもしれない。カード会社のフリーダイヤルに電話をかけ、保留状態でしばらく待った。「もしもし、お電話担当のシンプソンです」女の退屈そうな声が応えた。「カード番号をどうぞ」

「はい」アビーは請求書に載っていた番号を読んだ。

「お名前をフルネームでお願いします」

アビーはまじないに指を交差させた。「エレイン・クレイボーンです」背筋に寒気が走った。殺された友だちのふりをしたことで、幽霊の影が落ちたようだ。

「ご用件を承《うけたまわ》ります、クレイボーンさん」

「最近の請求額を確認したいんですが」アビーは言った。

「身元の確認のために、ご自宅の電話番号と生年月日、それにお母さまの結婚前のお名前を教えていただけますか？」

アビーは生年月日と電話番号を唱えながら、グロリアの旧姓を聞いたことがあったかどうか必死に思いだそうとした。エレインのミドルネームはカーターだ。可能性が高いのはこれだろう。「グロリア・カーター」

相手はしばし無言になった。アビーは息をつめて、ペンを手探りした。ザンが見つけて、手渡してくれた。

「ご請求は、ケープ・ボイジャーから二千二百ドル、ご利用日は六月六日。クラウン・ロイヤル・スイーツ・ホテルから百九十七ドル、ご利用日は六月三日。エース工務店から十七ドル、六月二日。同じく六月二日、ヒンクリー・ハウスから百九十五ドル。六月一日にもう一件、シーズウィック・ホテルから二百三十五ドルです」担当者は単調に記録を読みあげる。

アビーはその内容をテイクアウト・メニューの一枚に書き殴っていった。

「先月のご請求も確認なさいますか？」

「いえ、けっこうです。ありがとう」アビーは電話を切ってメモに目を凝らした。「ケープ・ボイジャーって何かしら」

「カスケード・スプリングスにある旅行代理店だな」ザンが言った。「広告を見たことがある。二千ドルもの大金なら、飛行機のチケット代かな」

旅行代理店なら遅くまで営業していてもおかしくない。試してみる価値はある。アビーは番号案内でケープ・ボイジャーの番号を調べ、そこにかけた。

「ケープ・ボイジャーです」さえずるような女の声。「どんなご用件でしょう？」

アビーはまた指を交差させた。「わたしはエレイン・クレイボーンといいます」声といっしょに息を吐くように、なるべく女性らしい口調でしゃべった。「そちらで飛行機のチケットを買ったのですが、お恥ずかしいことに、バッグを盗まれてしまいました。チケットもそのなかに入っていました。何もかも盗まれてしまって、どうしていいかわからなくてお電話しました」

「電子チケットでしたか？」

「覚えていません。わたし、どうもうっかりしていて。たしかめていただけます？」

「係の者の名前は？」女の声には客商売の人間特有の忍耐強さがにじんでいた。

「わたしったら本当にだめね」アビーは小声で言った。「係の方のお名前を書いたメモもバッグのなかに入れていたんです。それも訊いてみていただけますか？」

「少々お待ちください」かちりと音がして、保留中のBGMが流れはじめた。アビーはザンの目をじっと見つめた。考えこむような表情だ。ザンはアビーの手を握った。ふれあいが嬉しくて、アビーはぎゅっと握り返した。

ふたたびかちりと音がした。「クレイボーンさん？　モーリーンです。先週、ご担当した者です。チケットの書類を失くされたということですね？」

「そうなんです。とりあえず旅程をもう一度教えていただけないかと思って。その、迎えの車に日時を知らせておきたいので」アビーは即席ででたらめを言った。

「はい。六月二十一日、シー・タック空港より午前八時五十分発の六〇五便でご出発、シカゴ空港で二時三十分発のバルセロナ行き三二六二便に乗り継ぎです」
バ、ル、セ、ロ、ナ？　アビーは息を呑んだものの、驚きを隠して平静な声を出した。「シカゴ行き六〇五便、それからバルセロナ行き三二六二便。帰りはいつかしら？」
一瞬モーリーンは口をつぐんだ。「片道切符です」

「片道？」本人が聞き返すのはおかしいと気づくより先に、言葉が飛びでていた。

「ご存じない？　お客さま、どなたか知りませんが、これ以上わたしが口を滑らせる前に、こちらにおいでくださったほうがよさそうです。身分証明書を拝見するまでは、チケットの確認番号はお教えできません」

「ええと、そうね。ありがとう」アビーは呆然としてつぶやいた。「そちらに……いずれ、うかがいます」

電話を切って、空《くう》を見つめた。「片道切符」繰り返した。「バルセロナ行き」

ザンはさっきアビーが書き殴ったメモを見おろした。「このみっつのホテルはどれも金持ち用のB&Bか高級ホテルだ。シルバーフォークにあるのはシーズウィック一軒だけ。あとのふたつは車で二十五分はかかる場所だな」

「今日シーズウィック・ホテルによったの」アビーは言った。「ナネットが、先週そこから出てくるエレインを見たって教えてくれた。新しいボーイフレンドといっしょだったって」

「三度も続けて女性にホテル代を払わせるなんて、どんなろくでなしだ？」ザンがこぼす。「記録に自分の痕跡を残したくないろくでなし？」

ザンは肩をすくめた。「もしかしたら」

胸に広がる安堵感が大きすぎて、膝の力が抜けた。アビーはキッチンの椅子のひとつに腰をおろした。「わたしを信じてくれる?」

ザンは顔をしかめた。「意見を差し挟むつもりはなかったんだが。おれには関係のない問題だからね」

「でも気が変わった? お願い、そうだと言って」

また肩をすくめる。「おれはエレイン・クレイボーンを知らなかったから、彼女についてはあれこれ言えない。ただし、きみのことはよく知っている。エレインとの友情は本物だったように見える。電話での会話も聞いたし、嘘には思えなかった。エレインがあえてきみの心を苦しめるようなことはしないと言うなら、おれはきみの言葉を信じたい。それにスペイン行きのチケットを買うのは自殺する人間の行動にそぐわない。だから、きみはひどくおかしな事実を探り当てたことになる。こんなことしか言えない」

「充分よ」アビーは熱っぽく返した。「ありがとう、ザン」

ザンはますます顔をしかめた。「だからといって、その人でなしを追って駆けずりまわるのがいい考えだとは思わない。もしそいつが本当にエレインを殺したのなら――」

「もしってどういう意味? 〝もし〟かどうかの話はもうやめて」

「もし」ザンは重々しく繰り返した。「殺したのなら、きみは冷酷な殺人者を追っていることになる。それも警察もあざむけるほど完璧に、自分の痕跡を殺せるプロだ。そういう男からはできるかぎり遠くに離れていなくちゃならない。警察にまかせるんだ、アビー。ばかなまねはやめろ」

「まかせようとした！」アビーは大声を出した。「大きな手がかりをつかんだと思って、あの刑事に教えたけれど、警察は自殺だと決めつけて捜査を終わらせようとしている！　真剣に話を聞いてもらうには、飛行機のチケットよりももっとたしかな何かが必要なの。クレランドはわたしのことをヒステリックなばか女だと思っている」

窓辺に歩いていって、玄関の外に停まっている金のルノーを凝視した。キッチンの電気を消して、ドアに向かった。「あの車のなかを見る」

ザンは苛だちの声をあげて、あとからついてきた。「鍵は持ってないよな？」

「あなたが開けたくないなら、窓を割る。エレインはわかってくれる」アビーは植えこみのあたりをのぞきこみ、半分埋まったレンガを見つけ、それを拾って思いきりエレインの車に向かって振りあげた。

ザンはアビーに飛びかかり、掲げた腕をつかんだ。「おい、待てよ」

アビーはレンガを振りまわした。「やらせて」震える声で言った。「すぐにやらないと、勇気がくじけそう」

「それをおろせ」ザンはうなるように言った。「おれが開けてやるから。オーケー？」

アビーはレンガを茂みに投げ捨て、ふうっと息を吐いて、体を折り曲げた。「ありがと」ささやくようにお礼を言った。

ザンは自分のヴァンに戻って、レジナルドの車を開けた日に使っていたのとおなじバッグを持ってきた。「礼はいい」声に怒りがにじんでいる。「脅迫されたようなもんだ。そういうやり方は気にくわない。作業中はそこに立つな。気が散る」

アビーは震える唇を噛んで、一歩退いた。窓を割らなかったことを後悔するような気持ちだった。何かを壊したらすこしは気分がすっきりしただろうに。

二分ほどでドアが開いた。ザンは道具を片づけて、手ぶりでどうぞとなかを示した。

アビーは運転席に滑りこんで、車内を見まわした。まだ新車の匂いがする。グローブボックスにあったのは、懐中電灯、登記書、地図。アビーが自分で車を持っていた古きよき時代を思い返せば、グローブボックスのなかには、熱心な探索者を満足させる宝の山があるはずだった。レシートなど最近訪ねた場所を示すものがたっぷりと。ただし、きれい好きのエレインの場合はちがう。

コーヒーショップの紙コップがホルダーに置きっぱなしになっていた。アビーはそれを手に取って、ふちについた珊瑚《さんご》色の口紅を見つめた。

もう片方の手で口を押さえつけた。ここで泣きだすわけにはいかない。むくれたザンを雨のなか、外で待たせている。コップを戻そうとしたとき、ホルダーにレシートが挟まっているのに気づいた。

レシートを拾いあげた。ベラヴィスタ通りの駐車場のものだ。日付と時刻が載っている。エレインは殺される四日前の午後十時にそこに車を預けた。引き取ったのは翌朝の八時五十分。アビーは懐中電灯をつかんで、前の座席のあたりをもっと丹念に探りはじめた。サイドブレーキのわきに、駐車場のレシートがもう一枚挟まっていた。

エレインが死ぬ一週間前。おなじ駐車場。

マークは家から五ブロックも離れた駐車場に車を停めさせるとエレインは言っていた。アビーの鼓動が速くなった。車から出て、ザンにレシートを見せた。「ここまで連れていってもらえる?」

ザンはレシートを手に取って、じっと見つめた。「これ以上深入りしちゃいけない」ザンは言った。「危険なことに思えてきたよ」

「ようやくわかってくれた?」アビーは言った。「エレインには危険だったのよ」レシートを引ったくって取り返した。「ご心配なく。どうしても送ってもらえないなら、タクシーを呼ぶ」アビーは携帯を出した。

ザンはうしろから手首をつかみ、そのままぐいと引いた。「そうやってないがしろにされるのは我慢ならない」語気を荒らげる。

アビーはその口調の強さにはっとした。「ないがしろにするつもりじゃないの」アビーは言った。「ようやくはずみがついたから、止められないだけ。そうしないと勢いを失ってしまいそう」

「なら、ヴァンに乗れ。だいじな勢いを無駄にするな」

ザンは不機嫌のかたまりと化していた。けれどもなぜか、けんか腰の態度といやみな言葉はこの状況の不気味さを軽減させてくれた。どの言葉もアビーを怒らせるか笑わせるかのどちらかだったけれど、どちらにせよ、ひとりで悲しみにくれ、怖がっているよりはずっとよかった。

ザンからほとばしるような怒気はあえて無視した。ベラヴィスタ通りの駐車場の前でヴァンが停まると、アビーはコンパクトを出して口紅をつけ直した。ぐしゃぐしゃの髪をほどき、濡れてもつれた状態からできるだけふんわりとさせ、ぴったりと体に張りついたブラウスを撫でつけた。「ここで待ってて」ザンに言った。「係員と話してくる」

ザンはまじまじとアビーを見つめた。「そんなに胸をはだけさせたまま、きみをひとりで行かせると思うか？　まじめに考えろ、アビー。もっとはっきり言うなら、服を着ろ！　頼むから、シャツのボタンを閉めてくれ！」

「わたしのブラウスははだけていない」アビーは言いたてた。「一分の隙もない服装よ。上ふたつのボタンは絶対に閉めない」

「隙がないだと！」ザンは怒鳴りつけた。「ブラが丸見えじゃないか！」

「あと何センチか顔を離してから見てみれば！　お願い、ついてこないで。あなたががみがみ言っているそばで、係の人と話したくないの」

「無理な相談だ」ザンはドアを叩きつけて閉じ、アビーの体を半回転させてボタンをきっちり上まで閉めた。

アビーは身をよじってザンの手から逃れ、ハイヒールでよろめき、それから駐車場へのスロープを猛然とくだりはじめた。係員の窓口に突進して、残り少ない気力を振りしぼって全身に色気をにじませた。窓口の十歩前から、千ドル級の笑みを係の男に振りまいた。

男はまばたきしたあと、もっとよく見ようと身を乗りだした。「何かお役に立てるかな?」

ザンに疑わしい視線を投げる。ザンはにらみ返した。

アビーはザンのわき腹を思いきり小突いた。「ええ、じつは訊きたいことがあって。友だちに関する情報を集めているの」ポケットから写真を出して、手渡した。「最近、この人を見かけなかった?」

男の目のきらめきで、答えがわかった。エレインは美人だ。

「ああ」男は言った。「この数週間、よく出入りしてたよ。今年のモデルの金のルノーだよね?」

「そう」興奮で胃のなかがはためいた。「誰かがいっしょにいるところは見なかった? 背が高くて金髪の男は?」

係員は首を振った。「おれが見たかぎりじゃ、いつもひとりだったよ」

殺人者マークの車を確定するのは無理そうだ。アビーは方針を変えた。「車を停めたあと、彼女がどちらへ向かったかわかる?」

また首を振る。「どっちに行ってもおかしくないね」

べつの戦略を立てようとしたけれど、あまりに疲れていて、悲しくて、奸知《かんち》に長《た》けた考えは出てこなかった。「彼女、殺されたの」ぽつんとつぶやいた。「何者かに、首吊りにされて」

男はぽかんと口を開けた。「え……ほんとに？」

「八日前よ」アビーはあごのわななきを押さえようとした。「最期の数日間に、彼女が何をしていたのか突きとめようとしているの」駐車場のレシートを取りだした。「ルノーのなかでこれを見つけた。手がかりはこれだけ。お願い。どんなことでも、思いだしてくれれば助けになる。お願い」

男は一瞬、自分の足元に目を落とした。「ここに駐車した最初の晩、オーティス通りへ行くにはどっちに曲がればいいか訊かれたよ」

アビーは続きを待ってから言った。「それはどっちなの？」

「右」男は答えた。「四ブロック先を右。クリフサイド・シティ公園で行きどまりになる。それがオーティス通りだ。おれが知ってるのはそれだけ」

アビーはうなずいて感謝の意を示した。ザンは表までうしろからついてきた。

「一軒ずつ調べてまわったらどうかな」わざとらしく提案する。「長身の金髪男が呼び鈴に応えたら、バッグで頭をぶち殴ればいい。もっといいのは、もう一度ボタンをはずすことだ。そいつが鼻息を荒くしている隙にヴァンのうしろに押しこんで、尋問する」

アビーはヴァンによじのぼった。「減らず口はやめて」ぶつぶつとこぼした。「皮肉はなんの役にも立たない」

「夕食は役に立つんじゃないかな」ザンは言った。「腹ぺこだ」

アビーはザンを無視して、バッグからしわくちゃのメニューを出し、そこに書きつけた請求のメモを凝視した。「あいつはこのあたりに住んでいる」ひとり言のようにつぶやいた。「ここから五ブロック先、オーティス通りに。範囲は数ブロック。もっと狭める方法はあるはず」

ザンは運転席に乗りこんで、エンジンをかけた。「日常に戻ろう」忍耐強く言う。「ここまでで中華、バーベキュー、イタリアンの店の前を通ってきた。どれがいい？」

アビーの頭に何かがよぎった。ちらつき、きらめく光のように。カードの請求をメモしたメニューをひっくり返した。「イタリアン」そっと口にした。「そうよ、ザン。イタリアン」

「オーケー。じゃあイタリアンで」ザンはギアを入れた。

「ちがう！　見て！」メニューを開いた。

ザンは身を乗りだして、メニューをのぞいた。「カフェ・ジラソール」店名を読みあげる。「高級イタリア料理店。いいよ。パスタをたらふくおう」

「そうじゃないのよ、おばかさん。手がかりよ！　殺人の前の日、オフィスでエレインがディナーを注文しているのを聞いたの。配達を頼んでいた」

ザンは肩をすくめた。「エレインはパスタが好き。だから？」

「デート用のディナーだったのよ、ザン」アビーは説明した。

ザンの目に理解の色が浮かんだ。ふたりは目を見あわせた。

アビーは携帯を出して、メニューに載っている番号にかけた。

「カフェ・ジラソールです」女の声が応えた。

「こんばんは」アビーは言った。「わたしはグウェン。グロリア・クレイボーンの秘書です。今夜のディナーを注文します。料金は、いつものカードから引き落としで」

「少々お待ちを……ああ、はい。カード番号はこちらで控えてあります」女は言った。「ご注文をどうぞ」

アビーはメニューを開いて適当に注文していった。「そうね、ええと、アーティチョークのペストリー、黒トリュフのラビオリ、マッシュルームのタリアテッレ、マツの実のサラダ、それと、シャンティリー・クリームがけのフルーツ・タルト」

「ワインはいつものカベルネですか？　それにデザートワインはプロセッコ？」

「あー、ええ、それでけっこうよ」アビーは答えた。「以上で」

「配達料こみで三百十二ドルです。お届けはどちらへ？」

アビーは料金を聞いて、心のなかで口笛を吹き、また指を交差させた。「それが、じつはちょっと困っているんです。助けてもらえないかしら。食事をどの住所に届けてもらえばいいかはっきりしないの。クレイボーンさんは今ここにいないから、尋ねることができなくて。わかるのは、先週の木曜、七日に届けてもらったのとおなじ住所だということだけ。たしかウェスト・アッシュ通りか、マーゴリーズ通りか、オーティス通りのどれかだったと思うんですけど」

「お待ちください」保留に切り替えられ、アビーはじりじりとして待った。カチッ。「記録によりますと、七日の木曜にお届けしたのはオーティス通り二八四番地ですね」

「よかった」アビーは言った。「そこに届けてください。ありがとうございます」

携帯電話をバッグに戻して、ザンへ目を向けた。ザンはひどく不可解なまなざしを返す。

「今度は何？」アビーは語気を強くした。

「きみは嘘がうまい」ザンは言った。

「何かご不満？」

「どうかな」とザン。「ちょっとした不安は感じるが」

アビーは鼻を鳴らした。「あなたには一度も嘘はついてない」

「そう？」

丸めたメニューでザンの腕をぽんとはたいた。「いくふりをしたことはない。気になるのがそういう意味なら」

「そりゃありがたい」ザンはそっけなく言った。「気が楽になったよ」

アビーはメモを掲げた。「オーティス通り二八四番地まで連れていってもらえる？」返事を待った。沈黙が長引く。「それとも、歩いていかなきゃいけない？」

長いあいだ見つめられて、アビーはもじもじしだした。

「ああ」ザンの口調はけわしい。「それからどうするんだ、アビー？　レンガを見つけて窓を割る？　もしマークが現われたら、どうやって逃げる？　タクシーを呼ぶのか？　タクシーを待つあいだ、マークとおしゃべりを楽しむ？　それともその尖ったヒールで雨のなか走って逃げる？」

その言葉で怖気づいたことを悟られないうちに、アビーは目をそらした。「あなたには関係ないわ、ザン。わたしの問題」

「もうそれじゃすまない」ザンは言った。「おれが手を貸さなければ、きみはここまで深入りしなかった。おれにも責任がある」

アビーはかっとした。「見くびらないで」

「おれのことも見くびるな」ザンは言い返した。「今夜こうして引きまわされているうちに、うまくだまされて、いいようにあやつられているような気分になってきた。このあたりで、取り決めを見直したほうがいいと思う」

「取り決めって何？　取り決めなんてしてないでしょ」

「考えてくれ。あとで答えを聞く」ザンは数ブロック車を走らせて、オーティス通りに曲がり、番地を読んでいった。あった。二八四番地。大きな空き家のように見える屋敷の前で停車した。屋敷は暗く、家の前に車の姿はなく、芝生は伸び放題だ。

ザンはアビーに目を向けた。「それで？　覚悟はできた？」

アビーは苛だちのため息を吐きだした。「また体の取引きの話に戻すんじゃないでしょうね。さっきも言ったとおり、わたしは――」

「それはわかってる。だが、おれのユーモアのセンスはどんどんかぼそくなっているから、簡潔に言おう。帰りの足もなく、どしゃぶりの雨のなか、殺人犯の家の窓をレンガで割ろうとしているきみを、ひとり残すことはできない。きみを置いて帰るのは無理だ」

「あら」アビーは驚いて言った。「それは、ありがとう。あなたの気持ちは——」

「礼は言うな」すごむような口調にアビーは黙りこんだ。「おれが残って、鍵を開けたら、そのときはこう思ってくれ、アビー。取引き完了。きみはおれと一夜を過ごす。必然的な結果は何もかもこみで」

アビーはザンの明るく澄んだ瞳をのぞきこんだ。強いまなざしで見つめ返され、心を分析されている気分になった。「でも、言ったでしょ。わたしは——」

「いつもその気とはかぎらない。聞いたよ。おれが、その気なんだ、アビー。きみじゃなく、おれが」

アビーはふいに乾いた唇を舐め、両手をそわそわと揉みしだいた。「支配者ごっこのお遊びをしている場合じゃないの」

ザンは首を振った。「お遊びじゃない。ただ、そうなるというだけだ」

アビーは罠にかかった気分と悦びでぞくぞくする気分の両方に襲われた。体が理性を裏切っている。喉から手が出るほどザンがほしい。ザンの強さと力は安心感を与えてくれる。ザンの欲望は、アビーを美しく、女らしく感じさせてくれる。ザンの服を引き裂いて、体をむさぼりたかった。クールを気取るのは楽じゃない。

「いやだと言ったら？」アビーは尋ねた。

「家に連れて帰る。これ以上は不法侵入をしない。タクシーも呼ばせない。おれは警官の弟のクリスに電話をかけて、きみが何をするつもりか話す。きみがこの自滅行為をひとりでやろうとする場合に備えて」

アビーは息を呑んだ。「陰険。そんな邪魔はしないわよね？」

ザンは答えの代わりにアビーを見つめた。「ひとりでやりたくないのはわかっている」

アビーは狼狽していて、虚勢を張った返事すら思いつかなかった。「あなたは一夜を……どこで過ごしたいの？　わたしの家？」

「場所は気にしない」ザンは答えた。「どこでもいい。きみの家でも、おれの家でも、ヴァンのなかでも。海岸でもいい。車のボンネットの上でもかまわない。場所は決めないでおこう」

「決めないでおくのは、あまり賢明とは思えないけど」

ザンは、風に揺れる木のうしろにそびえる巨大な屋敷にあごをしゃくった。「こいつもね」

アビーも屋敷を見つめた。それからぎらつくザンの目に視線を移し、どうしてぐだぐだと抵抗しているのかといぶかしんだ。時間が過ぎるごとに、自分のプライドなどどうでもよくなっていった。

「いいわ」助手席側のドアを大きく開けた。「こっちを先にすませましょ」

20

ザンは体の横にアビーをぐっと引きよせた。アビーは濡れた草と腐った落ち葉の上を小走りで歩調をあわせている。今夜の一部始終に対するおだやかざる気持ちは、とうてい無視できないほどふくらんでいた。解決法はひとつ。さっさとすませて、アビーを安全な場所に連れて行くこと。大きくて快適なベッドのある場所に。

仕事用のバッグから懐中電灯を取りだして、ガレージのなかを照らした。「空《から》だ」ザンは言った。「人はいないようだな」

「気味の悪い家」アビーがささやく。「冷たい感じがする」

ザンは革の手袋をはめた。警報装置はなさそうだ。カバ社製の一般的なシリンダー錠で、凝ったものではない。開錠に一分半もかかったのは、指先が冷たくなっていたからだ。ドアは静かに開き、完全な暗やみが現われた。こもった匂いがする。

アビーが足を踏み入れようとした。ザンは腕を横に伸ばして、さえぎった。「ふざけるな。おれが先だ。何も手をふれるな。おれにぴったりくっついてろ」

なかに入って、暗やみに目を慣らした。絨毯は灰色かベージュか。懐中電灯であちこちを照らした。床から天井までの窓にかかったブランドの隙間から、家の横のパティオが見える。家具は高級ホテルのスイートのように、豪華で、ひと揃いになっている。壁に絵はかかっていない。

アビーがザンを待たずに階段をのぼりはじめていた。ザンは急いであとを追った。アビーはのぼりきったところのすぐそばのベッドルームに入っていき、ザンが止めるより早く天井の明かりを点けた。

「おい、やめろ、アビー」ザンはうなった。「外から見えるだろ」

「すぐすませるから」アビーは言った。

ふたりは部屋を見つめた。化粧台と、丸裸の四柱式ベッドがあるだけ。アビーはベッドのはしに膝をつき、マットレスの向こうに手を伸ばした。支柱に結んであった布の切れはしをつかむ。薄い緑色のシルクで、うっすらと木の葉の模様が入っている。

「エレインのスカーフ」アビーの声は聞き取れないほど小さかった。「二年前の誕生日に、わたしが贈ったもの」

ザンは警戒心をつのらせた。「それでロープの説明がつく」

アビーはまごついたようにこちらを見あげた。「どうして？」

「例の男はSMの気があるって言ってただろ？　たぶんエレインは恋人を喜ばせようとしてロープを買ったんだ」

アビーは生きた蛇をつかんでいたかのようにシルクのスカーフを落とし、あたふたとベッドからおりた。「なるほど」

部屋のなかを徹底的にくまなく捜査するアビーに、ザンは「いいから急げ」と叫びたくなった。バスルームは空《から》っぽ、ベッドルームのほかの部屋も空っぽ。アビーは階下に戻った。ザンはあとをついていった。「もう行けるか？」声が緊張で硬くなっていた。

ビーッ。玄関のブザーの音に、ふたりとも飛びあがった。ザンはアビーを背に隠し、後退しはじめた。裏口へ。声に出さずにアビーに告げた。

「待って！」アビーはささやいた、「もしマークなら、ブザーなんて鳴らさない。鍵を持ってるでしょ。黙って入ってくるはず」

ビーーーッ。またブザーがわめいた。長く、執拗な鳴らし方だ。ザンは口のなかでののしり、アビーを裏口へ引っぱっていった。「ドアの向こうにいるのが誰か知らないが、そいつにおれたちがここにいる理由を言い訳できるか？」小声で言い返した。「おれにはできない」

内側の鍵を開け、そっと裏口のドアを開けた。家の左手から何かかさつく音がする。

アビーの口に手を押しつけた。その肌がいかにすべらかか、あごの骨格がいかに優美かを脳の一部が記録した。

「シーッ」耳元でささやき、それから体を離して、猫のような忍び足でパティオのはしまで移動した。よし……今だ。

パティオに躍りでた瞬間に男を捕らえ、思い切り膝をつかせて濡れた芝の上で身動きを封じ、首にアームロックをかけた。「誰だ？」ささやき声のまま語気を荒らげた。

男は息をつまらせたようにごぼごぼと喉を鳴らした。ザンは男がしゃべれる程度に腕の力をゆるめた。「デリバリー！」あえぎながら言う。「食べ物の配達にきたんだ！　殴らないでくれ！」

ザンは腕を放した。男は顔から前に倒れ、咳きこみ、むせいだ。四つん這いで前に進み、どうにか立ちあがり、ふらつきながらも必死に駆けて逃げていった。伸びた芝の上に、白い紙パックが置いてあるのが、ザンの目にもようやく映った。「デリバリー？」逃げた男の言葉を繰り返した。「なんのことだ？」

「やだ、たいへん」アビーは自分のひたいをぴしゃりと打った。「カフェ・ジラソールよ。住所を聞きだすために注文のふりをしたけど、でも……」

「ああ」ザンは言った。「カードで引き落としができるなら、誰が嘘の注文だと思う？」

アビーは包みを拾いあげた。「かわいそうに。あの子、四十ドルのチップを期待して来たところ、その代わりに気のふれた男に襲われるなんて」

ザンはうめいた。「だから？　ぎょっとさせられたんだ。行こう。ここから出よう」

「待って。まだよ」アビーはパティオのあたりを見まわした。はしっこに大きなゴミ袋が捨ててある。それを引きずって、キッチンのなかに入れる。ザンはあとをついていき、アビーがキッチンのカウンターの上にあったビニールの買い物袋をつかむのを見て、目を丸くした。

アビーはそれを手袋代わりに片手にはめて、ゴミ袋の口を開け、中身を床にばらまいた。

ザンは足元が腐った食べ物だらけになる寸前、うしろに飛びのいた。「今度はいったいなんだ？」

「探偵小説では、どんな主人公もゴミの中身を調べるの」アビーが答えた。「手がかりを探すためよ」

「やめてくれ。悪臭にまみれていない手がかりを探すわけにはいかないのか？」

「この臭いを嗅ぐために、わたしは代価を支払わせられるんだから、これも取引きの一部だと思ってよ」アビーはゴミを床にまき散らした。「そんなに胃が弱いなら、外で待ってれば。でも役に立つと思われたいなら、懐中電灯を出して、ゴミを照らしていて」

ザンはぐちゃぐちゃのおぞましいものに明かりを当て、アビーはそのなかを手でかきまわした。「今夜はどんどん超現実的になっていくよ」ザンは言った。

アビーはザンに取りあわず、ゴミに意識を集中させている。うへ。女ってものの神経は鉄でできているな。この代物は熟しすぎていて、目に沁みるほどなのに、アビーは平然と中身を調べている。シャンパンの瓶のラベルを読み、エスプレッソ・コーヒーのかすをつつき、ビスケットの濡れた箱をあらためる。カフェ・ジラソールのロゴが入った容器がいくつもあった。なかはびっしりとカビが生えていた。カベルネの入っていた瓶。オレンジの皮、ビニール袋、オリオンという名のイタリア産ミネラル・ウォーターの瓶。ロシア産キャビアの瓶。

「高級志向ね」アビーは言った。

「おれに意見は求めなくていいよ」とザン。

アビーはまたもザンを無視してビニール袋を逆さに振った。細切れの紙がもつれて床に落ちる。写真印刷用の紙の残骸。被写体の部分が繰り抜かれている。それでも、底辺には写真の一部が細く残っていた。アビーはそれをまっすぐに伸ばした。ザンは変色してくしゃくしゃになったその残骸に明かりを向けた。「エレインの写真」アビーは言った。

ザンは口で息をしながら、かがんで目を凝らした。「ええと、アビー？　これじゃ誰かわからないよ。顔の部分が切り取られてるじゃないか」

「もったいぶった言い方はやめて」アビーはぴしりと言う。「何を言ってるかちゃんとわかってます。見て、底辺の黒い横線に緑の点が入ってるでしょ」

ザンは言われたとおりに見た。「ああ。それで？」

「エレインのスカーフよ」きっぱりと言う。「引き裂かれて、ベッドの柱に結んであったのとおなじスカーフ」

ザンはもう一度見直した。「点が小さすぎる」疑わしそうに言った。

「この色は見まちがえない。エレインの着こなしもよく知っている。プラダの黒いタートルネックを着るときはいつもこのスカーフを巻いていたの」アビーは言った。「絶対にたしかよ」

床に落としたものをまた探って、白っぽい鳥の巣のようなごわごわしたかたまりを取りあげる。アビーはそれをつついた。「人間の髪ね」

ザンもそれをのぞきこんだ。「そうみたいだ。エレインはブロンドだった」

「エレインは灰色がかったブロンド」アビーは言った。「これはもっと白っぽいブロンド。

ナネットは、エレインの男は長いブロンドだったと言ってた。もう長髪じゃないらしいわね」

　ふたりはさらにしばらくのあいだ無言でゴミをあさった。やがてアビーは即席のビニール手袋を床に払い落とした。「親友を殺されたんだから、このゴミを袋に戻すような義理はないと思う」

「その気持ちには心から同意するよ」ザンは言った。

アビーはパティオに消え、またもザンに警戒心を起こさせた。小声でののしって、急いで追いかけてみると、アビーはテイクアウトの料理を両手に抱えていた。「これを持って、引きあげましょ」

「冗談だろ」ザンは言った。「それをくう気にはなれない」

アビーは怒りの目を向ける。「なんですって？　まさかまだちゃんと食べられる三百ドル分の料理を置きっぱなしにして、リスの餌にしろって言ってるの？」

「亡くなった女性に夕食をおごってもらうなんて、考えるだけでいやだよ」

アビーはまばたきした。「あら。ええと、じつはエレインの母親のつけにしたの。でも自分で払うつもりよ。そうね、これからすぐレストランに向かって、あの気の毒な配達係の人にも埋めあわせしたほうがいいかも」

「そりゃすばらしい」ザンは言った。「電話で身元をいつわり、豪華なごちそうを他人のカードのつけにして、空き家に不法侵入し、あちこち嗅ぎまわり、ゴミを床にばらまいたってことを何人もの証人に告白するんだな。そうしているあいだ、配達係の男におれを暴行罪で訴えさせたらどうだ?」

「わかったわよ」アビーはこぼした。「今夜、取引きとやらで無理に結ばされたことを考えれば、そうなってもいい気味だけど。でも、あとでちゃんとしておく。この件が全部終わったら」

「さてと、これからの計画は?」ザンは尋ねた。「次の犯罪行為は何かな? 罪のない人に襲いかかる? それとも放火? どこかの記念碑にスプレーで落書きする? うまくやってのけるからなんでも言ってくれ。どれもこれも、おれみたいに夜の仕事をしている人間はうってつけだ」

「いいえ」アビーは言った。「もうアイデア切れよ。今のところは」

「ありがたい」ザンは心から言った。

ふたりの目があった。雄弁な沈黙のなかで炎が燃えあがる。ザンは身震いして、アビーから食べ物の袋を取りあげた。

「行こう」ザンはぶっきらぼうに言った。「こんなところ、さっさとずらかろう」

携帯電話の呼出音がルシアンを苛だたせた。展示会場の地図を見て、強盗の構成を頭に描いていたところだ。視覚化の効果を信じているが、それには集中力を要する。役たたずのまぬけどもに始終邪魔をされていたら、集中するのはむずかしい。画面を確認した。ニールだ。

通話ボタンを押した。「いい知らせだろうな」

「あのー、ボス？　ちょっと困ったことになったようで」

「早く話せ」ルシアンは言った。「わたしは忙しい」

「あー、その、例の女が鍵屋と会って、ふたりで――」

「緊急事態ではないだろう、ニール」歯をくいしばるように声をもらした。

「いや、それが、エレインの家に行ったんだ」ニールが言った。「男のほうが鍵を開けて、家のなかやら車のなかやらを女に調べさせてやった。女は証拠を探してあちこちのぞきまわった。それでどこに向かったと思う？」

「もったいぶったもの言いはするな、ニール。次におなじことをしたら、玉を切り落とす」

「すまん」ニールはあわてて言った。「ふたりは今オーティス通りの屋敷にいる」

ルシアンは驚愕した。体に冷たい衝撃が走る。刺激的な感覚ではない。この感情は心地よくない。

「女がパティオにあったゴミ袋をキッチンに戻したところだ」ニールが言った。「たぶん中身を調べてるんじゃないかな。うえっ。八日も前のゴミだから今はもうずいぶん発酵してるんだろうなあ」

「ゴミ袋？」ルシアンは思わず椅子から立ちあがった。「どのゴミ袋だ？　あの家を掃除しろとヘンリーに言ったはずだ。髪の一本も残すなと！」

「あー、うん、まあ」ニールはしどろもどろになった。「ゴミを袋に全部つめたものの、ゴミ袋自体は持ち帰るのを忘れたってとこかな」

「ばか野郎」ルシアンは歯の隙間から火を吹くように言った。考えをめぐらせたが、脳が空《から》まわりして答えが出ない。不愉快な可能性が思い浮かぶだけだった。危険があるわけではない。エレインの死は自殺と断定され、捜査は終了する。オーティス通りの屋敷の借り手を探ろうとしても、偽名とペーパー会社の迷宮に入りこむだけだ。ルシアンのDNAや指紋はどんな犯罪者データベースにも載っていない。きらきらした目の慈善事業家のルシアンが容疑者になるとは考えられない。

秘密の趣味に関して、一片の手がかりもつかんだ者はいない。

とはいえ、誰かにここまで攻めこまれたのは初めてだ。コーヒーをいっしょに飲んだあと、ルシアンはアビーのことを色気だけの女と判断し、計画の脅威になり得るとは考えなかった。ただの駒だと。見こみちがいだった。ひどい誤算だ。

「あの……ボス？」ニールは水を向けた。「おれはこれからどうしたらいいかな？」

損害を最小限にくいとめることにした。「それを持ちださなければならない」ルシアンは言った。べつの電話を取って、ルイスのポケベルを鳴らす。「ヘンリーとルイスは今ちょうど女のアパートメントにいるから、女と鍵屋が帰ってくる場合を考えて、ふたりをそのまま待機させる。おまえはオーティス通りに残れ」

「なんのために？」ニールはべそをかいた。「おれも――」

「ゴミ」ルシアンは冷徹に言い放った。「ゴミを消滅させろ」

「へまをしたのはおれじゃないぞ！　ヘンリーにケツを拭かせてくれよ！」

「黙れ、ニール。ヘンリーは今は忙しい。罰を与えるのはあとだ。しかしそれを見たら、おまえはヘンリーをうらやみはしないだろう」

「じゃあ今夜のうちに、ルイスとヘンリーにふたりを始末させるんだ？」

ルシアンはためらった。「メイトランドはいつ死んでもかまわない。死体が見つかることもない。しかし鍵屋は仕事が終わるまで殺すわけにはいかない。それまでは五体満足で生かしておく必要がある。湖畔の別荘に閉じこめておく」

「それならその、おれたちもちょっと……おこぼれに預かっても？」ニールはほのめかした。

「女か？」ルシアンは苛だち、答えを決めかねて尋ねた。

アビーのことはパーティで自ら誘惑するつもりだった。金で釣り、心を惑わせ、あれこれ手を変えてひと晩で何度か犯す。この夢想には最近では覚えがないほど興奮した。とりわけルイスの写真を見たあとは。

あの美しい体。奔放《ほんぽう》で官能的。恋人のどんな気まぐれにも、淫らに、熱心に応えてくれる。悪い子だ。

お仕置きをしてやらなければならない。ゆっくりと時間をかけ、卑猥《ひわい》で、手のこんだお仕置きを。絶頂は究極の裏切りのなかで訪れる。

しかしルイスとヘンリーに襲われ、つかまったあとでは、何もかもちがってくる。あの女はふくれ、おびえ、怒り、警戒しているはずだ。

そうなってはこれといって刺激的なシナリオは望めない。

現実的になるべきだ。今この時点で手下の男どもにくれてやるのもいいだろう。アビーはゲームの駒としてもう用なしだ。

「いいだろう」ルシアンは結論をくだした。「オーティス通りの屋敷のゴミを片づけたら、あの女を好きにしろ。ただし、おまえとルイスだけだ。ヘンリーに褒美《ほうび》はなしだ。見せてやってもいいが、さわらせるな」

ニールは口笛を吹いた。「おやおや。あいつ、かわいそうな子犬みたいになるだろうな」

「ああいうまぬけと意思の疎通を図る唯一の方法だ。飴《あめ》と鞭。パブロフの犬のようなものだ」

「まあ、あんたの言うとおりにするよ、ボス。おっと、もう切るよ。ふたりが出てきた」

ルイスからの電話を待つあいだ、ルシアンは怒気を放っていた。エレインをオーティス通りに連れて行った自分に腹が立つ。エレインは〝マーク〟の存在を秘密にするという約束を破った。あの愚かしい雌牛を殺してやりたいくらいだが、もう死んでいると思うとさらに怒りがつのった。

アビーはまだ生きている。友だちの代わりを立派に務めてくれるだろう。

21

ザンは車を停め、数秒間座ったままでいてから口を開いた。「アビー?」

「あら」アビーはザンをそっとうかがった。「その口調には要注意ね」

ザンは皮肉を無視した。「エレインに何が起こったのかうまく突きとめたことは賞賛に値するが――」

「誰がエレインを殺したのかって意味かしら」アビーが訂正する。

ザンは屈せずに話を続けた。「おれがくたばったときに、誰かがそこまでしてくれたら嬉しいと思うよ」ゆっくりと、意を決したように息を吐いた。「だが、こういうことをするために警官がいて、それで生計を立ててるんだ。訓練されている。武装している。危険を察知できる。きみはちがう、アビー。なあ、自分の姿を見てみろよ」

「いや」アビーは片手をあげてザンを止めた。「聞きたくない」

「親父は警官だった」ザンは容赦なく続けた。「腕ききだった。頭がよくて、勇敢で、豪胆な男だった。任務中に胸を撃たれて死んだ」

アビーは首を振った。「お気の毒だとは思うけど、ザン、わたしには関係ない。もうこの話はやめましょう」

「ああ」ザンは苦々しく言った。「またそれか。ふれちゃならない話題」

「わたしはただ争いを避けたいだけ」アビーは言った。

「争いを避ける?」ザンの声が大きくなった。「街中を駆けずりまわって、嘘をつきまくり、おれをそそのかして、不法侵入させたのはそのためか? 争いを避ける手段か?」

「しなきゃいけないことをしたのよ!」アビーは癇癪を起こした。「わたしがどれだけ無謀で、役たたずで、愚かなのか、教えてくれなくてけっこうよ。ちゃんと自分でわかっているから。だからお願い。けんかはしたくないの。今でもわたしたちの仲は充分おかしなことになっている。何かほかのことを話しましょ。お願い」

声の震えを聞きとめて、ザンは自戒した。これ以上押したら、泣かれてしまうだろう。それでは何も実らない。ギアを入れ替えるころあいだ。「けんかはしたくない。今夜のことを話したくない。エレインのことも話したくない。となると、話すに値する、大切な話題はひとつしか残らない」

アビーは目をまわした。「言わなくていい。当てられるから」

「そう」ザンは言った「正解だよ。答えはセックス」

アビーは笑いをこらえて口を結んだ。「そんなはずないでしょ」きっぱりと言って、テイクアウトの袋を手に持つ。「セックス以外にも話題はたくさんある」

「そう? たとえば?」

「芸術は？　文化、音楽、文学、映画は？」ヴァンからおりて、階段のほうへきびきびと歩いていく。

ザンはヴァンのドアを勢いよく閉じて、はずむ足どりで追いついた。「いいや」と答えた。「そういうことについて気の利いたことを話すには、まず観たり聴いたりしなくちゃならない。ところが秘密の恋人はお上品な場には連れだしてもらえないんだ。かごに閉じこめられて、宵闇も深まった頃、特別な技を求められるときだけ外に出られる」

アビーはくすくす笑った。「やあね。なら、食べ物は？　その話をしましょ」

「食べ物とセックスは切っても切り離せない」ザンは言った。

「そうかも」アビーは袋を置いて、バッグから鍵を取りだした。「でも食卓を準備してワインをつぐまでは切り離しておいて。おなかがぺこぺこ」

首すじがぞくっとしたのがいつなのかはわからない。どうやってアビーを笑わそうかとおもしろいセリフを考えながら、なんとはなしにアビーの手の鍵を目で追っていた。新しい鍵は明るく輝き、それを錠に――

錠の表面。これほど新しい錠に、ああいう引っかき傷がつくはずがない。

カチリ。鍵がまわり、ザンが反応できずにいるうちに、アビーがドアを開けた。猛《たけ》る雄牛のような黒い姿がドアのなかから突進してきた瞬間、ザンはアビーをうしろに引き、わきに押しのけた。「逃げろ！」そう怒鳴るのに一秒の何分の一かの時間がかかり、みぞおちに飛んできたきつい一撃をよけそこねた。うっ。これはきく。そう思う間もなく、ポーチの手すりに叩きつけられた。

ザンは男にしがみつき、空気を求めてあえいだ。敵は筋肉だらけで力が強く、大蛇のようにザンを締めつけようとしている。頭にかぶったストッキングがまるでコンドームのようだと、頭の片すみで思った。筋は通っているか。こいつはポコチン野郎と呼ぶにふさわしい。

ガスッ。こめかみに拳をくらい、目の前に星がまたたきはじめ、ザンの意識は暗やみにいざなわれ――

アビー。アビーをここにひとり残すわけにはいかない。無我夢中で意識を戻した。

ザンは両目を開けた。目に涙がいっぱいに溜まっている。ストッキング越しにも、敵がほくそえみ、油断しているのがわかった。男は黒い手袋をはめた大きなハンマーのようなこぶしを振りあげ、超現実的なスローモーションで、ザンにとどめを刺そうとしている。

長年の鍛錬《たんれん》で蓄積された感覚が、ザンの膝を動かし、敵の股間を砕かせた。男は悲鳴をあげ、よろめきながらあとずさりする。流木を手にしたアビーの姿が視界に入った。ふらつく男の後頭部を何度も強打しはじめる。アビーは当然ながら、逃げていなかった。逃げろなんて言ったおれがばかだった。

もうひとりの男がドアから飛びでてきて、ザンは蹴りと殴打をかわすのに手一杯になった。二番めのコンドーム男は一番めより小さいが、身のこなしがすばやい。一番めにこめかみを痛打され、頭ががんがんしている状態で、突風のような体当たりと矢のようなパンチをよけているうちに、めまいがしてきた。攻撃を受けとめ、あるいは受け流しながら、視界のはしで一番めの男が体を起こしたのを確認した。アビーの流木を取りあげている。大男はアビーに飛びかかった。ふたりとも倒れる。アビーは山のような巨体を振り払おうとしているが、男はびくともしない。

恐怖がザンの体に力を奮い起こした。首元に突き刺さりそうになったパンチを払い、革手袋をはめた男の手をどうにかつかみ取り、親指の根元を強くひねった。腱を締めあげ、ねじり、電気ショックのような痛みを男の腕に送った。

コンドーム頭二号は金切り声をあげ、痛みのあまりうずくまった。ザンは手を伸ばし、男の頭をつかんで、ポーチのたわんだ床に叩きつけた。力いっぱい、胸の悪くなるような音を立てて、一度、二度、三度。

それから、アビーにのしかかっている男へと突き進んだ。ありがたいことに、アビーは元気いっぱいに脚をばたつかせ、野良猫のようにわめいている。一号のほうは動きがのろく、ザンは男が立ちあがるより先に、思いきりわき腹に蹴りをぶちこんだ。男は相棒のぐったりした体のほうへ這っていこうとしたが、手すりにぶつかって、階段から落ちた。うめき声の合い間にどすんどすんと音を立てて下まで転がっていく。

何か動くものがちらりと見えて、ザンはぱっと振り返った。二号が立ちあがろうとしている。タフな野郎だ。ナイロンに覆われた顔に血が飛び散って、ピンク色のぶち模様を描いていた。

そして……くそっ。飛びだしナイフを持っている。

アビーが膝をつこうとしていた。ナイフから近すぎる。

「離れてろ」ザンは怒鳴った。アビーは両手と両膝をつき、ザンとコンドーム頭二号が円を描きはじめたところから、あたふたと這って離れていった。男はフェイントをかけたが、ザンは動きを読んでいた。誰にも邪魔されなければ、武器を手から落とさせることができるはず。木製のナイフで、何度となく練習を重ねたことだ。本物のナイフでもおなじだろう。ただし、いくら道場で訓練を積んでいても、実戦では初めてだった。大切なものが危険にさらされているときの緊張感は桁はずれだ。

アビー。ポーチのはしで縮こまっている。怪我がないかどうか、振り返って確認することはできなかった。考える時間はない。敵はナイフを手にしたことで自信過剰に陥っている。ザンのわき腹を刺そうと狙いを定めて踏みこんできた。鍛錬がものを言った。ナイフを受け流し、身をひるがえし、男の手をつかんでねじりあげた。

ナイフが落ちて、床に当たり、きらめきながら回転していった。ザンは膝を沈めて、男が飛びだしてきた勢いを利用し、ポーチの手すりの上に持ちあげて、頭から階下の暗やみに突っこませた。

しわがれ声の咆哮《ほうこう》は、どすんと落ちる音、何かが折れてきしむ音にさえぎられた。男は茂みと蔦《つた》に覆われた急斜面の上に落ちた。ザンは手すりに乗りだして、その様子を見た。男は早くも立ちあがり、よたよたと走って逃げだした。一号の姿はない。

数秒後、車のエンジンがかかる音が聞こえた。ヘッドライトが夜を切り裂く。車はタイヤを甲高くきしませて走り去っていった。

追っても無駄だろう。コンドーム頭ふたり組は逃げてしまった。

ザンの脚から力が抜けた。のろのろと膝をつき、それから脈打つひたいを手すりにつける。

危なかった。死ぬほど危なかった。

アビーがはだしの足を引きずるように近よってきた。「だいじょうぶ?」

ザンは力なく笑いだした。「それはおれのセリフだよ。ああ、アビー」

「そのセリフはあなたの専売特許じゃないのよ」

やわらかな体を抱きよせ、おなかに顔を押しつけた。アビーは抱き返し、頭と肩に両腕をまわして、ザンの体を包みこんだ。ザンはアビーの顔を見つめた。「怪我は?」

アビーはおびえた笑みを見せた。「大きいほうの男が鉛のかたまりみたいにのしかかってきて、肘と手首がすりむけたけど、それだけ」

「それだけ、と彼女は言った」ザンはまた笑いはじめた。今度は止められなかった。アビーのブラウスで顔を隠し、肩を震わせた。

ようやく落ちついたあと、顔をあげて、アビーの腕の傷をたしかめた。袖が血で汚れている。

「くそっ」ぎょっとして言った。「血が出てるじゃないか!」

「どうってことない。あなたの怪我のほうがよっぽどひどいはず。あんなふうな戦い方をどこで覚えたの? エドガーをやっつけたところは見たけど、でも今夜はびっくりした。本当にすごかった」

ザンはうめくように言った。「まさか。おれはみすみす不意打ちをくらった。きみの肘を怪我させた。しかも、あいつらを逃がした。完全な勝利とは言えないね」

「とんでもない」アビーはザンを抱きしめた。「わたしたちは生きてる。でしょ？　あなたは映画のヒーローみたいだった。命を救ってもらった」

ザンはアビーの体をつかんで離した。「どうも。褒めてもらうのは嬉しいが、まずはここから出よう。感謝の念はあとで示してもらうよ」

「警察に通報したほうがいいかしら？」アビーは迷うように言う。「また？」

「きみが決めればいい」ザンは答えた。「ここはきみのアパートメントだ。これが偶然だとは思わない。マークからのメッセージだよ。きみの耳に届いたことを祈る」

アビーは顔をこわばらせた。はっとしてドアの奥に突進する。「シバ！」

ザンはブラウスを握った。「入るな。おれが先だ」

アビーは身を引きはがした。「あいつらにわたしの猫が怪我をさせられたかもしれないのよ！」

ザンはアビーのあとから部屋に入った。アビーが電気を点ける。冷蔵庫の上からシバの怒りの鳴き声がして、ふたりとも飛びあがった。「ああ、よかった」アビーは弱々しくつぶやいた。「もう平気。おいで」

ザンは腕を伸ばして、震える猫を抱きおろした。猫は手のなかでもがき、のたうっている。

飼い主に手渡した。「そこにじっとしてろ」ザンは命じた。「安全確認をしてくる。おれが叫んだら、逃げろ」

アビーは顔をしかめた。「ザン、わたしは――」

「一生に一度でいいから、『はい、ザン』と言ってくれたら恩に着る」ザンはうなるように言った。「今夜は過酷な夜だった。おれを甘やかせてくれ」

くすくすと笑って、シバの首に鼻をうずめ、波打つ毛皮の上から大きな目をのぞかせる。

「はい、ザン」アビーは小声で言った。

「神さま、ありがとうございます」ザンはわざと恍惚の表情を作り、身震いして見せた。「とても叶いそうもないと思っていた夢が叶った。そこから動くなよ」

悪人はもういなかった。一分もしないうちにアビーのところに戻った。「確認完了」ザンは言った。「おれの見たところ、荒らされた様子はない。たしかめてくれ」

猫を抱いたまま、部屋をひとつひとつ点検するアビーのうしろをついていった。すっかりなじみになった手順だ。エレインの家とオーティス通りの屋敷で繰り返したのとまったくおなじ。化粧台に置いてあったものを確認するのには時間がかかった。アビーは困惑の表情で、猫をベッドに放した。

「へんね」アビーは言った。「テレビやステレオ、宝石は盗まれていない。でも、ぽつぽつなくなっているものがある」

「どんなもの？」ザンは続きをうながした。

「ヘアブラシ。ドライヤーでブロウするときに使う丸いタイプのもの。化粧品入れのなかからは口紅が何本か。メモ帳の横にいつも置いている銀のペン。どれもとくに価値のあるものじゃない」

「自分でほかの場所に置いて忘れてしまった可能性は？」

疑わしそうな顔。「もしかしたら」クローゼットを開け、息を呑んだ。「服が！　あのうじ虫！　わたしのすてきな服が盗まれてる！」

ザンもアビーの肩越しになかをのぞいた。ほとんどからっぽだ。

「はん」低くつぶやいた。「たしかに。ひどく奇妙だ」

「バッグも盗られてる！」アビーは血相を変えて怒っていた。「スカーフも！　なんなの！わたしの着た服なんて盗んでどうするのよ！」

「そうだな。あいつらは女装好きには見えなかった」

「ちっともおもしろくない、ザン！」

「おもしろいとはおもってないよ」ザンはラックの上の棚から小さなダッフルバッグを見つけた。「必要なものをつめて。行こう」

アビーは荷物をまとめ、猫を抱きあげ、バスルームに入った。電気を点ける。しばらくのあいだ物音ひとつしなかった。「歯ブラシがない」うつろな震え声が、戸口から漂ってきた。

ザンはどうかしたのかとなかに身を乗りだした。「ん？　なんだって？」

「歯ブラシを盗られたの」アビーは繰り返す。「どうして、歯ブラシなんて……」声が消え入り、喉がわななく。「誰かがヴードゥーの呪いか何かをわたしにかけようとしているみたい」

バスルームの鏡に映ったアビーの目と目があった。顔色は青白く、唇はきゅっと結ばれている。目は大きく、目元はにじんだマスカラと疲れと恐怖で影になっている。

アビーの言うとおりだ。気味が悪い。ザンも鳥肌を立てていた。アビーを怖がらせたやつらに対する怒りが湧きあがる。親友を殺し、アビーの心をずたずたにしやがって。アビーは善良な人間だ。こんな目にあういわれはない。

鏡のなかの顔が左右に揺れる。「おっかない悪漢たちが、口紅と、ディオールと、コーチのバッグと、歯ブラシを盗っていったなんて、警察には言えない。わたしはもう警察署の笑い者ですもの。これ以上は耐えられない」

「なら、知らせなくていい」ザンは言った。「歯ブラシはおれのを貸すよ」

ザンはまたアビーをドアのほうにうながしたものの、もちろん、ことはそうそう簡単ではなかった。猫のおもちゃ、ドライフード、ウェットフード、猫用キャリアバッグをかき集める。のたうつ猫を両腕で抱きかかえ、ようやくドアを出たあとでさえ、アビーに腕を引っぱられた。「ザン、ちょっと待って」

アビーは玄関の外に散らばっていたカフェ・ジラソールの容器を回収しはじめた。

「夕食」説明する。「サラダはポーチにぶちまけられちゃったし、プロセッコの瓶は割れちゃったけど、カベルネは無事だし、ほかのものもだいじょうぶそう」

「なんでもいい」アビーをヴァンに追いたて、猫を渡した。「おれは早く安全な場所に行きたい」

アビーはむずがるシバをなだめようとしていた。「安全な場所って?」助手席に乗りこみながら尋ねる。

ザンはギアを入れた。「うちのアパートメント。電子回路式の鍵、美術館並みの警報装置、それにおれの弟ふたり。警備は万全だ」

「弟さんもあなたとおなじくらい強いの?」

「もっと強い」ザンは答えた。「ジェイミーはカンフーの達人だ。あらゆる大会で優勝を総なめ。妹のフィオナもたいしたもんだよ。三種類の格闘技で黒帯を持っている。手に負えないおてんばだ」

「すごい」アビーはうらやましそうに言った。「いいなあ」

「クリスとおれは組み手では互角だな。あいつは警官だから、勘がにぶらないよう一番真剣に鍛錬している。でもすごいのは兄のジャックだ。ジャックの両手をうしろで縛って、残りのきょうだい全員でかかってもあっさり負かされる。素質もあるけど、元陸軍の軍人で特殊部隊にいたって経歴がでかいだろうな」

「ふうん。それってどれくらいの確率? 家族全員が忍者戦士タイプだなんて」アビーはからかうようなまなざしを向けた。「不思議よね」

ザンは肩をすくめた。「男兄弟は親父が殺されたあと、のめりこむようになった。お袋もどんどんやれと勧めた。鍛錬で安心感が得られるし、トラブルに巻きこまれることは少なくなる。フィオナはまだ小さかった。お兄ちゃんたちがやっていることはなんでもまねしたがったんだ」

そのあとの道のりはふたりとも無言だった。ザンは貨物エレベーターのすぐわき、いつもの場所に駐車して、エンジンを切った。「おれのアパートメントにあがるまでは、物音を立てないように細心の注意を払ってほしい。オーケー?」

アビーは不安そうな視線をよこした。「どうして?」

「うちのじいさま」ザンは説明した。「一階に住んでいる。ほとんど眠らないんだ。最高の祖父だし、きみに会ったら大喜びするだろうが、そうしたらビールをいっしょに飲んで、ひととおり、からかいの猛攻に耐えなきゃならない。今夜はごめんだ。だから、小ネズミみたいに足音を忍ばせてくれ」

がたぴしのエレベーターのドアが閉まったとき、ザンはほっと安堵の息を吐いた。機械は大儀そうにふたりを最上階へ運ぶ。

部屋のなかがどれだけ散らかっているか思いだそうとした。ここ最近は〝世のなかなんかくそ喰らえ〟という隠者のような気分だった。その気分はふだんから一流とは言えない家事の能力を壊滅的に低下させていた。アパートメントのドアがきしんだ音を立てて開き、ザンはアビーを先に通してから、猫用キャリアバッグとダッフルバッグ、それにテイクアウトの袋をおろした。「さて」照れながらつぶやいた。「ここが、あー、おれの家」

アビーはきょろきょろと見まわした。シバは腕のなかに収まり、アビーのあごの下にふんわりした頭をたくしいれている。

月明かりがアーチ型の窓からあふれ、大きな部屋を照らして、シバの白い毛を輝かせていた。部屋の一方から海を見おろせる。もう一方からは海岸に沿ってきらめく街の明かりをながめることができた。

「すごいわ、ザン」アビーはつぶやいた。「すばらしいおうちね」

ああ、そうだな。きみが電気を点けて、だらしない独身男の散らかしようをあらわにするまでは。ザンは肩をすくめた。「こういうのが性《しょう》にあうんだ」

「大きくて、ゴシック風で。バットマンの家みたい」

ザンは笑い声をあげた。「ああ、ただし、おれは超人じゃない」

アビーは振り返って、そっと猫をおろした。「そういえば、あの男たちにどれだけ痛めつけられたか見せて。電気を点けてちょうだい、ザン」

「いやだ」ザンは言って、アビーの両肩をつかんだ。

「でももしひどい怪我を――」

「いやだ」ザンは残りの抗議をひたむきなキスでふさいだ。

ザンはアドレナリンにあやつられ、本能のかたまりと化していた。待てない。今すぐアビーがほしい。レンガの壁に背中が当たるとアビーはあっと息を呑み、ザンは凍りついて、ぐっと自分を抑えた。

「どうした？」息を切らして尋ねた。「どこか痛いところに当たった？」

「う、ううん」アビーの声は震えている。「ただ、その、驚いただけ」

ザンは両手をアビーの腰にまわし、尻を手で覆い、その割れ目を包む温かいサテンの生地を指先でなぞった。「何かリクエストがあるなら、早く言ってくれ。おれの鼓動は一秒ごとに大きくなっていくようだ。今ももう海鳴りみたいに耳のなかで響いている」

アビーはザンの首に両腕をまわして抱きついた。「なんでも」

指先が尻にくいこむ。「本気で言ってる？」

アビーはうなずいた。「あなたのしたいことなら。わたしはあなたがほしい。信頼している。わたしにしてくれることは全部好き。どれも最高ですもの」

「本気に取るぞ」ザンは警告した。

「いいわ」アビーは言った。

ザンはアビーがまだ着ているジャケットのポケットに手を突っこみ、アビーの家の鍵を取りつけた日からずっと入れっぱなしのコンドームを探した。ネックレスの入ったビロードの箱を手のなかに包む。これを持ち歩くのは苦痛だった。宝石店に返却しようとしては、先延ばしにすることを繰り返していたのだ。

胸が締めつけられる。もしかしたら……いや、まだだ。胸を開いて、アビーに心をさらすことはまだできない。どうせ失敗するに決まっている。ザンは手探りでコンドームを見つけ、ジーンズのポケットに押しこんで、アビーの肩からジャケットを払い、そのまま床に落とした。雨に濡れ、ところどころ破れたブラウスは、また胸の谷間を見せている。ザンは襟首をつかんだ。

「最初に手をくだしたいのは」ザンは言った。「そのブラウスだ。よだれをたらした阿呆どもが、好き勝手に胸をのぞけるブラウス。そういうやつらがいると、おれはそいつらのはらわたをえぐり出したくなる。それはストレスが溜まるとわかった」

アビーはザンのこぶしに手をかけた。「ザン――」

「あきらめろ」ぐっと手首をひねって、胸元を開けた。布が裂け、糸がほころび、ボタンがはじけ飛ぶ。

アビーは甲高い声でわめいた。「ちょっと！　もうすでにわたしのブラウスを――」

「明日いっしょに買い物に行って新しいのを買ってやる」ザンは言って、袖口を破いた。「もっといいやつを。ボタンがきちんと留まるブラウスだ」

アビーはザンと壁のあいだをすり抜けようとした。息がもれたような笑い声にはおののきの色がにじんでいた。「支配者が解き放たれたってわけね」

ザンは手荒にシャツを脱いで投げ飛ばした。靴を脱ぎ捨てる。アビーに迫った。「うまくあやつられたせいで、結果的にはおれがきみを危険に追いこんだ。脳が下半身に支配されていた。言い訳はできない。きみは殺されていてもおかしくなかったんだぞ、アビー。本当に危なかった。きみは気づいてもいないと思うが」

「ご――ごめんなさい。まさかあんなことに――」

「そうなったら、おれの落ち度ということになる」けわしい口調で続けた。「それがどんなに怖ろしいかわかるか?」

「ああ、ザン」豊かな乳房が輝いている。月明かりでまばゆいばかりに照らされ、ベルベットのような影に彩られて。ブラに押しあげられ、あられもなく挑発している。アビーはひんやりした手をザンの胸に当てた。肌の熱に驚いたようにいったん離れ、表面をかすめてまたそっと置いた。高鳴る心臓のちょうど真上だ。「あんなことになってごめんなさい」アビーは言った。「でもあなたは責任を感じすぎよ。わたしの判断力が欠けていたのがいけなかったの。気持ちはありがたいけど、わたしの責任だから、そのことでは懲《こ》らしめないで」

「そんなつもりはない。正直に言ってるだけだ」ザンは胸の谷間に顔をうずめ、むさぼるように甘い香水の香りを吸いこんだ。「今日きみを見た男たちは全員がこうすることを妄想したって知っているかい?」

「もう、やあね」アビーはザンをぴしゃりと叩いた。「ばかなこと言わないで」

ザンはポケットナイフを出して、刃を開いた。ブラのカップは細かくねじれた紐で支えられていたが、ナイフのひとひねりでぷつんと切れた。カップが落ちる。

「大げさすぎるわよ」アビーは言った。「わたしの下着をナイフで切るのは限度を越えている」

「限度どころか、その近くまでも来ていない」スカートのフックをはずし、足首のまわりに落とす。アビーは足を取られかけ、体を離そうとしたが、ザンは腕をつかんで支え、そのままキングサイズのベッドのほうに追いたてた。「下着をおろせ」

アビーの膝の裏がベッドのふちに当たって、アビーは尻もちをつくように座り、驚いて息を呑んだ。「ザン、わたし――」

「もたもたしすぎだ」ザンは繊細なサテンの布に手をかけ、体から引き離した。「それに、しゃべりすぎ」二度の刃のきらめきで、ザンは下着の残骸を放り投げた。ストッキングと靴を脱がせる。官能的な物語もゲームも必要なかった。ただ裸にしたかった。

膝をつき、アビーの脚を開かせ、陰部に顔をつける。女の果汁がもうあふれだしていた。永遠にでも舐めていられる。なかに指を差し入れた。

「えっ」アビーは驚きの声をあげた。「わたし、あなたは……わたしたち……」

「おれの思いどおりに抱くためには、きみはまずびしょ濡れになって、とろけてなきゃならない」湿った音を立てて舌でゆっくりと舐めあげる合い間に言った。

あとは黙ってアビーを攻略し、やがて最初の絶頂で秘部が痙攣して指を締めつけたときには、心からの満足に息をついた。

さざ波が収まってから、つやめく手を抜いて、アビーを立たせた。うしろを向かせ、尻をつかんでベッドに膝をつかせる。両手と両膝をつくまで、そっと押していった。

アビーは顔をめぐらせてザンを見たまま、弓なりにのけぞり、尻を高く掲げた。「こういう姿のわたしが好き？」

服従するような響きも、言いなりになるような響きもなかった。むしろ正反対だ。誘惑の魔手そのもの。ザンの喉はからからで、声が出なかった。ベルトのバックルをはずした。

「ああ」しゃがれ声を絞りだす。「どんな姿でも好きだ。好きという言葉じゃ足りないくらいだ」

愛しているという言葉がしっくりくる。

この言葉が飛びでそうになったが、どうにか引っこめた。今はその時ではない。今は飽き飽きするほど、動けなくなるほど、体を交わらせる時だ。そのあとなら話しあえるかもしれない……愛について。

ザンにその勇気があれば。

コンドームをつけ、股間のものを影になったところに差し入れて、なかに押しこんだ。動きはじめる前に大きさに慣れる時間をあげようとしたものの、気づかいはたちまち溶けてなくなり、ザンはアビーに覆いかぶさり、全身の筋肉を硬くして、激しく腰を振りだしていた。ひと振りごとにアビーも腰を突きだしてザンを迎え入れる。ふたりは汗で濡れていた。ふたりのあえぎ声のテンポにあわせてベッドがきしむ。長くもちそうにない。我慢できそうにない。ザンはなだれに襲われた。

すこしあとで顔をあげたとき、ようやくアビーをぺしゃんこにつぶしていること、アビーがうなぎのようにのたくっていることに気づいた。「だいじょうぶ?」けだるい声で尋ねた。

「もう動けるから――」

「動かないで」アビーの声が飛んできた。「動こうなんて考えてもだめよ、ザン・ダンカン。

わたしが……ああっ……」アビーの体がびくっとしてわななき、まだ勃起しているもののまわりで、小さな筋肉が悦びに脈打つ。

ザンは息を呑んだ。「すごい」アビーの首筋につぶやいた。

「ええ、そうね。すごい」アビーは嚙みつくように言った。「あなたが野蛮にわたしを奪っているあいだ、ずっとつのっていて、気がふれそうだった。もし最後までいけなかったら、あなたを殺さなきゃならないところだったのよ」

ザンはアビーの首にキスをして、髪に鼻をすりつけ、冷えてきた汗のきらめきを舌でなぞった。塩の風味がする。「忠告しただろ、アビー」歯で軽く首元を嚙みながら言った。「好き勝手にするって」

「ええ、ええ、そうね」アビーは冷笑した。「素顔のあなたは巨漢の悪人で、御《ぎょ》しがたい人。充分にわかった。オーケー？」

「動いていい？」ザンは尋ねた。「それともまだ死の危険が迫っている？」

「動いていいわ」つんとして言う。「危険は過ぎ去りました」

ザンはコンドームを押さえ、引きとめるような摩擦を楽しみながら、ゆっくりと抜いた。コンドームを捨てておかないと、アビーによりそってうたた寝することもできないので、どうにか立ちあがり、ふらふらとキッチンに行ってゴミ箱に放った。ベッドのほうに戻ろうと振り返ると、いつの間にかアビーが目の前に立っていた。月の明かりを背後から受けて、丸みを帯びた体の線がシルエットになっている。

「まだ怪我を見せてもらっていない」アビーは言った。

「たいしたことない」ザンは言った。「心配しなくていい」

「マッチョなたわ言には聞く耳持たないわよ」とアビー。「あいつらがあなたを殴ったり蹴ったりしているところをこの目で見た。電気を点けて、怪我の具合を見せて」

断固たる口調だ。引きさがりそうにない。ザンはため息をついて、アビーをソファに導き、ランプを点けた。「どうぞ」

アビーはザンを軸にまわり、赤く腫れあがったわき腹にそっとふれて、何ごとかをぶつぶつとこぼした。上腕、太腿、胸元にも腫れがある。ザンが予想していた以上だった。アドレナリンは最上の鎮痛剤だ。性的欲望も。今になってようやく痛みを感じてきた。

「痛そう」アビーは小声で言った。「軟膏《なんこう》か何かある？」

「バスルームの薬箱に」ザンは言った。「きみも肘に消毒薬をかけておくといい」アビーがバスルームに向かうあいだ、ふるいつきたくなるようなうしろ姿を目で楽しんだ。数秒後、チューブを両手に持って戻ってくるときには、おなじくらい悩ましい表の姿に見惚れた。

アビーはザンをソファに座らせて、軟膏を塗ってすりこみはじめた。ザンの体に不可避的かつ生理的な反応が起こった。

「あらあら、あなたの野蛮な獣はわたしのマッサージに不適切な関心を示してるみたい」アビーは言った。「お座り！　あきれた子ね。性的なマッサージじゃないのよ」

「なあ。淫らな裸の看護婦の幻想を叶えてくれないかな」ザンは言った。

「腕をあげなさい」アビーは叱るように言った。「わき腹に軟膏を塗らせて」

ザンは言われたとおりにした。「好きなところをさすってくれ。ただし、ひとつだけ、ちょっとした問題がある」

アビーは肌の上で円を描いていた両手を止めた。「どんな？」

「もうコンドームがないんだ」ザンは気がかりを告白した。

声に出さない笑いはアビーの体を揺らし、乳房にたいへん興味深い効果を与えた。「かわいそうに」アビーは言った。「ふざけているんでしょ？」

「残りは箱ごときみの家のナイトテーブルに載っている」ザンは言った。「持ってくることは思いつかなかった。ジャケットのポケットに入っていたのは、ほら、〝万が一いつかどこかで途方もなくラッキーなできごとが起こったときのため〟のコンドームだ」

「あなたの野蛮な獣にとっては悲劇的な状況ね」

「そうともかぎらない」ザンは言った。

アビーの手がまた止まる。「どういう意味？」用心するように尋ねた。

「本当におれの体を楽にしたいと思うなら、またがってくれればいい」やんわりと言った。

「おれの股間に身を沈めて。癒しの泉に浸してくれ」

「コンドームなしで？　まさか。あなたがいったのって、十五分前？　まだ足りないの？

しばらくのあいだだけでも？」

「足りない」率直に答えた。

ふたりは見つめあい、ザンはほほ笑みながら指先でアビーの顔を撫でた。アビーは何度か言葉を形にしようと試みた。「ええと……」

「セイフ・セックスの話はもうしたよな」ザンは言った。「それにきみは、おれがいきたいときにいけることを知っている。支配欲が強いっていつも文句を言ってるじゃないか。それを逆手に取ればいい。試してみろよ」

「そんなことを許すようじゃ、わたしの頭はどうかしてる」

「このひどい傷を見てくれ」ザンは両腕をあげて、哀れっぽくまばたきした。「痛いよ、アビー。慰めてほしい。痛みを忘れさせてほしい。お願いだ」

むちゃくちゃな言葉に、アビーはほほ笑まずにいられなかった。「おどけてもだめ」アビーは言った。「わたしを振りまわさないで、ザン」

「人を振りまわす名人から学んだからね」ザンは言った。「今度はおれがきみの罪悪感に訴えかけて、判断力を失わせ、浅はかなことをさせる番だ」

アビーは釣りこまれている。上気した顔と、美しい目のきらめきを見ればわかる。あとはリールを巻いて、ゆっくりと確実に引きあげるだけ。

「でも、あなたは？」アビーは疑うように尋ねた。「あなたはどうやって――」

「きみの口のなかで」ザンは言葉を継いだ。「最後に」

アビーはふっくらとした下唇を歯のあいだに引き入れた。「まあ」

「お願いだ」ザンは甘えた声を出した。「今までの人生でこんなにほしいと思ったものはない」いつわりのない事実で、しかもセックスだけのことを言っているのではなかった。なんとしても、誘惑し、歩みよらせたい。ザンが魔力で絡め取ろうとしているものの一部だ。より高い賭け金、より深い信頼、より大きなリスク。

尻をつかみ、引きよせ、せがむようなしぐさを見せた。

アビーはしゃくりあげるような声を立てた。そろそろとためらいながら、ザンの上にまたがり、正しい角度で入るように、手を伸ばしてペニスをつかむ。そっと握られただけで、ザンはいってしまいそうだった。それから、アビーは身を沈め、ザンをなかに入れた。

ああ、いい。鋭く息を吸った。アビーは動きを止め、心配そうな表情を浮かべる。「どうしたの？　ザン？　だいじょうぶ？　どこか痛い？」

「いや、うん。平気だ。やめないでくれ」懇願した。

アビーのなかはきつくて、なめらかで、ペニス全体を締めつけている。アビーが体をゆすってさらに奥まで押しこむ。ザンは快感に身震いした。アビーはまた動きを止めて、目に疑いの色を浮かべた。「本当にいかないでいられる？　今にも絶頂を迎えそうに見えるけど」

「ああ」嘘をついた。「本当だ。心配しなくていい」

じっと座ってアビーに身をまかせるつもりでいたが、その心もとない意思を打ち負かしたのは、ザンを容赦なく駆りたてる巨大な欲望だった。アビーの腰をつかみ、下から突きあげていた。

アビーはザンの肩をつかみ、しっかりとつかまって、強く爪をくいこませ、腰を上下させて下からの突きに応えた。

ほんのすこし前に頭が吹き飛ぶかと思うほどのオルガスムを得たと思っていたが、アビーが関わると、自然の掟はどこまでも拡大していく。またも長くはもちそうにない。生では絶対に。しかし先にアビーをいかせたい。

アビーの体の角度を変えさせ、クリトリスとペニスがすりあうようにした。かきまわすようにゆっくりと腰を動かした。自分の絶頂はひとまず置いて、まずはアビーをクリームのように溶かして爆発させた。アビーをいかせると、神にも等しい気分になる。

手首をつかんで、遠くへのけぞる体が離れないようにした。アビーは叫んだ。長く伸びた首と、すべらかに広がる胸は、心臓が止まるようなながめで、これまでの人生で見たことがないほど美しかった。

アビーはザンに倒れこんだ。唇は赤く腫れぼったくなっている。「あなたはまだ……」

「まだだ」喉のつまったような声しか出なかった。「でも、もうかなり近い。おりてもらったほうがいい。ゆっくり……気をつけて」

きゅっとしまった女の肉が引き抜かれていくとき、ザンは歯をくいしばって息をもらした。

アビーはてらてらとしたペニスを見おろし、ふたりのセックスで蒸すような匂いのなか、息を切らしている。ザンはアビーの手を取り、唇まで引きよせた。

「それで?」手にキスをした。「慈悲を恵んでくれる?」

「ええ」アビーはザンの脚のあいだに滑りおりた。両手と口のなまめかしい動きで何度か愛撫されただけで、ザンは渦に呑まれた。旋回し、回転し、ばらばらになって百万ものかけらに飛び散った。

なぜか、逆説的に、完全体になったような気分だった。

22

アビーはザンの両手を髪からそっと引き抜いて、腿の上に載せた。体を広げ、身動きひとつしない。肌は汗で光っている。ぐったりとして、目を閉じたまま、至福の表情を浮かべている。ペニスがやわらかくなっているところを見るのは初めてだと気づいた。ともかくも、ある程度はやわらかい。ふさふさとしたわらのような黒っぽい毛に身を横たえている。愛しさがあふれて、アビーは体をかがめ、横たわったものにそっとキスをした。野蛮な獣がようやくお休み。なんてかわいいの。

アビーは立ちあがり、よろめき、つまずきながら、ザンのバスルームに向かった。手を洗い、口をすすぎ、鏡で自分の姿を見た。あらら、髪が爆発したようにぼさぼさで、ひどいありさま。くしとコットンと化粧落としを使う時間が必要だ。

アビーは美しい部屋を見まわし、床と壁に張られたタイルの七色の輝きをうっとりとながめた。なのにわたしときたら、なんて非難した？　工場の廃墟に住んでる？　ばかな女。ばかといえば、そう。昔はいろいろと愚かなことをしたものだけれど、避妊具なしでセックスするのを男に許したことは一度もなかった。

ザンは抗えないほど魅惑的で、信じてもいいと思うほど自信たっぷりだった。アビーはザンの魔法にかかっていた。

とりあえずは、いつから食べていないのかわからないくらいおなかがすいている。もちろん、体はくたくたで、頭はもうろうとしている。ドアのフックにかかっていたタオル地のバスローブを借りて、肩にはおった。食べ物。今はまず、地に足をつけなくちゃ。

だだっ広い部屋に慣れるまでしばらくうろうろした。ザンが点けたのはリヴィング部分のランプだけで、やわらかい金色の光は部屋全体には届かない。あった。玄関のあたりに猫用キャリアバッグの赤色とテイクアウトの袋の白色がぼんやりと見えている。

アビーは袋を回収して、キッチンをのぞき、グラスとフォークを発見した。そうして獲得した品をソファの前の低いテーブルに並べた。

まだぐったりとして動かないザンを横目に、袋の中身をあらためていった。ろうそく二本と陶磁器のろうそく立てふたつ、それにカフェ・ジラソールのロゴ入りのマッチを見つけたときは嬉しかった。すてきな心づかい。もっとも、三百ドル以上の食事におまけがついているのは当然かもしれない。

ろうそくに火を点け、蠟《ろう》をすこし溶かして、陶磁器に立てた。燃えた砂糖のような甘い香りがふわりと漂う。「冷たいままでも気にしないといいんだけど」アビーは言った。「おなかがすきすぎていて、温める手間も惜しいの」

「うるさいことは言わないよ」とザン。「ただフォークを持つ元気がないんだ。きみに手で食べさせてもらわなきゃならないと思う」

アビーは笑って、アーティチョークのペストリーのふたを開いた。「調子に乗ってるわよ」

「いつまでも調子に乗りつづけるつもりだ。壁にぶち当たるまでは」

アビーはカベルネの栓を抜こうとしてぐっと体に力を入れた。「どういう意味？」

ザンの口の両はしが笑みでゆるむ。「ほしいものを全部手に入れたいってこと」ザンは答えた。「腹ぺこだ。こっちにおいで。食べさせてくれ」

コルクがぽんと音を立てて抜けた。アビーはワインをついだ。男の気まぐれははねつけるべきだろうけれど、なぜはねつけなきゃならないのか思いだせなかった。ザンはランプのスイッチを切って、ソファから滑りおり、絨毯にあぐらをかいて座ってにっこりと笑った。ゆらめくろうそくの明かりのなかで、どこかの王子さまみたいに、愛の奴隷にかしずかれ、甘やかされるのを待っている。

いいじゃない。今夜のこの人の行動を考えれば、ちょっと甘やかされても当然だ。ううん、目一杯甘やかされて当然。

アビーは膝をついて、アーティチョークのペストリーを手に取り、ザンの口に入れた。ワインのグラスを手渡す。

ザンはペストリーを噛み、ワインをすすり、バスローブの前を開いて指先で乳房を撫でおろした。「うまい」ザンは言った。「でもローブは閉じないでくれ。裸のきみに食べさせてほしい」

アビーは顔を赤らめた。ふたりであれほど乱れたあとでも、アビーはなぜか十代の少女のような笑い声を立てていた。中身のつまったラビオリをフォークで刺して、ザンの口元に運んだ。

ふたりはそんなふうに食事にふけった。代わる代わるに食べさせる。このひと口はザンへ、このひと口はアビーへ。ワインを飲む。ゆっくりと、焦ることなく、甘い口づけを交わす。できることならいつまでもこうして食事をしていたかった。ザンも楽しんでいる様子で、アビーが口に入れるものはなんでも受け入れ、ことさらおいしそうにうめいて見せた。

夜の冒険は、シャンティリー・クリームがけのストロベリー・タルトに大打撃を与え、プディングのように形が崩れていたけれど、ふたを開けてみればまだまだおいしそうだった。アビーはクリームをすくいあげた。「食べてみて」

スプーンに顔を近づけたとき、ザンの表情が変わり、目に炎が燃えあがって、アビーの視線を下に向けさせた――やっぱり。

確認するまでもない。疲れ知らずの獣が起きている。

ザンはもうひとつのスプーンでアビーのためにクリームをすくった。おいしい。まろやかで、フルーツとリキュールの混じったクリームに、ザクザクしてバターたっぷりのタルトのかけらが散らしてある。

「おっと、唇がクリームだらけだ」身を乗りだして、片手でアビーの頭のうしろを支え、絡みつくように濃厚なキスをした。もうひとすくいクリームを取って、アビーの胸のあいだにしたたらせる。

「しまった」げんなりしたふりをして言う。「きれいにしないと」

アビーはあおむけに倒され、舌でむさぼるように舐められた。ザンの肩をつかんだ。体の内側も、外側も、何もかもがさざめき、やわらぎ、熱を放っている。ザンを愛している。このまま抱きついて、すべてを捧げたい。

気づくと、まさにそのとおりのことをしていた。股を広げられ、高く掲げた脚の裏側はザンの熱くたくましい胸にぴったりとついている。二枚に閉じたところのあいだに、ザンのものが入ってくる。

「ザン、待って。コンドームが……何をしているつもり?」

ザンはひと突きで奥まで押しこんだ。「調子に乗っている」

「できない」そう言っても、体はザンに順応しようとのけぞり、のたうって口を裏切っている。「危険は冒せない」

「さっきも冒してる」ザンは言った。「おれを信じて、アビー」

ザンを見あげ、目があって視線を離せなくなったとき、頭のなかにあった抗議の言葉は粉々に砕けた。力強い体の官能のリズムと、ザンの強さ、やさしさを求める必死の想いに釘づけにされた。打ちつける腰の動きが、アビーをそこへ近づけていく。気の遠くなるような悦びの波動へと。ザンはぐいとアビーのなかから引き抜き、あえぎながら、精をおなかの上にほとばしらせた。

ザンはアビーの上に覆いかぶさった。「ああ」ゆうに一分ほど呆然として、無言で息を切らしたあと、口を開いた。「おれの体にいったい何をしてくれたんだ?」

「ちょっと」アビーはザンのあごをつかんで目を見させた。「どういうこと? 逆にあなたがわたしに何をしてくれたのか聞きたい」

ザンはにやりと笑った。「ああ、気に入っただろ?」

「そういう問題じゃないでしょ!」胸を小突いた。

ザンはしぶしぶといった様子でアビーからおりた。「おれが興味のある問題はそこだけだよ」

アビーは自分の体を見おろした。「言葉尻をとらえて遊ばないで」

「じゃあいっしょにシャワーを浴びよう。ほかの遊びがたくさんある」

アビーは笑いだした。厳しい態度を続けられない。「シャワーはいっしょに浴びません。あなた、セックス中毒ですもの。鎖で繋いでおいたほうがいいのかも」

ザンは無邪気にまばたきして見せた。「でもべたべたするだろ。洗ってあげるよ」

「ひとりで洗えるからけっこうです」怒ったふりをしてせかせかとバスルームに入った。ザンといっしょにシャワーを浴びるのはきっと楽しいだろう。疲れきった体に熱いお湯をかけながら想像した。何も考えずに体の力を抜いて、ザンのしたいことをなんでもさせたら。あの大きくて器用な手を泡だらけにして、体をすみずみまで洗ってもらったら。思い浮かべるだけで力が抜けそうだ。

けれども、今までになく親密に睦《むつ》みあっているこの状態を、ふたりが恋人同士になった証拠だと思っていいのかどうか考えるたび、アビーは心もとない気持ちを感じた。もしもザンにとってはまだただのゲームだとわかったら、きっと耐えられない。

この問題はひとまず置いて、口を閉じていたほうがよさそう。できるだけ軽い関係を心がけて、望みが叶うのを祈ろう。

バスルームから出ると、ザンはすぐ外で待っていて、アビーをキスで迎えた。それから自分もシャワーを浴びに行き、ひとり残されたアビーはワインをついでアパートメントのなかをうろつきまわった。

ザンのベッドは巨大で、部屋の奥まった一郭に備えられていた。海を見渡せるあのすばらしい窓のすぐ下だ。ザンはここでどんな夜明けをながめてきたのだろう。きっと絶景だ。ザンのベッドに座ってワインを飲み、三日月を見つめるうちに、不思議な塔に住む魔法使いになったような気分を味わっていた。

数分後にザンが出てきた。ベッドのかたわらに立ち、アビーを見おろす。肩におかしな緊張感が漂っていた。何か小さなものを手に持っているけれど、それをどうしていいのかわからない様子だった。

「何を持ってるの?」アビーは尋ねた。

ザンは隠すように指を閉じた。「アビー、訊きたいんだが……」

アビーは警戒心をつのらせていった。「何? なんの話?」

「街を出よう」つい口走った言葉のように聞こえた。

アビーは当惑した。「ええと、いつ？」

「今すぐ。すこし眠りたいなら、明日の朝でもいい」

「でも……どこへ？」

「どこへでも」ザンは答えた。「メキシコ。カナダ。ここではおかしなことが起こっている。おれはきみを守り抜くことはできない。車の旅に出よう。今の季節ならカナダのバンフとジャスパーを結ぶハイウェイが最高だ。それか、南に向かって、ビーチを探してもいい」

ザンの申し出が示すすべての可能性に、アビーの心臓は怖いほどの喜びで高鳴っている。

「ザン、すごくすてきだけど、でも今は時機がよくない。わたしは誰が――」

「エレインを殺したのか見つける」ザンが割って入った。「ああ。秘密のクローゼットをのぞきこんだとたん何が起こったか、おれたちはふたりともこの目で見ただろ。次にあの化けものたちが襲いかかってきたとき、おれがいっしょにいなかったらどうするんだ？」

アビーは身震いして、ワインのグラスをナイトテーブルに置いた。「それだけじゃないの。仕事もある。首になるかもしれないけど、たとえそうだとしても、パーティは明日なのに、何も言わずに姿を消すなんて無責任なことはできない。少なくとも出席はして、努力を――」

「ちょっと待て」ザンはさえぎった。「あの男とパーティに行く気か？」

アビーは部屋に迷いこんで、出口の窓を見つけられない小鳥になったような気分だった。

「わたし——わたし——」

「行くんだな」ものやわらかな口調だけど、不信感に満ちている。手に握っていたのが何にせよ、それはふたつに砕けた。ふたつのかけらを棚の上に放り投げた。「おれもどうかしてる。あいつと行くんだな」

「そういうことじゃないの」早口で言った。「あなた、思いちがいをしてるのよ」

「そう？　説明してくれ」

冷然とした口調に寒気がした。「礼儀の問題よ、ザン。本当のデートじゃない」アビーは申したてた。「あの男は大口の寄付者で、わたしはドヴィに仕組まれて、皆にも追いこまれたし、だから——」

「申しこみを受けた」

アビーは両手を投げだした。「ええ！」大声で叫んだ。「受けたわよ！　煮るなり焼くなり好きにすれば！　あの晩のひどいけんかのあと、わたしは絶対に独り身になったと思ったんですもの。誰に責められる？」

「責めていない。ただ、もう独り身じゃないとわかってもらいたいだけだ」ザンは言った。

「気づいていないかもしれないから教えておく」「気づいてた！」アビーは転げるようにベッドからおりて、ザンの腕をつかんだ。「わたしはあなたといっしょにいたい、ザン。明日が終わったら、もう二度と——」

「不充分」ザンは言った。「そいつに電話しろ。今すぐ。断われ。きみにはもうほかのエスコート役がいる。おれだ」

アビーはうろたえた。「でも……でも、できない！　気まずいことになるだろうし、寄付者に恥をかかせることに――」

「おれがあの野郎の繊細な感情をすこしでも気にかけると思うか？」

「わたしの仕事上の責任をすこしは気にかけてよ！」アビーは言い返した。「こんな言い争いは無意味よ、ザン。どうしてそんなに大げさに考えるのか理解に――」

「今夜あれだけのことが起こったあとで、きみはまだ大きな財布をエスコート役にしてくだらないパーティに出ようとしている」ザンは言いつのった。

ザンは石のように強情だった。アビーは歯がゆさで金切り声をあげたくなった。「大げさに考えすぎよ！」

「仕事のためにどこまでするつもりだ、アビー？　最大の寄付者なんだろ？　あいつと寝ることも期待されてるのか？」

アビーは平手打ちされたようにびくっとあとずさりした。

部屋から空気がなくなっていくようだ。肺が痛み、氷のように冷たく感じる。空っぽだ。ふいに裸でザンの前にいるのはひどくまずいことのように思えてきた。「またおなじことの繰り返しね？」アビーはつぶやいた。

ザンは肩をすくめる。「そのようだ」

ザンが放つかたくなな怒りから逃れて、暗いアパートメントをつまずきながら、玄関に向かった。下着とTシャツとジーンズを探してダッフルバッグのなかをかきまわす。次にハンドバッグの中身を全部空けて携帯電話を見つけ、タクシー会社を呼びだした。「Aライン・リモ」退屈そうな声が答えた。

「もしもし」アビーは言った。「車を一台お願いします。住所は、ええと、あの……」

「パール通り一七番地」ザンが部屋の向こうから口を添える。

アビーは住所を教えて、電話を切った。息が苦しい。

「どこへ行くつもりだ？」ザンが尋ねた。「家には戻れないだろ。どこか安全な場所の当てがないのなら、帰すわけにはいかない」

アビーはザンに答えず、ドヴィの番号にかけて、家にいますようにと祈った。電話に出たドヴィの声は不審げで眠そうだった。「もしもし？」

「ドヴィ？　アビーよ」

「アビー？　もうすぐ夜中の二時だっていうのにどうしたの？」

「ええ、こんな遅くにごめんなさい。今夜泊めてもらえる？　うちに泥棒が入ったの。ひとりで家にいるのが怖くて」

「たいへん！　かわいそうに。もちろん、すぐにいらっしゃい。警察には知らせた？」

「まだ」アビーは言葉をにごした。「長い話なの。そっちに着いたら聞いてもらう」

電話を切った。シバ。猫を探さなければ。呼びかけはじめた。「シバ？　どこにいるの？　子猫ちゃん？」

「アビー」

ザンが背後に立っていた。シバは両手に抱かれてくつろいでいる。ザンはアビーに猫を渡した。「タクシーが来るまで、おれも下でいっしょに待つ」

「必要ない」アビーは言った。「わたしはひとりでも——」

「うるさい」ザンは声を荒らげてさえぎる。「必要だ」

猫用キャリアとダッフルバッグはザンが持った。重いドアがきしみながら開くと、ありがたいことにタクシーはもう表で待っていた。

向き、気まずい雰囲気のまま地上におりた。エレベーターのなかでは互いにそっぽを
ザンは荷物をトランクに積み、アビーのためにタクシーのドアを開けた。「気をつけろよ、アビー」ザンが言う。「殺されるな。寝覚めが悪いから」

その口調にアビーは叫びだしたくなった。「どうしてこんなことができるの、ザン」責めるように尋ねた。「たいした才能だわ。ガードをさげさせておいてから、ナイフを突き刺し、その傷をえぐるようなまねをするなんて」

ザンのまなざしは寒々しかった。「おもしろい。おれもきみについてまったくおなじことを考えていたよ。パーティを楽しむといい」

ザンはドアを叩きつけて閉じた。タクシーが発車した。

ザンはアビーの乗った車が走り去るのを見つめつづけた。やがてテールランプが視界から

消えた。それでもその場から動けず、道路から視線を離せなかった。このまま一生動けないかもしれない。

終わった。ひとかけらの望みもなく、完膚《かんぷ》なきまでに終わった。ふたりの冒険の数々のあとで。襲撃を受け、官能的な食事を楽しみ、笑いあい、愛を交わし、魔法にかかったようにひとつに溶けあった。それが最後にはこうだ。どうしてそんなに大げさに考えるのか理解に苦しむわ、ザン。無意味よ。

無意味だと。ザンは癇癪を呑みこんだ。

「おやおや、またずいぶん積極的な態度だ」聞きなれたしわがれ声がものうげに言った。くそっ。頭上の窓からパイプの煙が漂い、ザンの鼻先をくすぐる。「人の話を立ち聞きするものじゃないよ、じいさま」ザンは抑揚のない声で言った。「失礼だ。そう教えてくれたのはじいさまだろ」

「なら、若くてきれいな女性のガードをさげて、ナイフを突き刺し、その傷をえぐるようなまねをするのはどうなんだね？　ん？　よほど失礼だろうが」

見苦しい言葉を吐かずにいられたのは、年長者をうやまえと子どもの頃から叩きこまれてきたおかげだ。「事情を何も知らないくせに」ザンは言った。

「事情ならこの目で見た」じいさまが言う。「あの女の子は気持ちをひどく傷つけられて、タクシーを呼ぶしかなくなった。おまえときたら、車で送ろうとも言わんで」灰色の頭を振る。「しょうのないやつだ、アレグザンダー。もっとちゃんと育ったもんだと思っとったが」

「彼女のことは心配しなくていい」ザンはうめいた。「ほかの魚を釣りにいったんだ」

「ほお！　つまりやきもちだな？　嫉妬は女々しいぞ」賢人ぶってうなずく。「優れた者が勝つのは当然だ」

「いいかげんにしてくれ」ザンは声を硬くした。「ひどい夜だったんだ」

じいさまはパイプをふかした。「わしはたった今、ひ孫を抱ける最後のチャンスがタクシーに乗って、怒って去っていったのを目撃したようだな」

「あきらめてくれ。彼女は神のケツの穴より金持ちの男と美術館のパーティに行く」ザンはくってかかった。「おれに何が言える？　そいつはキスがうまいといいな？　ぐずぐずせずに家に連れこめ？」

「つまりおまえはそれを大げさにとらえて、あの子に失礼なことを言ったんだな？　神よ、われらを救いたまえ」

「おれにどうしろって言うんだよ？」ザンは叫んだ。

「神に与えられた頭を使えと言っとる」じいさまはぴしりと言った。「美術館のパーティだな？」目を輝かせて、窓枠から身を乗りだした。「わしのガールフレンドのヘレンがそのパーティに行くそうだ。娘さんが評議会におるんでな。チケット代は八百ドル。一枚で」

ザンは呟きこむように、短く苦々しい笑い声をもらした。「すごいパーティだ」

「むろん、すごいパーティになる。おまえさんも行って、ひと騒ぎ起こすんだからな。ヘレンに頼んで、わしらのチケットを娘さんに用意してもらうぞ」じいさまの声はきびきびしている。

「なんだって？」ザンはぽかんとした。「気はたしかか？　彼女がほかの男と踊るところを見物する権利を八百ドルで買う？」

「ならおまえは何もせずしっぽを巻いて逃げるつもりか？　彼女の前でその男と並んで、比べられるのが怖いか？　ひょっひょっひょっ！」

「言いがかりはやめてくれ、じいさま――」

「そうでもせんとおまえはケツをあげんだろうが、アレグザンダー！」一家の長老は声をとどろかせた。「臆病風に吹かれおって！　あの子を取り返しに行け！」

ザンは背を向けて歩きはじめた。じいさまがいったんこうなったら、黙らせる手だてはない。

「タキシードはグリーリー通りのエディズ・ビッグ・アンド・トールで買え」じいさまが叫んでいる。「礼装用の靴も必要だぞ。それからそのだらしない髪を切れ！」

ザンは裏道に逃げこみ、埠頭に向かった。マークのポコチン野郎どもがどこに潜んでいるのかわからないのが残念だ。今なら喜んで乗りこみ、手足を引きちぎってやるのに。

彼女の前でその男と並んで、比べられるのが怖いか？　ひょっひょっひょっ！

じいさまの痛烈な言葉がザンをそわそわさせた。とはいえ、我慢ならないほど挑発されたことが、血迷ってばかをやる言い訳になるとはかぎらない。

しかし、ザンの未来がかかっている。もちろん、ザンが望めば、くだらない男のプライドで未来をふいにすることもできる。ここは自由の国だ。

あー、くそっ。結局のところ、パーティに参加することを真剣に考えたほうがいいのかもしれない。


「ナイフ」ルシアンはおうむ返しに言った。「わたしの命令に背いて、おまえはあの男にナイフを向け、刺し殺そうとした。そして、まだ愚かしさが足りないとでもいうように、そのナイフを落としてきた。わたしは息もつけないほど驚いているよ、ルイス」

「あの豚野郎に手首を折られそうになったんだ!」ルイスは言いたてた。「おれは——」

「もういい」ルシアンはさえぎった。

ルイスは氷のうで腫れた顔を隠した。「あの男は化けもんだよ、ボス」べそをかく。「手足を引きちぎられるところだった。ヘンリーは玉をつぶされた。これじゃ殺されると思ったからおれは——」

「そこがわれわれの意見の相違の元だ、ルイス」ルシアンは言った。「わたしはおまえが殺されてもかまわない。事実、おまえの無能ぶりが明らかになるにつれ、ますますどうでもよくなっている。仕事が終わる前に鍵屋が死ねば、わたしの計画は吹き飛ぶ。おまえに計画を吹き飛ばされたら、わたしは憤慨にたえないだろう。聞いているのか?」ルシアンは手下の肘をつかみ、乱暴にねじりあげた。ルイスは悲鳴をあげ、うなる。「わかったか?」

ルイスは上下に頭を振った。ルシアンは肘を離してやった。ルイスはうなだれ、そのままひたいをテーブルにつけてまだうなっている。「おまえは命を危険にさらすことで破格の報酬を得ている」ルシアンは言った。「ふたりともだ」ヘンリーのほうにあごをしゃくった。

ヘンリーは腫れたまぶたをうっすらと開け、うめき、顔をそむけた。「おまえもだ、ニール」ルシアンはおまけとしてつけ加えた。

「おれは現場にいなかった」ニールは身構えるように言った。「責めないでほしいな」

ルシアンはビニール袋の中身をあらためた。メイトランドのパスポート。スプーンや化粧品など、表面がなめらかで指紋のついているこまごまとした私物。ヘアブラシと歯ブラシは警察にDNAを提供するためのものだ。ヘンリーとルイスもこれだけは入手してきた。

「明日、決行する」ルシアンは言った。

うめき声とうなり声がぴたりと止まった。「あの……明日はパーティなんじゃ?」ニールが尋ねた。「美術館は酔っぱらったお偉がたでいっぱいだ」

「もう引き伸ばせない。あのふたりが嗅ぎまわっているのを知りながら、野放しにしておくわけにはいかない。女のほうは簡単だ。鍵屋をおびき出すにはボイルを使う。おまえたちは力であの男をとらえることができなかった。ならば頭が必要だ。おまえたち両方に欠けているものだ」

ヘンリーがまたうめいた。「けっ」小声でつぶやく。

ルシアンは部屋の奥に目をやった。若いブロンドの女がソファに積まれた服の山をあさっている。

「クリスタル?」声をかけた。「サイズのあうものは見つかったか?」

「うん、ばっちし」クリスタルが答えた。「どれもこれもジャストサイズ」

ルシアンは女のがさつなしゃべり方に耳をふさぎたくなった。アビーの歌うような話し方とは大ちがいだ。もっとも、それでも問題はない。クリスタルは見せかけだけの人形だ。

「髪はどうする?」ぼさぼさのブロンドを見て顔をしかめた。

「あ、それならルーシーがかつらを作ってくれたから。あの子とおなじ髪型だし、よくできてる」クリスタルは安心させるように言った。「ほらね?　本物の人間の髪。プラスチックの箱からつややかなとび色のかつらを出し、振って広げた。茶色のカラーコンタクトも入れるし、サングラスもかける。髪なんてどうにでもなるんだから。似せるのがたいへんなのは背格好のほう。でも心配しないで。このかつらをつけて、服を着て、化粧したら、あたし、あの子そっくりになるよ」

「ふん」ルシアンは女の体をながめた。ぴっちりしたレオタードは極上の体つきを余すところなくあらわにしている。ニールもまじまじと見ていた。

「その服はきっとよく似あうよ」ニールはものほしそうに言う。

クリスタルはひらひらした黒のドレスを体に当て、ニールにそっけない視線をくれた。

「うん」ひとり言のように言う。「すてき」

「ところでどうかな、ええと、もしかして……」

クリスタルの目がニールを観察する。かわいらしい顔はこわばっている。「ルーシーの契約書には、契約者本人はあたしを性的に利用してもいいって書いてある。ほかの人はあたしと個人的に取り決めを交わさなきゃだめ。そりゃ、契約者がほかの人にも奉仕しろって命じるならべつだけど」

ニールは牛乳瓶の底のような眼鏡で拡大された目を期待で輝かせ、ルシアンに視線を向けた。「あの、ボス？　よかったら、その……」

ルシアンはため息をついた。この男はセックスのこと以外考えられないのか。あらためてクリスタルのなまめかしい体と、頭からかぶった輝くとび色の髪のかつらをながめた。自分が感情的に乱れ、おだやかざる気分でいることを考えた。ひどくわずらわしい。より明晰な思考能力を保つためには、この気分に対する妙薬が必要だ。「悪いが、ニール」ルシアンは言った。「クリスタルは今夜忙しい。またの機会にしろ」

手下たちを見まわした。「休めるうちに休んでおけ」ルシアンは言った。「これ以上の失敗は許されない。全員、肝《きも》に銘じろ」

誰もルシアンと目をあわせようとしない。さらに怒りがつのった。

ルシアンはクリスタルの腕をつかみ、主寝室のある二階へと階段を引きずっていった。ルシアンの指が腕にくいこんで、クリスタルは苦痛の声をあげている。ルシアンは力いっぱいドアを開けて、クリスタルを部屋のなかに突き飛ばした。

クリスタルは顔に恐怖の色を浮かべて、あとずさりする。「ねえ、何も手荒な――」

「黙れ」

青い目が神経質にまばたく。エレインのように。それが気に障った。ルシアンは電気を消した。「かつらをかぶれ」ぞんざいに命じた。「それから服を脱げ。叫びたいなら好きなだけ叫べ。ただし、ひと言もしゃべるな」

23

パーティは大成功だ。

アビーは人込みを見まわした。自分だけがこの場から切り離され、幻になったような気分だ。それにワインを飲みすぎている。酔っても救われない。むしろ救いようがなくなるだけだ。

こうして成し遂げたことを誇りに思うべきだろう。展示会場自体がきらびやかな複合アートそのものだ。熱帯の海のなかをテーマにして正解だった。地元のアーティストに制作を依頼した青と緑の織物が天井からさがり、人々の頭上でゆらめいている。美術学校の舞台美術家は会場の中央に沈んだガレオン船を造りあげてくれた。そのまわりを花のような珊瑚が囲んでいる。船首には回転式のプロジェクターが取りつけてある。色とりどりの熱帯魚がものうい影のように壁や織物に投射され、会場内をゆったりとまわってめくるめく光のショーを演出している。

すべてが完璧だった。ほっぺたが落ちるようなディナーのあいだは、ポートランド出身のバロック楽団が十八世紀の舞曲を奏でていた。時代衣装をつけたダンサーの一団がそのそばで踊りを披露した。スピーチの前には、海賊に扮《ふん》して剣を持った俳優ふたりが派手な決闘シーンを演じ、皆を魅了した。それから新しい展示会場のリボンをカットして、パーティ客をなかに入れると、誰もが海賊の財宝に息を呑んだ。

ディナー後の舞踏楽団の演奏は熱く燃えるようだ。アビーはほほ笑み、挨拶を交わし、おしゃべりをした。美術館は寄付金集めを達成できるだろうし、もしかしたらもう目標額を越したかもしれない。けれど、ゆうべはどうしてそれがそんなに大切だったのか、どうしても思いだせなかった。

ただの大きなパーティ。アビーは正当に評価されていない。それどころか首になる可能性が大きい。今ごろザンとメキシコに向かっていてもおかしくなかったのに。

「アビー？　だいじょうぶですか？」

アビーは顔に張りつけた笑みをルシアンに向けた。そう訊いてくれるのは親切だ。アビーを気づかってくれる人はいない。あの会議で上司の不興を買って以来、ドヴィのほかの皆はアビーから距離を置くようになった。「ええ、ありがとう」アビーは言った。

ルシアンの指が頬にふれる。手で振り払いたい衝動をぐっとこらえた。「エレインのことを考えていたのかな？」ルシアンが尋ねる。

いい、い、いい、いい、いい、いい
わたしが何を考えているかはあんたの知ったことじゃない。

その言葉もこらえ、どうにか笑みをつくろった。八つ当たりしても仕方がない。この人は思いやりと心配りを見せようとしているだけだし、男性からそういう態度を示されたら、そ

れなりに礼をつくすべきだ。「ええと、そうみたいです」アビーは言った。

楽団はスローナンバーを演奏しはじめ、ルシアンは巧みにアビーをダンスフロアにいざなった。「踊りましょう」

アビーはこの男と踊りたくなかった。さわられると落ちつかない。おだやかで愛想のよい慇懃な笑顔にもいらいらした。整った顔に判で押されたような笑み。まるで、バービーの恋人のケン人形が生きて動いているみたいだ。

とはいえ、世界一ハンサムでやさしい理想的な男に対しても、今のアビーは苛だちを感じるだけだろう。ルシアンがザンじゃないのは、ルシアンの責任ではない。

ザンはやきもち焼きで、支配的で、頑固だ。この言葉をアビーは魔よけのように千回も頭のなかで繰り返している。ザンはアビーの仕事も責任も重んじてくれなかった。歩みよろうとする態度がまったくない。そんな男とはつきあえない。だめと言ったらだめ。どんなに愛していても。いっしょにいられなくて、どんなにみじめでも。アビーはまた意思の力で引きつった笑みを顔に浮かべた。

「今夜のあなたは美しい」ルシアンが言った。「赤いドレスがよく似あっている」

アビーは感謝の気持ちにうなずいて見せた。客観的に見ても、アビーのワインレッドのタフタのドレスはすばらしい。大胆なデザインのコルセットはアビーの胸元を可能な限り高く掲げ、渦を巻くような長いスカートがアビーの脚のまわりでふんわりと揺れている。エレインとアビーは十八世紀を偲ばせるドレスを選んだ。エレインのドレスは濃紺のタフタ。ふたりでお互いを引きたてあうはずだった。

そんなことを考えちゃだめ。この場でくずおれてしまう。できればちがうドレスを着たかったけれど、アビーの服はほとんど泥棒に盗まれてしまった。このドレスが助かったのは、最終的なサイズあわせのために店に預けておいたからだ。

「捜査は進んでいますか？」ルシアンが尋ねた。

アビーは顔をしかめないように努めた。「予想以上に進んでいます」正直に言った。「ゆうべは犯人の家をつきとめました」

ルシアンは感嘆の念に目を見張った。「どうやって？」

この男との話の種が見つかって胸を撫でおろす気持ちだった、一曲終わるまでに、ゆうべの冒険をかなり詳しいことまで話していた。エレインの家をかぎまわって、オーティス通りの屋敷を見つけたことまで。

「信じられない」ルシアンが言った。「これほどの友人がいたとはエレインは幸運だ」

「どうかしら」アビーはつぶやいた。「こうせずにはいられなかっただけ」

「手を貸したいというわたしの申し出のことは考えてもらえましたか？　こういうことに腕の立つ一流の私立探偵を知っています。それなりの礼をすれば、ホテルの防犯カメラに映ったビデオテープもすみやかに手に入れられますよ」

「それなりの礼ってどういう意味です？　それなりの礼金ってこと？」

いたずらっ子のような笑みはひどく魅惑的だった。「お金で片がつくことは多々あります」

ルシアンは言った。「近道をとる誘惑に抗えない場合もあるし、あなたは近道をとるべきだと思う。明日の昼に詳しく話しあいませんか。もしお時間があれば」

アビーは断わる口実を見つけようと頭をめぐらせたけれど、ルシアンの笑顔にちらつく鮫のイメージに惑わされてもいた。返事をしようと口を開いたとき、十八世紀の衣装に身を包んだ踊り子が目に留まった。忘れていたなんてどうかしてる！　ナネットのお芝居。そうよ。助かった。

「ありがとうございます。でも、明日は用事があるんです」アビーは言った。「友人が出演する演劇のマチネーを観にいく予定です」

「本当に？　なんの芝居？」

「ロミオとジュリエット」アビーは答えた。「ストレイ・キャット劇場で」

おしゃれなタキシードとラインストーンに飾られた蝶ネクタイ姿のドヴィが、こちらにずんずんと近づいてきたときにはほっと安堵の息を吐いた。「やっと見つけた！」ドヴィのぽっちゃり顔はシャンパンで赤らんでいる。「すごくきれい、アビー。ご機嫌いかが、ハーバートンさん？　楽しんでいらっしゃる？」

「もちろん」ルシアンが答えた。「お相手がこんなにすてきな女性ですから」

ドヴィはアビーの腰にすっと手をまわした。「アビー、お邪魔して本当に申し訳ないけど、ブリジットが呼んでる。すぐにお返ししますから」最後の言葉はルシアンに向けて言って、ドヴィはアビーの腕に腕を絡ませ、人込みのなかに引っぱっていった。

「ブリジットのところに連れて行くんじゃない。あんたに警告しておきたくて」

「冗談でしょ」アビーは言った。「ブリジットはわたしと目をあわせようともしない」

「ただの口実」さっきまでの浮ついた口調はふっつりと鳴りを潜めていた。「ブリジットのところに連れて行くんじゃない。あんたに警告しておきたくて」

「どんな?」アビーはその場で凍りついた。

「あんたの鍵屋の恋人」ドヴィが言った。「彼がここに来てる。ゆうべ紆余曲折《うよきょくせつ》を聞いたから。心の準備をしておいたほうがいいと思う」

「嘘でしょ。からかってるのよね?」アビーの体中の骨がたちまちに溶けていく。

「本当」ドヴィは言った。「最初は彼だとわからないくらいだった。ひと目見ただけでいっちゃいそうなほどセクシーで、なのにどことなく野生の豹を思わせるような雰囲気も残ってる。髪を切ってる。見ればわかるよ。褒め称えていいのかわからないけど、あの金色の瞳にはほんとぞくぞくした」

「どうしよう」ふいに足首がふにゃふにゃになったようにアビーはよろめいた。

ドヴィは通りかかったウェイターのトレイからシャンパンのグラスを取った。「飲みなさい。あんたの男は今にも爆発しそうな様子で、だから……ともかく、あんたはこれ以上のへまができないんだから、騒ぎを起こさないようにね。わかった?」

「ドヴィ」アビーは途方に暮れてささやいた。「わたし、どうしたらいいの?」

「ああ、かわいそうに」ドヴィはアビーを抱きしめ、肩の向こうを見て息を呑んだ。「たいへん。彼がこっちに来る。ガレオン船をまわってるところ。あんたのことをじっと見つめてる」

アビーはそろそろと振り向いた。ふたりの目があう。会場の雑音がすうっと消えていく。聞こえるのは自分の心臓の音だけ。

きちんとしたタキシード姿のザンは、まるで別人だった。黒い髪はかなり短く整えられている。礼装に身を包んだ姿は、どこか超然として、非の打ちどころがない。小さな金の輪っかが耳で光っている。

ザンはシャンパンのグラスをあげてアビーに挨拶し、ひと息に飲み干して、近くにいたウエイターにグラスを返した。アビーはドヴィの腕をつかんだ。赤いタフタの水たまりと化して床に沈んでしまわないように。

ザンは厄介な蝶ネクタイを引っぱった。これのせいでやけに暑いし、首が苦しい。アビーは目を大きく見開き、おびえた表情でこちらを見つめ返している。歓迎のほほ笑みはなし。ゆうべのザンの行動を考えれば、ほほ笑みなど望むべくもないが。

アビーのドレスは罪作りだった。臆面もないほどセクシーで、挑発的。つやめく髪は長くたれている。あの髪がどんなふうにゆれ、ザンの肌にかかったのか、体全体が記憶している。汗をかきはじめていた。シャンパンはやめておくべきだとわかっていたが、飲み物を片手に壁際に潜んでいるほうが楽だった。

ザンが近づいていくと、小柄でぽっちゃりした男がアビーの肩に腕をまわし、天使のような顔を不安そうに曇らせた。

心配いらない。行儀よくすると腹を決めている。自制心のあるところを証明するんだ。だからこうして、アビーが大きな財布から離れるまで、近づくのを待ったじゃないか。あの男に暴力をふるって牢屋行きになっても、アビーを取り戻せる可能性は高まらない。

フロアのカップルたちはくるくると踊りながら、ふたりの前にスペースを空けた。このままそばによって、アビーを腕に抱いたらさぞいい気分だろう。ザンの腕のなかが、アビーの居場所なのだから。

それでも、ザンは恐れと疑いの目に見えない壁にさまたげられたように、一メートルほど前で足を止めた。ふたりは見つめあった。

ぽっちゃりした男はさりげなく咳払いした。「アビー」男が言う。「ぼくは、あー、行くよ。もしひとりでもだいじょうぶなら」

「だいじょうぶよ、ドヴィ」アビーはつぶやいた。「ありがとう」

ドヴィは手をひらひらと振りながら、人込みのなかに消えていった。

アビーの白い喉が波打つ。「いったい何をしに来たの？」

「芸術に貢献しようと思ってね」

アビーが目をまわしてみせる。「あらそう」

「わかったよ」ザンは抑えた口調で認めた。「恋敵《こいがたき》がどんなやつかたしかめたかったんだ」

アビーは警戒の表情を浮かべた。「恋敵がいるとは知らなかった。わたしはあなたの恋人候補から永遠に取りのぞかれたと思っていた」

ザンは手の甲でアビーのすべらかな頰をそっと撫でた。「いいや。おれの恋人候補はひとりしかいないよ、アビー」

アビーはぎゅっと握ったこぶしを口元に当てる。「残酷なことをしないで」アビーは言った。「もう二度と近づかないでほしいの。心を引き裂かれたくない」

ザンはアビーの両手を取って、そこにひたいがつくほど頭をさげて言った。「すまなかった」

「意地の悪いひどいことをしておいて、『すまなかった』で片がつくと思ったら大まちがいよ」アビーが言う。「それが通用するのは一度だけ」

「わかってる」手にキスをした。「でもほかになんて言える？」

「さあ」アビーはザンの目を避けた。まつげが涙で光り、鼻がぐずついている。それでも、手を振り払おうとはしない。まだまだ望みはある。ザンはもう一度手にキスをした。そして、もう一度。

アビーはザンの全身をながめた。髪型、タキシード、イヤリング。感嘆の息がもれた。「すごくすてきよ、ザン。ずいぶん着飾ったわね」

「ああ」ザンは言った。「着飾るといえば、そのドレスはすごいな」

アビーは顔をしかめた。「また服の話。どうせ気に入らないんでしょ？」

「そうでもない」とザン。「きみの夜の装いをおれがどう思っているかは知ってるだろ。愛憎絡みあった関係みたいなもんだ。まずは今にも体から落ちそうなドレスを引きはがして、そいつできみをきっちりくるむ。それからどこかに連れ去って、意識を失うほどやりまくりたい」

「声を落として」アビーは長い髪で胸元を隠した。

「いや、だめだ」ザンは豊かな髪を肩のうしろに戻した。「そのままでいい。恥ずかしがることはない。ぞんぶんにさらせばいいさ」

アビーはザンの手を払った。「あら。つまりあなたが今夜ここに来たのは、わたしがほしいからじゃないのね。さらに懲《こ》らしめたいだけ」

ザンはたじろいだ。「ちがうよ、アビー。ごめん。もめごとを起こすために来たんじゃない。大きな財布と踊っているのを見て平静を保つのがむずかしいだけだ」

「言ったでしょ！」ささやき声で嚙みつくように言う。「あの男はなんでもないの！　何度言わなきゃならないわけ？」

ザンはあごが痛いほど歯をくいしばっていた。「わからない」正直な気持ちだった。「もう一度言ってくれ。何度でも聞きたい。聞かなくてすむようになったら教える」

楽団はロマンティックなバラッドを奏ではじめた。ザンは両腕を広げた。アビーはためらったが、ふたりを引きあわせる力は重力のように逆らいがたかった。

アビーがザンの腕のなかに落ちついたときはふたりともほっと息をついた。うっとりととろけそうな気分だが、湧きあがる希望でぞくぞくもしている。体と体のキスのようなもの。

そして、魂と魂の。

ザンはすべすべとして温かい背中に片手を当て、かがんで髪の香りを吸った。ほかのカップルたちが本能的にふたりのための空間をあけてくれる。ふたりはぴったりとよりそい、ひとつの輝く繭《まゆ》にくるまれるように、情緒的な古いジャズのスタンダードにゆれた。長くむせぶような最後の音が消えると、ザンはアビーの肩から顔をあげ、目を見つめた。アビーの目からきらきらとした涙があふれ、まつげを濡らし、頬にこぼれ落ちる。ザンは唇で涙をぬぐった。

「お願い、やめて」アビーがささやく。「ここではだめ。人に見られる」

ザンはまるで気にしないが、今は押すべき時ではない。ポケットのなかの鍵のネックレスにふれた。「贈りたいものがある」

「本当？」アビーは鼻をぐずつかせ、涙を拭いた。「何かしら？」

「ふたりきりになれる場所へ連れて行ってくれたら、見せる」

アビーは目をまわした。「もうっ、お願いだから、ザン――」

「いや、ふざけてるんじゃないんだ。本気で言っている。ゆうべ渡したかったんだが、その機会がないまま けんかになってしまった」

アビーはおびえたような表情を浮かべた。「ザン、それは……あとじゃだめなの？」

「だめだ」きっぱりと答えた。

アビーは唇を噛んだ。きょろきょろとあたりを見ます。「なら、こっちに来て。でも早くしてね。三分とかそれくらいしか時間は割けない。わかった？」ふくらんだスカートをさっとひるがえして、タキシードやスパンコール、襟ぐりの深いドレス、いつまでもまわりつづける魚の映像のなかを抜け、管理棟に入っていった。しんとしてひと気がない。

アビーは自分のオフィスにザンを案内して、電気をつけた。「さあ、ふたりきりよ。でもすぐに戻らなきゃ。会場にいないことがばれちゃう。すでに首になりかけだから、これ以上――」

「アビー」ザンは疑いの最後の苦悩にためらいながら、ポケットに手を入れた。箱がないのが残念だが、ゆうべ蝶番《ちょうつがい》を壊してしまったのだ。アビーの手を開かせ、ペンダントを載せた。

アビーはペンダントを見つめた。きらめき、量感があって、豪奢《ごうしゃ》で、なまめかしい。海賊の宝のようだ。「ああ」アビーはささやいた。「ザン、この赤いのは……」

「本物のルビーかって？　そうだ。今夜きみが赤いドレスを着ているなんて誰にわかる？」

「たいへん」アビーの声はうわずり、きしむようだ。「きっとものすごく高い品よね。ザン、どうかしてるわ」

「わかってる」ザンは言った。「指輪じゃないのが残念だ」

アビーは口をぱくぱくさせた。「わたし――あの、その……」

「これは一週間前に買ったんだ」ザンは打ち明けた。「そのときは、指輪はまだ早いと考えた。がっついて、きみに逃げられたくなかった。だが事態は急展開した。ジェットコースターに乗ってるようだよ」

アビーは指でペンダントにふれた。「ええ、そうね」

「指輪をつけてもらっているほうが、気分は落ちつくが、とりあえずはこれで……」アビーの手のひらからペンダントを取った。「……我慢するしかない」

ペンダントを首にかけた。胸の谷間の影にぴったりと納まる。完璧だ。「気に入ってくれたかな？」不安そうに尋ねた。

アビーは化粧が落ちないように気をつけながら、涙をぬぐった。「こんなにきれいなものは見たことない。でも受け取るべきでは――」

ザンは抗議をキスでさえぎった。「ふたりの不思議な冒険の記念に取っておいてくれ」

「でもわたしにはお返しできるものが何もない」アビーは言った。

ザンは皮肉な笑いに体をゆすった。「あるじゃないか」

「とぼけないで」アビーはつんとして言う。「これ、ものすごく高価なものでしょ」

「アビー」ペンダントの上の悩ましい影にキスをした。「どうしたら謙遜《けんそん》できるかわからないが、このペンダントくらいじゃおれは破産しない。金には困っていないんだ」

「ええ、気づいてた」アビーは言った。「あなたのアパートメントを見たから」

「はっきりさせられて嬉しいよ。あの大きな財布ほど金持ちじゃないが、それでも――」

「やめて！」アビーはザンの口を手で覆った。「あの男のことが話題に出るたびに、あなたはわたしの知らない誰かに変身してしまう。だから、やめて」

「わかったよ」アビーの手のなかでもごもごと言った。「もう話さない」

その代わりに、キスをした。顔中に、首に、肩に。頬は涙で濡れている。濡れたところをたどって、塩気のあるしずくをキスで残らずぬぐった。

襟ぐりの深い身ごろを引きおろした。乳房が飛びでる。

アビーはあえいだ。「ザン、ドレスを破かないでよ！　このドレスで戻らなきゃならないんだから！　それにここじゃ窓から丸見えでしょ！」

ザンは電気を消してアビーを抱きあげ、机のはしに座らせた。

「ザン、お願い。今夜は絶対にばかなまねはできないの」アビーが懇願する。「上司たちは鷹のように目を光らせてる」

「ここには上司はいないよ、アビー」アビーの背が机にぺったりとつくまで、押し倒した。両手で乳房をつつみ、そこに顔を押し当てて、口づけ、舐めまわし、あがめた。シルクのような肌に溺れた。アビーが身を震わせ、かよわく無防備な姿を見せるところが好きだ。やわらかくせつなげな吐息が好きだ。

さらさらと音を立てるかさばった布のなかに身を落ちつけて、ザンは怖くて言葉にできないありったけの想いを、情熱的なキスにこめた。むしゃぶりつくような舌と、温かく、せがむような唇に。

ザンは顔をあげて、アビーの目をのぞきこんだ。「きみはおれのもの？」

アビーはうなずいた。

「言葉で言ってくれ」ザンは要求した。「きみの口から聞きたい」

アビーは目を閉じ、唇のあいだで息を震わせる。「わたしは……あなたのもの」そっとささやいた。

「よかった」ザンは言った。「これで合意できた。なら、おれのものだという証拠を見せてくれ。スカートをあげて」

「もうっ、そんな言い方はずるい」アビーが責める。

「ずるくてけっこう」ザンは取りあわずに、かさかさ音を立てるドレスを膝まで引きあげた。それから、腿まで。布をひとかたまりにしておなかまであげ――そしてあらわになったものを見おろし、ぽかんとした。

アビーはストッキングを穿いていなかった。下着はいつものように挑発的な、レースの小さな切れはしではなかった。

飾り気のない白い木綿のパンツ。

アビーは恥ずかしそうにもじもじした。「今夜は誰かにスカートのなかをのぞかれるなんて思っていなかったから、気にしなかったの」小さな声で言う。

ザンは感動のあまりぼうっとして下着を見つめつづけた。

アビーの手が飛んできた。「何よ?」強い口調で言う。「わたしのつまらない木綿の下着を見て、戦利品を手に入れたヒーローの気分がだいなしになったとでも?」

「ちがう!」出し抜けに叫んだ。「まさか！　これまでの人生を振り返っても、これほど美しく、セクシーな下着は見たことがない」

「もうっ、やあね」アビーはほほ笑みを抑えようとした。「ひどい下着よ」

「いや、いや、いや。完璧だ」ザンは心の底から言った。下着に手をかけすべらかで長い脚の下に引きおろそうとした。

「だめ！」アビーがその手をぴしゃりと打つ。「やめて！　だめよ、ザン。絶対に！」

体中をさわりたいという欲求に震える手で、丸く温かな尻を包んだ。「そんな、アビー、頼むから――」

「だめ！」全力でザンの手をおろさせる。「ここではだめだし、今夜はだめ。なんにせよ、今は気が張っていて楽しめない。一度くらい引きさがって、わたしの言うことを聞いてよ！本当にわたしといっしょにいたいなら、わたしの人間性と仕事に対する敬意を見せて！　本気で言ってるのよ、ザン。これは譲れない」

アビーの目のかたくなな表情を見れば、本気なのはわかった。

自制心を見せろ、このぼんくら。ここでへまをするわけにはいかない。輝く褒賞《ほうしょう》にもうすぐ手が届くというときに。

ザンは意志の力で身を引き、汗ばんだひたいをタキシードの袖でぬぐった。「あー、くそっ」小さくつぶやいた。「まただ。すまない、アビー」

アビーは豊満な胸をてきぱきと身ごろに収めた。「そろそろパーティは終わるし、それといっしょにわたしの職業生命も終わるだろうけど、とりあえずは会場に戻って責任をまっとうする。あなたはとにかくわたしにまとわりつかないで。わかった？」

「子羊みたいにおとなしくしてるよ」ザンは請けあった。

心からの言葉だった。

アビーはぐいっとドアを引き開けた。廊下から明かりが流れこんできて、赤く染まったなめらかな頬と興奮にきらめく瞳を照らす。ネックレスは百万ドル級に輝き、アビーの胸元に収まっている。

その姿を見て、ザンの胸は勝利に高鳴った。

おれのもの。おれの花嫁、おれの愛する人。いつでも、いつまでも。やっと手に入れた。

アビーは人差し指を振った。「騒ぎはなしよ」繰り返し注意する。「わかったわね、ザン」

「もちろんだよ」ザンはしおらしく目を伏せ、股間のものが社会的に受け入れられる状態に落ちつくよう願った。そして、アビーのうしろについてパーティ会場に戻った。

24

アビーはすぐさま気持ちを切り替えて仕事に集中し、ほほ笑みながら後援者や寄付者とおしゃべりを交わしていった。とはいえ意識の一部は常にザンがどこをうろついているか追っていた。べつの一部はルシアンの視界に入らないよう注意することに向けられている。男たちふたりが衝突したらどうなるのか、想像もしたくない。

しばらくして、客が帰りはじめた。挨拶のキスと別れの言葉の応酬に、またしても永遠の時間がかかる。ようやく会場内がまばらになってきた。疲れでめまいを感じ、アビーは一瞬だけ壁によりかかった。

ザンの腕がすっと腰を抱いた。「三度めの魔法」

「それは何?」アビーは肩の上を見あげ、目をあわせた。

「おれは最悪のデート相手からきみを二度助けた。三度助けたら、きみは永遠におれのものになる」

「魔法なんて必要ないわよ、おばかさん。わたしはもうあなたのものよ」手をぽんと叩いた。「いい子にしてて」耳元へささやいた。「もうすぐ終わるから」

信じられないような気分だった。なんの騒ぎもなく、終わろうとしている。もうすぐふたりで家に帰れる。くらくらするような期待で、体が浮かび、床の上で舞うような気分だった。もしかしたら、うまくいくかもしれない。

「アビー！　今までどこにいたの！」ブリジットの尖った声にアビーは身をすくめた。

「ルシアンがあなたを探しているわ！」小声で責める。「彼を避けているように見えるじゃないの！」

「すみません」アビーはつぶやいた。「ほかのお客さまのお相手に追われて。ルシアンをないがしろにするつもりはなかったんですけど」

「ピーターといっしょに展示会場にいる。愛想を振りまいてらっしゃい。んん？」ブリジットの目がザンをながめ、大きく見開いた。「あなた！　鍵を取りつけた男！」

「そのとおり」ザンはおだやかに言った。

ブリジットは疑わしそうにじろじろとザンを見つめた。「ずいぶん雰囲気がちがうわね。わが美術館の後援者だとは思わなかったわ、あなた、ええと、名前は……」

「ダンカン」ザンは三度名乗った。「人生に驚きはつきものだよな？」

「お願いだからここで待っていて」アビーは強い口調で言った。「一歩も動かないでよ、ザン。すぐに戻るから」展示会場へ急いだ。

ルシアンはアビーの上司とともに身をかがめ、真珠とルビーが散りばめられたカメオをながめていた。ビザンティン帝国の皇帝が所有していたものだ。アビーの姿を見て、ルシアンの目がぱっと輝く。怖ろしいことに、ルシアンはこちらに駆けよってきて、アビーを抱きしめた。

「よかった」大げさに言う。「ちょうど今、ピーターに話していたのですよ。あなたがいかがわしい風貌の男につきまとわれていたと。そうしたらあなたが消えてしまったから、心配で。あの男に何か迷惑をかけられましたか？」

「あら、いいえ」アビーは驚いて言った。「だいじょうぶです。わたしはただ――」

「つきまとっているのはおれじゃない」

入口から聞こえたザンの声はおだやかだったけれど、部屋中のおしゃべりがぴたりとやんで、静寂が落ちた。全員が声のほうに振り返った。

ルシアンはアビーを背後にかくまった。「あの男だ！　わたしが言っていたのはあの男ですよ！　誰か警備員を呼んでください」

「いえ、いえ、ちがいます！」アビーはあわてて口を挟んだ。「あの人はそういうんじゃありません、ルシアン。彼は――」

「さがっていなさい、アビー」ルシアンは胸をふくらませ、整った顔をけわしくこわばらせている。「わたしがこの男の相手になりましょう」

「ああ、そうだな。どいてろ、アビー」ザンはそう言って、ルシアンに手招きするようなしぐさを見せた。「おれが相手になってやる。待ちかねたよ」

ブリジットは大げさに息を呑んだ。「警察を呼んで！」

アビーは男たちふたりのあいだに割って入った。「だめよ」かすれた声でザンに言った。「お願い」

ルシアンはアビーをわきに押しのけて、ザンの腕をつかんだ。「紳士らしく、続きは外でしようではないか」わざとらしいほど陽気に提案する。

「腕をもがれたくなかったら、その手を放せ」ザンは静かに言った。

ルシアンはうっすらと笑みを浮かべて、ザンをドアのほうへぐっと引っぱった。すぐに取っ組みあいのけんかが始まり、ふたりはタキシードの手足を振りまわす黒いかたまりになった。まわりが呆然とするなか、怒鳴り声とこぶしの音とうめき声が響く。ルシアンがはね飛ばされた。どさっと音を立ててうつぶせに倒れる。ザンはその上に馬乗りになって、腕をねじりあげた。

ルシアンはもがいている。ザンはさらに圧力をかけた。ルシアンは叫び、脚をばたつかせた。

アビーは飛びこんでいって、ザンをルシアンの体から押しのけた。「頭がどうかしたの？」大声で怒鳴った。「彼を放して！」

ザンは立ちあがって、タキシードを払った。「そいつが挑発したんだ」

ルシアンはどうにか上半身を起こして床に座った。顔をあげた。鼻血が流れ落ち、白いシャツを真っ赤に染める。観衆がいっせいに驚きの声を発した。

ルシアンはザンを見あげた。明るく輝く青い目は奇妙にも平静だ。

「後悔するぞ」

ザンはルシアンを見つめ返し、それからアビーにちらりと目を向けた。「わかってる」

「ええ、後悔することになるわ！」ブリジットがここぞとばかりに肩を張って前に出てきた。「警察がもうこちらに向かっているころでしょう。ほかの人には襲いかからないほうが身のためよ！」

「いいや」ザンが言う。「この男だけで満足だよ」

ルシアンはよろよろと立ちあがった。ブリジットとピーターが手を貸そうと駆けよったけれど、ルシアンはふたりの手を払いのけた。服を伸ばし、鼻にナプキンを押しつけ、裏切られたような表情でアビーをながめる。

「つまりこの男は恋人なのですね、アビー？」短く自嘲の笑いをこぼす。「やれやれ。どうやらわたしはばかを見たようだ」

「いいえ、まさか！」ブリジットがルシアンの腕に手を置いた。「ハーバートンさん、こんなことになってお恥ずかしいかぎりです。どうか――」

「いや」ルシアンはブリジットの手から身をよじってのがれた。「もうけっこう」

「けれど――」

「何も聞きたくありません」ルシアンは言った。「この美術館はどうかしている。帰らせてもらいます」そう言い捨てて歩き去っていった。

口々に驚きを表わす声がうなるようにそのあとを追った。

「アビー？」ピーターは強くステッキを鳴らしてアビーの注意を引いた。「本当かね？　きみがこの人物を今夜のパーティに招いたのかね？」

アビーは口を開けた。途方に暮れて、ザンを見つめる。見つめ返すザンの顔はこわばっている。「わたし……わたし……あの……」

「エレインの死できみがひどくまいっていることは知っている」ピーターの声は怒りに満ちていた。「こう言うのは苦痛だが、しかし、私生活の管理もできず、そのせいでわれわれにとってもっとも気前のいい後援者に恥をかかすしかないのであれば、きみはここにいる資格がない。辞めてもらおう。もう来なくてよろしい。明日から二週間分の給与と退職手当は出す」

「ピーター、わたしは――」

「言い訳はやめたまえ」ピーターは言った。「もう遅い。それに正直なところ、言い訳は聞きたくない。黙って辞めてほしい、アビー。残念だが」

アビーはうなずいた。紐の切れた風船のような気分だった。

「それから、きみ」ピーターは先の尖ったあごひげをザンのほうに向けた。「すぐにここの敷地を出たまえ。もうすぐ警察が来る」

ザンはうなずいた。「はい」素直に返事をした。「騒ぎを起こしてすみませんでした」アビーに雄弁な一瞥をくれ、出て行った。

アビーはブリジットとピーターの怒った顔を見た。ドヴィは手で口元を覆っている。今にも泣きだしそうだ。ほかの皆は目を丸くして、このメロドラマの終結を待っている。怖ろしい秘密が明かされるとか？　もしかすると、アビーの首がぐるぐるとまわりはじめるとか？　皆を満足させる気力はなかった。きびすを返し、魚の泳ぐ会場をふらふらと通り抜けた。魚たちの水中メリーゴーランドといっしょに泳ぐように、沈んだ船のわきをまわった。今は沈んだ船の気持ちがよくわかる。

クロークからショールとバッグを引き取った。ザンはみじめな表情をして、外の階段の下で待っていた。アビーはザンを見おろした。海から吹く風で、アビーの髪は鞭のように顔を打ち、ドレスが膝のあたりまでめくれあがる。

「アビー」ザンが口を切った。「なんて言えばいいのかわからない」

「何も言わないでいい」自分の声が遠くから聞こえるようだ。「あなたに言えることは何もないから」

「すまなかった」

アビーはうなずいた。「そうよね。そう言うと思った。誠意を疑ったことはないわ、ザン。あなたはいつもすまないと思っているんですもの」

ザンの口元が引きつる。「あんなことをするつもりじゃなかった」

肩にかけたショールをたぐりよせ、身震いした。「こういうことが起こったのは初めてじゃないの」アビーは言った。声は無表情だ。「ジミー、アトランタにいた頃の恋人。当時わたしは画廊で働いていた。ジミーは嫉妬深くて、浮気を疑っていた。それでわたしの上司に襲いかかった。気の毒に、上司は痛めつけられた。ひどかったわ。もちろん、わたしは首」

「アビー、ちがう。今回はそういうんじゃない」ザンは口を挟んだ。「おれは——」

「いいえ、ザン。今回はもっとひどい。もっとずっとひどい」声が震えはじめた。「画廊の仕事はわたしの将来にとってそれほど大切じゃなかった。今の仕事ほどは。ついさっきまでの仕事って言ったほうがいいかしら。それにジミーのことは、あ、あ、あなたほど深く想っていなかった」声がにじんだ。あごがわななきはじめる。

もうっ。気をしっかり持って。泣いちゃだめ。アビーはあごをあげて、夜空を見あげ、涙が引っこむまで何度もまばたきした。

ザンが手を伸ばした。アビーは飛びのいた。「だめ。さわらないで」

「すぐにほかの仕事が見つかる」ザンは懇願するように言った。「きみは才能があるし、頭がいい。あんなやつに抱きつかれなくちゃならないような仕事は、きみには似つかわしくない」

「そうかもしれない」アビーは言った。「でもそれを決めるのはわたしよ」

ザンは言葉を失って両手をあげ、首を振った。

「公《おおやけ》の場に連れて行ったら、何か怖ろしいことをして、わたしに恥をかかせるんじゃないかと心配になるような人とはいっしょにいられない」アビーは言った。

「なあ、アビー」ザンはおびえた表情を見せた。「おれはそんな人間じゃない。最近は追いつめられる機会が多かっただけだ。誓うよ、もう二度と——」

「ええ、わかる。もう二度としないんでしょ」アビーは言った。「『すまなかった』とおなじよね。前にも聞いた。何度も。もう一度聞きたいとは思わない」

この言葉には最終通告の響きがあった。ザンは唇まで真っ青になって、あごの筋肉を引きつらせている。目が赤い。

アビーは取り消したくてたまらなかった。ザンの腕のなかに身を投げだして、もう気にしないと伝えたかった。日の出に向かって車で旅をしよう、と。

でも、気にせずにいられない。どうしても。喉が締めつけられて、もう言葉が出てこなかった。

「じゃあ、その、おれは行ったほうがよさそうだ」ザンはのろのろと言った。「これ以上きみの人生を壊す前に」

「それはむずかしいでしょうね」アビーは言った。「壊せるものはもうほとんど残っていないもの。今の時点でもう焼け野原とおなじ」

ザンはうつむいて地面を見つめた。「さよなら、アビー」

大またで歩き去っていく。新棟の角を曲がって見えなくなるまで、アビーはその姿を目で追った。

しばらくして、ようやくまわりの状況が目に映るようになってきた。美術館からぽつぽつと出てくる人たちは、アビーのことをそらぞらしく避けていく。帰りの足がないと気づいて、かすかな笑みが口元に浮かびかかった。

いくつもの修羅場のあとで、こんなに現実的でささいなことを気にするなんて。ドヴィなら助けてくれるだろうけれど、彼は親切でやさしいだけでなく、おしゃべりだ。今夜のことを話題にするのは耐えられない。それに、ピーターとブリジットに見られたら、友だちを複雑な立場に追いこむことになる。

距離を置くのが一番いい。騒がず、黙って消えよう。ぽんっとはじけるように。

アビーは衝動的に、旧棟の庭に並んでいる生け垣のほうに向かった。建物の裏には、崖から海岸までくだるじぐざぐの小道がある。

華奢なサンダルでよろめきながら、アビーは手すりをしっかりとつかんで、坂道をおりていった。波のうなりが次第に大きくなる。

しかしそれもアビーがザンに言った言葉のこだまをかき消すほど大きくはなかった。

ハーバートン・ホワイト財団名義で一週間借りているホテルのスイートに車で戻るあいだ、ハンドルを握るルシアンの手は震えていた。ずきずきする鼻に何度も手をふれた。顔には乾いた血が張りついている。美術館では、顔から血を流したまま人込みのあいだを抜けた。何が起こったのか、ひと目でわからせるためだ。

気分は上機嫌と憤りのあいだを行ったり来たりしている。あのろくでなしは愚かにも肉体的な攻撃をしかけてきた。このルシアン・ハーバートン四世に。巨大企業の後継者で、個人資産三億ドルを超えるこのわたしに。過去こんな目にあったことは一度もない。腹の虫も、足の震えも収まらない。

しかし一方で、状況は完璧だった。計画そのものが命を持ったように、自発的にすばらしい展開を見せてくれた。仮にルシアンがこのシナリオを書いていたとしても、ここまでもっともらしくは演出できなかっただろう。アビー・メイトランドと精神が不安定な恋人が起こした騒動を、シルバーフォーク中の人間が目撃した。アビーは確実に人前で上司から叱責を受けただろうし、解雇されたかもしれない。恥をかき、不満を持った雇い人。強盗の犯人が誰だか、皆すぐに察しをつけるだろう。

ホテルの駐車場では防犯カメラのそばに車を停めた。エレベーターまでわざと大儀そうによろめいて歩き、鼻を押さえた。あえて受付の前を通り、血だらけの顔をはっきりと大勢にさらした。噂が噂を呼ぶほうが望ましい。

スイートに戻ると、タキシードを脱ぎ捨て、顔と手から血を洗い流し、バスルームの鏡に向かって裸のままスツールに腰かけた。鼻は腫れて、目はずきずきする。目元は真っ青になるだろう。不愉快だ。

ビニールのシートを剝がして、注意深く偽物のタトゥーを張りつけた。鍵屋の首に彫ってあるのとそっくりおなじ模様だ。それからカラーコンタクトをはめた。ルシアンの青く鋭い瞳は印象に残りやすい。コンタクトは薄茶色。充分よく似ている。

それから服を身につけた。黒いカーゴパンツ、黒いブーツ、黒いタートルネックのセーター、黒い革のジャケット。ザン本人の服と銃を使いたかったが、決行の直前になってザンのアパートメントに侵入するのは論理的に考えてむずかしかった。残念だ。

とはいえ、鍵屋には未登録の銃を調達するだけの頭があったということになるだろう。ルシアンがカーゴパンツのうしろに押しこんだグロックの九ミリ口径のような銃を。あとは黒い革手袋とスキーマスクで装備は完璧だ。ルシアンはマスクをかぶった。鼻が痛い。マスクを脱いで、タートルネックを引きあげ、タトゥーを隠した。最後の瞬間までマスクは必要ない。ほかの道具はすべて車に積んである。二階のスイートのバルコニーに出て、身を乗りだした。ルイスへの合図だ。

ぱんっと音がした。閃光が放たれ、ルイスのエアガンが保安灯の電球を撃ち抜いて、ホテルのバルコニー側の一面を深い暗やみに落とした。ほかのことにどんなに無能だろうと、あの男は銃の腕だけは立つ。ルシアンは黒いより糸に繋いだ縄の束を設置した。より糸の先には重石がつけてある。重石をバルコニーの外に落とし、黒いより糸だけが外にたれるようにする。

そして、バルコニーを乗り越え、手すりの底からぶらさがり、深呼吸してから手を放した。地面までは距離があったが、黒い蜘蛛のように、ほとんど音を立てずに着地した。腕を伸ばし、手探りした。あった。ちょうど手の届く位置に黒いより糸がさがっている。あとで縄梯《なわばし》子《ご》を引きおろし、ホテルの部屋に帰る。防犯カメラでアリバイが保証されている場所に。細かいところまですべて計画ずみだ。

木々のあいだを駆け抜けて車に向かった。一歩一歩が鼻と肩の傷に響く。あのふたりを田舎の別荘に連れて行ったらどうしてくれようかと想像するだけで、よだれが出そうだ。

鍵屋を拷問することはできない。あの男は後頭部を銃で撃ち抜かれて死ななければならない。検死解剖を受けてもいいように、死亡時刻もきちんとあわせなければならない。クリスタルの飛行機がメキシコ・シティに発つ数時間前だ。しかし拷問となれば、ルシアンは肉体的なものより精神的なもののほうが好みだ。そのほうが価値が高まる。どれほど機知の足りないばかでも、ほかの人間を苦しめ、叫ばせることはできる。が、傷あとひとつ残さず、魂を完全に破壊するとなれば……芸術的な才能が必要だ。

そのためにも、アビーをなぶり者にしてやろう。あの男が彼女に恋焦がれているのは明白だ。走りながら、ルシアンはほほ笑んだ。アビー・メイトランドをいつどうやって殺すかに制約はない。

ならば、想像力のおもむくままに。

25

ザンは通りの角で停車し、ヴァンの横を叩く音にはっとした。とっさにアビーかと思い、顔を輝かせた。気持ちを変えて、許してくれるのだろうか。

赤らんでてかてかしたマティの顔が窓に現われた。ちがった。

失望感がザンをさらに苛だたせ、怒らせた。マティはドアを開けて、許しを求めることもなく車に乗りこんだ。

「やあ、相棒」息を切らせて言う。「頼みがあるんだ」

「出て行け、マティ」ザンは言った。「今夜は頼みごとを聞ける気分じゃない」

「ぼくの車はオフィスに停めっぱなしなんだ」マティは汗で光るひたいを拭いた。「警備員のひとりに乗せてもらってきたんだけど、そいつの勤務は朝八時まで終わらない。なあ、家までの通り道じゃないか。送ってくれるよな?」

マティの目はらんらんと輝き、焦点があっていない。これがどういう意味かはよくわかっている。酔っているのだ。「家には向かわない。タクシーを呼べよ」ザンは言った。

「お願いだよ」マティは甘えるように言った。「ほんの二、三分だろ。どこに行くんだい?

バー？　おれとことん飲むのはどうかな？」

ザンはアクセルを踏んだ。このまま言いあうよりもさっさと車まで送ったほうが、無駄になる時間も気力も少なくてすむ。「言っておくが、おれは機嫌が悪いぞ」

「ああ、展示会場での騒ぎは見てたよ」マティの口からもれた笑いは金切り声のようだ。

「手が早いな」

急ブレーキをかけた。タイヤをきしませてヴァンが停まる。「おりろ」

「ごめん」マティはあわてて言った。「ばかなことを言ったのはシャンパンのせいだ。なあ、本当にぼくと飲みに行かないか？　すこしだけでも」

マティと飲みに行くくらいなら入水自殺でもしたほうがましだ。

「おまえとは行かない」

マティはザンが何かおもしろいことを言ったように、忍び笑いをもらした。そわそわして、日よけをおろし、窓を開け、鼻歌を笑い、何ごとかにくすくすと笑っている。これほどばっちり酔っぱらっている様子を目の当たりにしては、マティに車を運転させないようにするのが、市民の務めだろう。

「飲みすぎだ」ザンはうんざりして言った。「車のことは忘れろ、マティ。家まで送る」

マティはひいひいとあえぐように笑った。「そらどうも。まじめ人間だな。ぼくがまだ誰かに突っこんで、そいつをケチャップに変えちゃうのが心配かい？」

ザンは鋭く息を吸った。「そうか。あの晩のことは覚えてるんだな」

マティの躁《そう》病じみた笑みが消えた。落ちつかない様子で礼服の襟をいじっている。ザンと目をあわそうとはしなかった。

残りの行程の十分間は、ふたりともひと言もしゃべらなかった。

ザンはマティの家の門に車を入れ、玄関までの長い私道をのぼっていった。家の前でエンジンを切り、マティが口を開くのを待った。

「ぼくを恨んでいるんだろうね?」マティは言った。「人間のくずだと思っているだろう」

「いいや」ザンは言った。「親友に裏切られたのは辛かった。乗り越えるのに何年もかかった。しかしもう過ぎたことだ」

マティの目は濡れているようだ。「ごめん。悪かったと思っている。本当に。ほら」ポケットからフラスコを出し、ふたを開けた。「これを」声が震えている。「ひと口やってくれ」

ザンはきらめくフラスコを見た。マティの震える手と、てかてかしてむくんだ顔と、追いつめられたような目を見た。「いや、けっこうだ、マティ」

マティの前に身を乗りだし、助手席のドアを開け、男を外に押しやった。

「なあ! ちょっと待ってくれよ!」マティはドアのハンドルに手を伸ばしたが、ザンは先にドアを閉めてロックをかけた。マティがドアを叩くあいだ、ザンは首を振っていた。この男の体にはそこらじゅうに絶望という文字が刻まれているかのようだ。

そんな姿を見るのは胸が痛んだ。こいつには友だちが必要だ。

いいや、おれはマティの友だちにはなれない。こいつを見ているとおぞ気がする。そもそも親しくしてくれというのが望みすぎだ。それに、こと絶望となれば、今のザンは誰にも負ける気がしない。

ザンはアクセルを踏み、バックミラーに映ったマティを見た。ぐんぐん縮み、見えなくなるまで。

「見失ったというのはどういう意味だ?」ルシアンは聞く者の耳を切りそうなほど声を尖らせ、手袋をはめたこぶしをマティ・ボイルのキッチンのテーブルに叩きつけた。

「車で走り去っていっちゃったんだよ」マティの口調は心ここにあらずで、むっつりしている。

「走り去った? おまえの仕事はあの男を引きつけて、無力化することだろう! 動かないようにしておく必要がある! 今ごろどこにいてどんなアリバイを築きあげているか、わかったものではない。ボイル、この役たたずが!」

マティは肩をすくめた。「引きとめられなかったんだ」

「そのウィスキーにしこんだ薬物があの男を止めたはずだ!」

「飲もうとしないんだよ」マティはのろのろと言って、椅子に身を沈めた。「飲ませられなかった。でも問題ないよ。あいつは今夜どんなアリバイも作らない。どっかですねてるはずだ。ひとりきりで。取り乱したときはいつもそうだから」

車が停まった。ルシアンはカーテンをしゃっと開いた。ニールとヘンリーがドアに歩いてくる。ふたりのおどおどと丸めた肩を見てルシアンは身構えた。ドアを乱暴に押し開けた。

「女は?」

ニールのカエルのような顔は緊張し、ばつが悪そうだ。「その……」

運命の女神に愛されているという感覚が蝕《むしば》まれていく。「相手はドレス姿で銃も持っていない女ひとり」声を抑えて言った。「なのに逃した」

「消えちゃったんだよ、ボス」ニールの口調は言い訳がましかった。「おれは美術館のほうを見張ってて、ヘンリーが駐車場を受け持った。おれの視界から消えたから、走って追いかけたんだ。その先でヘンリーがとっつかまえた頃だろうと思って。でもあの女は蒸発したみたいに消えた」ぽってりとした下唇を突きだして、ルシアンを見つめている。「あの……延期にするとか?」おずおずと提案した。「あのふたりをつかまえるまで? 今夜はどうやら——」

「延期はしないぞ!」ルシアンは怒鳴りつけた。今夜が決行日だ。この強盗事件は、先ほどの劇的な騒動が人の記憶に新しいうちに起こらなければならない。今のうちなら誰もが突きつめて考えることも調べることもなく、誤った結論に飛びつくだろう。

「ヘンリー、ルイス、鍵屋をつかまえろ。どこにいようとも。車に張りつけたGPSを使え。あの男の体に傷をつけるな。わかったか?」

ヘンリーとルイスは警戒のまなざしを交わした。「どうやったらそんなことができるんだよ?」ヘンリーが言った。「あいつは忍者みたいに強いんだぜ!」

「金玉がついているなら、今隠している場所から掘りだして、わたしが払っている報酬に見あった働きを見せろ。ニール、ボイル、ついて来い」

ニールとボイルには、道中くだらないおしゃべりでルシアンを苛だたせるほどの度胸はなかった。運のいいやつらめ。この仕事の前、ルシアンは感情が湧きあがることを歓迎していた。たとえそれが怒りや恐れでも。今はちがう。もう充分だ。そして今後は、犯罪活動の規模を自分ひとりで成し遂げられるものに縮小する。足手まといももう充分だ。

強盗の第一段階は予行練習したとおりだ。ボイルをオフィスで降ろした。ボイルはそこで、ニールが何カ月も前から辛抱強く教えたとおりに、美術館のセキュリティ・プログラムに不正アクセスし、コードを入力してバグを送りこむ。展示品を守るセンサーは複雑に入り組んでいるが、このバグはセンサーからの情報を処理するコントロール・ボックスそのものをおしゃかにする。センサーは完璧に機能している――が、感知した情報はどこにも伝わらない。

携帯電話にボイルの仕事がすんだという短いメッセージが送られてきた。監視カメラが無傷で機能しているのは計画どおりだ。ルシアンはマスクをかぶったが、首のタトゥーはしっかりと見せた。ボイルから手に入れたマスターキーで鍵を開け、パスワードを打ちこんだ。これらはすべて鍵屋がボイルを脅すかだますかして手に入れたものだ。

ボイルは否定しようにももうじき死ぬのだから否定できない。

なかに入ってしまえばあとは簡単だ。ザン・ダンカンらしくふるまえばよい。防犯カメラに映ることを考えて行動する。あの男は凶暴で頭がおかしいが、プロの強盗ではない。動きはぎこちなく。両手は震わせて。視線は右に左にきょろきょろと。肩はやましそうに丸める。ネズミのようにあわてていて、宝をかばんに入れるときはまごつき、取り落とす。

　略奪品は革手袋の黒い色に映え、まばゆく輝いた。宝石で彩られたバロック様式のネックレス、イヤリング、どっしりとした金の鎖、金のコイン、宝石を散りばめた燭台、聖骨箱、騎士のさまざまな階級にあわせて作られた金の十字架――お宝は次々にかばんのなかに消えていく。これほど手荒に扱わなくてはならないのは本当に残念だが、心配りや品のよさを見せては鍵屋の性格にあわなくなってしまう。宝物が傷ついたなら、それはそれで仕方がない《セ・ラ・ヴィ》。

「おい！　そのまま動くな！　撃つぞ！」警備員がわめいた。

ルシアンの動きはすばやく反射的だった。プシュッ。サイレンサー付きの銃から弾丸が男の肩をめがけて飛んでいく。

　男はわきに身をよじり、運悪く、肩を貫通するはずだった弾は横から胸に沈んだ。男は回転し、壁に当たり、どさっと床に倒れた。壁にどす黒い血のあとをたっぷりと残して。息をしようとするたびに、喉からごぼごぼと音がもれている。肺に当たったようだ。くそ。まぬけめ。

　犯人像を確実にするために、少なくともひとりは生きた証人を残しておきたい。こいつは死にかけだ。すぐにでもべつの者を探しに行かなければならない。

「おい、ロッド？　いったい何が――」もうひとりの警備員は展示会場に入ってきたとたん目を丸くして、足を止めた。

プシュッ。

今度は腿に弾丸が当たって、男はがくっと膝をついた。ルシアンは男が手にしていた銃を蹴り飛ばした。男の眉間に自分の銃をつきつけて、目をのぞきこんだ。腿から血は出ているが、大量ではない。どうやら動脈をはずせたようだ。こいつは死なない。

腿を怪我した男に背を向けて、前方に首を伸ばし、タトゥーを余さず目撃させた。振り返り、男の表情が変わったことを確認した。はっきり見たようだ。よろしい。

頭を蹴って、気を失わせた。ベルトから無線機を引き抜き、靴のかかとで踏みつぶした。男の携帯電話を探して、おなじ処理をほどこす。死にかけの男が所持している道具にもおなじことをした。

それから重いかばんを持ちあげ、逃げだした。

人の声が電動のこぎりのように頭に襲いかかってくる。頭のなかに押し入り、切り裂く。

「教えてくれてありがとうな、フレディ」じいさま？

「いや、どうしていいかわかんなかったんでよ。ゴミ収集箱の下で見つけてさ。最初は死んでるかと思ったよ。いやはや驚いたのなんのって」

「やれやれ。ひどいありさまだな」クリス。

うっすら目を開けてみたが、レーザービームのような光が頭蓋骨のなかの繊細でやわらかい傷だらけの何かを焦がした。もう一度ぎゅっと目をつぶる。痛い。「うう」うなり声をあげた。

「救急車を呼んだほうがいいかな?」

「いや、こいつの臭いからすると、コーヒーと冷たいシャワーで充分だろう。ザン? 起きろ、小僧! たわけたまねをしおって。こいつはゆうべ美術館のパーティへ行った。もめごとを起こしてきたようだな」

「んぐ」低い不満の声を絞りだした。

「さて」兄のジャックの声だ。「起こすから誰か手を貸してくれ」

「このまま寝かせておけばいいんだよ」とクリス。「お似あいじゃないか」

「フレディの家のゴミ箱に置いていくわけにいくか」ジャックは叱責した。「ほら、怠け者、そっち側の腕を持て」

ザンは腕をつかまれ、引きあげられて、座らされた。もう意識ははっきりしていたが、目を覚ましたことを真剣に後悔した。体が震える。寒気、湿り気、痛み。この十日間で殴られ、蹴られ、体当たりされたすべての箇所がひどく痛む。生きたパンチバッグにでもなった気分だ。

それとも、死にかけのパンチバッグか。

頭のような、頭じゃないような、ともかく大きくてずきずきするものが首の上に載っているのはわかる。両手があるのもわかる。その両手を目に当てて、指のあいだからそっと外をうかがった。

のぞきこむ顔はどれもゆがみ、ゆらめいていた。じいさまがいる。長兄のジャックは真っ白なシャツを着ていて、それがザンの目の裏に爆発を起こさせる。移動労働者で、近くの倉庫の廃墟に無断で住んでいるフレディは、もじゃもじゃの灰色のひげの向こうからこっちを見ている。クリスはいつものうんざり顔。

視界を広げると、新たな痛みが頭蓋骨を貫いた。ザンは道ばたで、しかもゴミ箱のそばで寝ていたのだ。

ゆうべのことをぼんやりと思いだす。酒屋の前でヴァンを停め、強いやつを買った。それから問題が生じた。どこで飲むか。アパートメントに帰れば、クリスやジェイミーやじいさまに出くわす危険性があった。

だから、波止場で飲んだ。人間との接触を避けて、あとでこっそり帰る予定だった。すばらしい計画だったが、フレディのゴミ箱のところで頓挫《とんざ》したようだ。

「おい、ザン？　起きろ！」クリスに顔をはたかれた。

ザンはびくっとして弟の手を払いのけた。「いてっ！　何するんだ！」

「そのタキシードがレンタルじゃなく、買ったものだといいが。そんなくさいぼろきれは誰にも引き取ってもらえんぞ」じいさまが脅すように言う。「いったい何があった？　血がついとるじゃないか！」

「おれの血じゃない」袖口に飛び散った血痕を見おろした。

「ああ、神さま」クリスは低くけわしい声で言った。「それ以上は言うな。聞かなくてもわかる」

ザンは薄く目を開けて、できるだけ長く弟をにらみつけた。「ほっといてくれ」

「酔っぱらいの負け犬がゴミ箱のそばで寝ている光景は常に悲劇的だ」ジャックが言う。

「しかしタキシード姿の酔っぱらいの負け犬がゴミ箱に倒れこんでいる光景は、とりわけ痛烈だな」

「そう？　感動したか？」ザンは苦々しく言った。「泣かないように気をつけろよ」

「堕落の沼に身を沈める前に、着替えることぐらいできただろう」クリスがお説教する。

「人目を引かずにすんだのに。それにしても、兄貴らしくない。どうしても一発見舞うしかなかったのか？」

ザンはどうにか膝をついた。「なんの話だ？」

「ゆうべ警察で受けた電話の話だ。美術館でけんか騒ぎがあったと聞いたぞ。頭のいかれたやつが暴れだして、タキシード姿でどこかの金持ちをぶちのめした。犯人として誰を思い浮かべたと思う？」

「ああ」ゆうべの忌まわしいできごとの数々が、ありがたくない記憶の波となって押しよせる。胃がむかむかしてきた。「それか。最悪だったよ」

「つまりあの子を取り戻しとらんのか」じいさまは浮かない顔で言った。

「そうだ」砂だらけでひりひりする顔をこすった。「それどころか、仕事を首にさせてしまった」

「おやおや」じいさまの声はふいに明るくなった。「そりゃいかんぞ、アレグザンダー！　かわいそうにあの女の子はくっていく手だてを失くしとる。求婚してつぐなえ。すぐに」

「したよ」ザンは疲れきった声で認めた。「彼女はもう一度おれと顔をあわせるくらいなら、身の毛のよだつような死に方で死ぬほうを選ぶだろうさ」どうにか立ちあがって、繰り返し吐き気がこみあげる責め苦の時間が過ぎるのを待った。

皆は啞然として押し黙っている。ザンは誰とも目をあわせず、皆の靴に吐かないでいることに気持ちを集中させた。

「そうか」ジャックはそれとなく同情心をにじませて言った。「そりゃ辛いな？」

「女ってやつは」フレディがもじゃもじゃの頭を振る。「いっつもそれだ」

「よかろう」じいさまは空《から》元気で声をあげた。「女に心を引き裂かれたときは気晴らしをするにかぎる。まずは帰ってシャワーを浴びさせよう。コーヒーとアスピリンを飲ませる時間くらいはあるだろう。だが、それですぐに出かけんと、遅刻だ」

「遅刻？」その言葉に不安を覚え、レーザービームのような太陽に頭の裏をえぐられるとわかっていても、あえて目を開けた。「何に遅刻するんだ？」

「ジェイミーの芝居」ジャックが答えた。「今日のマチネーだよ。思いだしたか？　だからおれがここにいる。かき切られる喉、血溜まり。今のおまえの気分にぴったりじゃないか。さあ、行くぞ。幕開けまであと四十分だ」

「おい、無理だよ」がんがんする頭を手で揉んだ。「大虐殺シーンは一度で充分だ。よくできていたのは知ってるが、おれには耐えられないとジェイミーに伝えてくれ」

「おまえの泣き言はもういい」じいさまが声を荒らげた。「飽き飽きだ。ジェイミーはこの芝居に打ちこんどった。最低でもおまえにできるのは、そのずぼらなケツを座席に張っつけて、芝居を観ることだ。ぼうずども、そいつの腕を取れ。ジェイミーはわしらのために最前列ど真ん中の特等席を用意しとる。わしら残らず全員の分の席だ」

両脇から兄弟に肘をつかまれて、ザンはうなり声をあげた。「すばらしい。おれの運を考えれば、血しぶきを浴びられるくらい舞台に近い席かもしれないな」


「いい知らせだろうな」ルシアンは電話口でぴしりと言った。

「あー……えー……」ヘンリーの声は小さくしぼんでいく。

ルシアンはため息をつき、運転席の背にぐったりとよりかかった。アビーのアパートメントの近くに停車して待っているが、アビーはいまだに現われない。この調子では、ルシアンたちよりも先に警察がザン・ダンカンの身柄を確保する可能性が高く、そうなったら何もかもおじゃんだ。「さっさと吐け、ヘンリー。今度はどんなへまをしでかした？」

「何も、ボス。おれたちはヴァンを見つけたが、やつはそこにはいなかった。んで、おれがヴァンに残って、ルイスがあいつんちの建物を見張った。あいつはさっき帰ってきたところだ」

「なのにまだ捕らえていない？　失敗したのか？　また？」

「家族全員がいっしょにいるんだ！」ヘンリーは言いたてた。「あいつは酔っぱらってひと晩過ごしたように見えた。兄弟のふたりはあいつとおなじくらいいかつい大男で、化石みたいなじいさんまでいた。そいつら全員をやっつけて、今すぐあいつを捕らえろって？　目撃者がいちゃまずいんだろ？」

「ヘンリー」ルシアンはゆっくりと、言葉をことさら強調して言った。「頼むから、ない頭を使って考えようとするな」

「ああ、うん」ヘンリーはむっつりとつぶやいた。「なんでもいいけどよ」

「尾行を続けろ」ルシアンは命じた。「わたしがそうしろと言うまでは誰も〝やっつけ〟るな。姿を見られるな。機会を探って、目撃者がいない時ができたらすぐにさらえ。無傷でだ。わかったか？」

　ヘンリーのつぶやくような返答はほとんど耳に入らなかった。ワインレッドのドレスがひらりと視界をかすめたからだ。アビーがよろよろと歩いてくる。化粧が落ちて、目元にはアライグマのように色濃いくまができている。髪はもつれ、鳥の巣みたいにぼさぼさだ。しかしくたびれた格好をしていても、アビーはふるいつきたくなるほどいい女だった。

　ルシアンの股間がうずいた。獲物を獲得すべき時だ。

　車から出ようとした瞬間にルシアンは凍りつき、いったん開けた車のドアはひとりでに閉まった。アパートメントの一階から年老いた女が猛然と出てきたのだ。老女は手に持ったシャベルを振りまわし、アビーを相手にしばらくのあいだ何かをまくしたてた。

アビーはろくに聞いていないようだ。放心状態に見えた。一度うなずくと、足を引きずるように階段をのぼっていった。老女はその後姿を見つめ、首を振った。

それから、いまいましいことに、庭に腰を落ちつけた。ぎくしゃくとしゃがんで、花壇をほじくり返しはじめた。

ルシアンは老女が早く立ちあがって、さっさと家に帰るよう念じた。念力が通じないなら、今すぐ大災害が起こってくれるのでもいい。この手で殺してやるという誘惑にも駆られたが、この住宅地ではどの窓から誰が見ているかわからない。

気分が悪い。胸くそが悪い。ルシアンはじりじりとしながら待ちつづけた。


一歩出したら、もう一歩。右足。左足。右足。海水に濡れて重く、砂でざらざらしたドレスがゆれる。波のよせる海岸を歩き、立ちどまっては、足首のあたりではじける泡を見つめていたせいで、足は氷のようだ。

アビーはザンといっしょに襲われたときから自宅に帰っていなかった。たった二日前のことなのに、十年もたったように思える。アビーのアパートメントはもう安心して休める場所ではないけれど、とりあえず熱いお湯の出るシャワーと温かい靴下とコーヒーはある。濡れたドレスで帰ってくるのは恥ずかしかった。おい、皆、見ろよ、トレモント通りを緋色の女が歩いていく。日曜の朝に、土曜の夜の恥を身にまとって。

磨きたてた子どもたちをSUVに乗せて教会に向かう人々は、ひとり残らず、とがめるような目つきでアビーをにらんだ。無理もない。

けれどもじつのところはどんな目で見られようと、たいして気にならなかった。体は凍え、頭は麻痺して、耳のなかでは何時間も聞きつづけた波の音がまだ響いている。

アパートメントを見あげた。まだそこに建っていたことは驚きに近い。一階のドアが勢いよく開いた。大家のエイスリーさんがずかずかと出てくる。「アビー？　あんたなの？　そんな格好で……ゆうべはたいそうな夜だったようだね！」

ふしだらな女だね！　が真意だろう。

アビーは腹を立てる気も起きないほど疲れていた。「ええ、傑作でした」

エイスリーさんはアビーをまじまじと見つめ、すこしして苦情を思いだした。

「最近わたしの庭にはおかしなことばかり起こっている」シャベルを振りまわして言う。「まず、先週は何者かがパンジーの花壇に車を乗り入れた！　それから昨日、蔦の手入れに行ったら、根こそぎにされていた！　野生の豚の群れが引っかきまわしたみたいに！　いったいどうなっているんだい？」

「その犯人たちを表わすにはなかなかうまい表現だと思います」アビーは感想を述べた。

エイスリーさんは眉をひそめた。「冗談ごとだと思うのかい？　あんたがどんな男を連れこんでいるか知らないけどね、そういうくずどもをわたしの庭に近づけないどくれよ。さもないとほかに住むところを探してもらうからね。ん？」

アビーはうなずいた。そこは問題ない。この先、男を連れこむ予定はないから。野生の豚だろうとそうじゃなかろうと、もうこりごり。

言うべきこともないので、きびすを返して階段をのぼった。

サンダルをキッチンのゴミ箱に落とした。のろのろとベッドルームに入り、身ごろをはずした。ドレスをびしゃっと足元の床に落とし、その上に下着を放り、裸になった。身につけているのはザンのルビーのネックレスだけ。

ずっしりした感触で胸が焦げつきそうだったのに、それでもひと晩つけたままでいたのは、海岸で失くすのが怖かったから。砂のなかに落としでもしたら救いようがない。こんなに高価なものは、返却するべきだろう。

留め金をはずそうとしたけれど、指先はかじかんでいるし、目から涙があふれつづけている。もういい。あとではずそう。

アビーはもつれた髪をまとめて、シャワーで体を解凍してから、泥棒たちが盗んでもつまらないと思って残していったジーンズとブラウスに着替えた。スニーカーを履き、着古した灰色のスウェットをはおった。だらしなくて快適な普段着。

次はコーヒーだ。シバの餌の皿につまずき、飼い猫がいないことがふいにさみしくてたまらなくなった。ドヴィの家に引き取りに行かなくては。でもまずはコーヒー。そう思ったとたん、何かが記憶に……。

たいへん。ナネットのマチネー。悲恋と心中。すてき。気持ちとしては、ブラインドをおろしてベッドにうつぶせになっていたかったけれど、ナネットは今日の公演をエレインに捧げると言っていた。観ないわけにはいかない。

アビーは携帯電話をつかんで時刻を確認した。もしもタクシーがすぐに来てくれて、開演が多少なりとも遅れるなら、どうにか間にあう時間。疲れきっているのに、なぜかじっとしていられない気分だった。することができてほっとしているところが大きい。動きつづけなければならないという落ちつかない気持ちだった。

26

アビーは哀れな鼻を手で隠して、楽屋へ向かう人込みにまぎれた。ティッシュをひと箱丸ごと持ってくるべきだった。大洪水はナネットがこの公演をエレインに捧げると言ったときから始まった。そして、悲劇の死の場面でとどめを刺された。その頃には袖を使うしかなくなっていた。汚い。

後列の女性がティッシュをくれた。

「すばらしいお芝居でしたね？」

アビーは鼻をかみ、うなずいた。これからナネットに迫真の演技だったと伝えて、家に帰り、アイスクリームをひとパック食べて、一日中泣こう。

そのあとで、自分の人生を振り返り、大人として行動しよう。

「アビー！　アビー？　こっち！」

目を疑った。ルシアンだ。目の下は紫色になりかけていたけれど、ケン人形のプラスチックの顔を思わせる作り物めいた笑顔は健在だ。

アビーは強いてほほ笑み返し、それから、そんなことに気力を使った自分に苛だちを覚えた。アビーは首になったのだ。この男の機嫌を取る義務はない。気分次第で冷たくあしらうこともできる。

それでも、この人がアビーの人生を破滅させたのはわざとではない。むしろアビーを守ろうとしただけ。はなはだしく見当ちがいだったとしても。アビーは社会のエチケットに屈した。「こんにちは、ルシアン。鼻の怪我の具合はいかがですか？」

ルシアンの唇がゆがんだ。「痛みますよ」無邪気に答える。

「お気の毒に」アビーは言った。「ところで、ここで何をなさってるんです？」

ルシアンは肩をすくめた。「あなたに会いたかったので」

「わたしに？」警戒心で胃が締めつけられる。「どうして？　あなたが今一番会いたくないのがわたしだと思いますけど」

「あなたのことが心配だったのです」ルシアンはおだやかに言った。「ゆうべわたしが帰ったあと、何があったか聞きました。あなたが解雇されたことも。それでいたたまれなくなってしまって」

あらそう、ご親切ですこと。アビーのなかで皮肉の声がつぶやいた。

「ええ、惨憺《さんたん》たるありさまです」乾いた声で言った。「でも対処できますから」

「あなたはたいていどんなことでも対処できるのだろうと思いますよ」

そのおだてるような口ぶりに、アビーの笑顔が凍りついた。この男がいまだに気を惹こうとしているなんて考えられる？　まさか。

「そろそろ失礼させていただいても?」アビーは尋ねた。「今からわたし――」

「もしよければ、ピーターにとりなしましょうか?」ルシアンは意気ごんで言う。「わたしが口添えすればピーターもきっと――」

「やめて!」アビーはあとずさりした。「助けてもらう必要はないし、あの職場に戻るつもりもありません。今後のことは自分でどうにかします。お気づかいは無用です!」

ルシアンはびくっとして傷ついた顔を見せた。「また怒らせてしまったようですね。ただ手を貸したいだけなのですが。けれど、もしわたしの存在があなたの……恋人の機嫌を損ねるようなら身を引きますよ。わたしとしてもいざこざの種を――」

「いいえ」アビーは割って入った。「それはもういいんです。わたしに恋人はいません」

ルシアンはまばたきした。「なんてことだ。アビー、つまりわたしはあなたの仕事だけでなく恋愛もめちゃくちゃにしてしまったのですか?　いっぺんに?」

当人からそう言われるのがおかしくて、アビーは思わず笑いだした。「いずれまた」背を向けながら言った。「出演者のひとりに挨拶に行くところなんです。さよなら」

アビーは楽屋に入って、ナネットに目をとめた。ジュリエットを死に至らしめた傷でまだ血だらけだ。ナネットはぱっと顔を輝かせた。駆けよってくる。

「アビー!　ほんとに来てくれたのね!」大声で言う。「どうだった?」

アビーは雄弁に鼻をすすり、こっくりとうなずいた。

メイクに縁取られた目が丸くなる。「泣いちゃうくらい?　あのね、今日はすごい力を感じたんだ。きっとエレインのおかげだと思う。エレインが力をくれたの」

「本当にすばらしかったわ、ナネット」アビーはわななく声で言った。

ナネットはアビーにしがみつき、ふたりとも大声で泣きだした。

大泣きがすすり泣き程度に収まる頃には、アビーも出演者のひとりのようになっていた。血のりがべったりとブラウスについている。スウェットのジッパーをあげた。手元に残った最後のブラウスもこれでおしまい。でも、かまわなかった。血だらけになるのは象徴的で、今の自分にふさわしい気がした。

ナネットが腕をつかんで引っぱった。「ねえ、皆に紹介させて。マーティンはあたしのロミオで、すごくかっこいいし、ほら、あっちにいるティボルト役のジェイミーもめちゃくちゃすてきだから。ジェイミー！　友だちのアビーに挨拶して！」

アビーはあわてて顔をぬぐい、血まみれの俳優の集団に目を向けた。アビーの笑顔が固まった。

ザン。世界が止まる。

どこへ行っても、どこへ向かっても、ザンがいる。げっそりとして青白く、そして、ああ、アビーを見て嬉しそうではない。

ナネットが腕を振りまわしていた。「おーい、アビー！　どうしたの？」

「え、いいえ」小声で答えた。「なんでも」

「この人がジェイミー、あたしたちのティボルトよ」ナネットが言って、背が高くがっしりした男を指し示した。ドレッドの髪と突飛なメイクをしているけれど、それでもなぜかどことなく見覚えがある。アビーはあっと息を呑んだ。

わかった。見覚えがあるのも当然だ。あの決闘のリハーサル。ザンの弟。

ザンのとなりには年配の男性が立っている。ザンとおなじ頬骨、色は灰色だけど線の太い眉の形もおなじだ。ふたりのうしろにいる男性も特徴が似ている。長身で、がっしりとした、黒髪のハンサム。

ダンカン家の男たちに囲まれているのだ。男性ホルモンの量は桁はずれだ。アビーはどうにか会話能力を引き戻した。「すてきでした」アビーは言って、ジェイミーと握手した。「すばらしいお芝居でしたね」

「ありがとう」ジェイミーは嬉しそうに応じた。

「やあ、アビー」ザンが言った。

ザンの兄弟たちと祖父ははっとして目を見交わした。アビーは自分の姿がどう見えるか考えたくもなかった。無造作に束ねただけの髪、ぐずついた鼻、ゆうべの大惨事の残骸として真っ赤な目の下を汚している化粧。そしてザンのネックレス。どうしよう。まだつけたままだ。

ザンはふと視線を落とし、ネックレスを目に留めた。まなざしは氷のようだ。

「アビー？　それってあ﹅の﹅アビー？」ジェイミーは好奇心に目を輝かせている。

「どのアビー？」ナネットが尋ねた。

「うちの兄貴がめろめろになってるアビーだよ」ジェイミーは部屋中の人間に向かって説明

した。「兄貴ときたら、彼女に出会ってからいかれっぱなし」

「くだらないことを言うな」ザンがつぶやく。

「どれ、わしにひと目会わせとくれ」灰色の髪をした老人が前に出てきた。「わしはこの子の祖父だ」

手を差しだす。アビーはその手を取った。節くれだった指がアビーの手を包み、きつく握りしめた。「はじめまして」アビーは言った。

「よろしく」老人のくい入るような視線がアビーを圧倒した。「つまり金と結婚しようってな男たらしはあんたかね？」

「おい、何を言いだすんだ、じいさま！」ザンの兄弟のひとりが驚愕の表情を見せて、小声で叱責する。

アビーのおなかの底から笑いがはじけた。どういうわけか、老人のぶしつけな言葉で気恥ずかしさが吹き飛んだ。

アビーは首を振った。「いいえ、そうはならないようです」

「ふむ。まあ、あんたはかわいらしいお嬢さんだ。孫息子がのぼせるのも無理なかろう」しわだらけの頬に浮かんだえくぼがザンのえくぼにそっくりだと気づいて、アビーの胸はずきんと痛んだ。

「彼女に言いよるのはやめろ」ザンが言った。「意味がないだろ」

「女性に無愛想な態度を取るのはやめろ、アレグザンダー」老人は言い返した。

太い腕に肩を抱かれた。ルシアンだ。まるで恋人のように、皆の前でこれ見よがしにアビーを引きよせる。察しの悪いまぬけ。

アビーは身をよじった。ルシアンは肩がきしむほど腕に力をこめた。

「ああいう侮辱に耳を貸してはいけない」堅苦しく気取った口調だ。「行きましょう、アビー。家まで送りますから」

「ルシアン、かまわないで」アビーは声を絞りだすように言った。「助けてもらう必要はありません!」

あざのできた顔を見て、老人は目をすがめた。「おーほっほう!」笑い声をあげる。「うちの孫がゆうべぶちのめした神のケツより金持ちの男ってのはあんたか。あんたのことはよく聞いとるよ!」

「黙っていてくれ、じいさま!」ダンカン家のべつの兄弟が言った。

ルシアンに強く抱きよせられて、アビーは胸元で窒息しそうになった。「放して、ルシアン!」アビーは抵抗した。「わたしはだいじょうぶだから!」

そのとき、ザンの兄弟のひとりのポケベルが鳴った。「仕事だ」画面を見て顔をしかめる。

「緊急招集がかかった」

「おれも帰るよ。いっしょに出よう」べつの兄弟が言った。「じゃあな、ジェイミー。舞台では大活躍だったぞ。ザンに誰も殺させるなよ」兄弟ふたりは両脇から祖父の腕をがっちりとつかみ、引きずるようにしてドアに向かっていった。

「会えてよかったよ、お嬢さん」おじいさんが振り返って叫ぶ。「あんたはそりゃあ美人だが、うちの孫を選ぶべきだ！　自慢の孫でな！」

そのあとは重苦しい沈黙が続いた。呪文を解いてくれた女神はナネットだった。緑色の鋭い目でルシアンを見据え、血しぶきの飛んだひたいに軽くしわをよせている。「ねえ。どっかで会ったことない？」ナネットが尋ねた。

ルシアンの顔にケン人形の笑みが現われた。「十中八九、人ちがいでしょう」ルシアンは言った。「ここに来たのはたまたまですから。ところで、舞台ではすばらしい演技を見せていただきましたよ」

「どうも」ナネットはゆっくりと言った。「おかしいな。すごく見覚えあるんだけど」

ザンはルシアンを見つめ、それからその寒々しい目をアビーに向けた。「たまげたよ」ザンは言った。「きみの行動が速すぎて、めまいがしそうだ」

アビーはかぶりを振った。「ザン、わたしは——」

「おれの前で新しい恋人をひけらかすのはやめてくれ」ザンは言った。「恋人をばらばらにされたくなきゃな」

この人はわたしの恋人なんかじゃない。アビーはそう叫びたかったけれど、よく見る悪夢のなかにいるようだった。どんなに体を動かそうとしても、まったく動けない。

ジェイミーがなだめるような大きな笑みを浮かべて、兄とルシアンのあいだに身をすべりこませた。「なあ、落ちつけよ。ザンはもう帰るところだったし。ザン？　だよな？　早く行けよ」

ザンの軽蔑のまなざしにさらされて、アビーは火あぶりの刑を受けている気分だった。でも、ルシアンが恋人だと思われたところで、どうだっていうの？　説明したからって何が変わるの？　ふたりの仲は終わったまま。望みはない。運命はアビーをいつもの壁に叩きつけている。何度も、何度も。

アビーは身をよじってきびすを返し、楽屋から駆けでて、人や壁やドアにぶつかりながら劇場の外に向かった。出口の赤いサインがにじんで、危うく見逃すところだった。

公演芸術センターの表のベンチにぐったりと腰かけ、火照った顔を両手にうずめた。

「アビー？　だいじょうぶですか？」おだやかで心配そうなルシアンの声。

神よ、忍耐心を与えたまえ。アビーは深くため息をついた。「ええ」

「お誘いするには最悪のタイミングだとは思いますが、これから昼食をいかがです？」ルシアンが持ちかけた。「こう言っては失礼かもしれませんが、気晴らしが必要そうな顔をしてらっしゃる」

「ルシアン、昼食はけっこうです」アビーはぶっきらぼうに答えた。「食べる元気もありません」

「ならエレインの事件の捜査のことを話しあいましょう」ルシアンはあやすように言った。

「役に立ちそうな作戦を思いついたのです」となりに座る。「下心のないお誘いだと約束します。あなたの勇気には感服します。だからぜひ目標を達成していただきたい。あるいは、少なくとも、真実を解明していただきたい。どうか手伝わせてください。ゆうべはご迷惑をおかけしました。つぐないたいのです」

アビーは唇をすぼめた。この男にはどうも落ちつかない気持ちにさせられる。こちらがおぞ気をふるうくらい慇懃だ。うえっ。でも、鼻につくとはいえ……罪ではない。

昼食につきあうべきだろうか。ルシアンははた迷惑な人物かもしれないけれど、大金持ちで権力があるのはたしかだ。その力を貸そうと言ってくれている。今、実行すべき価値があるのは、エレイン殺害の犯人捜しだけ。エレインのためなら、プライドを呑みこむことも、多少の居心地の悪さにたえることもできる。どうせなら、この男の骨の髄まで絞り取ってやればいいじゃない。アビーは肩をすくめた。「わかりました」

エレインの敵《かたき》討ちという最後の務めがあるから、アビーはまだ立っていられる。それが終わったら、あとは地に堕ちるだけだ。

あの女には脱帽だ。またやってくれた。ガードがさがるのを待って、ナイフを突き刺し、傷口をえぐる。そもそもあのぞっとするような血まみれの悲劇を観る前から、ぼろ雑巾みたいな気分だったというのに。

キャプレット家のパーティのシーンで生演奏したバンドは、腐ったメロンを叩きつぶすようにザンの頭を砕いた。ジェイミーが喉をかき切られる場面は、一度予習したからといって不快感が減るわけではなかった。ダンカン一家の席まで血は飛んでこなかったが、かなりきわどかった。そしてアビーが新たな情熱の相手と手に手を取りあって、姿を現わした。ザンのネックレスをつけて。

傷をえぐるとはよく言ったものだ。

このままヴァンに乗って、街を出よう。アビーを視界から消すにはそれしかなさそうだ。出くわしても気にならなくなったら、帰ってくればいい。いや、もう帰ってこなくてもいいかもしれない。

「アビー！ アビー！」女の子が取り乱した様子でその名前を叫んでいる。

ザンは針で突かれたように飛びあがった。ナネットだ。ジュリエットを演じた血まみれの女の子が、ひらひらした黒いゴシック風のぼろきれをはためかし、楽屋口から飛びでてきた。

「アビーはどこ？」息を切らし、血走った目でザンに問いただす。「まさかあの男といっしょに出て行った？ お願い、あの男とはいっしょじゃないと言って！」

「あの男と帰ったよ」ザンは苦々しい口調で答えた。「おれが嘘をついても仕方ないだろ？」

「ああ、どうしよう」ナネットはうめいた。「最悪。携帯持ってない？ 早く警察に電話しなきゃ」

ザンの胃は石のように重くなった。「なぜ？ どうしたんだ？」

「あの男よ！ さっきすぐに気づかなかったなんて信じらんない！ ひげも剃ってたし、髪も切ってたけど、あの冷たい目はおなじでしょ？ あの目は絶対忘れられない。忘れるのはあたしみたいなまぬけだけ。自分のことに夢中で、頭の回転がにぶくて――」

「いったいなんの話をしてるんだよ！」ザンは怒鳴った。

「マーク！」ナネットは血のりのついた手を揉みしだいた。「アビーといっしょにいた男はマークなの！」

ザンの頭のなかは真っ白になった。「でもあれは……あれはどっかの大金持ちだ。ルシアンなんたらかんたらとかいう。マークのはずがない。まさか！」

「マークなの！」ナネットはべそをかいて叫んだ。「あの男だった！　絶対！　あの男がエレインのマーク！　殺人犯マーク！　早く！　アビーに電話して、警察に電話して！　誰にでも電話して！」

ザンはアビーの携帯にかけた。録音された声が流れはじめる。「電源を切ってる。それにどのみちおれからの電話には出ないだろう。おれは嫌われているから」携帯の画面をナネットに見せた。「アビーの番号を覚えろ」ザンは命じた。「ほかの電話を見つけて、かけつづけてくれ。おれは警察に知らせる」全速力でヴァンに駆け戻り、クリスに電話をかけた。

「ザン？　いったいどうしたんだ？」

「緊急事態だ」ザンはあえぐように言った。「劇場でアビーにつきまとってた男がいただろ？　ルシアンなんとかっていう名前の。あいつを捜したい。早急に」

「一度殴っただけじゃ気がすまないのか？　大人になれよ！」

「長い話で、今は急いでるんだ」アビーは言った。「ともかくあいつを見つけなけりゃならない。あいつは殺人者だと思う。アビーが危ない」

「ゆうべ美術館が強盗に襲われた」クリスが唐突に言った。

ザンは赤信号を見逃しかけ、すんでのところでブレーキを踏んだ。「なんだって？」

「海賊の財宝がやられた。警報器は機能を奪われていた。警備員がふたり撃たれた。そのうちひとりは重体だ。回復の見込みは薄いそうだ」

大事件のせいでザンの問題はあとまわしにされつづけるという怖ろしい予感に襲われ、胃の痛む思いがした。「そりゃひどいが、アビーを捕らえたやつはもう殺人を犯している。だから、おれの問題のほうがでかい」

「兄貴の問題は超弩《ド》級だ」苦りきった口調だ。「警備員のひとりは意識を取り戻した。犯人を見たと言っている。犯人はスキーマスクをかぶっていたが、ひとつだけはっきりと覚えていることがあるそうだ。警備員は事情を聞きに来た人間全員に、その話を繰り返している」

「クリス、今そういう話を聞く時間は――」

「タトゥーだ、ザン。首の左側に。ケルト十字のタトゥー」

しばらく口をきくことができなかった。

「クリス？」たっぷり一分もたってからようやく言葉が出てきた。「現実的に考えろよ。おれが人を撃つわけないだろ」

「当然おれにはわかってる！　でもゴミ箱で寝てたってろくなアリバイにはならないんだ！　どうしたらこんな状況に自分を追いこめるんだ？　あの女の子だな？　あの子を追いかけまわして、その結果起こったのがこれか？」

「クリス、頼むよ。アビーを見つけなけりゃならない」ザンはすがりつくように言った。「あの男はアビーを殺してもおかしくない。もう友だちのエレインを殺してるんだ」

「まずは自分のケツを救うことに専念するよう勧める。あの子じゃなく。どちらも助ける時間はない。わかるか？」

「ああ」ザンは言った。「わかった」

電話を切り、まばたきもせずにフロントウィンドウを見つめつづけた。頭のなかはフル回転しているが、気がおかしくなりそうな不安のせいで、大脳がうまく機能しない。ルシアンの居場所を知っていそうなのは美術館の人間だけだ。ザンは彼らの苗字すら知らない。しかしマティなら知っている。ザンはマティの番号にかけた。

「もしもし？」マティはしわがれ声で応えた。「どうした？」

「おまえの助けが必要だ」ザンは言った。「ゆうべおれがぶちのめした男がいるよな？　あいつの居場所を知りたい。美術館の人間ならあいつがどこにいるか知ってるだろ？　あの小柄でぽっちゃりした男、彼の名前は？　ドヴィ？」

「ドヴィ・ハウアー」マティは言った。「ゆうべのことがあったあとなんだから、美術館の人間は誰も何も教えてくれないだろうさ」

「そこでおまえの手が必要なんだ」ザンは歯をくいしばる思いで言った。「ゆうべの男は殺人者だ。エレインを殺した。今はアビーの身が危ない」ずいぶん長いあいだマティからの返答はなかった。「おい、マティ、起きろ！」ザンは癇癪を起こした。

「ぼくはハーバートンがどこにいるか知っている」マティは抑揚のない声で言った。

「おまえ……おまえがなんだって？」ザンは唖然とした。「どうして？　どこだ？」

「迎えに来てくれ」マティが言う。「ぼくが直接に案内する」

「回り道する時間はないんだ！　いいから教えてくれ！」

「通りの名前も番地も覚えてない」マティはひょうひょうという。「近くまで行けば、道順は思いだせると思う」

「じゃあだいたいの場所を言ってくれ。そこで落ちあえばいいだろ！」ザンは声を張りあげた」

「車がない。知ってるだろう？　ハーバートンのところに行きたいなら、まずはうちに来てほしい」

ザンは電話を放り投げた。ヴァンが急発進する。どこか解《げ》せない気持ちだったが、ほかに手はない。もしこれがでまかせだったら、あいつをまっぷたつに引き裂いてやる。

27

「信じられない」ルシアンは感嘆の声をもらした。「プロの探偵も顔負けですね」

アビーは弾力のあるソファの上でもじもじとした。立ちあがってカーテンをめくり、手入れの行き届いたホテルの庭をながめた。ルシアンのおもねるようなお世辞に辟易《へきえき》していた。おだててもらう必要もちやほやしてもらう必要もない。ほしいのはアイデアやブレインストーミング。実際的な手助けだ。

誘いになどのらなければよかった。判断をまちがえた。この男と捜査のことを話していると、奇妙にも、ばかにされているような気分になった。まさかとは思うけれど、ルシアンはあえてごまをすり、大げさに褒めたてることで、腹のなかではアビーを物笑いの種にしているのではないだろうか。それに今こうしてルシアンのホテルの部屋にいることもまるで嬉しくない。レストランに案内されるものだと思っていたのに、成り行きでルシアンのスイートに来ることになってしまった。

プライバシーを守るためですよ。屈託のない言葉だった。万人の耳に入れたくはない話題ですから。部屋でルームサービスを取れば、気兼ねなく話ができます。

たしかにそのとおり。それでも、どこか不自然で、すっきりしない。

ルシアンはにっこりして立ちあがった。「コーヒーを淹れましょう」

神さま、感謝します。この奇妙な男のこれまでの言動のなかで、もっとも有益で知的な提案だ。「ありがとうございます」アビーは心をこめて言った。

ルシアンはキッチンに向かった。アビーはじっとしていられず、部屋のなかをうろつきまわった。中央にルシアンの荷物がまとめてある。巨大なスーツケースがふたつと手荷物がひとつ。つややかでやわらかそうな革のコートがその上にかけてあった。

それでザンのことを思いだした。男の美学のなんたるかを、色あせたジーンズとTシャツ一枚で吹き飛ばす人。

「ご旅行ですか?」気をまぎらわせようと声をかけた。

「ええ。今日発ちます。だからしつこくお誘いしたのです。この機会を逃したらしばらくお目にかかれないのはわかっていましたから」

エスプレッソ・マシンが蒸気を立てる大きな音が聞こえた。ホテルのスイートにあるとは変わっている。ルシアンが自分で持ちこんだのかもしれない。

湖のさざ波のように、何かがアビーの肌の上をかすめていった。華美なコートを見つめた。そして、巨大なスーツケースを。

服をきめすぎた男には落とし穴があるもんだよ。

もうっ、へんなこと考えないで。おののく気持ちを奮い立たせるように、心のなかでつぶやいた。ストレス過多の脳に錯乱させられているだけ。暗やみで、ただの人をおばけと見まちがうのとおなじ。そりゃあルシアンはしゃれている。だから？　そんな男は大勢いる。

それでも、アビーはバッグを開いて携帯電話を取りだした。首筋があわだつような感覚のせいで、この部屋の外の世界と繋がっていたくなった。

電源を入れたとたんに、携帯が鳴りはじめた。とっさにザンからだと思った。表示画面を見て、胃が鉛のように重くなる。ブリジット。

当然、電話を無視するのは自由だ。もうブリジットに我慢する義務はない。とはいえ、あの女から隠れる理由もなかった。

通話ボタンを押した。「もしもし」

「美術館が強盗に入られたわ」ブリジットは出し抜けに告げた。

アビーの口がぽかんとあいた。「え……なんですって？」

「海賊の財宝が盗まれた。ひとつ残らず。警備員がふたり撃たれたわ。ひとりは危篤よ。アビー、あの鍵屋は今いっしょにいるの？」

「いいえ」アビーは答えた。「いるわけないでしょう。わたしはもうザンとは関係ありません、ブリジット。ゆうべの騒ぎで終わりです」

「ゆうべの騒ぎ」ブリジットが繰り返す。「ええ、衆人環視のなかあそこまでおおっぴらに騒ぎを起こしたのは、まるで……あらかじめ計画していたようね」

アビーは凍りついた。「いったい何を言いたいんです？」

「仕事に不満があったことも、わたしを嫌っていたこともわかっているわ。でも、あなたにこんなまねができるとは夢にも思わなかった！」

「ブリジット、あんたはいかれてる」アビーはぱちんと携帯を閉じた。手が震えている。ザンに知らせなければ。無益なランチ・デートに割く時間はもうない。急のいとまをどう切りだそうか考えながら、キッチンに向かった。

キッチンではルシアンが牛乳を冷蔵庫に戻そうとしているところだった。冷蔵庫のなかのミネラル・ウォーターがアビーの目に留まった。オリオン。アビーはまばたきした。

ルシアンに手渡されたカップには、ホイップクリームが盛られ、ココアが散らしてある。そのてっぺんにはコーヒー豆がひと粒。「エスプレッソのトリプルにバニラシロップ、砂糖をひとつ、そして大量のホイップクリーム」ルシアンははにかむようにほほ笑んだ。「ちゃんと覚えていますよ」

その飲み物を口に運び、ひと口すったとたん、震えが走った。

わたしがどんなコーヒーを注文したのか覚えていたのね。細かいところまで正確に。そういう人なの。

エレインの言葉が鉄砲水のように頭に流れこんできた。アビーはコーヒーを飲みこまないようにした。手遅れだ。咳きこみ、コーヒーを吹きだした。

けれども、もう飲んでしまった液体は口のなかに苦い味を残していた。

アビーはルシアンのきらめく氷の瞳を見つめた。偽物のプラスチックの笑顔を。アビーが気づいたことにルシアンも気づいた。もう演技は無用だ。アビーは残りのコーヒーを口から絨毯に吐きだした。袖で舌をぬぐった。唇が腫れているように感じた。舌が痺れる。血圧がさがっていく。

「はじめまして、マーク」アビーは言った。

ザンはがくんとヴァンを停めて、サイドブレーキを引き、エンジンをかけたまま外に出た。玄関に駆けだしながら、マティがしらふですぐに動けることを祈った。あまりに速く時間が流れ落ちていくような感覚に襲われていた。もしくは、津波に追われ、呑まれかけているような感覚。

アビー。ザンはドアを叩いた。「おい！　マティ！　もう出れるか？」

「入れよ」マティが家の奥から大声で叫ぶ。

ザンはドアを引きちぎるように開けた。「すぐに行くぞ。おれは今――」

ドカッ。そして、痛みがはじけた。

ザンは深い穴に落ちていった。暗やみのなかで、意識は遠のき、ついには頭上に浮かぶ一点の光のように小さくなった。

アビー。ガラスのコップのなかでつぶやいたように、このひと言がやわらかく大きく響き、ザンは一点の光に向かって飛びあがっていった。光がだんだん明るさを増す。ザンはふたたび自分の体のなかに飛びこみ、その衝撃でうめいた。

「このくそったれは起きてんだな?」何者かが言った。

誰かの頑丈なブーツのつま先がザンの腿を蹴りつける。ザンは空気を求めてあえいだ。熱く塩辛い血の味がする。舌を嚙んでいたのだ。

「いいじゃねえか」べつの声がどことなく嬉しそうに言う。「ちっとは楽しめるだろ」

ザンの背中を押しつぶしていた巨体が身じろぎして、ザンの両腕をうしろにねじった。鉄の輪をはめられるのがわかった。ガムテープを剝ぎ取る音。それで両脚をひとつに縛られ、折り曲げられて手錠に巻きつけられる。まるで蜘蛛の巣にかかった獲物。なすすべなしだ。死ぬほど怖かった。

足であおむけにされた。ザンはここでようやく目を開けた。

男がふたり。体つきからすると、コンドーム頭一号と二号だ。ふたりとも銃を持っているが、ザンの目はまだ焦点があわず、どんな銃かまではわからなかった。おそらくセミ・オートマチック。小さいほうの男の顔はグロテスクに腫れあがり、あざになっている。ブロンドの大きな男の顔も大差ないありさまだ。

「お楽しみといこうぜ」ブロンドのコンドーム頭一号のほうが言った。「こいつには歯の借りがある。それに肋骨。金玉もだ」

「ルシアンは傷つけるなと言ってただろ」二号が言う。

「ルシアンはげすだ。気取りやがって。そんなもんに耳を貸すこたねえぞ。誰かを殺したいんなら、人の手を汚させせんなってことだ」

黒髪のほうは肩をすくめた。「ルシアンには仕方なかったって言やあいいか。こいつは痛めつけないとおとなしくならなかったとか」

「待て」マティがゾンビのようにふらふらと部屋に入ってきた。「ルシアンはこいつに手を出すなと言っていただろう」

ザンは元友だちを見あげた。「おまえがこの件に絡んでたのか？」

小さいほうの男が笑った。「大当たり、こいつ、天才だな？」

「あの男に手を貸して、美術館を襲った？　エレインを殺した？」

マティは激しくかぶりを振った。「ちがう！　ぼくはエレインを傷つけていない！」

ザンはマティを見つめつづけ、マティはやがてそわそわと視線をそらした。

「ゆうべおれが言ったことを覚えてるか？」ザンは尋ねた。「過ぎたことだから、おまえのことはもう恨んでないって言っただろ？」

マティははっと身構えた。「うん。それがなんだ？」

「撤回するよ」ザンは言った。「おまえは人間のくずだと思う」

ほかのふたりの男がやじり声をあげ、大喜びで膝を叩く。

マティの顔がこわばった。「なあ、ぼくも撤回するよ」マティは言った。ふたりのほうを向く。「かまわないから、こいつをぶちのめせ」

「もう気づかないのではないかと思いはじめていたところだ」ルシアンは言った。「手っ取り早くわたしから真相を明かしたほうがいいのではないかと。おまえはまるで盲目だ。あれだけの勇気と固い意志がありながら。答えを導きだすだけの頭脳が足りない」

アビーは怖ろしさで侮辱されるのも気にならなかった。あとずさり、よろめき、倒れかけた。ルシアンはゆうゆうとした足どりで前に出て、アビーとの距離を縮めていく。

「エレインを殺したのね」アビーはささやいた。

ルシアンは無造作に肩をすくめる。「計画の障害になったから」

「障害」アビーは繰り返した。「くだらない計画の。エレインは血の通った生きた人間だったのよ。わたしの友だちだった」

「ああ、そうだね。申し訳ない」ルシアンは言った。「じつに不運だった」

口調は真摯《しんし》だが、目はうつろだった。そのまなざしの奥には魂がない。冷たい虚空があるだけ。ああ、エレイン。

「海賊の財宝を盗んだのもあなたね？」アビーは尋ねた。「警備員を撃ったのも？」

何くわぬ顔で両手をあげ、指をひらひらさせる。「わたしだ《セ・モア》」

アビーは首を振り、そのとたん後悔した。世界がまわりだした。「どうして？」アビーは言った。「お金ならもう腐るほど持ってるくせに！」

「たしかに」ルシアンはあっさりと言った。「強盗は趣味だ」

アビーの体のなかはまるで荒れた海だった。大波がうねるように、胃がせりあがり、塩辛く苦いものがこみあげる。アビーはぐらぐらとゆれていた。「コーヒー」そう言いたいのに、唇が腫れあがったようで、うまく言葉にならない。

　それでもルシアンは理解してうなずいた。「そう。ひと口しか飲まなかったようだが、ひと口でも効くようにたっぷりしこんでおいた。もし全部飲み干していたら、今ごろはもう死人同然だったろう」顔に笑みが広がる。「文字どおり」

「ザン」アビーは言った。この名前が力を与えてくれるのを願うように。

「そうそう、ザン。心配しなくていい。恋人もおまえとおなじ運命をたどる」声をはずませる。「おまえたちふたりはこれまでも最高のスケープゴートだ。そちらでお膳だてをしてくれたおかげで、わたしはほとんど手間をかけずにすんだ。検死すら気にかけなくともいいから、薬物も好きに使える。助かったよ」

「検死？」アビーはおうむ返しに言った。

「いやいや」ルシアンは安心させるように言う。「おまえの死体は発見されない。見つかったとしても今から何十年後か、骨だけになった頃だろう。ブルル」わざと身震いしてみせる。

　ルシアンの携帯が鳴った。耳に当てた。「もしもし」しばらく電話の向こうに耳を傾ける。

「よくやった。すぐに落ちあおう」携帯を閉じた。「手下がようやくおまえの恋人を捕らえた。これでやっと進められる」

　何を？　アビーは訊きたかったけれど、もう口は動かなかった。

「クリスタル？　出てこい。時間だ」ルシアンは言った。

　ドアが開く。女が入ってきた。アビーは幻覚でも見ているのかと思った。女はアビーにそっくりだ。服装まで似ている。オレンジ色のシフォンのブラウスはまるで……。

そうか。なるほど。ドッペルゲンガーが近づいてきたので、分厚い化粧に隠れたちがいが見えてきた。女はアビーの顔をのぞきこみ、それからじっくりと全身をながめた。

「ねえ、あんた、ひどい格好ね」女は固い声で言った。

「彼女が着ている服でこのホテルを出ろ」ルシアンが命じた。

クリスタルは唇を突きだした。「やあよ。かわいい服があんなにあるのに、この薄汚いスウェットを着なきゃならないの？」

「うるさい」ルシアンはぞんざいな手つきでアビーの上着のジッパーをさげた。ルシアンもクリスタルも困惑の表情で、アビーのブラウスの血を見つめる。

「げっ」クリスタルが言う。「まさかこれを着ろって言うんじゃないでしょうね。絶対にいやよ」

ルシアンはアビーのジーンズの前を開けて引きおろした。「スウェットとジーンズだけでいい」ルシアンは言った。「この女とおなじように髪をあげろ。ホテルに入ってきたところと出て行くところを防犯カメラに映したい」

クリスタルは苦りきった顔でジーンズを穿き、ブラウスをたくしこみ、スウェットの上着を着てジッパーをあげた。かがんでアビーの靴を脱がせる。「信じらんない」ひとり言のようにつぶやいた。「汚いスニーカー。マノロの靴も持ってるくせに」

アビーはどうにか意識を保とうと苦闘した。勝ち目のない闘いだ。世界がぐんにゃりとぼやけていく。耳に入る音がとぎれとぎれになっていく。

「こちらへ一歩、そう、右に……そこだ。それでいい。ありがとう」

ルシアンに言われるまま足をひきずり、いつの間にかアビーはスーツケースのなかに立っていた。ルシアンが肩を押す。アビーは人形のように崩れ落ちた。

「荷物を車に運ぶ時間だ」ルシアンが言った。「バイバイ。あとで遊んでやるよ、かわいいアビー」アビーに手を振る。

ジッパーが閉まり、アビーは暗やみに閉じこめられ、世界が遠くなった。

28

体が重い。いっそこのまま失神して、ずっと気を失ったままでいたい。痛みが細い糸のように意識を繋ぎとめている。ザンはその糸にしがみついて頭をはっきりさせてから、目を開けた。

汚いコンクリートの床。薄暗い。土とほこりと何かが腐った臭いがする。蜘蛛《くも》の巣。方向感覚もバランス感覚も失っていて、体を裏返しのさかさまにされたみたいだ。ザンはうしろ手に手錠をかけられ、壁にくくりつけられていた。まっすぐに立つことも座ることもできない高さだ。今のように中腰でいるか、どうにかして半分うずくまるような格好になるか、どちらにせよ辛い体勢しかとれない。

手錠は、レンガの壁に打ちこまれた鉄の輪に通してある。ザンは明かりの元を探した。壁の高い位置に鉄格子付きの窓があった。汚れで曇って、明かりはぼんやりとしか差しこまない。部屋を見まわした。

心臓が止まった。

アビーがむきだしのマットレスのベッドに寝かされていた。白いブラウスは血だらけだ。

半裸で、ジーンズは脱がされ、靴は履いていない。寒々とした薄暗い光のなかで、アビーは美しい蠟人形のように見えた。

ザンは叫ぼうとした。口から出てきたのはざらついたしわがれ声だけだ。

アビーは動かない。両腕は引きあげられ、手首にかかった手錠はベッドの鉄パイプに繫がれ、手はだらりとさがっている。ザンはアビーの胸元に視線をそそぎ、上下しているかどうか見極めようとした。刺されたり撃たれたりしたなら、もっと血が出ているはずだと自分に言い聞かせた。そもそも死体を手錠でベッドに繫ぐ意味はない。生きているはず。生きていてくれ。

「アビー！」今度は声が出た。かすれた祈りの声だ。

アビーがぴくりと動いた。最初は願望が見せた幻覚かと思ったが、アビーはまた身じろぎしてうめき声をもらした。ゆっくりと左右に頭を振る。ザンは涙のにじんだ目をぎゅっと閉じた。胸は安堵で痙攣しそうだ。「アビー」もう一度呼びかけを試みたとき、出てきた声は危ないくらい震えていた。

「ザン？」アビーはぱちぱちとまたたいて目を開いた。身をくねらせ、両手が頭の上で縛られていることに気づく。「やだ。何これ……」

「だいじょうぶか？」ザンは叫ばんばかりだった。「あいつらに何をされたんだ？　怪我は？」

アビーは部屋をきょろきょろと見まわして、薄暗い片すみにザンの姿を認めた。「たいへん！　ザン！　あいつらあなたに何を――」

「おれの質問に先に答えてくれ」ザンは声を絞りだすように言った。

「え、あの、だいじょうぶだと思う」アビーはたじろいで答えた。「腕は痛むし、ルシアンに何か薬を盛られたせいで頭がずきずきするけど。でもそれだけ」

「その血はなんだ？」ザンは声を荒らげた。「誰かに胸を刺されたみたいだぞ」

アビーは胸元を見おろした。「ああ。血のりよ。ジュリエット役の女の子が剣で自殺したの、覚えてる？　芝居のあと、あの子に抱きつかれたから」

「またか」ザンは衝動的に笑いだし、痛む体を震わせた。「血のり」息を切らせて言った。「もう勘弁してくれ。ちびりそうだったよ。きみが死んだかと思った」

ふたりとももうすぐ死ぬ。

声にならない言葉がふたりのあいだで共鳴する。

だめだ、とザンは胸のうちで言った。パニックに陥って恐怖に負けるわけにはいかない。

ゆっくりと深呼吸して、引きつる顔ににやりとした笑みをむりやり浮かべてみせた。「そのブラウスは合成繊維だといいが」軽い口調で言った。「ちょっとやそっとじゃ汚れが落ちそうにない」

「いいえ、綿百パーセントよ」アビーは喜んでザンに調子をあわせる。

「もう使いものにならないな」ザンは告げた。「さよならのキスをしたほうがいい」

「これが最後のブラウスなのよ」アビーはむっつりと言った。「それに、わたしのすてきな服をあのぞっとする女が全部持っているなんて、考えるだけでいや」

「ぞっとする女？」ザンは尋ねた。

「わたしの邪悪な分身」アビーはつぶやいた。「気味が悪くて、長い話なの」

ドアの向こうで何かがぶつかるようなくぐもった音がして、アビーの声が途切れた。

重そうなドアがきしみながら開き、ルシアンが入ってきた。

ガーデン・パーティの主催者のようにほほ笑んでいるが、手袋をはめた手には銃が握られていた。グロックの九ミリ口径。ルシアンの顔は血色がよく、物腰はゆったりしている。

「さて、わが客人たちはいかがお過ごしかな？」楽しげに尋ねた。

ふたりは毒蛇と向きあうように、身じろぎもせずに、じっとルシアンを見つめた。

ルシアンは腕時計に目を落とした。「おまえたちふたりをとことんかまってやる前に、一二、三まだ片づけなければならない用がある」ルシアンは言った。「しかし目を覚ましたかどうか見てみようと思ってね」

「あら、ご用事にゆっくり時間をかけてくださってけっこうよ」アビーは言った。

「それほど時間はかからないよ」ルシアンは請けあった。「ニールがクリスタルをポートランド空港まで送りに行くところだ。クリスタルはメキシコ・シティに逃げる。おまえは今朝クレジットカードで航空券を買った。服はグレイのディオール。わたしが選んだ。じつに上品だ。身代わりの女を用意するのに通常の三倍の料金を取られたが、その価値はあった。扮装をこらしたら、クリスタルは本当におまえにそっくりだ。しかも、いくぶん勝っている」忍び笑いをもらす。「悪くとるな、アビー。しかし今日のおまえは最高の状態とは言えないからな」

「あらそう」アビーはつぶやいた。「それは残念」

「わたしがゴーサインを出したら、クリスタルは空港に向かい、防犯カメラにはっきりと映るショッピングモールで買い物をする。足跡は簡単にたどれる。小ずるい逃亡者ではないのは歴然としている」

「でしょうね」アビーは言った。「じゃあ海賊の財宝はメキシコに行くのね?」

ルシアンはくつくつと笑った。「大半はわたしのスーツケースに納まっているよ。小ぶりの品の何点かはメキシコのディーラーに渡され、ほかの何点かはパリに運ばれ、正確な情報が警察に密告されるだろう。毒婦アビー・メイトランドを追う国際的な捜査が始まる。わたしとわたしがこっそり隠した輝く宝から世界ひとつぶんも離れたところで。わたしの個人的な取引き相手が警察に知らせることはない。彼らには彼らなりに口を閉ざしておく理由があるのでね」

ルシアンはどうやらアビーからの賞賛の言葉を待っているようだ。アビーはつばを呑んで、うなずいた。「ええと、なるほど」声を振りしぼった。「とても、その、独創的」

「そう、そのとおり。警察が情報を繋ぎあわせられるよう、信憑性のある物語を創作するのは、じつに刺激的な作業だった。おまえは二重の裏切り行為を働く悪女の役だ、アビー。喜んでもらいたいものだ。単純な裏切りの筋書きにしておけば、費用はかさまずにすんだのだから。たったひとりの人間のために偽の足跡を創りあげなければならなかった」

「わたしは何をしたの?」アビーは尋ねた。「あなたの物語によると?」

ルシアンはアビーのすぐそばに腰をおろした。悠然と気の置けない様子でマットレスに座っている。脚を撫でられて、アビーは体をこわばらせ、身震いした。

「おまえはダンカン氏を性的にたぶらかし、うまくそそのかして海賊の財宝を盗ませた。それから」銃を振る。「ダンカンを撃ち殺す」ザンに銃を向けた。「おまえは下半身でしかものを考えられなくなった。フェラチオのうまさにやられて、この悪女を信用した」

「薄汚い口を閉じろ」ザンは言った。「彼女から手を離せ」

「状況をよく考慮して、態度をあらためたほうがいいぞ」ルシアンは言った。「何よりも、アビーがいかにおしゃぶり上手か、証拠の写真をこの目で見た。一週間前に、わたしの手下が木の上からおまえの家の窓をのぞいていたのだよ。あの灼熱の夜を覚えているか? ルイスはきっと一生忘れないだろう。あの写真はみごとだった」

ザンは返答を拒んだ。アビーはできるだけ身を縮こめた。

「ともかく、おまえは」銃でアビーを示す。「この男をうしろから撃ち、盗んだ宝を持って逃げる。考えてみれば、血やら何やらで汚れてしまう前に、細部の措置を講じておくには今が最適だ」アビーの手に銃を押しつけようとする。「手に取れ。しっかりと握ってほしい。引き金にも何度か指をかけるように」

アビーは激しくかぶりを振った。「そんなもの、さわりたくない」

「それなら、楽しいゲームの時間といこうか」ポケットから弾薬筒を出し、銃に取りつけて、銃口をザンに向けた。「おまえが気を変えるまで、この男を射撃の練習の的に使う」

アビーの表情は恐怖に凍りついた。「いや」

「おまえが弾を撃ちこんでばらばらにした死体を見て、精神医学者たちは喜んで分析するだろう。こんなサディスティックな行為に走らせた要因は何か。幼少期にどんなトラウマがあって、ここまで心のゆがんだ人間になったのか？　そしておまえのことを論文に書く。この先何年も、犯罪心理学の教科書で名前が載るようになる」

「ルシアン」アビーは言った。「やめて」

「手から撃つべきか？　それとも脚？　もしくは先に致命傷を負わせるか？　背骨は？　すばやく殺すのとゆっくり殺すのはどちらがいい？」

「心がゆがんでいるのはあんたよ」アビーは小声で言った。

「ああ、自覚している。それで？　銃に指紋をつける気になったか？　あと五秒で決めろ。五……四……三――」

「わかったわよ！」アビーは叫んだ。「つけるから！　銃をよこして！」

ルシアンはまた弾薬筒を銃からはずした。アビーは震える右手の手のひらを開いた。指に押しつけられた銃を握った。

「引き金に指をかけて」ルシアンが命じる。「数回引け」

アビーは歯をくいしばって、引き金をかちかちと鳴らした。

「よろしい、これでいい。ご協力に感謝する」こわばった指先から銃を取りあげ、弾薬筒をはめて、がちっと音を鳴らして装着した。その音にアビーの体がびくっとした。「先週、警察がおまえの指紋を採ったのは都合がよかった。いろいろと嗅ぎまわられたときには心配したものだが、結果的には何もかも申し分ない」

「おれの死体はどこに捨てるつもりなんだ？」ザンは天気でも尋ねるような口調を心がけた。ルシアンは一瞬ぽかんとした。「ああ、ここでかまわない。だが、おまえに穴を開けるのはまだ先だ。まずはおまえたちふたりで楽しみたい。ずいぶん気苦労とストレスを負わされたから、その埋めあわせをしてもらわなければならない」

「アビーはどうなる？」ザンの声は震え、わななきはじめた。息を吸って、震えを抑えようとしても、空気が肺に入ってこない。

ルシアンはアビーの魅力的な体にねっとりと視線を這わせる。「ふうむ。まだはっきりとは決めていない。思いついたことはなんでも実行してみようかと考えている。おまえはそれを見る。最後はビニール袋に詰めて、重石をつけ、湖に沈める。それからおまえを撃ち殺して、苦しみから解放してやろう」

アビーは目を見開いて硬直している。ザンは訊かなければよかったと後悔した。

「アビーを傷つけたら、おまえのはらわたを引きずりだして、そいつで窒息させてやる」ザンはすごんだ。どう達成すればいいのか皆目見当はつかなかったが、口から出た言葉にはただの脅しにとどまらない鋭さがあった。

ルシアンは破顔一笑《はがんいっしょう》した。「うんうん、それでこそ血がわくというものだ」黒い皮手袋をはめた手でアビーの髪を撫で、それからひと束つかんで、頭をぐいとのけぞらせる。「殺すにしても、この女に心をそそぐ者の前であやめれば、なおさら意味が深い。ほかの点はたいして変わらないからな。どれだけ血を流そうと、ばらばらにしようと、元はひとつの体だ」

「退屈から解放されたいなら、この手錠をはずしたらどうだ？」ザンは持ちかけた。「約束してやるよ、変態。おまえの世界をおれがゆるがしてみせる」

ルシアンはくっくと笑った。「賢い子だな。わたしのうぬぼれにつけこもうというのだな？」

「挑戦を受けないのか？」ザンは重ねて尋ねた。「おれが怖い？」

「今度はわたしの自尊心につけいる作戦」ルシアンは首を振った。「ばかめ、おまえは捕われの身だからこそ、こうしてここにいるのだ。それにわたしはおまえの女も奪う。おまえの目の前で。さぞや打ちのめされるだろう」

「余興《よきょう》になるかと思っただけだよ」ザンはつぶやいた。

「おや、おまえたちのための余興はたっぷり用意してある」ルシアンはやさしいと言ってもいいような手つきで、またアビーの髪を撫でた。「楽しめること請けあいだ」

アビーはぞっとした。ルシアンは立ちあがって、ドアを押し開け、外に顔を出した。「ボイル？　おりてこい。ふたりが目を覚ました」呼びかける。

がたごととつまずくような音がして、薄暗い部屋にマティが入ってきた。立ちどまり、無表情な顔でザンを見つめ、それからアビーに目を移した。均整の取れた長い脚を見おろす。

「思わず見とれるだろう?」ルシアンが言った。「いい子にしていれば、ヘンリーやルイスよりも先に、おこぼれに預からせてやろう。それでさらにダンカン氏の苦悩が深まるような気がするのでね。そう思うとおもしろくて仕方がない」

マティのあごの筋肉が引きつった。灰色の顔には、びっしょり汗をかいている。疑わしそうな目をルシアンに向けた。「ザンの前で?」

「そのとおりだ」ルシアンは言った。「じつに美しい光景になるだろう」

マティの視線がアビーとザンのあいだをせわしなく行き来する。

「今のうちに別れをすませておくといい」ルシアンは言った。「ボイル、出るときは鍵をかけろ。階段の上でヘンリーが見張りを務めているから、裏切ろうなどとは考えるなよ。考えるのは……アビーのことだけにしておけ」

ドアがばたんと閉じた。マティは罠にかかったような表情を見せた。「ここが」ザンに言う。「蛇とネズミだらけのぼくたちのダンジョンだってわかったよな?」

「ああ。ウィルコ湖の別荘の地下」

「ダンジョン?」アビーは尋ねた。「別荘って何?」

「ここはマティの父親の釣り小屋なんだ。マティとおれはガキの頃この地下室でよくごっこ遊びをしていた」ザンが言った。「助けてくれ、マティ。おれを嫌っているのはわかるが、アビーのことは救ってくれてもいいだろう」

「ぼくにできることは何もない」マティは力なく言った。「手遅れだ」

「アビーの手錠をはずしてくれ」ザンは言いつのった。「助かるチャンスだけでも与えてほしい。頼むよ。おまえがこんなひどいことできるわけがない。おまえらしくないぞ、マティ」

「ぼくの何がわかるっていうんだ？　何もわかっていないくせに」

「おまえがこんな人間じゃないことはわかっている」ザンは静かな口調で言った。「心を病んだ怪物ルシアンとはちがう。あんなのとどこで知りあったんだ？」

「インターネットだよ。ぼくたちは対等なパートナーだ。あいつにはぼくが必要――」

「あいつはおまえを必要としていないよ、マティ」ザンは口を挟んだ。「おまえを殺すつもりだ」

マティは目をしばたたいた。「そう言われるのは予想ずみだ」しゃちこばって言う。

「よく考えてみろ」ザンは言葉を重ねた。「あいつはおれの死体をここに置いていくと言っていた。この別荘に。おまえのことも殺すのでなければ、そんな計画を立てるか？　おれの死体がここにあることをおまえにどう説明つけさせる？」

「うるさいぞ、ザン。おまえは何にもわかっちゃいない」

「説明つけさせる気がないからだ」ザンは話しつづけた。「おなじ銃で撃たれたふたつの死体。裏切り者として仕立てられるのはアビーだけ」

「わたし、本当にそんな悪女に見える？」アビーは尋ねた。

「ああ、見えるとも」ザンはぴしりと言った。「死体はふたつだ、マティ。悪役はひとり。あいつの計画を聞くかぎり、そうとしか考えられない」

「黙れ。自分の面倒は自分でみる」マティはアビーに向きあった。「それに、あんたも自業自得だ。こんな目にあわせたくなかった。おとなしくザンから手を引けなかったのか？　警告してやったのに」

「警告？」アビーはきょとんとしてその言葉の意味を考えた。「ジョン・サージェントに電話しろって手紙をくれたのはあなた？　怖がらせて、ザンから離れるよう仕向けたのね？」

「こんなことに巻きこみたくなかった！」マティは叫んだ。「今となっては手遅れだ！　もう助けられない！　ぼくはあんたがほしかった！　あんたが好きだった！」

「好き……誰を？　わたしを？」アビーは愕然としてマティを見つめた。「マティ……わたし……全然気がつかなくて……どうしよう」

マティの顔がゆがんだ。「ああ、続けろよ。正直に言えばいい。その先のセリフは暗記している。ごめんなさい、でもザンを愛しているし、あなたにそういう感情は持てないから、今の告白は忘れていいお友だちになりましょう？」

「おいおい、マティ、ベッドに手錠で繋がれてる女性と〝いいお友だちになりたい〟なんて望みすぎじゃないか？」ザンは言った。「彼女を解放してから、あらためて友だちになりたいかどうか訊いたらどうだ？」

「おちょくるのはやめろ。喉をかき切ってやるぞ」

「すまない」ザンはつぶやいた。「侮辱するつもりじゃなかった」

「おまえの存在そのものが侮辱だ」マティはいきまいた。「ぼくはおまえの引きたて役としてこの世に生まれたんだから。どうせアビーにも、あのポルシェの件で人生をだいなしにされたって話してるんだろう？」

「いいや、マティ」ザンは声を抑えて言った。「ふたりともなんの話をしていない」

「何を？」アビーは尋ねた。「話していないの？」

マティはアビーからザンに目を移し、また戻した。「ひと言も？」

ザンはうなずいた。マティは笑いだした。「やられたよ、ザン」

「なんの話？」アビーはもどかしさで悲鳴まじりに叫んだ。

「あれはぼくなんだ」マティは笑いながら言った。「ジョン・サージェントにいろいろ聞かされただろう？ 車を盗んだこととか、麻薬が見つかったこととか、男を轢《ひ》き殺したことか。全部ぼくの仕業だ」ヒステリックにあえぎながら、ザンに指を振る。「どこもかしこも血だらけでさ、そんななか、こちらにおわす騎士どのは轢かれた男が死ぬまで手を握ってやっていた。いかにもこいつらしいよ」

アビーはザンに目を向けた。「罪をかぶったの？」

ザンは腕を縛られた状態でできるかぎり肩をすくめた。「マティの父親に仕組まれてね。だからおれが本当のことを話しても警察は信じてくれなかった」

「人の人生を破滅させるのがどんな気分だかわかるか？」マティは怒鳴り散らした。

「あー、それは考えたことがなかったな」ザンは言った。「でも今はそれよりも――」

「最低の気分だ！」マティは絶叫した。「おれが部屋に入ると誰もがぴたっと話をやめる。それに父さんのあの目つき。自分の帽子のなかからぼくみたいな負け犬が出てきたとは信じられない、なんたる不運とでも言いたそうな目つきだ。でも今やぼくも名実ともに立派な悪党だよな？」

「おれたちを救ってくれとは頼まない」ザンはおだやかに言った。「おまえ自身を救ってくれ。あの男はおまえをくいものにしようとしている。おまえもわかっているはずだ。むずかしいだろうが今がチャンスだ。正しいことをするチャンスなんだ。頼む」

マティは歯をくいしばり、あとずさりして、背を壁にぶつけた。「できない」震える声で言う。「いずれにせよ、手錠の鍵を持っていない」

「鍵はなくてもだいじょうぶだ」ザンは落ちついて言った。「おれのポケットナイフにつまようじがついているから、それを使えばいい。ナイフはブーツの鞘《さや》に納まっている。右のブーツだ」

マティは身をかがめ、ザンの泥だらけのジーンズをつつき、裾をめくって万能ナイフを引き抜いた。ナイフを見つめる。

袖でひたいの汗をぬぐい、首を振った。「だめだ。もう遅い」ちらりとアビーに目をやる。「ごめん」小さくつぶやいた。

ナイフをポケットに入れ、のろのろとドアを開けて、地下室から出て行った。ドアが閉まり、鍵のかかる音が、沈黙のなかに残響した。

地下室の外に出て鍵をかけ終えるとすぐにマティは体をふたつに折り曲げた。胃の痛みはもはや不快な苦しみどころではなく、激痛の域に達している。自分の運のなさを考えれば、胃潰瘍《かいよう》になっていてもおかしくないだろう。

気力を振りしぼって、階段を照らす電球を見あげた。子どもの頃に落書きした秘密の暗号が目に入った。よく、ふたりでごっこ遊びをしたものだ。発案、監督、主演はザン。助演はマティ。宇宙人ごっこ、カウボーイごっこ、サムライごっこ。

そして海賊ごっこ。石膏の壁に、交差した短剣のマークが彫ってあった。

マティは手の甲に視線を落とした。肌色の親指の根元によったしわが傷跡のように見える。事実、傷跡だ。しばらく親指をながめていると、階段の上のドアが大きく開いた。ヘンリーがけわしい顔で見おろしている。「そこで何してんだよ、まぬけ野郎」大声でがなる。

「べつに」マティは階上に急いだ。「皆はどこだ？」

「ニールとクリスタルはポートランド空港に向かった。ルイスは見張りをしてる。ボスは携帯の電波のいい丘の上まで電話をかけにいった。メキシコに電話しなけりゃならないとかなんとか」ヘンリーは肋骨を撫でた。「モルヒネでもありゃいいのに」

「痛むのか？」マティはおぼつかない手つきでジャケットのなかを探って、銀のフラスコを取りだした。「ひと口やれよ。気分がよくなる」

ヘンリーは飢えたような目つきでフラスコを見た。窓の外に目をやり、ルシアンの姿がないことを確認する。肩をすくめた。「いいよな。ボスが見てなけりゃ」

フラスコを受け取り、ふたをはずして、喉に流しこむようにひと口飲みこんだ。

フラスコが落ちた。マティはヘンリーの顔に驚きでぽかんとした表情が浮かぶ。そしてばったりと床に倒れた。ヘンリーが握っていたサイレンサー付きのオートマチック拳銃を拾った。ヘンリーの手の体温が残っている。

マティはドアから外に出て、ルイスを探しに行った。

29

「さてと」アビーは明るい口調を試みた。歯はかたかたと鳴っているけれど。「さっきのはうまくいかなくて残念。次のすてきな逃亡計画に移りましょ」

ザンはもっとよくアビーの姿が見られるように体の向きを変えた。「きみはよく運動に励んでいるよな？　だからそんなにきれいな脚をしている」

「こんな状況でもわたしの体についてあれこれ言えるのはあなたくらいなものよ、ザン」

ザンはアビーの言葉に取りあわなかった。危急を救おうという必死の表情が目に宿っている。「ベッドヘッドのてっぺんの鉄パイプを両手でつかめるか？」

アビーは身をよじってどうにかつかんだ。「なんとか」

「脚をあげて、頭の先の壁につけられるか？」

言われたとおりに脚をあげたところで、アビーはザンが何をさせたがっているのか気づいた。縛られた足を頭の上に持ちあげて、壁に突っ張り、ぐっと押した。

ベッドは動かない。途方もない望みだ。体勢が苦しい。てこの原理は通用しようにない。体中の筋肉がわなわなと震えはじめる。

「もっと強く」ザンは言った。

「言うは易《やす》く、おこなうは難《かた》し」アビーは苦々しい声を出した。「言っておくけど、わたしは今日、頭のおかしな男に誘拐されて、薬を盛られて、ひどい目にあっているんですからね」

「それならおれも負けてない。誘拐されて、縛られて、用心棒たちにぼこぼこにされたんだから」ザンは言う。「もっと強く押して。ベッドを壁から離すんだ」

アビーはベッドの鉄パイプをしっかりと握った。この体勢だと手錠が手首にくいこむ。脈拍にあわせて頭のなかがどくどくする。アビーは渾身《こんしん》の力で壁を押した。

ベッドはコンクリートの床にこすれ、甲高い音を立ててわずかに動いた。ひどく重いベッドだ。アビーは脚をおろし、汗びっしょりでぜいぜいとあえいだ。「もうっ」息を切らして言った。

「もう一度」ザンが言う。「ところで、きみの下着には目を奪われる」

アビーはピンクの下着を見おろした。「下着のことなんてどうでもいいでしょ」きつい口ぶりで言った。「今は卑猥なコメントどころじゃない」

「あとでならいいかな？」

アビーの笑いはすすり泣きに近かった。「あとがあると思う？」

「わからない。ただし、ひとつだけわかっていることがある」

叫ばんばかりの声をあげ、アビーは力いっぱい壁を押してまた数センチほどベッドを動かした。「どんなこと？」

「もし生きてここを出られたら、きみはおれのものだ」

アビーは息を呑んだ。「ええと……どういう意味？」

「どういう意味だと思うんだ？」ザンはもどかしそうに言い返した。「すべて。永遠。きみはおれの花嫁になる。ベッドを共にする。子どもを作る。いっしょに歳を取る。これから一生涯、毎日、きみを大切にして、慈しみ……とても言いきれない。伝統的な求婚だ」

「それがあなたの望み？」アビーは震える声で尋ねた。

「それがおれの望みだ。だが今この瞬間きみに望むのは、壁からそのベッドを離すこと。ありったけの力で。押せ！」

「ずいぶんロマンティックなプロポーズだこと」アビーはぶつぶつと言った。

アビーはうなりながら壁を押した。重いベッドはわずかずつにしか床をこすらず、まるで拷問のような作業だ。アビーは全身の筋肉をこわばらせ、押して押して押しまくった。手錠がすれて、手首に血がにじむ。

「できない」息があがっていた。「重すぎる。一トンもあるみたい」

「きみは強い」ザンが言った。「すごく強い。世界中にどうかしていると言われながら、たったひとりで冷酷な殺人者を追った女性なら、そのベッドをねじふせられるくらい強いはずだ」

アビーは声もなく涙を流し、ずきずきする頭を振った。「ザン――」

「空き家に忍びこみ、おれみたいな口ばかりの阿呆が役にも立たないことをぐたぐだと言っているそばで、腐ったゴミをあさって親友を殺した犯人の手がかりを見つけられるのは、絶対にへこたれない女性だ。そういう女性には、鉄パイプのベッドなど敵じゃない」

アビーはしゃくりあげるように肺に息を吸いこんだ。「憎たらしい人」

「壁を押すんだ、アビー」ザンの声はゆるぎない。

胃がよじれるほどの力で、ベッドはぎーっと音を立ててまたわずかにコンクリートの上を移動した。

「もう一度」ザンは言った。

「すこし息をつかせて」アビーはあえいだ。「このままじゃ――」

「時間がない。もう一度押せ。すぐに」

アビーは怒りと捨て鉢《ばち》な思いを利用し、ひと押しごとに歯がゆさを声に出して叫んだ。何度も何度も押して、一センチかその何分の一ずつ成果をあげていく。

ようやくアビーは筋肉のわななく体をベッドに横たえた。「次は?」

「次はまた脚をあげて、鉄棒の逆あがりみたいにしてパイプの向こうへ越えるんだ。そうしたら両脚で立つことができる」

「わたしは体操選手じゃないのよ」アビーは嚙みつくように言った。「体育の授業でも鉄棒は大嫌いだったし」

「そうやって言い返す気力を使って、おれの言うとおりにすれば、あとはもうすこしだ」

アビーはもう一度脚を浮かせ、もう一度壁を押してまた数センチ空間を広げ、重心をずらして、体をひっくり返した。肩で息をする。

「でもまだベッドに繋がれたままよ、ザン」アビーは言った。

「ああ、だが両脚で立っているし、前を向いている」ザンが言った。「体重をかけて押すことができる。ベッドを斜めにまわして、おれの両手に手が届くところまで来れるか？」

そうするには何年もの時間がかかるように感じたし、騒々しい音を立てなければならなかったから、どうして悪者たちが飛びこんできて止めないのか、アビーには理解できなかった。すこしずつ、じりじりと、アビーはベッドを押した。それからベッドを回転させるように、うしろに引きはじめた。

ザンはからかうような軽口を休みなく叩き、アビーを挑発しつづけた。そうやって恐怖と不安をよせつけないようにした。やがて、ベッドのパイプのはしのはしまで手錠を滑らせれば、どうにかザンの両手に手が届くところまでベッドを動かすことができた。

ザンはアビーのもつれた髪に目を凝らした。「ヘアピンを取れるかな？」

アビーは体をよじるように傾けて、髪のなかに手を入れた。今朝は髪をあげてきたけれど、あれから多くのことが起こった。絶望的な気分になりかかったとき、指先がピンにふれ、アビーはそれをつまんだ。「あった！」

「よし。いっしょに壁に繋がれるのに、きみ以上の女性は思いつかないよ」

「おべっかはやめて、どうするのか教えて」アビーは言った。「あなたはうしろ手に手錠をかけられているのに、どうやって鍵をピッキングするの？」

「おれじゃない」とザン。「きみが開ける」

アビーはザンをまじまじと見つめた。「弱腰になるつもりがないことは誓うけど、ザン、わたしは今まで生きてきてヘアピンで鍵を開けたことなんて一度もないのよ」

「それはおれが心配する。もっと近くによって。おれの手錠に手が届くか？」

体を揺らし、手を伸ばした。震える指先からヘアピンがすり抜けた。マットレスに当たり、跳ねて、ベッドの影に落ちる。

ベッドに手錠で繋がれたまましゃがむことはできなかった。ザンも同様だ。アビーは足を伸ばしてすくいあげようとした。届かない。焦燥感のあまり悲鳴をあげ、ベッドを叩いた。

「もういや！」

「アビー？　手を打ちつけるのはやめろ。あざになるぞ」

「あざになったからって、もうどうでもいいでしょ？」

「おれにはどうでもよくない」ザンは言った。「愛してる、アビー」

アビーは立ちすくみ、乱心した金魚のように口をぱくぱくさせた。「ザン」やけに甲高い声しか出なかった。「このタイミングでそのセリフ？　ヘアピンを落としたばかりなのよ。わたしたち、きっと恐ろしい殺され方で死ぬ。なのに愛してるってどういう意味？」

「落としたのは失敗だが、それでも、愛してる。死ぬ運命なら、今言ったほうがいいと思ったんだ。伝えておきたかった」

アビーの喉がわななきはじめた。「わたしも、愛してる」そっとささやいた。

ザンの顔にゆっくりと至福の笑みが広がった。「ああ。よかった。こうしてやっと愛を告白してもらえたから、教えることができるよ。左耳のうしろにもう一本ヘアピンがぶらさがってる」

アビーは顔を真っ赤にして、耳のうしろを手探りした。「なんで先に教えてくれなかったの？」

「おれが自分勝手な男で、きみの口から愛してるって言葉を聞きたかったからだ」ザンはしゃあしゃあと言った。「ただし、そのピンは落としてくれるなよ。プラスチックの球の部分をかじり取って。二本に折るんだ」

ザンの精悍《せいかん》な顔についた血から目をそらして、アビーは言われたとおりにした。

「手錠本体の底を見て」ザンは落ちついた声で言った。「小さな穴がある。そこが輪っかを留める鍵穴だ。穴の溝に沿うようにヘアピンを入れ、ヘアピンをてこにして押しさげて……」

ザンは催眠術師のような口調で、ゆっくりと説明し、アビーの要領の悪さに苛だつことなく、忍耐強く何度も言葉を繰り返した。

アビー自身は、このぎこちない手つきでは何百回試してもうまくいかないような気がしていた。

それでも、しばらくして手錠の片方は根負けし、ザンはしゃがみこんで足のガムテープをはがした。血を払い、手の感覚を取り戻してから、アビーが指先でつまんだままでいたヘアピンをつかんだ。

アビーをベッドに繋ぎとめていた手錠に取りかかる。ほんの数秒で開いた。ザンはアビーをひっとらえるように抱きしめた。

「次は？」アビーは言った。「わたしたち、まだ閉じこめられたままよ」

ザンはズボンのわきの細長いポケットに手をつっこみ、ドライバーを取りだした。「運がよかった」ザンは言った。「用心棒たちはおれを痛めつけるのに夢中で、ポケットを空《から》にするのを忘れたんだ。石かレンガか、何か重くて硬いものを探そう」

泥と蜘蛛の巣といろいろなゴミくずのなかに、壊れたコンクリートブロックが半分埋まっていて、それがちょうどザンの目的に適った。

「蝶番のネジを取るあいだ、ドアを押さえていてくれ。ネジがはずれたら、そのブロックで蝶番をドアからはずす」ザンは意気揚々と言った。

アビーはあんぐりと口を開けた。抑えようのない笑いがこみあげる。「わたしも、いっしょに壁に繋がれるのに、あなた以上の男性は思いつかない」

ルシアンは心地よい達成感に包まれて、携帯電話を閉じた。ばらばらにされた機械の断片がすべらかに、きちんと規定の位置に収まったような感覚だ。

懸命に働き、その報いとしてお楽しみにふける時が来た。

携帯をポケットに落とし、血塗られたように燃える太陽が地平線の向こうに消えるのを待った。珊瑚色に染まった雲だけが残される。じつに美しい。ルシアンはトランシーバーを取りだした。ここでは通信手段としてこんなものを使うことを強いられている。「ルイス？応答しろ」

ルイスは応えない。ルシアンはもう一度呼びかけた。やはり返事はない。

ヘンリーにも呼びかけてみた。こちらもだ。応答なし。

機械の不調かもしれない。安っぽい道具というのは使いたいときにかぎって使えないものだ。顔をしかめ、ルイスを見張りに割り当てた場所へ向かうことにした。山の上までつづくじぐざぐの一車線道路を見渡せるところだ。

ルイスの姿は見えなかったが、もちろん、身を潜めているのだろう。ルシアンは別荘のほうに続く曲がりくねった道をくだり、ルイスの見張り場所に近づいていった。誰もいない。風が草を揺らすだけだ。

ルシアンはいらいらした。あのばかはごく単純な命令に従うこともできないのか。道路を見張る者がいなければ、別荘は隙だらけだ。あの男の無能ぶりには驚くほかない。手をかけられる時が来たら——

ルシアンはつまずき、あっと声をあげて前のめりに転んだ。もがくように膝をつき、そこでルイスのブーツを履いた足につまずいたのだと気づいた。

うつぶせの体はさやさやと風にそよぐ背の高い草になかば隠されていて、見えなかったのも当然だ。首筋の、きっちりと刈りこんだ黒髪のすぐ下に赤く小さな穴が開いている。そのまわりは焦げたような火薬がついていた。

頭のなかの機械の断片がまたばらばらになり、おぞましい混乱を見せはじめる。ルシアンは銃を手探りしながら、別荘に向かって駆けだした。


アビーはザンのうしろについて地下の階段をのぼっていった。はだしで、物音を立てないよう気をつけているつもりなのに、それでもなぜかザンの足音よりも騒々しい。ザンは階上のドアを押した。おとなしく開いたときにはふたりともほっと息を吐いた。

一階の部屋はからっぽで、迫りくる夕暮れの闇が満ちはじめていた。ふたりは足を忍ばせて外のドアに向かった。ブロンドの大男がうつぶせに倒れていた。ごつい顔がリノリウムの床に押しつぶされてグロテスクにゆがんでいる。

ザンは慎重に男をまたぎ、アビーがおなじことをするのには手を差しだして体を支えた。ふたりともつま先で歩くようにポーチを横切り、別荘の前のぬかるんだ空き地に出た。

「へんね」アビーは小声で言った。

ザンはうなずいて、アビーのむきだしの脚に目をやった。「いつもどおり。たまにしか脚を隠さないんだな」

アビーは露骨に顔をしかめてアザミの茂みに足を踏みだした。「今朝、家から出るときはジーンズとスニーカーをはいていたの!」むっとした表情のまま大声で言い返した。「頭のおかしな変態に服を脱がされたのはわたしのせい？」

「さすがだよ。きみはドレス姿で蛇だらけの洞穴に放りこまれるような、冒険映画のヒロインみたいだ。おれのうしろにいろ」

ポーチのほうから影が差して、ふたりとも顔をあげた。アビーは何かに飛びかかられた。雨に濡れ、松の葉にまみれた泥のなかに、骨を砕くような力で打ち倒される。悲鳴をあげようにも息ができなかった。肺の空気はすべて叩きだされていた。冷たく硬いものが耳の下に強く押しつけられ、その痛みでアビーの目に涙がにじんだ。髪をぐいとつかまれた。

「ユーモアのセンスを失ってしまったようだ」ルシアンが荒い息を吐きながら言う。「おまえのおふざけはわたしの好みにあわないぞ、ダンカン」

ザンの顔はこわばっている。「そう聞いて光栄だよ」

「舐めた口をきくな」ルシアンはまたアビーの髪を引っぱった。手がぶるぶると震えている。「さもないと今すぐこの女の頭を吹き飛ばす」

「わかった」ザンは小声で言った。「やめてくれ」

「言い残すことはあるか？」ルシアンはあざけるように言った。「わたしはいつか回想録を書くつもりだ。おまえの名前も不滅のものにしてやろう。味のある言葉を吐けるならな」

「おまえに残す言葉はない」ザンは言った。「彼女にだけだ」アビーの目をじっと見おろした。「ごめんよ」ぽつりとつぶやく。「がんばったんだが。愛してる」

アビーの目から涙があふれる。うなずくことができなかったから、代わりにまばたきをした。

「がっかりさせないでくれ。あまりに陳腐だ」ルシアンは不満そうだ。「人は皆、死に直面すると凡庸になるものだな」

「それがおまえの最期の言葉だ、腐ったうじ虫め」

マティのきしんだ声が空き地の反対側から聞こえた。手にしていたサイレンサー付きの銃から弾丸が飛びでて――はずれた。

マティはもう一度引き金を絞った。ルシアンが笑いだす。グロックをあげて二発撃ち、驚くほどの早業で銃口をアビーの耳の下に戻した。マティはうしろに吹き飛び、腹に手を当てた格好でどすんと地に倒れた。銃はなすすべもなく泥の上を回転していった。

指のあいだから血があふれでている。マティはそれを見て笑いはじめた。体を揺らせば痛むのに止められないというような、かすれた笑いだ。

「やってやったぞ」切れ切れの声で言う。「おれもやられた……が、おまえの被害は……それ以上だ。宝を隠してきた。おまえには絶対見つけられない場所に」

ルシアンの体が硬直した。

マティのかすれた笑い声はすすり泣きに変わった。「誰が……偉いって？　思いあがりやがって。それで頭が……いいつもりか？」

「どこだ？」ルシアンは金切り声で叫んだ。「どこに隠した？　玉をぶった切って喉に詰めこんでやるぞ。どこだ？」

マティはルシアンのほうに血を吐き飛ばし、にっと笑って血だらけの歯を見せた。「うるさい。まずは……アビーを放せ。ザンに八つ裂きにされるがいい。どの道おれは死ぬし……おまえはやられっぱなしだ」

「どこだ?」ルシアンはまた叫んだ。

マティはルシアンを無視して、ザンのほうに目を動かした。「ごめん。ただぼくには……素質がなかった……海賊の。言ってる意味がわかるな?」

マティの目がうつろになる。体が動かなくなった。

ルシアンはザンから目を離さずに、怪力でアビーを抱きかかえたまま、横歩きでマティのそばによった。つま先でマティの体をつつく。ごろりと横になった。ルシアンは猛然と蹴りだした。ルシアンの口からおかしな音がもれはじめる。地獄の底から現われた怪物のような、荒々しい咆哮だった。ひとつ蹴るたびに銃口がアビーの首に突き刺さるようだ。

アビーは目をぎゅっと閉じて、恐怖のあまり失神するのを避けようとした。

振り向いたとき、ルシアンの目はもう正気を失っていた。「終わらせよう」ルシアンが言う。「うしろを向け、ダンカン。背を見せろ」

「マティがどこに宝を隠したのか、おれにはわかる」ザンが言った。

ルシアンは目をすがめた。「はったりだろう」

ザンは肩をすくめた。「たしかめる方法はひとつだ」

「ならば、取ってこい」ルシアンはアビーの髪をうしろに引っぱった。首の骨が折れるのではないかと思うほどの力だ。「今すぐ」

「アビーを放したら、取りに行く」ザンは言った。

「駆け引きしようなどと思うなら、この女の顔を撃つ」ルシアンは脅した。

ザンはうなずいた。もちろんはったりだろうとアビーは思った。それは確実だし、これからふたりとも死ぬことも確実だけれど、それでもいくばくかの時間を稼いでくれたザンに感謝した。

これほど生きたいと願ったことはない。生がどれほどの恩恵なのかここまではっきり意識したことはなかった。世界は完全無欠で、神聖な光に輝いている。夕暮れのかぐわしい風は汗ばんだ髪を冷やし、湖の水にさざ波を起こす。水面は黄昏の光をとらえて白銀のきらめきに変えている。鷲《ワシ》が舞いおりて、凄惨な場面の立会人を買ってでた。

こまかなことがらのひとつひとつがアビーの胸に焼きついた。その大切さを知った今、アビーはすべてを抱きしめ、すべてを愛したかった。ザンを愛するのとおなじように。アビーの心はふたりで共に歩む人生に思い焦がれていた。ふたりの子どもを夢見ていた。愛しくて、せつなくて、それがもうすぐ何もかも壊れてしまうかと思うと、胸が張り裂けそうだった。焼けるような喉元に手を当てて……ルビーと金の鍵型のネックレスが、喉のくぼみを温めているのに気づいた。

アビーはネックレスを握りしめ、細いチェーンを引きちぎった。

そのとき、マティのぐったりとした腕がぴくっと動き、ルシアンのふくらはぎに何かを刺した。ルシアンは悲鳴をあげ、銃口をアビーからどけてマティに向けた。縮こまっていたアビーの筋肉がばねのように伸びる。ネックレスの鍵の先端を指のあいだに挟み、こぶしを握り、ルシアンの目をめがけて勢いよく突いた。

ルシアンは飛びずさった。突き刺すつもりだったけれど、裂き傷になったようだ。切れたまぶたから血が吹きだすと、ルシアンはまた悲鳴をあげた。

ザンはすでに宙に飛んでいて、回し蹴りをくらわせた。

ガッという音とともに銃がルシアンの手から飛ばされ、くるくるまわりながら高く舞いあがり、ひるがえって落下する。地に落ちた瞬間、ふたりの男は銃をめがけて飛びだした。アビーはへたりこみ、男たちがもつれながら取っ組みあうのを見つめた。ふたりの男は殴りあい、叫び声をあげ、腹の底からうなり、それからルシアンが上になって、ああ、神さま――

銃が火を吹いた。そしてルシアンの頭のてっぺんが吹き飛んだ。

血で縁取られた青い目、驚きの表情を浮かべる顔の上で、ピンク色のしぶきが雲みたいに吹きあげる。

アビーの心臓は体から外に出ようとするように激しく打っていた。ザンの名前を呼ぼうとしたけれど、悲鳴のあげすぎで声がかれていたし、どのみち音はまったく聞こえない。

ようやくザンが身じろぎした。ルシアンの体を押しあげてどかし、のろのろと上半身を起こす。腕で顔から血をぬぐう。アビー？　ザンの口はそう言うように動いたけれど、アビーの耳には何も聞こえない。

アビーは立ちあがろうとしたものの、脚の震えがひどくて、すぐに尻もちをついてしまった。這ってそばにより、ザンをつかみ、しがみついた。

アビーの体はばらばらになりそうだったけれど、ザンの体はびくともしない。震えていて血だらけでも、がっしりとして温かくて生きている。汗の匂いを嗅ぎ、鼓動を感じた。息もできないほど強く抱きしめられ、その腕の力を体感した。勇ましくて堂々とした人。わたしの大切な大切なザン。胸がはじけそうだった。


ザンの心の隙間に世界がそっと戻ってきた。フクロウの鳴き声、冷たい風、暗くなってきた空。ザンとアビーは血と泥でくっつけられているようだった。アビーは裸に近い。ふたりとも体を温め、乾かさなければならない。この人里離れた土地から現実の世界に戻るのだ。

ザンはよろめきながら立ちあがり、マティの亡骸《なきがら》を見おろした。幼なじみは空を見あげている。おだやかな顔つきだった。

ザンはかがんで、マティの脚を伸ばし、両腕を胸元で交差させた。「ガキの頃いっしょに遊んでいて、よく死ぬふりもした。あいつは栄誉に輝く死でなくちゃ受けつけなかった」

アビーはうなずいた。アビーの泥だらけの指がザンの肩にくいこむ。

「現実にもそうなった」ザンは言った。「おれたちを救ってくれた。おれのポケットナイフであの悪魔の脚を刺した。こいつは英雄だ」

アビーが背中から抱きついてきた。マティの悲劇を嘆く時間はない。あとでいい。今はアビーを守らなくてはならない。

「これからどうするの?」アビーはおずおずと尋ねた。

「電話を見つけよう。クリスに連絡を取る。警官の弟だ」ザンは答えた。「だがまずは例の宝を探す。そうしないと本当に罪を着せられかねない」

「はったりじゃなかったの? 宝の隠し場所がどうやってわかったの?」

「マティが『海賊』という言葉で教えてくれたんだ」アビーの手を取り、湖のほうへ案内した。「見せよう」

船着場に手漕ぎボートがあった。さざ波がよせるたび、冷たい水がボートを洗う。どこに目を向けても、思い出の光景が重なった。子どもの頃、この湖は魔法の場所だった。夏のあいだ、水位がさがると岩だらけの小さな島が現われる。折れた杉の木はまだ岩場に引っかかったままで、湖に浸かった幹の部分は骨みたいに真っ白だが、枝は針のような葉に覆われて空に伸びている。

ザンとマティはあの木を海賊が処刑に使う板に見たてて歩いた。

ザンは水のなかに入って、ボートを小石だらけの岸まで引いた。「ここで待ってろ」ザンは言った。「すぐ戻る」

アビーはうなずいた。ザンはひっくり返った大岩をよじのぼり、折れた杉の根のうしろに洞窟の入口を見つけた。記憶よりずっと小さい。這ってなかに入った。黒いスーツケースはふたつの岩のあいだに突っこんであった。ザンはスーツケースを開けた。輝く財宝が現われた。

ザンとマティは小石やビー玉、瓶のふたなどを海賊の宝に見たて、ズック袋に集めたものだ。ザンは体をふたつに折り曲げ、笑いのようなものをもらした。痛みに響いても、体をゆする乾いた無音の笑いは止まらなかった。

たかだか金属と色のついた石ころのために、あそこまでむごたらしく怖ろしい目にあうとは。

30

アビーはゴムのような脚でふらふらと救急治療室から廊下に出た。お金がないことに気づいたのはこのときだ。財布がない。ついでにジーンズも靴もない。今、穿いているのは親切な看護婦さんが見つけてきてくれた緑色の手術着の下だ。

アビーは診察され、治療を受け、消毒をほどこされ、たいした怪我はないという太鼓判を得た。ただし、医者から熱心に腕のいい精神療法士を勧められた。アビーは警察からも尋問を受けた。

ザンはドアのそばのベンチに座っていた。頭を壁にもたれかけさせている。眠っているようだ。体中が包帯とバンドエイドだらけ。その姿を目にして、アビーの心臓はどくんと強く打ちつけた。

ザンは美しく、神々しかった。顔色は悪く、傷だらけで、疲れきってはいても、生きている。ザン。声がしゃがれていて、言葉にならなかったけれど、アビーの心がその名前をささやいた。

ザンはぱっと目を覚まし、首をまわして、アビーにほほ笑んだ。目は充血して、くまができているものの、金色の澄んだ瞳はいつもと変わらずきれいだ。「やあ。無事でよかった。やっと会えた」

「無事でよかったのはそっちよ」かすれた声を絞りだした。「認めたほうがいいんじゃない？　死ぬほど痛めつけられたって」

「いや、だいじょうぶだ」ザンは言った。「体中が痛いが、それだけだ。すぐに治る」

「痛みどめは処方してもらった？」

ザンは肩をすくめた。「ああ、だが、まだ飲んでない」

アビーは顔をしかめた。「どうして？　強がり？」

ザンは首を振った。「先にきみを家まで送りたい」

い、い、い、あなたがわたしの家よ。アビーはそう声に出して言いたかった。でも言葉はひりひりする喉に引っかかった。ザンは心変わりしたかもしれない。

もつれた感情に冷たい恐怖が突き刺さった。

「おいで」ザンは砕けそうなガラスにふれるようにアビーに腕をまわし、表に停めてあるヴァンに連れていった。「クリスと話したんだ」手を貸して助手席に乗せながら言う。「警察はきみの邪悪な分身をポートランド空港でつかまえた。すぐ観念して、知っていることを洗いざらいしゃべったそうだ。それほど詳しく知っていたわけではないようだが、おれたちが無罪放免になるには充分だった。手荷物のなかから海賊の財宝の一部が見つかった。きみの服も」

「あら、ええ、それはよかった」もっと強い安堵を感じてもいいはずなのに、ザンが自分といっしょにいたいと願ってくれているかどうかという問題に比べると、無実の証明は些細なことに思えた。

「キッチンで寝ていたコンドーム頭もおなじだ」ザンは言葉を続けた。「目を覚まして、すぐにしゃべりはじめた。だから、おれたちは家に帰れる」

「めでたしめでたしね」アビーは言った。

家までの道のりはふたりとも無言だった。ザンはアパートメントの前で車を停めた。アビーは言葉にならない想いをこめて、ザンを見つめた。

「ええと、アビー……」ザンの声がしぼむように途切れた。

アビーは手を伸ばして、ザンの上着の裾をつかんだ。裾を引くと、ザンも身をよせた。ふたりの手が絡みあう。

「今夜いっしょにいてくれるような人が誰かいるかどうか訊こうとしているの?」アビーは尋ねた。「答えは前とおなじよ」

「おれがその誰かになりたい」ザンは言った。「今世界中の何よりも求めているのはそれだ」

「よかった」アビーは言った。「じゃあ何が問題なの?」

ザンはアビーの手を口元にあげてキスをした。「今日いろいろ話しただろ? 愛とか結婚とか子どもとか。その約束できみを縛ることはできない。アビー、きみはあのときベッドに繋がれて、拷問と死の危機にさらされていた。夢にまで見た女性にプロポーズするべき状況じゃなかった」大きく息を吐く。「だから鉤針《かぎばり》から離してあげようと思う」ザンは喉のつまったような声で締めくくった。「離れたいなら、止めない」

アビーは無言で首を振った。

ザンは警戒の目つきでアビーを見た。「首を振る意味は？」

「あなたの鉤針に引っかかっていたいの」アビーは言った。

ザンはにやりと笑った。「おれみたいな口の減らない、卑しい無骨者がそう聞いたら、どういう意味にとるかわかったものじゃないぞ」

心の底からの笑みがアビーの顔に広がる。「期待しているわ」すました口調で言った。「望んで引っかかったんですもの。責任は取ります」

「そう？　オーケー、それならおれの鉤針はきみのものだ。熱くて硬くてどくどくしているものが丸ごと」

くすくすと笑ったのは失敗だった。体中の筋肉が痛みに悲鳴をあげた。

「冗談はさておき、アビー」ザンは真剣な口調で言った。「おれは本気だ。その先に永遠があるのでなければ、今夜きみといっしょにその階段をあがることはできない」アビーは答えようとして口を開いたけれど、ザンは間髪いれずに言葉を継いだ。「きみのために最大限の努力をする。そうでなければおれの愛する女性に失礼だ。きみが次に重要な仕事に就いたら、おれは誰にでも自慢できるような完璧な夫になる。協力的で、上品で、魅力的で、思いやりのある夫。きみが手を貸してくれるなら、おしゃれな男になってもいい。女性の同僚全員からうらやましがられるような夫になる」

「ザン、わたしは――」

「公の場所にどこにでも連れて行ってくれ」ザンは真摯に言った。「約束する。もう二度と自制心を失ったり、人を殴ったりしない。頭のおかしい変態に挑発されなければ」

アビーは擦り傷だらけの手をあげてザンの顔を包んだ。「あなたはすばらしい人」おだやかに言った。「文句のつけようがない。ザン、ありのままのあなたがほしい。あなたはわたしのものよ。聞こえた？　わたしのもの。あなたを自分のものにするのに、手錠でベッドに繋げなくちゃならないなら、そうする」

ザンの目が輝いた。「あー……そりゃ……本当に？」

「ええ。それにわたしはちゃんと頭を使って、まずはベッドを床にボルトで留めておく」アビーは言い足した。「絶対に逃げられないように」

ザンは笑った。「しばらく手錠は見たくないよ。ノーマルな甘いセックスで充分だ」

「それでけっこうよ」アビーはしとやかに言った。「ザン、あなたの好みならなんでも。甘い味はすてきだし、あなたが相手ならどんな味でもおいしいと思う」

そのとき、ふと気づいたことがあって、体の痛みにもかかわらずアビーは声をあげて笑いはじめた。「アパートメントの鍵がない」

ザンは口笛を吹いた。「信じられないな」

「今朝は持っていたんだけど、邪悪な分身にバッグを盗まれたから」アビーはヴァンから飛びおりて、階段まで続く湿った木の通路をはだしで歩きはじめた。

「もう慣れっこだ」ザンはアビーのあとに続き、おなじみの袋から道具を取りだし、にんまりと笑った。膝をつく。開錠に取りかかると、集中力の高まったいつもの表情が顔を覆った。

「ところで、ザン?」アビーは言った。

「ん?」ザンはうわの空でつぶやく。

「わたし、まだちゃんとプロポーズされてないんだけど」アビーはそう知らせた。「今日の午後はどきどきしていて、ロマンティックな愛の言葉を聞き取りそこねたの」

ザンの手の動きが止まった。顔を見あげる。「ロマンティックな愛の言葉が聞きたい? 今夜?」

アビーは肩をすくめた。「聞けたら嬉しい」

「でもそれは、なんて言うか……わかるだろ?」弱りきったように尋ねる。

「ちっとも」アビーはむげに答えた。

「女性は無言実行を好むものだと思っていたが」

「わたしは有言実行が好き」アビーは言った。

「あー、うーん。ロマンティックな愛の言葉か」ザンは開錠の作業に戻った。「それなら、まずは鍵を開けて、そのあとで淫らでセクシーな夢なら聞かせてあげられるよ」

「もうっ。男ってこれだから。わたしが聞きたいのはセクシーな夢じゃない」

「無言実行のほうが好き?」

「ずるい」アビーはぼやいた。

ザンの目元がくしゃくしゃになる。「ありのままのおれを受け入れてくれ」

アビーは大げさにため息をついた。「しょうがないわね。ザンの淫らでセクシーな物語第一部。開演」

「オーケー。物語は、くすぶるような視線を何度となく交わしあうところから始まる」

「出だしはいい感じ」アビーは言った。

「おれはきみの家のドアの前にひざまずいて、一流の腕前で鍵を開けながら、きみのすばらしい脚をちらちらと見ている」

「あなたらしい」

「そのとき、きみが近づいてくる」ザンは話を続けた。「ゆっくりと、知らず知らずのうちに足が動いていたというように」

アビーはそばによった。「こんなふうに？」

「そう。きみのミニスカートの縁をまつる糸の色が見えるくらい近くに。ストッキングの網目が見えるくらい近くに」

「わたしは今日ストッキングを穿いてない。これは病院の手術着よ」

ザンの熱い手が脚を滑り、ふくらはぎを撫でた。はじけるような悦びの感覚がちりちりと肌を走っていく。ザンは両手を錠に戻した。「おれの夢には影響しないよ。ともかく、おれがきみの女らしい香りを嗅いでいるうちに、鍵が開く」ちょうど現実のアパートメントの鍵も開いた。「それからきみはおれのピッキングの腕を褒める。みごとな手つきに興奮したとかなんとか」

「まああ、あなたってすごいのね」アビーは猫なで声を出した。「こんな感じ?」

「ああ、ちょっとわざとらしいが。そして、きみはおれを部屋に招き入れる」

アビーはアパートメントに入った。「小切手を切らなくちゃ」

「そう」ザンはうしろからついてくる。アビーはあえて電気を点けなかった。振り返ってザンと向きあい、髪をうしろに払った。

「それで、また報酬についておかしな言いあいをするの?」

ザンは手を伸ばし、アビーのあごをそっと包んだ。「いいや」あっさりと否定する。「おれの夢では、ふたりとももう小切手のことなんか忘れている。おれは物々交換にも興味がない。きみからほしいものは何もない」

「な、何も?」アビーはたじろいだ。

ザンに引きよせられた。乳房の先が泥だらけで血の染みがついたブラウスを張り、ザンの胸にこすれてうずく。「ああ」ザンは言った。「その逆だ。おれはすべてをきみに捧げたい」

アビーは口を開いたけれど、息を吐くこともできなかった。胸がいっぱいで、苦しいくらいだ。想像できないほど甘い苦しみ。

「おれに捧げられるものすべてを」ザンは言った。「おれのすべてを。おれの夢では、きみはおれを見て、この世に生まれる前から知っていたような感覚を覚える。いっしょにいる運命なのだと」

ザンは慎重な手つきでブラウスのボタンをはずしはじめた。

「一応教えておくけど」アビーは震える声で言った。「このシャツはもう救いようがないから、もしよかったら、びりびりに引き裂いてもいいのよ」

「いや」ザンは言って、ブラウスを肩から脱がせ、背中に手をまわしてブラジャーのホックをはずした。「今夜は、月の光の下で何百年かに一度しか咲かない貴重な花にふれるように、きみを抱きたい」

身をかがめたザンに撫でられ、肩や喉にキスをされて、アビーは悦びの息をもらした。ザンは手術着のウェストのゴムと下着に手をかけ、引きおろしながら、同時にひざまずいた。

「魔法の花だ」アビーのおなかに向かってつぶやく。「死者を生き返らせ、盲目の者の目を開き、人が夢見るような奇跡を次々に実現させる聖なる花。それがおれにとってのきみだ。おれはこの体できみをあがめたい。きみの心の一部になりたい」

膝ががくがくしてもう立っていられず、アビーはしゃがみこみ、ザンの首に顔をうずめた。

「ああ、ザン」

「きみを幸せにしたい」両腕でしっかりと抱きしめられた。「きみのために、もっといい男になりたい」

「今のままで完璧よ」アビーは涙声で言った。「さっきも言ったとおり」

「もっとだ」ザンは言いつのった。「もっとやさしく、もっと勇敢な男。嫌味や皮肉な態度をもっと抑えられる男。ドラゴンからも燃えるビルからもきみを守りたい」

アビーは笑った。「もう守ってもらった」

「まさか。おれもきみに救ってもらった」ザンは熱をこめて言った。「きみがいなかったら、死の危険から逃れることはできなかった」

ザンはアビーを立たせ、両腕で抱きあげて、ベッドルームに運んだ。月明かりが窓から差しこんでいる。ザンは服を脱いで、放り投げた。

アビーは両腕を広げてザンを招き、焼けるような熱とがっしりした体の重さを肌で感じて、心から満ち足りた思いで声をあげた。疑念も技巧も手管も支配もない。あるのは、互いを思いやり、光も影もさらした心。求めあい、受け入れあう気持ち。そして無上の喜びと情熱。

ふたりはそのすべてがひとつになった海原に飛びこみ、怖れることなく、胸をはずませ、息を切らして、うねる大海に乗りだしていった。

手と唇と心と命を永遠に重ねあわせて。

訳者あとがき

男運が悪いってどういうことだと思います？　『夜の扉を』の主人公アビー・メイトランドはまさに男運の悪い女性。あるいは、男を見る目がない女性。過去の恋人たちのせいで、トラブルに継ぐトラブルの人生を送ってきました。かつてはその時々の恋人に、お金を貸し、アリバイを作り、保釈金を払い……小切手やクレジットカードを勝手に使われ、車を廃車にされ、浮気を疑われ、暴力事件を起こされ……数えあげればきりがありません。なにせ車を廃車にされた経験は三度。そのせいで保険料があがりすぎて、アビーは車を持てず、バスで通勤しています。極めつけは、下着一枚で寝ているところを午前三時に警察に起こされて、当時の恋人が違法の薬物を屋根裏に隠していたのがわかったこと。アビー自身も疑われ、いったんはドラッグの不法所持で逮捕されました。すぐに疑いは晴れて釈放されたものの、ほとほと嫌気がさしたアビーは、心機一転〝まともな〟人生を築きあげました。働きながら学校に通い、新天地に引越して、美術館のマネージャーという手堅い仕事に就きました。あとひとつだけほしいのは〝まともな〟恋人。

アビーは過去に学んで恋人探しに条件を設けます。昔の恋人たちのような男は×。つまり、長髪やひげは×。犯罪者や麻薬中毒者は×。格闘技マニアや拳銃オタクやバイク野郎も×。何よりも、タトゥーを入れた男は×。

ところが、こざっぱりとして〝しつけ〟のいいはずの男たちとデートをしても失敗ばかり。ある日、家の鍵を落として締めだされたアビーは、開錠業者のザン・ダンカンと出会います。アビーはひと目で惹かれますが、ザンは×印だらけの男。長髪で、格闘技が得意で、バイクに乗り、革ジャンを着て、そして、首にはタトゥー。いくら〝おいしそう〟でも、この人に関わっちゃダメ。アビーは自分にそう言い聞かせます。

やはりひと目でアビーに惹かれたザンは粘り強くくどきますが、同じ轍《てつ》を踏むのを怖れているアビーは首を縦に振りません。そこでザンが提案したのは〝秘密の恋人〟になること。ベッドのなかだけの夜の関係。つまりは、体だけの関係。アビーはうまくいくはずがないと思いながらも、ザンの色気にどうしても抗えず、この提案を受けます。

体の相性はばっちり、心はすれちがいばかり。ふたりは次第にお互いの人柄にも惹かれていきますが、それでもアビーがなかなか心を許す決心がつかないのは、またトラブルまみれの人生に戻りたくないから。しかしアビーの人生最大のトラブルは思わぬところから迫っていたのです。

アビーが働く美術館では、沈んだガレオン船から引きあげられた〈海賊の財宝〉の展覧会を開催することになっています。ひとりの男がその財宝を狙っていました。一見、大金持ちで、ハンサムで、お育ちがよくて、理想的な男に見えますが、じつはスリルのために殺人や強盗を繰り返す冷酷な怪物です。アビーはこの男に親友を奪われてしまいます。罪をつぐなわせようと、ザンの強力を得て跡を追いますが、ふたりは罠にかけられ、しまいには命までも危険にさらされます。

セクシーでスリリングというシャノン・マッケナの魅力は、『夜の扉を』でもぞんぶんに発揮されています。ホットなベッドシーンは健在です。本作での圧巻は、下着を……いえ、どうか本文をお読みになって、皆さまご自身でお確かめください。

また、マッケナ作品の魅力は多彩な脇役たちにもあります。ヒーローのザン・ダンカンは五人兄弟の二番目。四人の男兄弟とひとりの妹がいて、全員が格闘技の達人です。妹は世界を放浪中ですが、男兄弟は作中に顔をだします。ダンカンに負けず劣らず〝おいしそう〟な男ばかり。元軍人のジャック、警官のクリス、演劇に情熱を注ぐジェイミー。ちなみにザンは開錠業者として登場しますが、それは趣味を兼ねた副業で、本業はコンピューター・コンサルティングです。

『夜の扉を』は独立した物語ですが、著者マッケナによれば、ダンカンの兄弟を主人公にしたスピンオフを書くつもりもあるそうなので、とても楽しみです。もしかしたら、本作が新たなシリーズの一作目になるかもしれません。もっとも、その前に、長編の新作を二作書きあげるとのこと。絶好調のマッケナの筆がますます乗ることを期待しましょう。

さて、兄弟と言えば気になるのはマクラウド兄弟シリーズです。『そのドアの向こうで』から始まったこのシリーズは大人気ですから、続編をお待ちのかたも多いかと思います。そんな皆さまに朗報です。二〇〇七年八月にシリーズ四作目が刊行されました。いよいよ末っ子のショーンが真実の愛を獲得するために動きだします。邦訳は二見文庫からの刊行が決まっています。日本のファンの皆さま、もう少しだけお待ちを。それまでは『夜の扉を』で、アビーとザンの冒険と恋の行方をお楽しみくださいませ。

二〇〇七年九月

ザ・ミステリ・コレクション

夜《よる》の扉《とびら》を

著者　シャノン・マッケナ

訳者　松井里弥《まついさとみ》

発行所　株式会社 二見書房
東京都千代田区神田神保町1-5-10
電話 03(3219)2311［営業］
03(3219)2315［編集］
振替 00170-4-2639

印刷　株式会社 堀内印刷所
製本　株式会社 進明社

落丁・乱丁本はお取り替えいたします。
定価は、カバーに表示してあります。

ISBN978-4-576-07157-2
http://www.futami.co.jp/

そのドアの向こうで
シャノン・マッケナ
中西和美［訳］

亡き父のため11年前の謎の真相究明を誓う女と、最愛の弟を殺されすべてを捨て去った男。復讐という名の赤い糸が激しくも狂おしい愛を呼ぶ…衝撃の話題作！

影のなかの恋人
シャノン・マッケナ
中西和美［訳］

サディスティックな殺人者が演じる、狂った恋のキューピッド。愛する者を守るため、燃え尽きた元FBI捜査官コナーは危険な賭に出る！ 絶賛ラブサスペンス

運命に導かれて
シャノン・マッケナ
中西和美［訳］

殺人の濡れ衣をきせられ、過去を捨てたマーゴットは、彼女に惚れ、力になろうとする私立探偵デイビーと激しい愛に溺れる。しかしそれをじっと見つめる狂気の眼が…

ヴィーナスの償い
M・J・ローズ
井野上悦子［訳］

インターネットポルノに生出演中の女性が死亡する事件が相次いだ。精神科医モーガンとノア刑事は、再び底知れぬ欲望の闇へと巻きこまれていく…。シリーズ完結巻！

もう一度だけ熱いキスを
リンダ・カスティロ
酒井裕美［訳］

行方不明の妹を探しにシアトルに飛んだリンジーは、元警官で私立探偵の助けで捜索に当たるが、思いがけない事実を知り……戦慄のロマンティック・サスペンス！

めぐり逢う絆
バーバラ・フリーシー
宮崎 槇［訳］

親友の死亡事故に酷似した内容の本—一体誰が、何のために? 医師のナタリーは、元恋人コールと謎を追う。過去と現在が交錯する、甘くほろ苦いロマンティック・サスペンス！